메피스토의 여자

메피스토의
여자

초판 1쇄 찍은 날 | 2017년 8월 23일
초판 1쇄 펴낸 날 | 2017년 8월 29일

지은이 | 홍윤정
펴낸이 | 예경원

편집 | 유경화 · 주승아

펴낸곳 | 예원북스
등록번호 | 제396-2012-000132호
등록일자 | 2012. 7. 25
YRN | 제1-0196호

주소 | 경기도 고양시 일산동구 호수로 646-24 위너스21-Ⅱ 206A호 (우) 10401
전화 | 031-819-9431 팩스 | 031-817-9432
http://cafe.naver.com/yewonromance
E-mail | yewonbooks@naver.com

ISBN 979-11-6098-448-4 03810

메피스토의 여자

홍윤정
장편 소설

YEWONBOOKS ROMANCE STORY

CONTENTS

프롤로그 ······ 7

제1장 베일 뒤의 연인 ······ 23

제2장 사랑하지 않아 ······ 52

제3장 사랑은 없다 ······ 77

제4장 알고 싶어요 ······ 102

제5장 악마도 사랑을 하나요? ······ 126

제6장 세상 끝의 낙원 ······ 146

제7장 관계의 틈 ······ 170

제8장 심장의 문제 ······ 198

제9장 혼돈 속 기다림 ······ 219

제10장 진실의 무게 ······ 242

제11장 산산이 부서져 ······ 264

제12장 홀로 된다는 것 ······ 286

제13장 다시 사랑할 수 있을까 ······ 310

제14장 고해 ······ 334

에필로그 ······ 361

작가 후기 ······ 382

프롤로그

침대 위의 이신후는 악마였다.

그는 부드러운 동시에 격렬했고, 친절한 동시에 음란했다. 난봉꾼처럼 굴다가도 한순간 다정한 연인이 되어 기절할 듯 달콤한 맛을 선물했고, 연인처럼 감미롭다가도 난폭한 짐승으로 돌변하여 폭발적인 음탕의 쾌락을 맛보였다. 덕분에 류태영은 그와 함께할 때면 언제나 냉온탕을 오가는 듯 창녀와 연인의 기분을 차례로 느끼곤 했다.

사실, 이신후의 꾐에 빠지기 전까지 류태영은 남자 경험이 전무한 처녀였다.

그녀는 요즘 젊은이답지 않은 고지식한 마인드의 소유자로, 육체의 사랑이란 정신적 사랑에 기반을 두어야만 가능하다고 여겼다. 전 약혼자의 표현을 빌자면 꽤나 촌스럽고 고루한, 시대에 뒤

떨어진 사고방식을 가진 여자라고 할 수 있었다. 하지만 그녀는 촌스러운 자신이 좋았다. 남들 눈에는 철없고 순진한 생각일지 모르지만, 그녀는 자신이 쾌락에 빠져들더라도 그 상대는 진심으로 사랑하는 사람이었으면 싶었다. 서로를 마음 깊이 애정하고 아끼는 관계의 남자하고만 몸을 섞고 체온을 나누고 싶었다.

그런 의미에서 이신후는 꽤나 난감한 존재였다. 사랑하지는 않지만 사랑해야만 하는, 그녀에게는 어느 날 갑자기 뚝 떨어진 난감하고 어려운 '과제'와 같은 남자였으니까.

그녀는 이신후를 사랑해야만 한다는, 육체와 마음을 온전히 바쳐야 한다는, 무거운 의무감에 떠밀려 그의 품에 억지로 안겼다.

외관상으로는 지극히 자발적이고도 정상적인 관계처럼 보였겠으나 실상은 그렇지 않았음에 쾌락에 대한 기대는 전혀 없었다. 짐승이 포획물에 영역 표시하는 것 이상의 의미는 없다고 생각했던 것만큼 정말로 전혀. 오히려 끔찍한 경험이 될 것으로 예상하고 상처받지 않겠노라 마음을 단단히 먹었더랬다.

너무나도 두렵고 겁이 난 나머지 첫 경험을 어떻게 치렀는지도 모르게 정신없이 치렀다. 그리고 그날 밤, 대체 이신후가 뭘 어떻게 했는지 모르겠지만, 그와의 두 번째 관계에서 오르가슴이라는 경이롭고도 달콤한 열매를 처음 맛볼 수 있었다.

이제 류태영은 밤마다 이신후를 기다린다.

그가 아직 덜 여문 자신의 여성성에 물 주기를, 새싹을 틔워주기를, 그리하여 자신이 완연한 꽃으로 피어나기를 고대해 마지않았다. 그녀는 자신이 이신후에게 최적화된, 완벽한 이신후의 여자가 되기를 바랐다. 그것이야말로 그의 여자, 류태영이 이행해야 할 의무이자 풀어야 할 숙제였다.

"으응……."

여느 밤과 마찬가지로 태영은 오늘도 온몸이 두 갈래로 쪼개지는 듯한, 아무리 반복해도 익숙해지지 않는 특별한 감각을 고스란히 체험하며 신음하고 있었다.

"천천히 하지 말아요, 제발."

그녀는 이마를 침대 매트리스에 붙인 채 두 손으로는 얇은 시트를 비틀며 이신후에게 간청했다. 방금 전까지 그의 난폭함에 수치심을 느꼈으면서. 지금은 언제 그랬냐는 듯 조르고 재촉해 대었다.

"죽을 것 같아요. 어서, 빨리……."

"그렇게 날 먹고 싶어?"

느른하고도 점잖은 그의 목소리가 날아들었다.

단조롭고 건조하고 일상적인 톤의 말투. 참으로 태평스럽기도 하지. 이쪽은 당장이라도 무너질 것만 같은데.

분하지만 항상 이런 식이다. 그녀 쪽에서만 흥분하고 안달하고, 그는 그 모습을 즐기며 더욱 몰아붙이는 패턴. 아주 가끔은 그녀도 '이만한 쾌락쯤은 익숙해서 별로'라는 듯 굴어보지만, 그러한 시도들이 성공적으로 끝맺음된 적은 거의 없었다. 이신후는 침대에서 쉬지 않고 맹공을 퍼붓는 스타일이니까. 쏟아지는 그의 공격을 받고 있노라면 다른 생각을 할 틈이 전혀 없었다.

"대답해야지, 류태영."

"홋!"

이신후가 성문(性門) 틈새로 번개를 내리꽂자 태영은 날카로운 신음을 터트렸다. 끝까지 빠져나갔던 해면체가 또다시 커다란 몸통을 밀며 좁은 틈을 쪼개듯 벌리고 있었다. 거세게 헐떡이는 그녀를 굽어보며 신후는 중얼거렸다.

　"먹고 싶은 거야, 아니야?"

　"으음, 먹고 싶어요……."

　그녀에게서는 여지없이 순종적인 답이 흘러나왔다. 그럴 수밖에 없었다. 길들여진 육체가 본능적으로 탐욕을 드러내었기에.

　촉촉하게 물이 오른 꽃궁이 발름발름 이물을 질겅거렸다. 벨벳처럼 부드러운 몸통을 게걸스럽게 감쌌다. 속살을 헤집으며 요동치는 그의 머리를 물고, 힘껏 조이고 풀었다.

　"그럼 서둘러."

　명령인지 유혹인지 모를, 나직하고 단정한 이신후의 목소리가 귓등에 살포시 내려앉았다. 따뜻하고 질척한 것이 피부에 닿았다. 음탕한 유혹의 속삭임이 태영의 귓불을 핥았다.

　"어서 움직여. 허리를 흔들어 날 삼켜. 이대로 빼버리기 전에."

　협박이자 경고였다. 원하는 걸 얻으려면 대가를 치르라는.

　그의 명령에 따르는 수밖에 달리 방법이 없었다. 부끄럽고 수치스러웠지만 이대로 아무것도 느끼지 못하고 끝내고 싶지는 않았다. 태영은 이를 악물고 천천히 꺾인 무릎에 힘을 주었다. 무릎을 세우고 손바닥과 팔로 상체를 지탱했다. 그러고서 요구받은 그 일을 시작했다.

　삐꺽삐꺽, 삐걱삐걱…….

　어느새 몸속에 고여 있던 윤활(潤滑)이 다리 사이로 흘러내리자 차가운 이신후의 손끝이 관심을 보였다. 그는 희고 날씬한 그녀의 허벅지 안쪽을 음미하듯 천천히 긁어 올렸다. 허벅지를 타고 흐르던 뽀얀 물기는 곧장 번들번들한 원천지에 도달하여 그 위에 살포시 도포되었다. 욕망이 만개한 꽃밭, 그 좁고 빡빡한 색문(色門)은 느릿느릿, 부드럽고 또 부드럽게 문질러지기 시작했다.

"아흣!"

들판에 홀로 핀 작은 봉오리가 짓눌리자 태영은 어설픈 전진과 후퇴를 멈추고 부르르 몸을 떨었다. 허벅지가 발작하듯 흔들렸다. 엉덩이가 자제하지 못하고 뒤틀렸다. 너무 당황한 나머지 다급히 제 몸을 붙들었지만 소용은 없었다. 그의 집요한 손동작에 당해낼 재간이 없었다. 그녀는 무차별적으로 쏟아지는 감각의 물줄기에 몸을 맡겼다.

"아아아아아!"

작렬하는 남자의 습격과 자지러지는 여자의 교성. 그 끝에 존재하는 것은, 산산이 부서지는 궁극의 쾌락뿐이었다.

"울었네. 아팠어?"

녹초가 되어 꼬꾸라지는 태영의 위로 이신후가 부드럽게 몸을 겹쳤다. 쿵쿵쿵, 태영의 척추에 심장박동을 들려주며 신후는 그녀의 눈가를 스윽 훔쳤다.

길고 섬세한 그의 손가락에 촉촉한 눈물방울이 묻어 나왔다. 태영은 민망한 나머지 침대에 얼굴을 묻으며 고개를 가로저었다.

"아니요……."

말없이 습관대로 그의 손에 깍지를 꼈다. 무거운 수면의 장막이 그녀의 눈과 귀와 정신에 드리워졌다.

규칙적이고도 안정적인 그의 숨소리가 귓가에 스며들었다. 자분자분, 다정하고 조용한 속삭임도 들려왔다. 태영은 세상에 가장 달콤한 연인의 밀어를 들으며 까무룩 잠 속으로 빠져들었다.

잠들기 직전, 그녀가 마지막으로 떠올린 사실은 그가 처음 만났을 때에도 똑같은 말을 건넸다는 것이었다.

태영이 이신후를 처음 본 건 올해 연초, 신정 연휴가 지난 직후였다.

부친인 〈태성 네트워크〉社의 사장, 류영수는 예고도 없이 집으로 손님을 데려와 태영에게 접대를 부탁했다. 두 번 생각하지 않고 못하겠다고 말했다. 그럴 수밖에 없었다. 그럴 만한 상황도 기분도 아니었으니까.

그녀는 당시 인생 최악의 상황에 직면해 있었다.

내면의 고통이 너무나 컸던 관계로 부모님에게는 고하지 못했지만, 사실 그녀는 고작 이틀 전, 자신의 약혼자와 친구가 내연의 관계를 맺고 있음을 알게 되었다. 누군가가 우편으로 보내온 증거물, 두 사람의 얼굴과 몸짓이 너무나도 선명하게 찍힌 고화질 사진이 아니었다면 절대로 믿지 않았을 충격적인 일이었다. 파혼과 절교가 빠르게 이어졌고, 그 여파로 인해 그녀는 지난 이틀 내내 방구석에 처박혀 있던 차였다.

눈이 퉁퉁 부었고 기분도 엉망이었다. 이런 상태로는 절대로 억지웃음 지어가며 누군가를 접대할 수 없었다. 그런데도 아버지인 류영수 사장은 무조건 태영이 나서줘야 한다며, 정 못하겠으면 차라도 대접하라고 고집을 부렸다. 데려온 손님이 아버지 회사의 중요한 투자자라는 얘기까지 슬쩍 흘리는 배수진까지 쳐 가며.

하는 수 없이 태영은 몸단장까지 하고서 낯선 남자의 앞에 섰다.

상대 남자는 여러 가지 의미에서 크고 어둡고 깊은 사람이었다. 가벼운 눈짓만으로도 여자를 대책 없이 빠져들게 할 블랙홀, 늪, 함정 같은 남자.

죽고 싶을 만큼 괴로운 마음이 아니었다면, 남자가 굉장한 매력의 소유자라는 사실을 그녀도 금세 알아챘을 것이다. 피하라는, 이 사람은 네가 상대하기에는 너무 위험하다는, 내면에서부터 울려오는 강렬한 경고 메시지도 단박에 캐치해 내었을 것이었다.

하지만 그 모든 것을 감지하기에는 그녀가 겪고 있던 정신의 붕괴가 너무 컸다. 맹수에게 진상되어진 가녀린 사슴의 신세임에도 태영은 아무것도 모르고 기계처럼 차를 따랐다.

"울었군요."

딴생각에 빠져 있는 태영을 한참 동안이나 물끄러미 응시하던 남자는 불쑥 말을 걸었다. 그제야 태영은 눈을 들었다.

"네?"

눈동자가 휘둥그레졌다. 정말로 어제부터 오늘까지 꼬박 24시간 동안 방 안에 틀어박혀 엉엉 울어 재꼈으니까. 어떻게 알았을까? 꼼꼼하게 화장하여 눈물의 흔적을 지웠다고 생각했는데.

"그쪽 말이에요. 울었다고요. 맞죠?"

"아, 아닌데요. 안 울었어요."

저도 모르게 거짓말이 튀어나왔다. 왠지 모르겠지만 그래야 할 것 같았다. 야생동물에게 등을 보이면 그러하듯 이 남자에게 나약함을 들키면 쥐도 새도 모르게 잡아먹힐 것만 같은 착각이 들었다.

"마음이 아파요?"

두려운 그녀의 속내를 꿰뚫어 본 듯 그는 소름 끼치도록 부드러운 목소리로 물었다.

"혹시 나 때문이에요? 날 만나는 게 불편해요?"

이 남자 혹시 박수무당인가? 아빠 말로는 돈 많은 재미사업가라고 했는데…….

이신후는 미국에서 가장 영향력 있는 사업가이자 로비스트라고 했다. 美상류층으로서 기업가였던 아버지 밑에서 경영 수업을 받았고, 아버지가 돌아가신 이후에는 오로지 본인의 역량만으로 지금의 위치에 올랐다고 했다. 한국에는 대단위 산업단지 조성사업 건 때문에 지난 가을에 내한했는데, 당분간은 이곳에 체류하며 사업에 힘쓸 예정이라고 한다.

자그마한 IT회사 〈태성 네트워크〉를 경영하는 아버지는 세계적인 기업가인 이신후에게 잘 보이고 싶어 했다. 그의 투자를 받을 수만 있다면 뭐든지 하겠다고, 그가 나서주면 만성적 자금 압박에 시달리는 〈태성〉의 숨통이 조금이나마 틸 것이라고 말이다.

'어쩌면 잘생기고 돈 많은 남자가 딸에게 청혼하는 신데렐라 동화를 꿈꾸는지도 모르지.'

태영은 속으로 삐딱하게 중얼거렸다.

운명적인 사랑과 해피엔딩을 신봉하는 그녀답지 않게 입가에 냉소가 흘렀다. 아버지가 소개해 준 남자를 만나고 좋아하고 약혼까지 했지만, 돌아온 것은 처절한 배신뿐이었음에 절로 시니컬해지는 것이었다.

전에는 아버지가 남자를 소개하는 상황이 이렇게까지 불쾌하지 않았었다. 그녀는 아버지의 안목을 철석같이 믿었다. 아버지가 〈태성 네트워크〉를 예까지 이끌어온 원동력이 사람을 판단하고 적재적소에 기용할 줄 아는 탁월한 용병술임을 알았으니까. 아버지가 머리 좋은 친구라며 〈태성〉의 젊은 기획실장, 한정현을 소개해 주었을 때 기꺼운 마음으로 그를 만난 것도 그래서였다. 아버지가 선택한 남자라면 두고 볼 것도 없이 훌륭할 것이라고 생각했던 것이다.

'핑계대지 마, 류태영.'

생각이 거기까지 미치자 내면의 자아가 콧방귀를 뀌었다.

'딴 여자랑 바람이나 피우는 천하의 개자식을 못 알아보고 외모에 홀딱 빠진 건 너야. 네 아버지가 아니라. 약혼도 오롯이 네 결정이었잖아. 그랬으면서 이제 와서 피해자 행세하는 게 말이 돼?'

그런 걸까. 다 내 탓인 걸까. 내가 남자 보는 눈이 형편없어서 이런 처지가 된 걸까. 아둔하고 멍청해서 남자에게 속고 친구에게 배신당한 건가.

스스로에게 우울한 질문을 던지며 태영은 상대방을 향해 예의 바른 미소와 단정한 말투로 차분히 응수했다.

"아니에요. 그런 거."

태영의 목소리는 아무렇지도 않은 듯 매끄럽게 흘러나왔다. 속마음은 절망스러울 정도로 괴로웠지만, 굳이 낯선 남자에게 감정을 드러낼 필요는 없었다.

어쨌든 이 남자는 죄가 없지 않나. 그저 젊고 잘생기고 부자인 것뿐.

문제가 있다면, 돈에 혹해 언감생심 불온한 헛꿈을 꾸는 부모님에게 있었다. 약혼자가 있는 딸에게 남자를 소개해 주는 아버지도, 그런 아버지를 말릴 생각하지 않고 오히려 부채질하는 철없는 어머니도, 지금 이 순간 태영에게는 원망의 대상이었다.

또르륵.

보타닉 문양의 단아한 티폿을 기울여 그의 잔에 차를 따랐다. 이신후는 잔이 다 채워질 때까지, 섬세하고 조심스러운 그녀의 손길을 가만히 내려다보기만 했다. 그녀가 티폿을 제자리에 내려놓았을 때에야 그는 비로소 입술을 뗐다.

"남자 때문인가요?"

"……"

"여자를 울리는 남자 따윈 잊어요. 쓸모없으니까."

"저기요."

태영은 속에서 무언가 욱한 감정이 끓어오르는 것을 느끼며 도전적으로 눈을 치켜떴다. 마음 같아서는 초면에 이게 무슨 무례냐고 쏘아붙이고 싶었다. 누굴 남자 때문에 울기나 하는 바보 천치로 아느냐고 대거리하고 싶었다. 하지만 진짜 그럴 수는 없었다. 죄 없는 제삼자에게 화풀이할 수는 없으니까. 게다가 박수무당의 말은 틀린 게 전혀 없었다. 그녀는 남자 때문에 울기나 하는 바보 천치 맞았다.

태영은 시무룩한 마음으로 고개를 떨구었다. 마음이 심란했지만 최대한 평정심을 유지하며 애써 예의 바른 말투를 고수했다.

"죄송합니다만 개인적인 얘긴 나누고 싶지 않습니다. 그럼, 전이만."

태영은 서둘러 자리에서 일어났다. 차를 따르는 것으로 임무를 다했다고 생각해서 한 행동이었으나 이신후는 그녀를 놓아줄 생각이 없는 듯했다. 그는 돌아서는 그녀의 등 뒤에 경고의 말 한마디를 던졌다.

"이대로 자리를 뜨면 류 사장님께서 몹시 실망하실 텐데요."

"……"

태영은 곧장 걸음을 멈추었다.

예상대로의 행동이었기에 신후는 찻잔을 손에 들고 느긋하게 소파 등받이에 몸을 뉘었다. 입가에 만족스러운 미소를 지그시 떠올리며 일부러 가볍게 덧붙였다.

"실망을 넘어선 절망쯤 되려나요."

"무슨 말씀이시죠?"

류태영이 뒤를 돌아보았다. 불쾌한 듯 미간을 찡그리고 고집스럽게 입술을 꾹 다물고 있었다. 언뜻 차갑고 이성적인, 완벽하게 안정된 상태로 보였으나 예리한 신후의 눈에는 그녀의 불안감이 훤히 보였다.

흔들리는 눈빛. 긴장한 듯 꿀꺽하는 목울대. 새하얀 목덜미에서 팔딱거리는 맥박. 저도 모르게 꽉 쥔 주먹.

그녀는 이미 예감하고 있었다. 자신이 맹수의 덫에 걸린 먹잇감 신세라는 사실을.

신후는 무서울 정도로 고요히 물었다.

"내가 누군지 알아요?"

"그거야 아버지의……."

"구세주."

신후는 '손님'이라고 대답하려는 태영의 말을 얄밉게 가로챘다. 태영의 눈이 순식간에 커다래졌다. 예감을 사실로 확인받은 격이었으니 놀람을 금치 못하는 것은 당연지사. 꽤나 큰 충격을 받았음이 분명한데도 그녀는 차분히 그의 말을 받았다.

"혹시 우리 아버지 회사가 잘못됐나요?"

"아직은 아니에요."

빙긋 웃으며 그는 대답했다.

"하지만 곧 그렇게 될 예정이죠. 류 사장님에겐 아마도 내가 마지막 남은 희망일 겁니다. 나에게서 거액의 투자금을 받아내는 것만이 시장에서 살아남을 유일한 대안이죠. 하나밖에 없는 딸을 거리낌 없이 거래 조건에 넣을 만큼 당신 아버지는 절박한 상황이에요."

"그러니까 그쪽 말은, 우리 아버지가 날 그쪽 손에 쥐어줬다는 건가요? 회사를 살려주는 대가로 날 파셨다고요?"

"파는 것과는 좀 다른데."

"그게 그거예요, 나한테는. 사실 이번이 처음도 아니죠."

"……."

"죄송한데요. 나한텐 이미 결혼을 약속한 남자가 있어요. 아버지께서 친히 소개해 주셨죠. 내년에 대학을 졸업하는 대로 그 남자랑 결혼하기로 돼 있어요. 머리가 좋으실 테니 무슨 뜻인지 알 거예요."

"……."

"그쪽은 우리 아버지한테 속았어요. 사기당한 거죠. 난 벌써 팔린 몸이에요. 다시 팔아넘길 수 없는 품절 상품."

"왜 내가 그걸 몰랐을 거라고 생각해요? 알고 있어요. 당신이 〈태성〉의 기획실장 한정현 씨와 약혼했다는 거."

"뭐라고요?"

냉소하던 태영이 두 눈을 부릅떴다. 아슬아슬 무너지기 일보 직전이면서도 의연히 버티는 그녀의 모습을 무감각한 시선으로 지켜보며 신후는 홀짝 차를 한 모금 삼켰다.

"알면서도 여기까지 왔어요. 당신을 직접 만나보러."

"내가 약혼했다는 걸 알면서도 여기 왔다는 거예요? 대체 왜……?"

"원래 호기심이 많은 편이거든요. 궁금했어요, 당신이 어떤 여자인지. 그동안 수많은 거래를 해보았고 협상 조건에 딸을 내놓는 경우도 적지 않았지만, 대부분은 거절이 쉽지 않을 만큼 그럴싸한 조건의 상대였거든요. 이렇게 터무니없고 뻔뻔한 제안은 난생처음이었죠. 약혼 경력. 집안. 파워. 돈. 당신의 그 수많은 흠결을 일시에 상쇄시킬 만한 매력이 어딘가에 존재하겠거니 생각했어요."

"적잖이 실망하셨겠네요. 기대만큼 훌륭한 매물이 아니어서."

"늘 그렇게 자기 자신에게 비판적이에요?"

그는 조롱하듯 매혹적인 입술에 미소를 떠올렸다. 찻잔 가장자리에 머물러 있는 붉은 입술이 섹시한 호를 그리며 휘어 올라갔다.

태영은 숨이 가빠지는 것을 느끼며 꿀꺽 마른침을 삼켰다.

갑자기 몸이 더워졌다. 손바닥에 땀이 차는 듯했다. 그의 시선

앞에서 온몸이 발가벗겨진 듯한 기분이 들었다. 왠지 그에게 자신의 근본과 본질을 낱낱이 들켜 버린 것만 같았다. 그럴 리 없다는 걸 알면서도 자꾸만 그가 자신의 모든 것을 알고 있다는 느낌을 지울 수가 없었다.

"비판적인 게 아니라 객관적인 거죠. 난 분수를 아는 사람이에요. 당신 같은 남자가 밑지면서까지 선택할 만큼 내가 그리 잘난 여자가 아니라는 것 정도는 알아요."

"객관적인 게 아니라 겸손한 것 같은데. 류태영 씨는 꽤 괜찮은 매물이에요. 적어도 내 눈에는. 아름답고 지적이고 섬세하고, 은근히 반항적인 기질도 있어서 대화도 썩 즐겁고. 무엇보다 당신이 아직 세속에 물들지 않아서 마음에 들어요."

"나만큼 예쁜 여자는 길가에 널렸는데요. 세속적이지 않은 건 지금껏 나름대로 유복한 환경에서 부족함 없이 잘 자랐기 때문이고요. 아직 학생이기 때문에 그리 보이는 건지도 모르죠. 난 그야말로 온실 속 화초로 자란 천둥벌거숭이예요. 당신 눈엔 이런 내가 정말로 아름답고 지적이게 보여요?"

"그렇다고 말하면 날 좋아해 줄래요?"

"그건……."

대체 이게 다 뭘까. 뭐가 어떻게 돌아가는 거야?

멍하게 생각하며 태영은 지그시 입술을 깨물었다. 머릿속이 어지럽고 혼란스러웠다. 모든 상황이 너무 빠르고 갑작스럽게 흘러가서 적응이 되지 않았다. 불과 3일 전까지만 해도 잘생긴 왕자님과 행복한 미래를 꿈꾸던 자신이 지금은 이렇듯 악마처럼 압도적인 남자와 흥정하는 상황이라니…….

그것도 자기 자신을 놓고!

'싫다고 말해. 절대로 좋아하지 않을 거라고 얘기해. 지금 당장.'

본능이 때늦은 위험신호를 보냈다. 하지만 바로 그때, 그녀에게서 망설임을 감지한 이신후가 먼저 입을 열었다. 부드럽고 달콤한 목소리와 누구도 거부하지 못할 단호한 어조로.

"그 남자 때문에 울지 마요. 다시는. 그럴 가치도 없는 인간이니까. 앞으로는 날 위해 웃어요. 당신이 그 남자에게 주었던 마음, 믿음, 애정, 그대로 나에게 돌려주면 돼요. 내가 원하는 건 그것뿐이에요."

"하, 하지만……."

"나를 사랑하고, 나로 인해 행복해하고, 내 영혼에 사랑이란 감정을 불어넣어 줘요. 그럼 당신이 원하는 모든 것을 줄게요. 당신 아버지의 회사를 포함해서."

"감정의 대가로 내게 돈을 주겠다는 거예요?"

언급하는 것만으로도 혐오스럽다는 듯 태영은 인상을 찌푸리며 물었다. 신후는 천천히 찻잔을 탁자에 내려놓았다.

그는 조금은 겁먹은 듯한 태영의 눈을 가만히 바라보았다. 깊고 그윽하고, 사악하리만치 아름다운 눈동자로 그녀의 맑은 영혼을 들여다보았다. 그리고 상처 입은 그녀의 자존심이 치유될 만큼 다정하고 사려 깊은 목소리로 대답했다.

"진정한 사랑을 얻을 수 있다는데 그만한 대가는 치러야죠. 안 그래요?"

"……."

미숙하고 세상 물정 모르는 순진한 아가씨를 꾀는 건 어렵지 않았다.

일주일 후, 그녀는 고민 끝에 신후의 제안을 받아들였다. 류태영이 그야말로 그의 손아귀에 뚝 떨어진 것이다. 그녀는 심지어 자신이 영혼을 사고파는 '악마의 계약'에 휘말렸다는 사실조차 알지 못했다.

이 모든 것이 그가 파놓은 함정이라는 것도.

제1장 베일 뒤의 연인

그로부터 3개월 후. 햇살 따가운 4월의 어느 토요일.

'도대체 난 뭘 기대했던 걸까?'

도서관 뒤편에서 자신을 기다리는 남자가 헤어진 前 약혼자 한정현이라는 사실을 알고, 태영은 묘한 실망감을 느끼고 있었다. 과하게 낙담하는 자신의 반응이 자못 당황스러웠다. 이신후가 원래 예고 없이 들이닥치는 스타일이 아니라는 걸 알면서, 학교로 자신을 찾아온 남자가 이신후이길 바랐다는 뜻이니까.

뚱한 얼굴로 태영은 한적한 교정 구석에서 서성이는 정현의 뒷모습을 바라보았다. 그는 언제나처럼 멀끔한 정장 차림에 훤칠한 모습이었다. 전형적인 꽃미남 스타일. 저 깔끔하고 산뜻한 모습에 가슴 설레지 않을 여자는 아마 없을 것이다. 그녀 역시도 그랬는데…….

이미 오만 정이 다 떨어져서일까. 예전이라면 혹했을 법한 그의 말쑥함이 지금은 왠지 너무 가벼워 보인다.

"어쩐 일이야?"

한숨을 쉬며 한정현에게 다가가 불쑥 물었다. 인기척을 느낀 그가 뒤를 돌아보았다.

"어? 태영아!"

뻔뻔스럽게도 그는 얼굴 한가득 미소를 띠었다. 너무나도 그립고 소중한 사람을 우연히, 아주 오랜만에 만났다는 듯. 물론 그녀는 한정현이 그립지도 소중하지도 않다. 우연히 만난 것도 아니며 심지어 오랜만에 만난 것도 아니었다.

파혼한 이후에도 그들은 두어 번 만난 적이 있다. 정현이 아직 〈태성〉에 남아 있기에 불가피하게 마주쳤던 경우들이었는데, 마주칠 때마다 그는 주변의 시선을 의식한 듯 과히 쿨하게 굴었다. 마치 서로 합의하에 약혼관계를 정리했다는 듯이. 남의 자존심을 그토록 엉망으로 만들어놓고 제 자존심만 챙기는 그가 어찌나 얄밉던지. 파혼 때문에 그를 해고하는 건 부당한 짓이라고 생각했던 자신의 행동이 어리석게 느껴질 정도였다.

그나저나 한정현은 여기 왜 왔을까? 헤어진 지 3개월이나 된 마당에 무슨 할 말이 남아서?

"나와줬구나! 고맙다. 정말 고맙다."

정현은 사면받은 죄수처럼 기뻐하며 덥석 그녀의 손을 잡았다. 그녀가 자신의 부름에 응했음을 용서와 화해의 제스처로 오인한 모양이었다.

하나 그녀는 정현의 부름에 응한 게 아니었다. 그를 용서할 생각도, 그와 화해할 마음도 없었다. 그를 죽도록 미워하고 저주하지도 않겠지만, 아무 일 없었다는 듯 하하호호 웃으며 지내는 것도 싫었다. 그들은 지독한 악연이었고, 악연은 서로 엮이지 않는 게 상책이었다.

태영은 그에게 붙들린 손을 스윽 잡아 빼며 현실을 일깨워 주었다.

"누가 날 찾는다기에 나온 거야. 오빠인 줄은 몰랐어."

"아…… 그럼 난 줄 알았으면 안 나왔을 수도 있었겠네?"

무덤덤한 그녀의 반응에 당황한 듯 정현은 어색해진 손을 슬그머니 목 뒤로 가져갔다. 하릴없이 뒤통수를 긁는 그는 무척 초조해 보였다. 무엇을 기대하며 여기까지 왔는지 짐작이 가는 대목이었다. 심장이 얼음장처럼 차가워지는 기분을 느끼며 태영은 약간은 빈정거리는 듯 물었다.

"왜? 내가 반가워하지 않아서 서운해?"

"글쎄, 잘 모르겠다. 내가 저지른 짓을 생각하면 이보다 더 나은 대접을 기대하면 안 되는데. 그래도 좀 섭섭하네. 네가 우리 일을 아무에게도 알리지 않았잖아. 날 회사에서 내쫓지도 않았고. 그래서 다시 잘 지낼 수 있을 거라고 생각했나 봐."

"뭐 좋은 일이라고 동네방네 떠들어? 대수롭잖게 넘기는 게 그나마 남은 자존심을 지키는 길이었으니까 그랬던 거지. 오빠가 아니라 날 위해서였어."

"어, 그래……."

"어차피 죽을 만큼 사랑하는 사이도 아니었잖아. 감정보다는 이해관계로 더 많이 얽힌 사이였지. 아빠는 마음에 드는 인재를 후계자로 들일 수 있어서 좋고, 오빠 사장님 사위가 되어 회사를 장악할 수 있어서 좋고, 나도 아빠가 보증하는 괜찮은 남자랑 결혼해서 좋고. 그래서 사귄 거잖아."

"아무리 사실이래도 1년이나 사귄 사인데. 굳이 이해관계라는 표현까지 해가며 격하시키는 건 좀 그렇지 않냐?"

"오빠가 판을 엎었어. 셋 다 이익 되는 장사, 해피엔드로 마무리될 수 있었는데 오빠 스스로 쪽박을 걷어찼다고. 때마침 오빠보다 더 좋은 조건의 남자가 나타났고, 아빠도 마음 흔들렸고, 나도 그 남자가 더 좋았어. 그래서 판 벌이지 않고 조용히 일을 덮었던 거지, 오빠 용서해서 그랬던 건 절대 아니야."

"그래. 네 말이 맞다. 내가 판을 엎었지. 등신처럼."

양심은 있나 보다. 태영의 냉정한 말을 듣고도 정현은 반박하지 않았다. 기운 없이 고개를 숙이고는 연신 한숨만 푹푹, 머리만 긁적긁적, 발끝만 툭툭거렸다. 평소와 달리 기가 죽은 모습에 아주 잠깐 불쌍하다는 생각이 들었다.

하필 전 약혼녀가 직장 상사, 그것도 사장의 딸이니 오죽 불편할까. 어떻게든 이 어색하고 불편한 관계를 풀고 싶겠지. 사장 딸에게 박힌 미운털을 어떻게든 뽑아내고 싶겠지. 다시 예전처럼 오빠 동생 하며 잘 지내보고 싶을 것이다.

하지만 그녀가 굳이 정현과 잘 지내야 할 이유가 있을까?

"도서관에서 뭐 하고 있었어? 시험 준비하니? 대학원에 진학하기로 결정한 거야? 너 그거 꽤 오랫동안 고민했잖아."

"그랬지. 해도 너무 많이 했지. 4년 내내 진로 하나 확실히 못 정해서 우왕좌왕. 연수를 갔다 전과를 했다, 꼴사나운 짓 참 많이도 했네. 약혼자가 내 가장 친한 친구랑 바람피우는 줄도 모르고."

자연스럽게 그녀의 개인사를 언급하는 정현에게 태영은 몹시 심드렁하게 대꾸했다. 그의 의도가 너무 뻔했다. 두 사람이 얼마나 가까웠는지, 얼마나 좋았었는지, 기억과 추억을 떠올려 그녀의 마음을 약하게 만들려는 수작이었다.

"그 일은 정말 입이 열 개라도 할 말이 없어. 죽을죄를 지었다, 태영아. 내가 어떻게 해야 네 마음이 풀릴까?"

"사과할 필요 없어. 전에도 얘기했지만 난 사람 마음 달라지는 게 죄는 아니라고 생각해. 나, 남녀 사이 영원하다고 여기는 바보 아니야. 약혼, 사랑의 맹세, 그딴 거 깨질 수도 있다고 생각해."

"……."

"결혼해서도 얼마든지 파투 나는 게 남녀 관계잖아. 내가 싫어지고 내 친구가 좋아졌다는데. 나를 좋아해 달라고, 그게 옳은 일이라고 일방적으로 주장할 순 없다고 생각해. 오빠가 날 배신하고 싶어서 배신했겠어? 아니겠지. 오빠도 오빠 마음 어쩌지 못해서 그런 거 아니야."

"이해해 줘서 고맙다, 태영아. 근데 말이야."

"내가 이해하는 건 딱 거기까지야. 거기까진 그럴 수 있다고 생각해. 내가 화나는 건, 도무지 용서할 수 없는 건, 오빠가 나랑 헤어지는 과정에서 예의를 지키지 않았기 때문이야. 난 예의 없는 인간이 싫어."

"……."

"내가 싫어졌으면 그렇다고 먼저 말했어야 했어. 은수가 더 좋아졌으면 나랑 먼저 관계를 정리하고 만났어야 했단 말이지. 나

몰래, 내 뒤에서 내 친구와 만난 건 무슨 말로 해명해도 비매너야. 정당치 못한 짓이었어. 오빤 나와 은수 모두를 모욕한 거야. 우릴 조금이라도 존중했다면 절대 그런 짓은 못하지. 난 오빠가 날 '떠나서'가 아니라, '예의 없이 떠나서' 화가 난 거야."

"태영아, 그건 말이지……."

"나랑 정리하고 은수를 만났다면 나도 얼마든지 오빠랑 은수, 축하해 줬을 거야. 그랬다면 오빠와도, 은수와도 이렇게 껄끄러워지진 않았겠지. 오빠의 섬세하지 못한 교통정리 때문에 난 약혼자뿐 아니라 가장 친한 친구까지 잃었어."

은수와는 사건이 터진 이후부터 쭉 연락 두절인 상태다. 은수도 딱히 관계 회복의 의지가 없는 듯 태영에게 문자 한 통 주지 않았고, 태영도 갑자기 등장한 신후 때문에 경황이 없어서 주변을 정리할 시간이 없었다. 하물며 제 뒤통수친 친구와 화해할 마음이 생겼을 리 없었으므로 시간이 흐르면서 자연스럽게 연락이 끊기게 되었다.

태영은 자신을 향해 당당히 정현을 사랑한다고 외치던 은수를 떠올리며 입술을 비틀었다.

"아직도 기막혀. 내가 남자 때문에 친구랑 절교했다는 사실이. 믿을 수가 없어."

"할 말이 없다. 다 내 잘못이야. 내가 그때 대처를 잘했어야 했는데……."

태영에게서 극도의 분노를 감지한 듯 정현은 안절부절못하며 주먹을 쥐었다 풀었다, 입술을 꽉 다물었다 풀었다, 하였다. 슬금슬금 태영의 눈치를 살피며 입술을 잘근거리는 폼이 따로 하고 싶은 말이 있는 듯했다. 물론 태영은 그의 구차한 변명 따위 들어줄 마음이 추호도 없었다.

그녀는 작별 인사에 가까운 마지막 정리 멘트를 기계적으로 줄 줄 읊었다. '만나서 더러웠다. 다시는 엮이지 말자.'의 심정이었다.

"은수와는 어쩌다 보니 연락이 끊겼어. 일부러 그랬던 거 아니니까 신경 쓰지 말았으면 좋겠네. 난 더 이상 두 사람한테 악감정 없어. 둘이 잘되길 바라. 진심이야."

"태영아."

"혹시 결혼하게 되면 연락해. 축의금은 보낼게. 결혼식에는 못 갈지도 몰라. 내가 그 정도로 마음이 넓진 못하거든. 하지만 두 사람의 행복은 빌어줄 수 있어. 그러니까 앞으로는 이렇게 불러내서 불쾌했던 과거의 일을 끄집어내는 일 없었으면 좋겠어."

"……안 만나, 태영아."

"뭐?"

"우리 이제 안 만난다고. 은수랑 헤어졌어."

순간 태영은 머리가 띵해졌다. 은수를 이제 안 만난다고? 헤어졌다고?

'벌써?'

기가 탁 막혔다. 믿었던 마음 갈기갈기 찢어 사람을 등신 만들 땐 언제고. 이제 와서 헤어졌다는 게 말이 되나? 둘에게 진지하게 묻고 싶어졌다. 두 사람의 사랑이란 게, 겨우 이런 거냐고. 그 알량한 사랑 때문에 사람을 그토록 처참하게 바닥까지 처박았던 거냐고.

"왜?"

와글와글한 감정을 억누르며 간신히 물었다. 공허한 외마디 질문에 정현은 어깨를 으쓱하며 세상에서 가장 쉬운 답변인 양 가볍게 중얼거렸다.

"왜긴. 사랑이 아니었으니까 헤어졌지."

"사랑이 아니면?"

"잠깐 머리가 어떻게 됐었나 봐. 미쳤던 거지."

"충동적으로 저지른 실수였단 말이야?"

"아니면 뭐겠냐."

"오빠 은수랑 한 달 동안 10번 이상 만났고 5번이나 잤어. 내가 바쁜 틈에 몰래. 어떻게 그게 충동이야? 계획적이고 자기 의지에 따른 판단이지. 난 도무지 이해할 수가 없어. 몸만 동해서 그런 짓을 했다는 게, 오빠가 그런 사람이라는 게, 정말 끔찍하게 혐오스러워."

"태영아! 세상에는 다양한 종류의 사람들이 존재해. 너처럼 맑고 깨끗한 사람만 사는 게 아니야."

"다양?"

"세상에는 너보다 나 같은 사람이 더 많아. 사랑 없이도 섹스는 할 수 있다, 사랑하지는 않지만 몸을 원할 수는 있다고 생각하는 게 보통 사람들의 생각이라고. 일반적인 상식이라니까!"

"상식이라고?"

태영은 즉각 반박하고 싶었다. 세상에 흔하디흔한 게 욕망이고 섹스이니까, 사랑하지도 않은 여자와 그렇고 그런 관계를 맺은 게 자랑이냐! 결혼을 약속한 여자를 배신하고 욕구에 충실한 게 자랑이라 이리 나불대는 거냐! 쏘아붙이고 욕해주고 싶었다. 하지만 그 순간, 당황스럽게도 이신후의 얼굴이 불쑥 떠올랐다.

사랑하지 않는 남자.

배신한 약혼자에 대한 반발, 보복 심리로 선택한 남자.

망해가는 집안을 되살리기 위해 어떻게든 사랑해 보려고 도전 중인 남자……

이신후의 여자가 되기로 작정한 이후부터 지금껏 3개월간, 그녀는 그와 수없이 많은 밤을 함께했다. 그를 사랑하지 않지만, 그와의 관계에서 만족을 얻지 못했던 적은 한 번도 없었다. 오히려 매회 최고 수치를 경신하며 절정에 다다랐다. 가끔씩은 그가 섹스의 신이 아닐까, 하는 별 웃기지도 않은 생각이 들 정도로 그와의 모든 관계에서 쾌락을 즐겼다.

그런 주제에 한정현을 무작정 비열한 인간으로 몰아붙일 수 있을까?

훅, 한숨을 내쉬며 태영은 어깨를 축 늘어뜨렸다.

갑자기 모든 게 시들해졌다. 이게 다 무슨 의미인가 싶어졌다. 다 끝난 마당에 한정현이 자신을 바보로 여기든, 문란한 성생활을 자연스럽고 쿨한 라이프 스타일로 여기든, 무슨 상관이란 말인가. 어차피 다시 사귈 사이도 아닌걸. 다 쓸데없었다.

"그만하자, 오빠. 머리 아프다. 용건이나 얼른 얘기하고 돌아가. 도대체 왜 찾아왔어? 헤어진 지 벌써 3개월인데, 무슨 할 얘기가 남아 있다고."

"전화했었는데 계속 안 받기에……."

"받고 싶지 않았어. 받을 이유 없잖아. 다 끝난 사이에."

"SNS도 차단한 것 같더라. 연락할 길이 없어서 막막했었는데 얼마 전에 사장님과 얘기하다가 우연히 네 얘기가 나왔어. 네가 날마다 도서관에서 공부한다고 하더라. 엊그제 네가 알아야 할 중요한 얘기를 듣고 어떻게든 널 만나야 한다고 생각했어. 그래서 그냥 무작정 찾아온 거야."

"내가 알아야 할 중요한 얘기가 뭔데?"

"그게 말이야. 아아, 이 얘길 어디서부터 시작해야 하지?"

"엄청 중요한 것처럼 포장하지 말고 사실대로 얘기해. 나 바빠."

"그러니까 그게……."

"……."

"그게 그러니까……."

"답답해 죽겠네. 왜 말을 못해? 나 진짜 시간 없다니까."

"너무 복잡하고 심각한 얘기라서 그래. 장난 아니라니까. 너도 들으면 까무러치게 놀랄걸. 우리 이럴 게 아니라 어디 가서 차라도 한잔 마시면서 얘기하자. 진짜 소름 끼치게 놀라운 얘길 해줄게. 학교 앞에 별다방 있던데. 거기서 네가 좋아하는 프라푸치오나 마실까?"

딱 거기까지 듣고 몸을 뒤로 돌았다. 거지깽깽이 같은 자식. 어디서 사람을 등신으로 보고 작업 멘트를 날리는 거야? 속으로 욕한 바가지 퍼부으며 저벅저벅 걷기 시작하자 정현이 헐레벌떡 뒤따라 달려왔다.

"태영아! 진짜 네가 들어야 할 얘기야. 너도 들으면 나한테 고마워할걸?"

덥석 태영의 손목을 쥐고 그는 다급하게 매달렸다. 태영은 짜증스러운 그를 노려보며 팔꿈치를 잡아당겼다.

"됐거든. 하나도 안 고마워."

"내가 3개월 만에 찾아온 이유가 궁금하다고 했지? 바로 이걸 알아내기 위해서였어! 난 지금까지 쭉 진실을 캐고 다녔단 말이야. 그동안 네 앞에 나서지 않았던 건, 모든 작업을 비밀리에 진행하고 있어서였다고. 한마디로 납작 엎드려 있었던 거지. 누구의 의심도 받지 않고 진실을 알아낼 때까지."

"미안하지만 진실이라면 나도 잘 알고 있어. 오빠가 은수랑 바람나서 내 뒤통수를 쳤다는 거. 그게 바로 진실이지."

"은수랑 잔 건, 그건, 완전 실수야. 널 기다리다가 혼자 술 취해서 뻗어가지고. 그때가 처음이었어. 너무 술에 취한 나머지 은수가 너인 줄로만 알았다고. 그래서 끝까지 갔던 건데 눈을 떠보니까 글쎄, 네가 아니라 은수더라고."

"그게 말이 돼? 아무리 취했어도 어떻게 사람을 구분 못해? 게다가 오빠랑 난 한 번도 그런 적 없었잖아. 어떻게 나라고 생각할 수 있어?"

"그래. 한 번도 없었지. 네가 결혼할 때까지 기다려 달라고 해서! 하지만 너도 알다시피 난 당장이라도 널 갖고 싶었어. 세상에 어떤 남자가 결혼을 약속한 여자랑 1년이나 아무 짓도 안 하고 싶겠냐? 하고 싶지만 네가 싫다니까 참았던 거라고. 내가 얼마나 답답했는지 알아?"

"지금 나 때문에 바람 폈다는 거야? 내가 안 자줘서?"

"그게 아니라! 은수와의 일은 술 취해서 저지른 실수에 불과하다는 뜻이지! 너에 대한 욕구불만이 폭발해서 미친 짓을 저질렀던 거야."

"욕구불만?"

"난 널 사랑해. 너랑 결혼해서 행복하게 사는 게 평생의 소원이었어. 내가 지금 얼마나 후회하는지 알아? 얼마나 나 자신이 역겹고 혐오스러운지 알아? 너 같은 애를 만난 게 행운인지도 모르고, 내 스스로 행운을 걷어찼다고 생각하면 당장이라도 자살하고 싶어. 무슨 정신으로 그랬던 건지! 솔직히 아직도 이게 함정이라는 생각을 떨치지 못하겠어."

"함정?"

"이제 와서 하는 얘기지만 은수 그 계집애가 날 작정하고 유혹했어. 처음 만났을 때부터 내 앞에서 유독 생글거리면서 매력 발산했단 말이야. 너 없을 땐 노골적으로 네 흉을 보고 나한테 들러붙기도 했다고."

"오빠, 지금 내 앞에서 은수 홍보하는 거야?"

"홍보는 게 아니라 사실이야. 진짜라고! 내가 미쳤다고 널 두고 그깟 계집애랑 어울렸겠냐. 이건 백 퍼센트 함정이야. 그 계집애가 날 유혹해서 우리 사일 갈라놓으려 한 거라고."

"그렇게 해서 걔가 얻는 게 뭔데?"

갈수록 태산이라 태영은 코웃음을 쳤다. 마음속에 실망감이 물밀듯 밀려왔다. 명백한 자신의 잘못을 타인의 탓으로만 몰아 어떻게든 응분의 대가를 피하려는 이 남자가 자신이 지난 1년 동안 사랑했던 남자라니!

너무 화가 났다.

"뻔하지 않겠어? 네가 망가지는 꼴을 보고 싶었던 거지. 걘 너한테 열등감이 있었어. 너보다 못나고 못 사는 게 불공평하다고 생각했다고. 실제로 나한테 그렇게 얘기한 적도 있어. 세상 참 불공평하지 않느냐면서, 왜 태영인 모든 걸 다 가졌는지 모르겠다고 말했다고."

"미안한데, 오빠."

피가 거꾸로 솟는 기분을 느끼며 태영은 천천히 중얼거렸다. 치미는 분노를 토닥거리고 벌컥거리는 심정을 다독이며 끈질기게 달라붙어 있는 그의 손을 세차게 떼어냈다. 그러고서 왜 은수에 대한 그의 비난에 이리도 화나는지 생각해 볼 겨를도 없이 차갑고 냉정하게 선언했다.

"나 안 망가졌어."

"엉?"

"멀쩡해. 하나도 안 아파. 사실 지금이 전보다 훨씬 행복해. 세상사 새옹지마라고. 오빠랑 헤어진 게 오히려 잘됐어. 아빠가 오빠 대신 물어다 준 남자가 글쎄, 거의 슈퍼카급이더라고."

"뭐, 뭐라고?"

정현은 그녀가 벌써 상처를 극복했을 거라고는 전혀 생각지 못한 듯하다. 당황스러워 말을 잇지 못한 채 멍하게 입을 벌리고 끔뻑끔뻑 눈만 껌뻑거리는 것을 보면. 태영은 사이다를 마신 듯 속이 시원해졌다. 십 년 묵은 체증이 쑥 내려가는 기분이었다.

그녀는 일부러 더욱더 친절하고 상냥한 미소를 입가에 떠올렸다. 그리고 아직까지 꿈에서 헤어나지 못한 불쌍한 영혼을 위해 달콤한 목소리로 현실의 준엄함을 일러주었다.

"난 오빠 잊었어. 사랑하지 않아. 이제 내가 사랑하는 사람은 그 사람이야. 이신후."

"하, 하지만 그놈은……."

"조만간 이신후 씨랑 결혼할 거야. 그러니까 앞으로는 아까도 말했듯이 이렇게 불쑥불쑥 찾아오는 일은 삼가줘. 누가 볼까 겁난다."

"류태영, 너 그놈이랑 결혼하면 안 돼! 실수하는 거야! 나중에 얼마나 땅을 치고 후회하려고……."

"잘 가."

태영은 정현을 싹 무시하고 단호하게 작별 인사를 건넸다. 곧장 뒤돌았다. 망연자실한 정현의 시선이 느껴졌다. 뒤통수는 따가웠지만 발걸음은 가벼웠다. 기분이 상쾌했다. 한정현 따위에게 휘둘리지 않은 자기 자신이 너무 대견하고 뿌듯해서 콧노래까지 나왔다.

날아갈 것 같던 그녀의 발걸음이 우뚝 멈춘 것은, 바로 그때였다.

등 뒤에서 절망적인 외침이 날아들었다.

"그놈은 악마라고!"

하루 종일 공부가 안 되었다.

정현에게 들은 충격적인 얘기들이 머릿속을 떠나지 않았다.

'악마.'

정현은 이신후를 악마라고 불렀다. 3개월 전 폭풍처럼 몰아친 불행들, 폭로, 결별, 나락으로의 추락이 누군가가 치밀하게 설계한 결과물이라고 확신한 정현이 그 증거를 찾기 위해 고군분투한 결과, 내린 결론이었다.

그는 지난 3개월간, 미국 현지의 사립탐정을 고용해 이신후의 뒤를 캤다고 했다. 그가 어떤 부류의 인간인지, 무슨 일을 해서 그토록 많은 부를 축적했는지, 한국에 온 진짜 목적이 무엇이고 〈태성 네트워크〉와 태영에겐 왜 접근했는지, 모조리 알아낼 목적이었다고 했다.

"그놈이 무슨 목적으로 태성에 접근했는지 모르겠어. 조 단위의 대형 사업을 추진하는 놈이야. 연매출 고작 500억짜리 회사에 주목할 이유가 전혀 없다고. 꿍꿍이속이 따로 있을 거야. 그게 그 새끼의 방식이거든."

"뭐?"

"너 도둑놈이 교화되는 거 봤어? 도둑놈은 십중팔구 또다시 도둑질해. 사람 쉽게 안 변한다."

"오빠 지금 제정신이야? 누가 누구한테 도둑놈이래? 오빠가 실수해서 날릴 뻔한 회사, 신후 씨가 되살렸어. 우리 아빠 회사라는 사실만으로 억대의 재산을 아무 이유 없이 쏟아부었다고."

"그건!"

"신후 씨 아니었으면 우리 아빠, 진작 감방행이었어. 우리 가족 모두 그 추운 엄동설한에 길거리에 나앉았을 거고. 프로젝트의 총책으로서 오빠도 그 책임을 면치 못했을걸. 우리 모두를 구해준 은인한테 고맙다고 절하지는 못할망정 어떻게 도둑이라고 비난해? 양심이 있어?"

"그 덕분에 이신후는 〈태성〉의 지분 90프로를 꿀꺽했어. 우리 〈태성〉이 지금은 한없이 빌빌대지만 기술 연구만 끝나면 IT업계의 공룡이 될 거야. 그동안에 들어간 개발비가 어마어마해서 휘청거리는 거지. 이 고비만 슬기롭게 넘기면 회사의 미래는 탄탄대로일 거라고. 이신후가 그걸 몰랐겠니?"

"오빠 자기 말이 앞뒤 안 맞는 거 못 느끼지? 아까는 신후 씨가 〈태성〉을 주목할 이유 전혀 없다며. 그래 놓고 갑자기 우리 회사가 공룡이 될 거라는 둥, 대체 뭐야?"

"갑작스러운 건 내가 아니라 이신후야. 산업단지 개발한답시고 한국에 와놓고 왜 상관도 없는 우리 〈태성〉에 관심을 두냐고!"

"그래서? 그 사람이 잘못한 게 있어? 돈이 너무 많아서 산업단지도 개발하고 우리 〈태성〉에도 투자하고 싶은가 보지. 뭐가 문제야? 오빠가 주장하려는 게 뭔데? 얘기해 봐. 나도 듣고 싶어. 신후 씨의 꿍꿍이속이란 게 뭔지."

"그건…… 내가 지금 알아보는 중이야."

"뭐라고?"

인내심에 한계가 오자 태영은 커피숍 안에서 '나랑 지금 장난해?' 하고 버럭 소리를 질러 버렸다. 어떻게든 신후를 음해하려는 그가 제정신으로 뵈지 않았다. 아무리 태성의 후계자 자리가 아쉽고, 그 자리를 신후가 꿰찬 게 배 아파도 그렇지. 어떻게 망할 뻔한 회사를 구한 영웅을 이렇게 모욕할 수가 있나.

신후는 정현의 실수로 도산 위기에 처한 〈태성〉을 살렸다. 정현이 망쳐 놓은 프로젝트를 마무리 짓도록 도왔고, 사방에 깔린 빚까지 정리해 주었다. 정현이 짓밟아놓은 그녀의 자존감도 한껏 세워주었다. 정현이 도리를 아는 인간이라면 이신후에게 백번 절을 해야 마땅하다. 한데 절은커녕 이렇게 뒤에서 험담을 늘어놓는 치졸한 행태라니!

조금이나마 정현을 믿고 카페까지 따라온 자신이 한심스러워졌다. 이런 말도 안 되는 헛소리를 들으러 금쪽같은 시간을 쪼개 여기까지 왔다니 정말이지 후회막급이었다.

한숨을 푹 쉬고 태영은 발딱 자리에서 일어났다.

"나 갈래. 미안하지만 오빠 말, 하나도 못 믿겠어. 여기 따라온 게 후회돼. 다신 내 앞에서 이신후 씨 흉보지 마. 나 그 사람 애인이야. 그 사람에 대한 근거 없는 비방, 듣기 싫어."

"근거 없는 비방이 아니야. 아직 말하지 않은 얘기가 있어. 앉아. 충격 먹을 게 뻔하니까 일단 차분히 마음을 가라앉히고 내 말 좀 들어."

"내가 왜 듣기 싫은 말을 억지로 참고 들어줘야 하는데? 오빠가 뭔데? 오빠가 무슨 자격으로 내 애인에 대해 왈가왈부하는 건데?"

"정신 차려! 그놈은 살인자라고!"

떠나는 그녀를 붙잡기 위해 한정현은 이신후가 살인자라고 단언했다. 태영은 너무 어이가 없어서 웃음을 터트리고 말았다. 이젠 이런 말도 안 되는 거짓말까지 하는구나, 싶으니 정현이 불쌍해지기까지 했다. 하지만 그가 뭔가 그럴싸해 보이는 검은 서류철을 증거랍시고 내밀자 반신반의할 수밖에 없었다.

"이신후는 10대 때 사람을 죽였어. 피해자는 의붓아버지인 에릭 젠슨, 백인 남성이었지. 당시 미국 전역에서 떠들썩하니 이슈가 되었던 사건이야. 아시아 이주민이 미국 백인 남성을 죽인 사건이라서 꽤 큰 논란거리가 되었었지. 이건 당시 신문 기사. 읽어봐."

서류철에는 노랗게 빛바랜 16년 전의 신문 기사들이 잘 정리되어 있었다. 실제 신문을 사진으로 찍어 인화한 것들로써, 고화질은 아니었지만 글자를 알아보고 읽기에는 충분한 해상도였다.

신문 기사의 핵심은, 한국계 미국인 니콜라스 젠슨이 술에 취한 의붓아버지 에릭 젠슨을 살해한 혐의로 1심에서 무기징역을 언도받았지만 2심에서는 유명 로펌 변호사의 활약에 힘입어 정당방위로 무죄 판결을 받았다는 것이었다.

일부에서는 판결에 의문을 제기하며 돈의 승리다, 미 연방법원이 자본에 굴복했다는 등의 비난을 퍼부었지만 대부분의 사람들은 '억울한 소년이 드디어 법의 보호를 받게 되었다'며 판결을 반겼다는 기자의 코멘트가 붙어 있었다.

"이게 사실이면 살인자라는 오빠의 말은 틀린 거 아니야? 정당방위라잖아."

"사실이겠냐? 자세히 읽어봐. 유명 로펌이 붙었다잖아. 자본주의 사회에서 돈으로 안 되는 게 어디 있어? 법원의 판결은 물론이고 신문 기사나 여론까지도 움직이는 게 돈이야. 팩트는 놈이 10년 넘게 자신을 길러준 아버지를 죽였고 그 죗값을 돈으로 면제받았다는 거지."

"하지만……."

"놈은 악질 중에서도 상악질이야. 그런 짓을 해놓고도 **뻔뻔스럽게** 잘살고 있잖아. 아무 죄책감도 없이 승승장구하면서. 더러운 세상! 놈을 아는 사람들 대부분이 이 사건에 대해 모를걸. 너도 몰랐잖아. 이렇게 중요한 사실을 애인인 너한테까지 철저히 비밀에 붙였다는 건, 켕기는 게 있다는 거야."

"……."

"말해봐, 류태영. 넌 이런 놈을 믿을 수 있어? 이런 악마 같은 새끼한테 〈태성〉을, 너의 미래를 맡기고 싶어?"

"믿어."

태영은 단 한 마디로 정현의 입을 틀어막았다. 제정신이냐며, 놈에게 빠져도 단단히 **빠졌다며**, 펄펄 뛰는 정현을 뒤로하고 서둘러 그곳을 벗어났다. 그리고 아무 일도 없었다는 듯 도서관으로 돌아와 책을 펼치고 공부에 집중했다.

하지만 오후 내내 한 글자도 머릿속에 넣을 수가 없었다. 자꾸만 그 신문 기사가 떠올랐다. 깨알 같은 글자들 사이에 커다랗게 자리한 흑백사진이 그녀의 정신을 마구 어지럽혔다.

반항심 가득한 눈. 긴장한 듯 꽉 다물린 입술. 결의에 찬 미간.

사진 속 소년은 분명한 이신후였다. 지금보다 한참 어린 앳된 얼굴이었지만 그녀는 단번에 알아볼 수 있었다. 그렇게 어린 나이에 사람을 죽이다니…….

'왜? 어쩌다가?'

'싸움이 있었나? 가정폭력에 시달렸나?'

하지만 이신후는 당시 열여덟 살이었다. 여덟 살이 아니라 열여덟 살. 술 취한 중년 남성쯤 얼마든지 뿌리치고 도망칠 수 있는 나이.

그는 왜 그러지 않았을까?

차라리 도망쳐서 경찰에 신고했더라면 누군가가 죽는 비극은 없었을 것이다. 양아버지는 그에 합당한 처벌을 받았을 것이고, 이신후는 폭력의 주체인 양아버지와 분리되어 다른 곳으로 입양되었을 것이다.

'왜, 어쩌다가 양아버지를 죽인 걸까?'

정현의 말대로 그가 악마라서?

"아니야."

그는 악마가 아니다.

태영이 아는 이신후는 악마일 수가 없는 남자이다.

그는 무너지는 태성을 살리고 은행에 넘어가는 그녀의 집을 찾아주었다. 눈덩이처럼 불어난 아버지의 사채 빚도 갚아주었다. 심지어 위독한 외삼촌의 수술비까지 대주었다. 그가 사악한 악마라면 어떻게 그런 호의를 베풀 수 있었겠나.

그가 지난 3개월간 자신을 위해 해준 일들을 생각하면 태영은 절대 신후를 의심하지 말아야 했다. 정현의 주장을 헛소리로 흘려 넘겨야 한다. 그런데…….

자꾸만 떠오른다.

상대를 잡아먹을 듯한, 10대 소년답지 않던, 그 독한 눈빛이.

구닥다리 카메라도, 흑백 인쇄의 흐릿함도, 노르스름한 세월의 흔적도, 소년의 눈에 떠오른 살기등등함을 퇴색시키지는 못하였다.

태영은 답답한 마음으로 가방을 싸서 도서관을 나왔다. 어차피 이대로는 공부에 집중할 수 없을 것 같으니 일찍 귀가해 잠이나 자야겠다 싶었다.

빵빵.

교문을 통과할 때 자동차 경적 소리가 들려왔다. 태영은 생각 없이 뒤를 돌아보다가 낯익은 차를 발견했다. 차 안에서 익숙한 남자의 머리가 튀어나왔다. 깜짝 놀랐다. 저 낯익은 비까번쩍한 남자는 아무리 자주 봐도 익숙해지지 않은, 볼 때마다 '정말 저 대단한 사람이 내 애인인가' 의심하게 만드는 남자, 이신후였으니까.

그가 학교까지 찾아온 건 처음이었다.

"웬일이에요?"

"웬일은. 애인 보러 왔지."

한눈에도 비싸 보이는 선글라스를 벗으며 그가 빙긋 웃었다.

태영은 속으로 훅 숨을 들이켰다. 심장이 쿵 내려앉고 오장육부가 쥐어 짜이는 낯선 감각 때문에. 언젠가부터 그를 보면 입에 담기에도 민망한 음란한 욕구가 몸속 깊은 곳에서부터 지글지글 타올랐다. 그가 섹시하게 미소 지을 때, 그윽하게 내려다볼 때, 길고 긴 손가락으로 두 볼을 가볍게 터치할 때도 참을 수 없는 욕구를 느꼈다. 최근에는 증상이 심해져서 온몸이 욱신거릴 지경이었다.

"어, 언제부터 기다렸던 거예요?"

얼굴 빨개지지 않으려고 무던히 애를 쓰며 태영이 물었다. 신후는 검은 먹물처럼 잔잔하면서도 심오한, 그윽하고 따뜻한 것 같으면서도 어딘지 모르게 냉정한 눈빛으로 그녀를 지그시 내려다보며 가볍게 대답했다.

"한 시간 전쯤?"

"한 시간이나 기다렸어요? 왔으면 연락을 하지. 내가 언제 나올 줄 알고 여태 기다렸어요?"

"방해하기 싫어서. 아무리 열심히 공부해도 배는 고플 것 아니야. 저녁 식사 시간 때쯤 연락하려고 했지. 한데 생각보다 일찍 끝났네? 오늘은 공부가 잘 안 돼?"

무심히 물으며 그는 자동차를 빙 돌아 조수석 문을 열었다.

"그냥 그래요."

태영은 아무렇게나 대답하고는 그가 열어준 자동차 안에 냉큼 몸을 구겨 넣었다. 행여 그와 눈이 마주칠까 시선을 다른 곳에 고정시켰다.

아직은 살인죄로 기소된 소년의 까만 눈과 똑 닮은 눈을 똑바로 볼 자신이 없었다. 마음속에서 그를 믿고 싶은 본능과 믿지 말아야 한다는 이성이 충돌하고 있었다.

"무슨 고민 있어?"

운전석에 오른 그가 태영을 돌아보며 물었다. 태영은 창밖 어딘가로 시선을 돌리며 무심결에 반문했다.

"있다면 해결해 줄 거예요?"

"내가 할 수 있는 일이라면."

"뭐든지요? 그게 나쁜 짓이래도?"

"나쁜 짓?"

솜털이 쭈뼛할 만큼 부드러운 목소리로 그가 다시 물었다. 태영은 그 순간 직감했다. 예민한 그가 무언가를 감지했다는 걸. 그녀의 말투나 행동이 전과는 다른 점이 있다는 것을 알아챈 게 분명했다.

몹시 미심쩍은, 관찰하는 시선이 뺨 위로 쏟아졌다. 태영은 지그시 입술을 깨물었다. 주먹을 움켜쥐고 손톱을 신경질적으로 문지르며 머릿속으로 적당한 핑곗거리를 열심히 찾았다.

"웬일이지?"

팽팽한 긴장감 속에서 점점 초조해지고 있을 때, 그가 핏, 웃음을 흘리며 중얼거렸다. 무겁고 어색했던 침묵에 금이 갔다.

"우리 착한 도덕 선생님께서. 남한텐 요만큼도 해코지 못하는 사람 아니었나?"

"……."

그의 장난스러운 말에도 태영은 웃지 않았다. 평소에도 그는 '착하다'는 말을 칭찬처럼 사용했고 그게 그의 진심이라는 것도 알았지만, 딱히 기분 좋은 말은 아니니까.

"할게."

쿵! 자동차 도어가 큰 소리를 내며 닫히자 태영은 흠칫 고개를 들었다.

"난 나쁜 짓도 해. 네가 해주길 바란다면."

이신후는 히쭉 입가에 미소를 걸며 중얼거렸다. 방금 전 둘 사이에 흐르던 긴장감은 대수롭잖게 흘려 넘긴 듯했다. 태영은 왠지 모를 안도감을 느끼며 소리 없이 한숨을 내쉬었다.

"신경 쓰지 말아요. 그냥 해본 말이니까. 피곤해서 그런지 요즘 부쩍 신경이 날카로워요."

"하루 종일 앉아서 공부만 하니까 스트레스가 쌓이는 건 당연하지. 많이 힘들어?"

"조금요. 날이 이렇게 좋잖아요. 마음은 싱숭생숭한데 도서관에 앉아서 책만 봐야 하니 좀이 쑤셔요."

"꼭 대학원에 진학해야 하나? 원한다면 졸업과 동시에 우리 회사에서 일해도 되는데."

"취업 쪽으로 진로를 정한다 해도 죽기 살기로 공부해야 하는 건 똑같아요. 당신 회사에 취직하려면 공채 시험에 합격해야 하잖아요. 〈월드프라임 인터내셔널 코리아〉는 세계적으로 알아주는 기업이라 경쟁률이 어마어마하다고요. 그건 곧 미친 스펙을 갖춰야 뽑힐 수 있다는 뜻이죠. 무한 경쟁은 대한민국 젊은이들의 숙명이랍니다."

"내가 왜 널 공채할 거라고 생각하지?"

"아니에요?"

"넌 내 애인이잖아. 내 회사에서 일할 자격은 그것으로 충분하다고 보는데."

"말도 안 돼요! 그럼 다른 응시생들은 뭐가 돼요? 힘들게 시험에 통과해서 입사한 직원들 입장은요? 절대로 있어서는 안 될 일이에요. 당신을 위해서라도, 정당하게 시험 보고 입사하는 게 맞아요. 막말로 내 업무 능력이 형편없어서 당신 체면을 깎아먹을지도 모르잖아요. 그럼 낙하산이네 뭐네 얼마나 뒷말이 무성하겠어요?"

"그런 건 걱정 안 되는데. 넌 뭐든 잘해낼 거야. 책임감 강하고 근면 성실해서 어디서든 칭찬받을걸."

"내가요?"

"게다가 똑똑하잖아. 업무 능력이 형편없어서 주위에 민폐 끼치는 일은 없을 것 같은데. 오히려 너무 잘해서 탈일 거야. 다른 팀원들 일까지 뒤집어쓰지나 않으면 다행이지."

신후는 그녀의 얼굴을 발그레하게 만들 만큼 최상급 칭찬을 아무렇지도 않게 하고서 또다시 입가에 미소를 비스듬히 떠올렸다.

언제 봐도 가슴 떨리게 만드는 미소. 태영은 홀린 듯 멍하게 그를 바라보다가, 그가 자신 쪽으로 손을 뻗었을 때에야 퍼뜩 정신을 차렸다. 최강 매너남답게 이신후는 그녀의 안전벨트를 직접 채워주었다.

"어, 어쨌든 고맙지만 일자리는 사양할게요."

"내 도움은 받기 싫어?"

"그런 게 아니에요. 알다시피 내 전공은 철학이잖아요. 그나마 취직 잘되는 경영대 때려치우고 여기저기 온갖 과에 기웃거리다가 인기도 없는 철학과에 터를 잡은 건 취직에 대한 생각을 깨끗이 접었기 때문에 가능했던 거예요. 난 공부가 좋아요. 학문을 연구하는 게 적성에 맞아요."

"그렇군."

시동을 걸며 그가 담백한 말투로 응수한다. 태영은 희미하게 미간을 찌푸렸다. 그의 마지막 대답이 거슬렸다. 딱히 빈정거리는 말투는 아니지만, 그렇다고 빈정거리지 않은 말투도 아니었다. 기분 탓인가.

아니면 자격지심?

솔직히 말하자면 태영은 그가 너무 부자라는 게 마음에 안 들었다. 관계의 시발에서부터 돈이 엮여서인지 그와 자신의 경제적 불균형이 신경 쓰였다. 가끔은 자신이 그에게 종속되어 있는 듯한 기분마저 느꼈다. 같은 이유로 그가 너무 잘생긴 것도 싫었다.

남들이 들으면 호강에 겨웠다고 욕할지도 모르겠지만, 태영은 이신후가 세계에서 손꼽히는 억만장자가 아니었으면, 바라보는 것만으로도 여자들이 홀딱 반할 만큼 잘생기지 않았으면 싶었다. 그가 다른 남자들처럼 적당한 재산에 적당한 외모에 적당한 사회적 위치를 가진 적당히 괜찮은 남자였으면 좋겠다고 생각했다.

어쩌면 그와의 관계가 어느 지점에서 멈춘 채 더 이상 나아가지 못하는 것도 그러한 자격지심, 마음속의 찜찜함, 거북살스러움, 일말의 저항감으로 설명되는 묘한 피해 심리가 작용해서인지도 모른다.

이 남자는 왜 날 원했을까?

자기보다 모든 면에서 한참이나 기운 상대를 대체 왜?

태영은 알 수 없는 반항심에 떠밀려 충동적으로 불쑥 한마디 뱉었다.

"당신은 날 왜 만나요?"

"음?"

차를 출발시키려다 말고 신후는 눈썹을 추켜세웠다. 의문부호를 단 시선이 그녀의 뺨으로 쏟아졌다. 왜 갑자기 이런 질문을 하느냐는 듯.

알 수 없는 조급함이 확 치밀었다. 심장이 오그라들면서 실내의 공기가 반으로 줄어든 듯 숨이 가빠졌다. 태영은 입술을 혀끝으로 축이고서 내내 피했던 시선을 돌려 그와 마주했다.

"전에도 말했지만 난 당신이 왜 나랑 사귀는지 이해 안 돼요. 난 내가 생각해도 당신과는 전혀 어울리지 않거든요. 세상 사람들도 우리 커플을 의아하게 바라봐요. 다들 당신이 왜 나처럼 아무것도 아닌 여자를 만나는지 모르겠다고들 하죠."

"널 만나기 위해 세상 사람들의 이해가 필요한 줄은 몰랐는데."

"난 누가 봐도 재미없는 여자예요. 따분하고 지루하고 융통성이라곤 요만큼도 없는. 취미도 공부. 특기도 공부. 시간만 나면 도서관으로 달려가고. 고등학교 때도, 다른 애들이 아이돌에 열광할 때 난 미셸 푸코의 삶에 빠져들었어요. 애들이 저더러 특이한 애라고 불렀죠. 대학에서 만난 친구들 덕분에 지금은 좀 나아졌지만, 그래도 난 여전히 따분한 공부벌레예요. 보통 남자들이 특히 싫어하는 타입이죠."

"그럼 나도 보통 남자는 아닌가."

"한국에는 '환경이 엇비슷한 남녀 커플이 오래간다'는 말이 있어요. 아무리 서로 사랑해도 사는 세계가 다르면 결혼은 물론 사귈 때에도 트러블이 생길 수밖에 없다는 뜻이죠. 난 우리가 바로 그런 케이스라고 생각해요. 당신은 내가 따라잡기에는 너무 높은 곳에 있어요. 당신 기준에서 나는 턱도 없이 모자란 여자예요."

"내 기준이란 게 뭔데?"

"그야 '언아더(Another)' 레벨이죠. 당신과 나 사이에는 '넘을 수 없는 사차원의 벽'이 존재해요. 완전히 다른 계층이라고요. 내가 미스코리아처럼 외모가 출중했다면, 네, 그건 이해돼요. 남자들은 예쁜 여자한테 반하기 일쑤니까. 하지만 당신도 알다시피 난 특출하게 예쁘고 섹시한 스타일은 아니잖아요. 대체 당신이 뭘 보고 날 만나는지 도통 이해되지 않아요."

"네 외모가 어떤지에 대해 내가 전에 얘기 안 했던가?"

"했죠. 당신 눈에는 내가 세상에서 가장 아름답다고. 내게는 예쁜 옷, 화려한 액세서리로 치장하지 않아도 자연스럽게 풍기는 우아함이 있다고. 근데 난 도저히 그게 뭔지 모르겠거든요? 정말 내게 그런 게 있다면 왜 당신 눈에만 보이는 거죠? 지금까지 만난 남자들은 왜 내게 그런 얘길 해주지 않았을까요?"

"다들 눈먼 바보였나 보지. 아니면 내가 보석 감별에 탁월한 재능이 있거나."

"정말로 내가 아름답다고 생각해요?"

도무지 이해되지 않는다는 듯 태영이 눈살을 찌푸리며 물었다. 그러자 신후는 빙긋 미소 지으며 산뜻하고 간단명료한 대답을 내놓았다.

"얼굴도 마음도."

"아닌데."

태영의 귀여운 미간이 더욱 짙게 찌푸려졌다. 그녀를 가만히 지켜보던 신후는 짐짓 심각한 표정으로 곰곰이 생각하다가 마침내 그녀의 말을 인정한다는 듯 고개를 끄덕거렸다.

"맞아. 사실 솔직히 말하면, 나도 네가 나와 어울리지 않는다고 생각해. 넌 생각도 마인드도 너무 어리고 비현실적이야. 어떨 때는 답답함마저 느껴."

"아아."

그럼 그렇지. 태영은 망연자실한 마음으로 어깨를 축 늘어뜨렸다. 그녀 역시 그렇게 생각했고, 그의 대답도 이미 예상했던 바이면서도 실망감이 쓰나미처럼 덮쳐 왔다. 순식간에 기운이 쏙 빠졌다.

"넌 너무 밝아."

"……"

아, 예.

"마음이 너무 따뜻해. 타인에게 너무 관대해."

예, 예. 그렇군요. 근데 그게 뭐가 나쁘다는 거죠?

"순진한 건지, 어리석은 건지, 자신을 이용하려는 작자들에게까지 자비를 베풀려고 해서 사람을 돌게 만들지."

……응?

"넌 누군가를 미워하거나 시샘하지 않아. 저주하지도 않지. 너와 함께 있으면 나쁜 생각 같은 건 절대 못해. 언제나 밝고 맑고 즐거운 생각만 하게 되지. 영원히 행복할 것만 같은 착각에 빠져들어. 아주 몹쓸 착각이지. 확실히 넌 나랑 어울리지 않아. 난 평생 남을 짓밟고 올라서야만 했거든."

이게 대체 무슨 말이람? 태영은 눈을 번쩍 뜨고 그를 돌아보았다.

이건 아무리 나쁘게 들어도 칭찬이었다. 그것도 뭔가 대단히 고차원적인. 혹시 다른 속뜻이 있는 걸까?

그녀가 의문과 호기심으로 반짝이는 눈으로 그를 열렬히 바라보고 있을 때였다. 그가 불쑥 상체를 기울여 그녀의 귓가에 속삭였다.

"근데 난, 그래서 네가 좋아."

제2장 사랑하지 않아

위이잉. 위이잉.

넓고 어두운 침실 한가운데에서 휴대폰이 불을 밝혔다. 불규칙적인 남녀의 숨소리뿐이었던 공간에 진동 소리가 뒤섞였다.

까무룩 잠들었던 태영은 흠칫 놀라 눈을 떴다. 협탁 위에서 부르르 떠는 제 휴대전화가 보였다. 그 옆에 나란히 놓인 신후의 휴대전화도. 서서히 현실감이 되돌아왔다. 이곳이 어딘지, 자신이 왜 여기 있는지가 떠올랐다. 무엇을 하다가 잠든 건지도.

"네가 따분했다면 내가 널 지금까지 만나고 있었을까? 난 시체처럼 조용하고 수용적인 상대는 질색이야. 싸울지라도 팔팔하게 살아 숨 쉬는 이를 상대하는 게 훨씬 흥미롭지. 소심하고 조심스럽긴 해도, 넌 가끔 내가 예상하지 못한 방식으로 날 놀라게 해."

"내가요?"

"아까도 말했지만 난 네가 나와 어울리지 않는다는 점이 좋아. 각박한 세상에서 유토피아를 꿈꾸는 현대인의 심정이랄까. 넌 비현실적일 정도로 착하고 낭만적이지만, 난 그런 너에게서 일종의 안식을 느껴. 그래서 널 만나는 거야."

4시간 전, 이신후는 수수께끼 같은 답을 내놓고서는 덥석 그녀의 입술을 물었다. 숨 막히게 달콤한 키스가 이어졌다. 한참 만에 입술을 떼었을 때는 그도 그녀도 숨이 턱 끝까지 차올라 있었다.

그는 말없이 시동을 걸었다. 그녀도 입을 꾹 다물고서 전방만을 주시했다. 자동차 안은 무거운 침묵이 내려앉았고 그들 사이에 존재하는 건 열띤 숨소리뿐이었지만, 두 사람 모두 알고 있었다. 자신들이 어디로 갈지. 그곳에서 무슨 일이 생길지.

차는 기록적인 속도로 내달려 그의 아파트에 도착했다.

붉은 노을을 이불 삼아 그들은 하나가 되었다. 그는 실로 거대한 에너지로 그녀를 삼켰다. 탐욕스럽고도 집요하게 그녀를 가졌다. 그와 함께할 때면 늘 그러했듯, 그녀는 그의 손길 아래에서 착실함을 완전히 벗어던졌다. 세상에서 가장 관능적인 여자로 변신해 정신없이 그를 취했다.

쉴 새 없이 내달리다 지쳐 곯아떨어진 건 겨우 10여 분 전.

몸이 말이 아니었다. 땀을 비롯한 분비물 때문에 피부가 끈적거렸고 전신의 근육이 아우성치며 피로감을 호소했다. 원래 침대에선 폭군 스타일인 그였지만 오늘은 평소보다 더 성급하고 거칠었다. 마치 화난 듯.

'낮에 무슨 일이 있었나?'

생각하며 태영은 상체를 일으켜 세웠다. 휴대전화를 집으려 팔을 길게 뻗쳤다. 그러자 그의 단단한 팔뚝이 뻗어 나와 그녀의 허리를 훅 낚아채었다. 태영은 순식간에 제자리로 돌아가 신후의 품에 안겼다. 그리고 무어라 반응하기도 전에, 그가 느릿느릿 허리를 움직이기 시작했다.

아직 결합 상태인 부위에서 새롭게 열기가 피어올랐다.

"으흠……."

"누구?"

신음하는 태영의 귓가에 그의 목소리가 스며들었다. 솜털이 오소소소 곤두섰다. 몸 한가운데로 찌릿한 감각이 관통했다. 피부 밑에 암약하는 감각이란 감각은 모조리 허리 아래로 몰려드는 느낌이다. 움찔 몸을 조이며 태영은 고개를 좌우로 흔들었다.

"몰라요."

"내가 확인해 봐도 돼?"

"네."

한숨 같은 답을 털어내며 그녀는 다급하게 고개를 끄덕였다. 그가 왜 발신자를 확인하려 하는지는 생각할 겨를도 없었다. 그녀의 몸속에서 잠들어 있던 그가 서서히 깨어나고 있었다. 꿈틀꿈틀 뒤틀며 무서운 속도로 팽창했다. 느슨해졌던 그녀의 통로가 터질 듯 팽팽해지고, 입구는 찢어질 듯 크게 입을 벌렸다.

"정혜진."

그녀를 엎드리게 하고 올라탄 그가 휴대폰을 들여다보더니 중얼거렸다. 이름을 듣자마자 태영은 베개에 묻었던 얼굴을 번쩍 쳐들었다.

"혜진이요?"

정혜진은 대학 동기이자 은수와 더불어 태영의 가장 친한 친구였다. 태영과 혜진, 은수는 자칭 '태혜수', 타칭 '인문대 미녀 3인방'으로서 재작년 은수가 먼저 졸업하기 전까지 항상 붙어 다녔다. 셋 중 가장 예쁘고 화려하고 인기 많은 은수가 '미녀' 이미지를, 온갖 인문대 과를 전전했던 태영이 '공부벌레' 이미지를 담당했다면, 혜진은 타고난 화술과 강력한 친화력으로 '술고래'와 '넉살' 이미지를 담당했다.

각자 개성이 강한데도 묘하게 잘 어울렸던 그들은 함께했던 4년 동안 다툰 적이 단 한 번도 없었다. 그랬기에 은수의 배신이 더없이 뼈아팠다. 태영은 은수와 정현의 관계를 알고서 노발대발하던 혜진을 떠올리며 쓸쓸하게 중얼거렸다.

"친구예요."

하나밖에 남지 않은.

"받을래?"

"아니요."

고개를 가로저으며 힘없이 웃음을 터트렸다. 혜진이 무슨 일로 전화했는지 궁금하지 않은 것은 아니었지만, 지금은 절대로 전화를 받을 수가 없었다. 뜨거운 열기와 날카로운 쾌감이 반복적으로 찾아와 그곳을 아플 정도로 헤집고 있는 이 판국에 어찌 태평하게 전화를 받는단 말인가.

"받아봐. 재미있을 것 같은데."

그가 피식 웃으며 나직하게 중얼거리곤 상체를 수그렸다.

그녀의 맨 등에 그의 가슴이 겹쳐졌다. 커다란 손이 그녀의 소박한 가슴을 부드럽게 쥐었다. 그와 동시에 완연히 굵어진 해면체가 몸속으로 밀려오기 시작했다.

"으읏!"

태영은 베개에 이마를 맞대며 이를 악물었다. 싫다고, 섹스하며 통화하는 게 당신에겐 재미있는 일인지 몰라도 나에게는 아니라고 말하고 싶었지만. 지금은 무슨 말도 할 수가 없었다. 말이 아닌 비명이 흘러나올 것 같아 입을 열 수조차 없었다.

신후는 좁은 통로를 조금씩 넓히며 천천히 들어찼다. 쾌감으로 흥건한 용광로로 찬찬히 잠영해 들어왔다.

태영은 베갯잇을 필사적으로 움켜쥐며 생각했다. 신체기관 중 어느 것 하나 정상적인 게 없다고. 온몸이 부서질 것만 같다고. 심장이 너무 빨리 뛰었다. 숨은 너무 거칠고 피부는 너무 뜨거웠다. 전신에 찌릿찌릿 전류가 관통했다. 그와 맞닿은 곳곳이 얼얼했고, 그와 이어진 곳은 녹아내릴 듯이 흐물흐물했다.

[여보세요.]

어서 그가 들어와 주기를, 그래서 이 고통 아닌 고통에서 벗어나게 해주기를 간절히 바랄 때였다. 친구의 음성이 흐느적거리는 그녀의 이성을 일깨웠다. 태영은 퍼뜩 고개를 들었다.

그가 멋대로 통화를 연결하고 휴대전화를 그녀의 귓가에 대놓았다는 사실을 깨닫자마자, 홱 신후를 돌아보았다.

그는 몹시 재미있는 게임을 관전하듯 흥미진진한 눈으로 그녀를 지그시 내려다보고 있었다. 아무래도 그는 태영과 혜진이 통화하는 모습을 지켜보아야만 직성이 풀리겠는 모양이었다.

[여보세요? 태영아! 너 거기 있니?]

"어…… 그래, 혜진아."

태영은 간신히 대답하고서 신후를 노려보았다. 다분히 비난과 책망으로 점철된 시선이었으나 그는 전혀 죄의식을 느끼지 않는 듯했다. 미동도 없는 그의 태도에서는 휴대전화를 치울 기미를 찾아볼 수 없었다.

[어디니? 집이야?]

눈싸움 아닌 눈싸움이 진행되는 가운데, 귓속으로 씩씩한 혜진 특유의 우렁찬 목소리가 또랑또랑 울렸다.

"어, 뭐……."

집이 아니었지만 사실대로 아니라고 말할 수가 없었기에 태영은 대충 얼버무리며 흘낏 곁눈질로 그를 훔쳐보았다. 대화 내용을 들었는지 못 들었는지, 그는 의미를 가늠할 수 없는 알쏭달쏭한 눈빛으로 그녀를 지켜보고만 있었다.

[목소리가 안 좋네. 어디 아파?]

"아니. 괜찮…… 흣!"

멀쩡하다고 말하려는 순간, 그의 허리가 격렬하게 움직이기 시작했다. 그의 하반신이 철썩철썩 엉덩이를 때렸다. 거대하고 단단한 살덩이가 쑤석쑤석 뱃속을 휘저을 때마다 몸 안에 예사롭지 않은 감각이 차올랐다.

태영은 질끈 입술을 깨물었다. 흘러나오는 신음 소리를 목구멍 안으로 꾸역꾸역 삼키며 베갯잇을 무참히 비틀었다.

[너 정말 괜찮은 거 맞아? 오늘 도서관으로 누가 찾아왔었다며. 흰 얼굴에 쌍꺼풀 진한 남자라던데. 그거 한정현 아니니? 그 인간

이 기생오라비처럼 허여멀건 몽타주잖아.]

"그거…… 너 누구한테 들었어?"

초인적인 자제력을 발휘해 거의 기적적으로 헐떡이지 않고 물을 수 있었다. 하나 그것도 잠시, 그가 또다시 전신을 뒤흔들 정도로 강력하고도 깊숙이 쳐들어왔다. 교접 부위가 비벼졌다. 한 치의 빈틈도 없이 완벽히 맞닿은 채 슥슥…….

무차별적으로 찾아오는 고감도 쾌감에 태영은 몸을 부들부들 떨었다.

당장이라도 비명이 터질 것만 같았다. 헐떡거림과 신음이 성대를 비집고 흘러나올 것 같았다. 태영은 떨리는 손으로 제 입을 틀어막았다. 그리고 자꾸만 밀려드는 그를, 이미 꽉 차 있는데도 계속해서 들어오는 그의 욕망을 온몸으로 받아냈다.

[그게 중요하니? 그 미친 새끼가 네 앞에 나타났는데. 대체 무슨 염치로 널 찾아왔다니? 뭐래? 그 잘난 주둥이로 설마 다시 돌아오고 싶다는 개소리를 지껄이진 않았지?]

"아니야……."

신후의 시선을 느끼며 태영은 어물어물 거짓말을 둘러댔다. 차마 그가 보는 앞에서 정현에 대해 입에 올릴 수가 없었다. 그가 과거를 모르는 것도 아니니 굳이 숨길 필요가 없는데도.

[그게 아니면 그 인간이 널 왜 찾아오는데? 너 예은이 알지? 은수랑 같은 동아리였던 애. 아, 왜! 은수랑 완전 친해서 우리와도 몇 번 만났잖아. 졸업하고 행정고시 준비한다던.]

"어, 기억나."

[얼마 전에 우연히 만났는데 걔가 그러더라. 은수 지난달에 회

사 그만뒀다고. 경주로 내려갔대. 각이 나오지 않니? 그새 둘이 쫑 난 거지.]

"경주로 내려갔어?"

[그 인간이랑 찢어진 게 아니면 그 독종이 회사를 왜 그만뒀겠 어? 어떻게 해서 들어간 회산데. 21세기 초일류 기업에 취업했다 고 경주 시골집에 플랜카드까지 내다 걸었잖아.]

"정말로 회사를 그만뒀다고?"

[친구 뒤통수까지 쳐 가면서 남자랑 시시덕거릴 땐 몰랐겠지, 지가 얼마나 쪽팔리는 짓을 저질렀는지. 찢어지고 나서야 정신이 번쩍 든 거야. 도저히 얼굴 들고 못 다니겠으니 고향으로 되돌아 간 거 아니겠어?]

"……."

[그러게 왜 그런 짓을 하니? 남의 눈에서 눈물 빼면, 자기 눈엔 피눈물 난다는 거 몰라? 너 그렇게 아프게 하고, 자긴 행복하게 웃 으면서 잘살 수 있을 거라고 생각했대? 어떻게 너한테 그래? 다른 사람도 아닌 너한테, 우리한테, 지가 어떻게 그럴 수 있어?]

"정말이야? 정말 회사 그만두고 집에 내려갔어?"

아무리 자기가 한 짓이 부끄러워도 그렇지. 어떻게 다니던 회사 까지 때려치울 수 있을까. 태영은 좀체 이해가 되지 않았다.

[믿어지지 않겠지만 사실이야. 나도 좀 어이없어서 예은이 붙들 고 자초지종 물어보고 싶었는데. 문득 헛수고란 생각이 들더라. 알면 뭐 하겠니? 도와줄 것도 아닌데. 괜히 심란해지기나 하지. 이 제 피차 불편한 사이잖아. 남남이나 마찬가지인데 서로의 안 좋은 상황은 외면해 주는 게 예의이지 싶더라.]

"……."

[너 진짜 다시 한정현이랑 만나는 거 아니지?]

"아니야. 걱정 붙들어 매."

넋을 놓고 힘없이 중얼거릴 때였다. 껍질처럼 그녀를 에워싸고 있던 그의 몸이 갑자기 훅 떨어져 나갔다. 가슴을 주물럭거리던 손길도, 목덜미를 빨아 재끼던 입심도, 몸속 가장 깊은 곳까지 가득 들어차 있던 살덩이도 순식간에 제자리로 돌아갔다. 그리고 일말의 공허함을 느낄 새도 없이 눈 깜짝할 사이에 침대 매트리스에 등을 대고 누운 자세가 되었다.

순식간에 뒤집힌 자신의 몸을 내려다보며 태영은 경악했다. 두 눈을 휘둥그레 뜨며 신후를 노려보았다. 불끈 눈에 힘을 주고서 눈꺼풀을 정신없이 나풀거림으로써 강력한 항의의 뜻을 전달했다.

'이게 뭐 하는 짓이에요? 친구가 알아채면 어쩌려고. 제발 아무 것도 하지 말아요. 난처해 죽을 것 같다고요!'

[태영아! 태영아!]

침대 바닥에 떨궈져 있던 휴대폰에서 혜진의 외침이 날아들었다. 말을 건네도 답이 없으니 이상하다고 생각하는 듯 목소리가 성말랐다. 태영은 냉큼 휴대폰을 집어 들었다.

"어, 그래, 듣고 있어."

태영이 혜진과 대화를 시작하자마자 신후는 기다렸다는 듯 그녀의 다리를 거칠게 잡아당겼다. 단번에 허벅지가 열렸다. 비밀스레 자리한 수줍은 광경이 그의 눈앞에 적나라하게 펼쳐졌다.

신후는 몹시도 탐욕스러운 시선으로 그녀를 뚫어져라 보았다.

넓게 펼쳐진 꽃송이, 분홍 빛깔 홀, 뾰족하고 음란하게 솟아오른 열매, 탐스럽게 반들거리는 꽃밭의 전경. 그는 그녀에게서 시선을 뗄 수 없었다.

신후는 전신을 옥죄는 강렬한 열기에 떠밀려 천천히 손가락 하나를 정원 한가운데에 심었다.

"읏⋯⋯!"

희미한 신음 소리가 그녀의 입에서 흘러나왔다. 신후의 눈동자가 그녀에게로 향했다. 그와 두 눈이 마주치자 태영의 여성적인 목울대가 소심하게 흔들렸다.

꼴깍.

태영은 잔뜩 긴장한 채 그를 주시하고 있었다. 얌전히 다리를 벌린 채 송아지처럼 커다랗고 또렷하고 순박한 눈으로 남자를 바라보는 류태영에게는 상상 이상의 퇴폐적인 그 무언가가 있었다. 신후는 욕정의 발현체가 벌겋게 달아오르는 것을 느끼며 본능이 시키는 대로 즉각 예쁜 핑크빛 우물에 입술을 묻었다.

"흐윽⋯⋯."

꽉 다물린 그녀의 성대 사이로 얕은 신음성이 흘러나왔다. 태영은 덥석 손으로 입을 틀어막고 신음을 삼켰다. 손끝이 파르르 떨렸다. 종아리가 허공에서 휘청거렸고 허벅다리에 경련이 일었다.

몸속이 엉망으로 헤집어지고 있었다. 사악하리만치 매혹적인 뜨거움, 매끄러움과 달콤함, 형언할 수 없는 부드러움이 공존하는 그의 입술이 비밀스럽고도 부끄러운 공간을 들쑤시고 쓰다듬고 물어뜯었다.

[태영아! 너 진짜 괜찮아? 정말 어디 아픈 거 아니야? 목소리가

이상해.]

"저기, 그게, 갑자기 배가…… 읏!"

[배 아파? 너 혹시 그날이니? 너 그거 되게 심하잖아.]

"으, 으흥……."

아래쪽으로부터 입맛을 다시는 민망한 소리가 들려왔다. 죽을 만큼 강력한 쾌감이 스치고, 스치고, 또 스쳤다. 태영은 베갯잇을 쥐어짜던 손을 화급히 끌어 내려 그의 머리카락을 움켜쥐었다.

[그래서 평소보다 일찍 귀가한 거였구나? 난 또! 한정현이랑 무슨 일 있었나 싶었나 걱정했지. 괜히 가슴 졸였네. 야! 전화 끊고 쉬어. 진통제 한 알 먹고 푹 자.]

"으응……."

[내일 보자. 쉬어!]

드디어 통화는 끝났지만 고문은 이제부터가 시작이었다.

신후는 그녀의 하반신을 더욱 가까이 끌어당기고는 사악한 혀를 우물 속에 쏘옥 집어넣었다. 넘쳐흐르는 물맛을 쉴 새 없이 쪽쪽 빨아 맛보았다. 그녀가 억눌렀던 비명을 터트릴 때까지. 전신을 경련하며 애원할 때까지. 제발 해달라고 부탁할 때까지. 그가 엮어내는 관능의 마법 아래에서 산산이 부서질 때까지…….

깊은 수면의 나락으로 빠져들기 직전, 그녀가 떠올린 건 안락함이었다.

그의 품이 참 편하다고 생각했다.

이렇게 넓고 따뜻하고 넉넉한 품을 가진 남자가 나쁜 사람일 리없었다. 세상에서 가장 정의롭고 명예롭고 믿음직스러운 남자는 아닐지라도, 그는 좋은 사람이다. 그녀의 본능이 그렇다고 말해주고 있었다.

　태영은 이제 그만 이신후를 믿기로 했다.

　태영이 수면의 늪에서 허우적거리다가 번쩍 눈을 뜬 것은 그로
부터 세 시간 후였다. 은은한 스탠드 불빛과 협탁이 눈에 들어왔
다. 이제 막 숫자 '12'를 지나치고 있는 탁상시계도. 이신후의 팔
이 자신의 허리와 어깨를, 다리가 골반과 허벅지를 넝쿨처럼 휘감
고 있었다.

　밤 12시.

　태영은 자신이 어쩌다가 지금까지 신후의 아파트, 신후의 침실,
신후의 품에 있게 되었는지 생각해 보았다. 세 시간 전의 일이 불
쑥 떠올랐다. 그의 화려하고도 달콤한 혀끝에 자신이 어떻게 녹아
났는지, 어떻게 자지러졌는지, 얼마나 비굴하게 매달렸는지가 파
노라마 영상처럼 눈앞을 스쳐 갔다.

　얼굴이 화악 달아올랐다. 다른 사람도 아닌 자신이, 다른 게 아
닌 육체의 갈증에 굴복했다는 게 참으로 부끄럽고 민망스러웠다.

　그녀는 지금껏 남자 때문에 집에 못 들어간 경험이 단 한 번도
없었다. 그만큼 가까운 남자도 없었거니와 있었다 해도 외박까지
해가며 사랑을 나누지는 않았을 것이다. 이렇게 조심성 없고 무모
한, 쾌락에 기댄 관계는 그녀가 지향하는 사랑이 아니었다.

　태영은 남녀 관계에서 가장 중요한 것은 균형이라고 생각했다.
여자가 좋아하는 만큼 남자도 좋아하는 것. 여자가 존중하는 만큼

남자도 존중하는 것. 여자가 주는 만큼 남자도 자신을 내어주는 것. 그렇게 사이좋게 주고받는 공정거래여야만이 관계가 유지, 발전할 수 있다고 생각하는 주의였다.

'정신 차려, 류태영. 요즘 너 낚싯밥 물고 퍼드덕거리는 물고기 같아.'

스스로를 향해 엄중한 경고를 날리며 태영은 천천히 조심스럽게 몸을 뒤척여 보았다. 하반신을 짓누르는 그의 넓적다리와 상반신을 휘감은 그의 팔뚝에서 벗어나기 위해 조금씩, 아주 조금씩 꿈틀거리니 전신을 옭죄던 팔뚝이 느슨해지는 것 같기도 했다. 한참 동안 씨름하고 나서야 그에게서 완전히 벗어날 수 있었다.

"그냥 자. 집에는 벌써 연락드렸으니까."

침대에 걸터앉은 자세로 바닥에 발을 내려놓을 때, 자는 줄로만 알았던 신후가 등 뒤에서 느른하게 중얼거렸다.

죄를 지은 것도 아닌데 태영은 저도 모르게 흠칫 놀랐다. 내내 깨어 있었던 걸까? 생각하며 고개를 돌아보았다. 신후는 한 손에 턱을 괸 채 먹물처럼 새까만 눈동자로 그녀의 모습을 지켜보고 있었다.

"연락이요?"

"응."

"무슨 연락이요? 언제요?"

"아까. 너 잘 때. 류 사장님께서 받으시더군. 기다리지 마시라고 했어. 네가 곤히 잠들어서 귀가할 형편이 못 된다고."

"내가 여기서…… 자고 갈 거라고 얘기했다고요? 우리 아빠한테요?"

"뭐가 잘못됐어?"

신후는 죄책감이라곤 눈곱만큼도 찾아볼 수 없는 태도로 태평하게 반문했다. 자신이 무엇을 잘못했는지 전혀 모르는 목소리였다. 태영은 '맙소사'를 중얼거리며 눈을 감았다.

깊은 숨을 들이마셨다가 내뱉었다. 안에서 팽창하는 황당무계함과 당황스러움, 일말의 분기와 혈압을 효과적으로 가라앉히기 위해 최선의 노력을 다하며 두어 번 더 동작을 반복했다. 마음속으론 애써 그를 위한 변명을 늘어놓고 있었다.

'이신후는 교포다. 외국에서 인생의 대부분을 보낸 남자다. 그러니 한국의 유교적 사상을 이해 못할 수도 있다.'라고.

잠시 후 눈을 떴을 땐 대혼란과 멘붕의 위기를 슬기롭게 넘긴 뒤였다. 태영은 바닥에 떨어진 옷가지를 주워 올리며 아무 일 없었다는 듯 태연하고도 자연스럽게 대꾸했다.

"그냥 집에 갈게요. 그러는 게 좋겠어요."

"아직 질문에 대한 답을 듣지 못했는데. 뭐가 잘못됐는지 얘기해 봐."

"……."

"대답을 듣기 위해 내가 굳이 다른 특별한 방법을 강구해야 하나?"

이신후가 특유의 느리고 조용하고 단조로운, 그래서 가끔은 섬뜩하게 들리는 억양으로 중얼거렸다. 에두른 협박의 메시지였다. 무슨 수를 써서든 답을 듣고야 말겠다는.

태영은 체념의 한숨을 푹 내쉬었다.

옷가지로 간신히 주요 부위만을 가린 채 뒤를 돌아, 부담스러우리만치 잘난 이신후와 똑바로 마주했다. 그는 아직도 '섹스의 신'과도 같은 몹시도 퇴폐적인 자태와 집어삼킬 듯 강렬한 눈빛으로 그녀를 지켜보고 있었다.

"난……."

태영은 차마 그의 눈을 똑바로 바라보지 못하고 시선을 사방으로 흩트렸다.

"이런 건 옳지 않다고 생각해요."

"옳지 않다고? 우리가?"

신후의 눈썹이 휙 추켜올라 갔다. 좀 더 자세한 설명을 바라는 듯.

태영은 오른쪽 다리에 있던 몸의 균형을 반대쪽으로 옮기며 어깨를 으쓱했다. 시선은 그의 곧은 콧날과 뚜렷한 인중, 그 아래 자리한 금욕적인 입술에 두었다.

"이상하게 들린다는 거 알아요. 우린 이미 부모님이 허락한 공인된 사이이고, 성인 남녀이니만큼 함께 밤을 보내는 게 어색한 관계가 아니니까. 아마 우리 부모님도 대충은 짐작하실 거예요. 우리가 만나서 순수하게 손만 잡는 건 아닐 거라고. 하지만 그래도 이건 너무 나간 것 같아요."

"나와 함께 있는 게 싫어?"

"그런 차원의 얘기가 아니에요. 신후 씬 이해하지 못하겠지만 결혼 전에는 이러는 거 자제해야 해요. 한국 사람들은 미혼 남녀의 외박을 좋게 안 보거든요. 두 사람이 아무리 깊은 사이여도, 설령 내일모레 결혼할 사이일지라도요. 하물며 여자 부모님께 그런 뉘앙스를 풍기는 건 아주 큰 실례예요."

"내가 당신 부모님께 결례를 범했다는 거야?"

"유감스럽게도요."

"우리가 함께 아침을 맞이하는 건 결혼 후에나 가능하다는 뜻이고?"

"음. 뭐. 굳이 말하자면요."

"……"

신후는 잠시 그녀를 바라보기만 했다. 평소보다 더욱 짙게 소용돌이치는 눈동자가 그의 심기불편을 말해주는 듯했다.

그의 기분이 상했다 해도 어쩔 수 없다고, 태영은 생각했다. 세상에 딸이 남자친구와 외박하는 걸 아무렇지도 않게 받아들일 부모는 없다. 그녀의 부모님도 다른 여느 부모님과 똑같다. 딸의 외박을 통보하는 신후에게 아버지는 분명 호통치고 싶었을 것이다. 당장 집에 들여보내라고, 감히 누구 앞에서 그딴 짓이냐고 노발대발하고 싶었을 것이다.

그리 못한 건 순전히 상대가 이신후였기 때문이다.

이신후가 태성을 부도 위기에서 구해낸 후, 아버지는 거의 그를 추앙하다시피 했다. 사람들에겐 그를 사위라고 자랑했고 입에는 '우리 이 대표'를 달고 살았다. 어머니도 마찬가지였다. 정작 신후의 입에서는 결혼 얘기가 나온 적 없음에도 어머니는 그를 늘 '이 서방'이라고 지칭했다.

"어쨌든 난 더 못 있어요. 갈게요."

태영은 못 박듯 선언하고서 나머지 옷가지를 주섬주섬 주워 들었다. 이신후가 수수께끼 같은 질문을 던진 것은, 그녀가 작고 샛노란 봄빛 속옷을 집어 들었을 때였다.

"넌 날 사랑해?"

티셔츠를 줍다 말고 태영은 몸을 굳혔다.

가슴이 쿵 하고 내려앉았다.

드디어 올 것이 왔구나 싶었다. 언젠가는 그에게 답을 내놓아야할 질문, 지난 3개월 동안 그를 만나면서도 끊임없이 고민해야만했던 논란의 명제에 대답을 내놓아야 할 시간인 것이다.

'류태영! 넌 이신후를 사랑하니?'

마음 같아서는 예스라고 답하고 싶었다. 이신후는 정말로 좋은사람이니까.

3개월 동안 냉정한 눈으로 평가해 본 바, 그는 신뢰할 만한 남자였다. 매끈하고 핸섬한 모델 같은 이미지의 이면에 그녀가 의지할 만한 든든하고 건실하고 믿음직스러운 성향이 분명 자리하고있었다. 깃털처럼 가벼운 한정현과는 너무도 딴판이었기에 이런사람이라면 평생을 함께해도 좋겠다고 생각했다.

사실 그는 모든 면에서 완벽하다. 외모면 외모, 집안이면 집안, 재력이면 재력, 뭐 하나 빠지는 게 없는데다 사람까지 좋다. 오죽하면 그녀 스스로 이신후더러 왜 자신 같은 여자를 만나느냐고 의문을 제기할까.

그녀에겐 그를 사랑하는 게 너무나도 지당한 일이었다. 그를 사랑하는 것만이 문제를 풀 수 있는 유일한 열쇠였다. 이신후를 사랑하고 그를 받아들이기만 하면 모든 문젯거리들은 소멸되고, 그녀는 평생 풍족하고 안락한 삶을 살게 될 것이다.

하지만…….

"아니면 내 돈을 사랑하나?"

태영이 머뭇거리는 사이 신후가 차가운 빈정거림을 흘린다. 깊이를 알 수 없는 새까만 눈동자에는 냉소가 일렁이고 있었다. 마치 그녀의 고민이 무엇인지 아주 잘 안다는 듯.

태영은 고집스럽게 입술을 다물고서 천천히 허리를 세웠다. 그녀에게로 그의 노골적인 시선이 쏟아졌다. 새하얀 목덜미, 벗은 어깨와 가슴, 잘록한 허리를 차례차례 핥듯이 훑어 내려갔다.

그를 기억하는 몸이 자동으로 순식간에 달아올랐다. 그의 시선과 손길과 몸짓을 기억하고 저절로 반응했다. 미친 듯이 그를 바라고 원했던 순간들, 그를 느끼며 기뻐했던 기억들이 세포조직을 통해 활발히 되살아났다.

"아직은 잘 모르겠어요. 당신을 사랑하는지, 사랑하지 않는지."

등줄기에 전류가 내달리고 다리 사이에 번개가 꽂힌 듯했지만 다행히 목소리는 멀쩡하게 나왔다. 태영은 점점 사그라져 가는 배짱을 애써 추스르며 말했다.

"하지만 이거 하나만큼은 확실하게 말할 수 있어요. 내가 만약 당신을 사랑하게 된다면, 그건 당신이라는 사람 자체에 빠져들었기 때문일 거예요. 당신의 재력이 아니라."

"부자라는 이유만으론 날 사랑할 수 없다는 뜻인가?"

"내가 순수하고 인격적이라서가 아니에요. 나도 돈 좋아해요. 다른 여자들처럼 명품, 보석, 차, 비싸고 멋진 것에 환호할 줄 알아요. 당신이 어마무시하게 돈이 많다는 사실이 내게 얼마나 큰 안도감을 주는데요. 당신 덕분에 전처럼 돈 걱정 없이 살 수 있어서, 외삼촌 수술비 때문에 발 동동 구르던 우리 엄마, 웃게 할 수 있어서, 너무 좋았어요. 당신이 날 선택한 걸 행운이라고 생각할 정도였죠. 맞아요. 나 속물이에요."

"……."

"근데요. 아무리 속물이라도 돈에 마음까지 팔진 않아요. 사랑하지도 않으면서 사랑한다고 거짓말하지는 않을 거예요. 억지로 감정을 주입하지도 않을 거고요. 그런 건 자연스럽게 녹아드는 거라고 생각해요. 그러니까 너무 서두르지 말아요. 천천히 가도록 해요, 우리. 지금은 아닐지라도 언젠가는 분명 당신을 사랑하게 될 거예요."

"편리한 대답이네. 하지만 썩 영리한 대답이라곤 할 수 없겠어. 제 입으로 계약 위반을 실토한 거나 마찬가지니까."

"계약 위반이라뇨?"

"넌 3개월 전에 날 사랑하겠다고 약속했어. 난 그 약속을 믿고 〈태성〉을 부도 위기에서 구했지. 네게 필요한 모든 걸 해줬어. 〈태성〉을 구한 것뿐만 아니라 망해가는 집안까지 구해서, 네 세계가 와르르 무너지는 걸 막아주었지. 네 연인으로서 인생을 즐기는 법도 가르쳤고. 한데 내게 돌아온 건 사랑할 수 없다는 답이로군."

"아니에요, 내 말은……."

"아! 못해준 거, 있네. 복수. 하지만 그것도 네가 거절했기 때문이었어. 기억해? 네가 어떤 이유로 거절했었는지."

물론 기억한다. 아주 생생히.

이신후는 정현과 은수에게 복수를 해주겠다고 제안했었다. 배신자들을 영원한 고통 속에서 허덕이게 해주겠노라, 차라리 죽여 달라고 애원토록 만들겠노라, 그렇게 철저히 파멸시켜 주겠노라고 말이다.

아주 달콤한 유혹이었다. 당장이라도 그렇게 해달라고 청하고 싶었다. 두 사람이 땅을 치며 후회하게 해달라고, 자신이 당한 만큼 똑같이 고통당하게 해달라고. 하지만 차마 말하지는 못했다. 정말 어처구니없게도, 그들이 파멸하는 모습을 그려 보아도 전혀 기쁘지가 않았다. 착잡하고 우울해졌다. 그리 세차게 뒤통수를 맞아놓고도 측은지심이 생긴다는 게 못내 억울하고 분했지만 어쩔 수 없었다. 결국 혼자 '너 참 못났다' 하고 씁쓸히 넋두리하는 것을 끝으로, 그들에 대한 앙금을 털어내었다.

"둘 중 하나군. 날개 없는 천사이거나, 아직도 한정현을 사랑하거나."

복수를 거절하는 그녀에게 신후가 한 말이었다. 둘 다 아니었지만 딱히 부인하지는 않았다. 그때는 사실을 정정하고 애써 설명할 필요성을 느끼지 못했다.

"절교했으니 그걸로 됐다고 했었죠. 난 그게 최고의 복수라고 생각한다고."

"기억하는군."

재미있다는 듯 그가 핏 웃음을 흘린다. 태영은 지그시 입술을 깨물며 생각했다. 그에게 비웃음당해도 어쩔 수 없다고. 자신이 생각해 봐도 참 웃기는 이유였다. 솔직히 그가 거짓말이라고 몰아붙여도 할 말 없었다. 자신도 그런 선택을 한 자신이 이해되지 않으니까.

"당신이……."

태영은 손에 들려 있는 티셔츠를 불안하게 조몰락거리며 조심스럽게 입을 열었다.

"내게 부담스러울 만큼 잘해준 거 알아요. 고맙게 생각해요. 할 수만 있다면 당장이라도 계약 조건을 이행하고 싶어요. 하지만……."

"하지만 뭐? 당장이라도 사랑하고 싶지만, 날 상대로는 도저히 그런 감정이 생기지 않는다는 건가?"

이신후가 그녀의 말을 가로막으며 낮은 목소리로 물었다.

순간 기시감 같은 것이 퍼뜩 그녀의 뇌리를 스쳐 갔다. 3개월 전 그와 나눴던 대화들이 오버랩되었다.

"날 사랑하는 게 쉽진 않을 텐데 정말로 해낼 자신 있어요?"

"유예기간을 주신다면요. 최선을 다해볼게요."

"날 사랑하기 위해 최선을 다해야 할 만큼 내가 그리 끔찍해요?"

"네? 아아, 전 그런 뜻으로 말한 게 아니라……."

"건투를 빌어요. 성공하세요. 꼭."

그날, 태영이 신후에게서 받은 인상은 기묘했다.

이신후는 그녀에게 자신을 끔찍하게 생각하느냐고 물었지만, 정작 그를 제일 끔찍하게 여기는 건 이신후 자신인 것 같았다. 진정한 사랑을 얻기 위해 그것을 줄 법한 여인으로 태영을 지목했지만. 그 태도가 상당히 회의적인 것으로 보아 실패를 예상하는 것 같기도 했다. 심지어 스스로를 사랑받지 못할 존재라고 여기는 것 같기도.

짧고 강렬했던 그에 대한 인상은 곧장 폐기되었다. 말이 안 되었으니까. 이신후는 어떤 여자라도 거부하지 못할 만큼 매력적인 남자였다. 그도 그 사실을 충분히 인지하고 있었을 터이다. 세상의 모든 여자들이 오매불망 선망할 법한 남자와 자기 비하는 전혀 어울리지 않았다.

그렇다면 왜 저렇게 말하는 걸까? 마치 자신을 괴물로 인식하는 듯.

'혹시 16년 전 그 일 때문?'

양아버지를 죽음에 이르게 한 과거 때문에 자신을 끔찍한 존재로 여기고 있는 것?

하지만 무죄였잖아. 법원으로부터 정당방위 판결을 받았잖아. 한데 왜?

가슴이 답답해지자 태영은 깊게 숨을 몰아쉬며 천장을 바라보았다. 집주인을 연상케 하는, 클래식하면서도 럭셔리하지만 어딘지 모르게 음침하고 고독해 보이는 샹들리에를 물끄러미 응시했다. 똑같은 느낌의 갈색 앤티크 옷장과 갈색 털북숭이 카펫에 차례로 시선을 두며 심란한 마음을 간신히 추슬렀다.

"난요……."

쓰라린 마음이 어느 정도 진정되었다고 생각되자 태영은 불쑥 그를 돌아보며 못다 한 말을 이었다.

"사실 당신을 좋아해요. 아주 많이."

신후가 말없이 눈살을 찌푸렸다. 어둠 속에서 불신으로 가득 찬 날카로운 눈빛이 그녀를 똑바로 주시했다. 태영은 마음이 몹시도 불편해졌다. 이신후가 자신을 안 믿는다고 생각하니 왠지 속이 상했다. 자신의 속마음을 뒤집어 그에게 보여줄 수 있으면 얼마나 좋을까 생각하며 작게 한숨을 내쉬었다.

"당신이 좋은 사람이라고 생각해요. 내가 부족하다고 느낄 만큼."

"좋은 사람……?"

"내가 아는 당신은 마음이 따뜻한 사람이에요. 형편이 어려운 사람을 돕고, 곤경에 처한 사람에게 서슴없이 손을 내밀 줄 아는. 타인을 배려하는 마음을 가지는 거. 그거 의외로 어렵거든요. 돈 있다고 누구나 할 수 있는 일이 아니에요. 마음은 있지만 실천을 못하는 사람들이 얼마나 많은데요."

"내가 벌어들인 돈의 일부는 가난한 사람들의 피땀을 쥐어짠 대가인데도?"

"잘못을 인지하고 있다는 게 더 중요한 거예요. 그렇다는 건 언제든지, 얼마든지 달라질 수 있다는 뜻이니까. 아시겠지만 반성과 속죄가 개과천선의 기본이에요."

"날 개과천선이라도 시키겠다는 건가?"

"아니요. 내가 왜 그래야 돼요? 당신은 지금으로도 얼마든지 괜찮은 사람인데. 조금의 망설임 없이 자신 있게 얘기할 수 있어요. 당신을 좋아한다고. 호감이 있다고."

"……."

"하지만 알다시피 좋아하는 감정이 다 사랑인 건 아니잖아요. 아직까지는 내 감정이 사랑인지 아닌지 감별이 안 돼요. 그러니까 조금만 기다려 달라는 거예요. 내가 내 감정을 깨달을 때까지만. 내가 느끼는 호감이 사랑이라는 확신이 생길 때까지만요."

"3개월은 긴 시간이야. 그동안에도 깨닫지 못했던 감정이라면 사랑이 아닌 거지."

"사랑이 아니라면 아니라는 확신도 있어야 한다고 생각해요. 하지만 난 그것마저도 없거든요. 당신도 답답하겠지만 나는 더 답답해요. 당신한테는 3개월이 길게 느껴졌겠지만, 나한텐 엄청나게 짧은 시간이었다고요. 지난 감정을 추스르기에도 벅찼어요. 조금만 더 시간을 줘요. 네?"

"시간을 주면? 날 사랑할 가능성이 있기나 해?"

"그럼요."

태영은 두 눈을 훌쩍 키우고서 빙긋 미소를 지었다. 확신에 찬 말투로 씩씩하게 말하고 고개까지 *끄덕끄덕* 흔들었다. 그런데도 여전히 그의 표정이 풀리지 않자 태영은 슬금슬금 다가가 그의 입술에 도장을 찍었다.

쪽!

"아직 모르는 것 같아서 알려주는데요. 당신을 사랑하는 건 그리 어려운 일이 아니에요. 내 눈에 당신은, 장점이 많은 사람이거든요."

"……."

"조금만 기다려 줘요. 조만간 당신한테 푹 빠질 것 같으니까. 당신이 없으면 못 산다고 울며불며 매달릴지도 몰라요. 그때 가서 딴소리하면 안 돼요. 알았죠?"

꽤 설득력 있게 얘기했다고 생각했지만 그는 별다른 반응을 보이지 않았다. 무감각, 무감동, 무덤덤한 시선으로 그녀를 가만히 바라보기만 할뿐. 태영은 시무룩해진 나머지 미간을 찡그렸다.

뭐라고 말해야 할까. 어떻게 해야 진심을 전할 수 있을까.

고뇌의 눈빛으로 그를 마주 보며 곰곰이 생각에 빠져들 때였다. 그가 덮치듯 그녀를 침대 매트리스에 밀어붙이더니 더할 나위 없이 깊고 진한 키스를 퍼붓기 시작했다.

제3장 사랑은 없다

아침 8시.

샤워를 마치고 욕실에서 나온 신후는 텅 빈 침대가 눈에 들어오
자 걸음을 멈추었다. 수건으로 머리카락을 비비던 손길도 같이 멎
었다.

새벽에 침실을 빠져나가던 류태영의 모습이 떠올랐다. 살금살
금 움직이던 그녀의 몸짓이, 그럴 때마다 후각을 자극하던 그녀의
살 냄새가 지독히도 생생히 뇌리에 되살아났다. 몰래 떠나려는 그
녀를 얼마나 붙잡고 싶었는지도.

그녀를 침대에 눕히고 새하얀 다리를 벌려 그 안에 쇠뿔처럼 성
난 자신의 몸을 담그고 싶었다. 깊고 깊은 저 밑바닥 끝까지 들어
갔다 나오고 싶었다. 그녀가 소리치고 신음할 때까지. 헐떡이며
애원할 때까지. 기절하듯 자지러질 때까지. 그래서 그녀가 다시는

자신을 떠나지 못하게, 자신의 곁이 제자리임을 인정하게 만들고
싶었다.

『미친 놈.』

영어로 욕설을 중얼거리며 신후는 입술을 비틀었다.

여자나 섹스에 빠지는 건 그의 스타일이 아니었다. 그는 여자를
사랑하지 않는다. 사랑의 존재조차 믿지 않는다. 그를 차지하기
위해 덤비는 수많은 여자들과 그들이 기꺼이 제공하는 말초적 쾌
락에 중독되지 않는 것도 바로 그 때문이다. 진짜 사랑은 없다는
확신.

사랑은 실체를 확인할 수 없는 신기루 같은 것이다. 인간들은
실존하지 않는 사랑을 존재한다고 믿으며, 스스로 사랑에 빠졌다
고 착각함으로써 거짓된 행복과 관계에 도취한다. 그야말로 어리
석고 비효율적인 짓이었다. 시간과 체력과 감정 모두의 낭비인
셈.

똑똑.

젖은 머리카락을 마저 털며 도우미 아주머니가 가져다 놓은 모
닝커피를 집어 들 때, 누군가가 침실 문을 노크했다. 이 시간에 자
신을 찾을 사람은 한 사람뿐. 커피를 한 모금 마시며 신후는 허락
의 말을 중얼거렸다.

"들어와요."

"대표님."

문이 열리고 백기열이 들어왔다.

환갑을 목전에 둔 그의 공식 직함은 비서실장. 신후의 개인 수
행비서이지만 사실상 집사에 가까웠다. 30년 전부터 〈월드프라임

인터내셔널 그룹〉의 창립주인 고(故) 이재필 회장을 모시며 그의 흥망성쇠를 함께했고, 이재필이 죽은 후에는 그의 아들이자 후계 자인 이신후를 모시고 있으니 충성심으로는 누구도 그를 넘지 못할 것이다.

16년 전, 신후의 친부, 이재필은 평생을 부와 명예를 추구하며 이기적으로 살다가 말년에는 아내도 자식도 없이 시한부 인생을 맞게 된 조금은 외롭고 불쌍한 인간이었다. 그는 자신이 살아온 삶을 후회하며 조용히 앞으로 닥칠 죽음에 대비하고 있었다.

그런 그가 자신에게 아들이 있었음을 알게 된 건 아주 우연한 계기에서였다. 신문과 방송에 떠들썩하니 보도된 살인사건에서 낯익은 이름을 듣게 된 것이다.

〈한국인 한유선의 아들, 한신후.〉

사진 밑에 적힌 설명은 이재필을 충격에 빠뜨렸다. 한유선은 그가 꿈에서도 잊을 수 없었던 여인의 이름이었고, 한신후는 자신의 어릴 적 얼굴과 꼭 닮아 있었으니까. 건강한 이재필이었다면 하늘에서 뚝 떨어진 피붙이가 생뚱맞고 반갑지 않았을 것이다. 하지만 죽음을 앞둔 이재필에게는 하늘이 준 마지막 기회처럼 느껴졌다.

인생을 제대로 마무리할 기회.

그는 자신이 가진 모든 인맥과 재산을 활용해 살인자의 오명을 쓴 아들을 살려냈다. 그러곤 석 달뿐이라는 시한부 인생을 3년으로 늘림으로써, 아들에 대한 애정을 만방에 과시하고 평화롭게 눈을 감았다.

처절했지만 나날이 행복했던 투병 기간 3년 동안 이재필은 아들을 위해 자신이 할 수 있는 모든 방비를 해두었다. 그중 가장 심혈을 기울인 것은 자신의 빈자리를 채워줄 인물을 물색하는 것이었는데, 이재필은 그 최적임자가 백기열이라고 생각했다. 백기열만이 자신의 아들을 자신의 방식으로, 제대로 길러내 줄 거라고 보았다.

이재필의 예상은 정확히 맞아떨어졌다.

신후는 백기열의 따끔한 조언과 질책, 혹독한 후계자 수업으로 말미암아 지금의 이신후가 될 수 있었다. 16년 전 양아버지를 살해한 살인자, 동양인 괴물이었던 그가 세계적인 기업 〈월드프라임〉을 이끄는 CEO이자 미국에서 가장 영향력 있는 인물로 다시 태어난 것이다.

"방금 댁에 도착하셨습니다."

아버지보다도 더 아버지 같은 존재, 백기열 실장이 침실에 들어서자마자 공손하게 예를 갖추며 오늘의 첫 보고를 올렸다.

주어가 없는 내용이었지만 신후는 누구에 대한 보고인지 금세 알아들었다. 1시간 전, 아파트를 떠나는 류태영의 뒤를 밟으라고 지시한 이가 바로 자신이었기에.

"그래요?"

"별탈 없으시답니다. 오늘은 오후 수업 하나뿐이니 내내 도서관에 계실 겁니다."

"귀찮은 진드기가 들러붙지 않는다면 아마 그러겠죠."

신후는 심드렁하니 대꾸하고는 테이블 위에 놓여 있는 휴대전화를 집었다. 샤워하는 동안 새로운 메시지가 도착해 있었다. 발신인은 류태영. 내용은 간단했다.

「말없이 나와서 미안해요. 전화할게요.」

태영이 남긴 메시지를 물끄러미 내려다보며 신후는 커피를 한 모금 더 삼켰다. 쓰디쓴 카페인이 텁텁한 목구멍을 타고 텅 빈 위장으로 흘러들어 갔다. 뱃속까지 뜨거운 길이 나고 커피 특유의 풍미가 오감으로 스며들자 흐릿했던 정신이 서서히 각성되는 듯했다.

쌉쌀한 커피 뒷맛과 함께 전날 밤의 일이 되새김질되었다.

"그냥 자. 집에는 벌써 연락드렸으니까."

그가 여자를 붙잡은 건 아주 이례적인 일이었다. 그는 떠나는 사람을 잡지 않는다. 타인에게 특정한 행동, 말, 판단을 채근하거나 강요하지도 않는다. 구속과 집착은 그가 가장 싫어하는 짓이었다.

어젯밤의 일은 순전히 충동적으로 벌인 일이었다. 계획에도 없었던 일이었으니 엄밀히 따지면 실수에 가까웠다. 문제는, 그는 결코 실수를 하지 않는다는 거였다. 특히나 인간관계에 있어서는.

"……대표님?"

신후를 불쾌한 전날의 기억으로부터 건져 낸 건 백 실장의 단정한 음성이었다. 백 실장이 의아한 얼굴로 그를 바라보고 있었다.

"괜찮으십니까? 혹시 무슨 문제라도?"

"아닙니다."

신후는 냉소적인 미소를 입가에 삐딱하게 걸치며 손에 있던 휴대전화를 테이블 위에 도로 내려놓았다. 그러곤 풀썩 의자에 기대어 앉으며 할 말이 있으면 해보라는 듯 빈손을 시니컬하게 내보였다.

"말씀하세요. 뭐라고 하셨죠?"

"한정현을 처리하는 게 좋겠다고 말씀드렸습니다. 전에도 보고드렸듯이 한 실장은 아직 희망의 끈을 놓지 않았습니다. 어떻게든 반전의 기회를 노리고 있을 겁니다. 지금 싹을 제거하지 않으면 앞으로 골칫거리가 될 거예요."

"내가 몸을 사려야 할 만큼 한정현이 그리 대단한가요?"

"아니요, 한정현은 대표님의 적수가 되지 못합니다. 가진 거라곤 그럭저럭 괜찮은 두뇌 하나뿐이지만 그것마저도 이번 프로젝트를 말아먹으며 밑천이 드러났죠. 대표님께서 갖고 계신 〈태성〉의 지분 90프로의 무게감만으로도, 대표님은 한정현을 압도하고도 남습니다."

"그런데요?"

"인간의 감정은 때론 상식의 범주를 넘어서죠. 뻔히 아닌 걸 알면서도 멈추지 못하는 게 사람 마음입니다. 돈이나 실리만으론 누군가의 마음을 묶어놓는 데에 한계가 있지요."

"류태영이 아직 한정현을 사랑한다는 건가요? 그러니 내 쪽에서 먼저 한정현을 제거해야 한다?"

"뿐만이 아닙니다. 말씀드렸다시피 한정현의 행적이 예사롭지 않습니다. 여기저기 안 쑤시고 다니는 곳이 없더군요. 겁도 없이 사람을 시켜 대표님의 뒤를 캐고 있습니다. 어제 그분을 만난 것도 사실을 알리기 위함이었을 겁니다. 뭔가를 알아냈다는 것이지요."

"그랬을 테죠. 사방에 널린 게 내 과거니까."

신후는 대수롭잖게 중얼거리며 커피를 한 모금 더 음미했다. 테이블 위에 놓아둔 휴대전화를 흘낏 돌아보았다.

휴대전화 속에 얌전히 들어 있는 사진들을 떠올렸다. 어제 낮 보안팀으로부터 전달받은 몇 장의 스냅 컷. 류태영과 한정현이 대학 교정과 커피숍에서 진지하게 이야기하는 사진들이었다.

신후는 지난 3개월간 태영과 정현, 둘 모두에게 미행을 붙이고 각각의 일정을 상세히 보고받아 왔다. 한정현이 류태영을 쉽사리 포기하지 않을 거라고 생각했으니까. 한정현은 야망이 많은 남자이고, 류태영은 〈태성 네트워크〉 류영수 사장의 무남독녀 외딸이다. 한정현이 태영과 약혼한 이유는 너무나도 명확했기에 어떻게든 상황의 반전을 노릴 것이라고 내다봤다.

예상이 정확하게 맞아떨어진 것 같군.

"불씨를 남겨둔 게 잘못이었습니다. 그분과 파혼하자마자 회사에서 내보냈어야 했어요. 회사를 부도 위기로 내몬 장본인이니 명분도 충분했습니다. 처음부터 그렇게 싹을 잘랐더라면 이리 과감하게 행동하진 못했을 겁니다."

"한정현이 예뻐서 봐준 거 아니에요. 태영이 그러길 바랐어요. 아무것도 달라진 게 없길 바란다고 했었죠. 그게 복수라고. 복수가 뭔지 모르는 여자예요."

"착해서 그러신 겁니다. 마음이 모질지 못하세요. 그래서 제가 걱정하는 겁니다. 한정현이 죽자 사자 매달리면 옛정에 휩쓸려 그릇된 판단을 내릴 수도 있을 것 같아서요."

옛정이 아닐 수도.

어쩌면 한정현을 아직도 사랑하는 것일 수도.

하지만 그것도 역시 태영의 착각일 뿐일 것이다. 세상에는 진정한 사랑이란 존재하지 않는다. 사랑이라는 유혹적인 포장지에 감싸인, 이기적이고 영악하고 계산적인 관계만이 존재할 뿐.

"지금이라도 한정현을 해고하셔야 합니다."

"류태영과 약속했어요. 해고하지 않기로."

"그럼 지방으로 전출시키십시오."

"백 실장님은 '거리'가 남녀 관계의 걸림돌이 될 수 있다고 생각해요? 서울에서 부산까지 한나절이면 왔다 갔다 하는 요즘 같은 세상에?"

"물론 서로 마음이 닿아 있다면 먼 곳에서도 얼마든지 사랑할 수 있겠죠. 하지만……."

"태영인 바보가 아니에요. 아무리 사랑해도, 생각이란 게 있으면 쉽사리 한정현한테 못 가요. 실장님께서 방금 말씀하셨잖아요. 한정현은 빈털터리라고. 한데 왜 내가 겁먹은 아이마냥 적수도 안 될 한정현을 제거하지 못해 안달해야 하죠?"

"사람이라면 누구나 유혹에 휩쓸릴 수 있어요. 머리로는 안 된다고 생각하면서도 저도 모르게 잘못을 선택하기도 하는 게 인간입니다. 감정적인 사람일수록 실수할 확률이 크지요. 유혹이 될 만한 것들을 미리 차단하는 게, 만에 하나 벌어질지도 모르는 상황을 막는 길입니다."

"만에 하나라……."

골똘한 얼굴로 중얼거리며 신후는 의자 등받이에 고개를 얹고서 잠시 천장을 노려보았다.

뚝뚝. 머리카락에서 바닥으로 물기가 떨어졌다. 차가운 물방울이 곧고 높은 콧잔등을 가로질러 뺨 아래로 흘러내렸다. 신후는 천천히 눈을 감았다가 뜨고는 우스꽝스러울 만치 심각하게 서 있는 백 실장에게 따분한 시선을 던졌다.

"그것도 꽤 재미있겠는데요."

"네?"

"한 여자가 있었다. 약혼자가 친구와 바람을 폈다. 약혼자와 헤어지고 새로운 남자와 만났다. 새로운 남자와 만나면서 전 약혼자와 바람을 편다. 정말 제대로 막장 아니에요? 드라마라면 시청률 40프로는 보장되겠군요."

"대표님……?"

백기열이 놀란 듯 눈을 휘둥그렇게 떴다.

"그분을 마음에 두신 게 아니셨습니까?"

"마음에야 두긴 두었죠. 특이하잖아요. 처음 보는 유형이에요. 완전한 착각 속에서 더할 나위 없이 행복한 여자."

"그게…… 그분에 대한 대표님의 생각인 겁니까?"

백 실장은 재차 확인하듯 물었다. 신후가 류태영을 사랑하지 않는다는 게 도무지 믿어지지 않는 것이다. 백 실장이 아는 이신후는 누군가에게 쉬이 마음을 열지 않는다. 때문에 지금껏 그 누구와도 깊은 관계를 맺지 못했다.

류태영이 처음이었다. 신후가 스스로 선택해 누군가의 무엇이

된 것은.

신후는 처음부터 태영에게 관심을 보였고, 태영의 모든 것을 조사했으며, 태영의 남자가 되기 위해 비윤리적인 짓도 서슴지 않았다. 기열은 그 모든 불가능이 가능했던 것은 태영에 대한 사랑 때문이라고 생각했었다. 지금까지는.

"어리석은 여자예요. 가짜 감정, 가짜 관계, 허상에 빠져 허우적거리는 꼴이 불쌍할 정도로 가관이죠."

"……"

"특이해서 한 번 건드려 봤어요. 맹목적인 사랑이 존재한다는, 그 말도 안 되게 바보스러운 생각이 언제까지 지속될지 궁금해서. 백 실장님 생각은 어떠세요? 류태영이 단지 사랑한다는 이유만으로 빈털터리 한정현한테 돌아갈까요? 아니면 사랑하지는 않지만 완벽한 삶이 보장되는 내 옆에 주저앉을까요?"

"대표님."

백 실장이 한숨을 터트리며 그를 진지하게 호명했다. 신후는 눈살을 찌푸렸다. 가볍게 히죽거리던 그의 표정이 단번에 굳었다.

기분이 급격히 나빠졌다.

백기열 실장 특유의 '그러시면 안 됩니다, 도련님'의 뉘앙스가 심히도 귀에 거슬렸다. 못된 짓을 저지를 때마다 보내던 측은함 가득한 시선도. 가혹한 운명에 휩쓸려 범죄를 저지른 불쌍한 소년, 온갖 편견과 이중 잣대에 시달리며 스스로를 끊임없이 담금질해야 했던 남자, 세상에 우뚝 섰지만 여전히 혼자인 자신의 모습이 그의 눈동자에 고스란히 떠 있었다.

"그런 눈으로 보지 마세요. 난 멀쩡하니까."

거칠게 중얼거리며 신후는 자리에서 벌떡 일어났다. 어깨 위에 걸쳐 두었던 수건을 의자 위에 내던지고 드레스룸을 향해 걸어갔다.

"태영인 날 떠나지 못해요. 그 여잔 이미 내가 가진 재산과 권력의 맛을 알아요. 지난 3개월간 제대로 실감했을 겁니다. 내게 태성을 지탱할 힘이 있다는 걸. 신중한 여자예요. 섣불리 무모하게 나서서 일을 그르치지 않을 겁니다."

"그분이 오로지 돈 때문에 대표님 곁에 계신다고 생각하시는군요."

"아니면 왜 내 여자가 됐겠어요? 설마, 사랑?"

신후는 백 실장의 순진함에 그만 실소를 터트리고 말았다.

태영이 자신의 제안을 받아들인 건 명백히 돈 때문이다. 절체절명의 순간 그가 손을 내밀었고 태영은 그 기회를 잡은 것에 지나지 않았다.

진흙탕에 구르는 처지에 진실을 노래할 고매한 인간은 세상에 없다. 누구라도 그런 상황에서는 그의 손을 잡았을 것이다. 그러기에 그는 류태영을 혐오하지 않았다. 어떻게든 그를 사랑하기 위해 애쓰는 그녀가 가상할 뿐.

"왜 사랑이 아닐 거라고 단정하시나요? 제가 아는 그분은 상대를 기만하실 분이 아닙니다. 정직하고 올곧은 분이시죠. 그런 분이 대표님 곁에 머물고 계신다면 그 이유 또한 정직하고 올곧지 않을까요?"

"실장님의 입에서 그런 사치스러운 얘기가 나올 줄 몰랐는데요. 언제부터 그렇게 낭만적인 분이 되셨죠?"

"농담하실 때가 아니에요. 한정현 문제를 가볍게 넘기시면 안됩니다. 시한폭탄 같은 사람입니다. 행여 대표님에 대해 떠벌리기라도 하면 여러모로 파장이 클 겁니다."

"그렇게 강조하지 않으셔도 알아요, 내놓기 부끄러운 과거라는 거."

"제 말뜻은 그게 아니라……."

"하지만 그것 역시 나예요. 나의 일부분."

신후는 마음에 드는 줄무늬 와이셔츠를 꺼내 들고서 백 실장을 돌아보았다. 백 실장은 언제나처럼 우려와 측은지심, 신뢰를 담은 눈으로 신후를 바라보고 있었다. 무한한 애정으로 가득한 백 실장의 시선을 받을 때마다 늘 그러하듯 신후는 가슴 한구석이 따뜻해지는 것을 느꼈다.

빙긋 저도 모르게 입가에 따스한 미소를 지었다.

"내 어두운 과거 때문에 사람들로부터 비난, 눈총, 쑤군거림을 겪어야 한다면 마땅히 감수해야죠. 내 과거는 오롯이 내가 감당할 나의 몫이니까요. 걱정하지 마세요. 그런 걸로 의기소침해질 나이는 이미 지났습니다."

"대표님."

"다행히 태영인 크게 신경 쓰지 않는 눈치예요. 보다시피 전(前) 약혼자로부터 내 과거의 전말을 들었을 텐데도 아직도 내 곁에 있잖아요? 모르긴 몰라도 다른 사람들의 반응도 마찬가지일 겁니다. 내가 흉악한 범죄자라는 사실이 알려져도 사람들은 날 멀리하지 못해요. 왠지 아세요? 내가 가진 돈과 권력이 내 추악한 과거를 덮고도 남음이 있거든요."

"정말로 아무것도 하지 않을 작정이시군요. 한정현이 계속해서 그분께 접근하고 마음을 흔들도록 그냥 놔두실 생각이세요. 그렇죠?"

백 실장이 덤덤하게 중얼거리며 신후의 고집스러운 눈을 빤히 들여다본다. 마치 그가 무슨 생각으로 이러는지 다 안다는 듯. 세계 경제를 쥐락펴락하는 막강 권력자 이신후가 어쩌다 이렇게 겁쟁이가 되었냐는 듯.

신후는 갑자기 어디론가 달아나고 싶은 충동을 느꼈다.

온몸이 발가벗겨진 듯한 부끄러움이 밀려들었다. 휙 고개를 돌려 백 실장을 외면했다. 옷장에 빼곡하게 들어차 있는 고급 슈트들을 촤륵촤륵 뒤적거리며 시니컬하게 중얼거렸다.

"인간은 노력하는 한 방황하는 법이죠. 두고 보자고요. 류태영이 사랑을 선택할지, 돈을 선택할지."

"아얏!"

강의실에 도착해 책을 펼치던 태영은 갑자기 '와악!' 하고 날아든 괴성에 깜짝 놀라 비명을 질렀다. 심장이 멀쩡히 붙어 있는지 확인하며 뒤돌아보니 언제 왔는지, 얄미울 정도로 즐겁게 깔깔거리는 혜진이 서 있었다.

"뭐야! 놀랐잖아. 애 떨어지겠네."

"애는 무슨. 같이 애 가질 남자도 없으면서."

유쾌하게 태영을 팔꿈치로 쿡 찌르며 혜진은 비어 있는 옆자리에 털썩 터프하게 주저앉았다. 찔끔. 양심의 가책이 느껴졌다. 명색이 가장 친한 친구인데, 태영은 아직 혜진에게 신후의 존재를 알리지 못했다.

불과 3개월 전까지 남자 경험 전무했던 친구에게 이제는 아주 친밀한, 육체의 즐거움까지도 나누는 상대가 있다는 걸 알면 혜정은 어떤 반응을 보일까? 심지어 그녀가 상대를 아직 사랑하지도 않는다는 것을 알면 놀라 까무러치겠지?

"근데 너 진짜 남자 안 만날 거니? 한정현이랑 헤어진 지 벌써 꽤 됐잖아. 보란 듯이 백배 천배 괜찮은 남자 만나 깨 볶아야지. 무슨 열녀 났다고 아직까지 도를 닦아?"

"그런 거 아니라고 했잖아."

"그래! 아니라고 했지. 원하는 대학원 경쟁률이 워낙에 세니 지금은 공부에 전념하고 싶다, 남자나 만나면서 허송세월 보낼 수는 없다, 라면서. 아무리 그래도 그렇지. 애들이 주선하는 소개팅 정도는 할 수 있는 거 아니야? 다들 너 남자 만나게 해주려고 얼마나 애쓰는데."

"알아. 너희들이 나 때문에 노심초사하는 거. 근데 진짜 걱정할 필요 없어. 정현 오빠 때문에 남자 못 만나는 거 아니야."

"아니면 뭔데? 솔직히 공부를 24시간 하는 것도 아니잖아. 아무리 대학원 입학 경쟁률이 세고 합격이 어렵다지만 대학입시만 하겠니? 사법고시만 하겠어? 내 고교 동창은 고3 때 지금의 남친을 만났고, 우리 사촌오빠는 사법고시 패스하는 내내 자기 여자친구를 만났어. 그랬어도 잘만 합격했다고."

"물론 그럴 수도 있지. 알아, 안다고. 공부 열심히 하면서 남친

잘 만나는 사람, 내 주위에도 많아."

나 같은 사람. 또다시 양심이 쿡쿡 찔리자 태영은 조금은 어색한 웃음을 보이며 잘근잘근 아랫입술을 깨물었다.

마음 같아선 지금 당장이라도 털어놓고 싶었다. 한정현과는 비교도 할 수 없을 만큼 근사한 남자를 만나고 있다고. 하지만 막상 말을 꺼내려고 하면 마음이 불편해지고 말문이 턱 막혔다.

신후에 대해서 얘기하다 보면 그와의 관계가 시작된 계기, 사정, 지금의 고민까지 다 화두에 오를지도 몰랐다. 혜진이 아무리 친한 친구라 해도 자신이 사랑하지도 않는 남자를 돈 때문에 만나고 몸까지 섞었다는 얘기는 차마 말할 수가 없었다. 이 미로 같은 관계에 자신을 끌어들인 이가 아버지이고, 자신 역시 나름대로 만족하고 있다는 구차한 사실 역시 도저히 제 입으론 말할 엄두가 나지 않았다.

답답한 마음에 태영은 한숨을 쉬었다. 자신이 어쩌다가 친구들에게 애인의 존재를 숨기게 되었는지 생각하니 기가 막혔다.

처음부터 이렇게 오랫동안 비밀로 할 생각은 절대로 없었다. 그때는 정말 간편하게 생각했었다. '조만간 이신후를 사랑하게 될 테니까 그때 떳떳하게 말하자. 그래도 늦지 않다.' 뭐 그런 단순한 논리였다. 정말이지 석 달 동안이나 꼬박 말 못하게 될 줄은 꿈에도 몰랐다.

"너 그러지 말고, 우리 오빠랑 한 번 사귀어볼래?"

"응? 혜준 오빠? 사귀는 사람 있지 않아?"

"지난주에 차였대. 내가 진짜 어처구니가 없어서. 너도 알지? 우리 오빠가 그 여자한테 얼마나 공을 들였는지."

"알지. 네가 시시때때로 흉봤잖아."

"눈꼴셔서 못 볼 정도로 아주 지극정성이었잖니. 일곱 살이나 어린 계집애한테 월급 타다 바치고, 명품 백이며 보석이며 용돈이며 해준 게 얼만데! 이제 와서 늙었다고 우리 오빨 걷어차? 내가 그 뻔뻔한 얼굴을 꼭 봤어야 했는데."

"혜준 오라버니 서른 살밖에 안 되지 않았니?"

"그러게! 아니, 또래 남자가 좋으면 진즉에 말했어야지! 받을 거 다 받고 이제 와서 노땅이라 싫다는 게 말이 돼? 우리 오빠, 어제 술 진탕 마시고 집에 들어왔어. 날 붙잡고 '우리 쪼꼬미, 우리 쪼꼬미' 하면서 제발 떠나지 말라고 꺼이꺼이 우는데!"

"어머! 정말?"

"내가 돌아버리는 줄 알았다. 기가 막혀서! 그게 제정신이냐? 그런 계집애한테 차였으면 당연히 욕 한 사발 해주고 깨끗이 잊어야지. 그래야 사내지! 어휴, 등신. 계집애한테 홀려서 울며불며 동네방네 소리나 질러대고. 내가 진짜 창피해서 얼굴을 못 들고 다니겠다니까."

"혜준 오빠가 그 여자를 많이 사랑했나 보네."

"그게 무슨 사랑이니? 사기지. 그 여우 같은 계집애, 우리 오빠 순정 이용해서 우려먹을 대로 우려먹고. 아주 그냥 내 손에 걸리기만 해. 뒈질 줄 알아."

"원수네 뭐네 해도 가족은 가족이네. 너 지금 혜준 오라버니가 엄청 걱정되지?"

"내가 맨날 흉봐서 그렇지. 우리 오빠 꽤 괜찮은 남자야. 성격 둥글둥글하지, 두루두루 인맥 넓고 사회성도 좋지. 겉보기랑 다르게 또 얼마나 로맨틱한데? 여자한테 그렇게 잘한다. 결혼하면 마누라한테 충성할걸? 순진하고 근면 성실해서 월급 받으면 삥땅도 안 치고 고스란히 마누라한테 가져다 줄 인간이 바로 우리 오빠야. 남편감으로 이만한 남자 없어. 어때?"

"어?"

"생각 있냐? 생각 있으면 말해. 당장 다리 놓을게."

"글쎄, 그건 좀."

"너 우리 오빠 싫어? 혹시 나 때문이야? 내가 너 시집살이 시킬까 봐 겁나니?"

"아니야! 그런 게 아니라……."

"아니면 뭐? 너 설마?"

혜진이 은근한 말투로 중얼거리더니 두 눈을 가늘게 좁혀 뜬다. 형사 콜롬보에 빙의라도 된 듯 태영을 얼굴서부터 발끝까지 찌릿찌릿 훑어보며 '스읏—' 혀끝을 바람에 부딪친다. 눈빛이 딱 '한정현을 아직도 못 잊는군'인 것 같았다. 요만큼이라도 의심받기 싫은 반발심에 태영은 냉큼 혜진의 입을 막았다.

"한정현 때문은 '절대' 아니다?"

"그으래?"

뭐 딱히 한정현 때문이라고 생각하진 않았다는 듯 혜진이 고개를 끄덕끄덕, 미소까지 살포시 지으며 느긋하게 응수한다. 그러더니 태영의 발그레한 볼을 손가락으로 콕 찌르며 능구렁이 같은 목소리로 속삭였다.

"그럼 이유는 하나네. 남자가 있어서. 맞지?"

"엉?"

"솔직히 말해, 이 기집애야. 다 들었으니까. 너 오늘 웬 남자가 학교까지 태워다 줬다며. 소문 쫙 났거든? 비싼 외제차에 근사한 남자가 차 문까지 따악 열어줬다고."

"아, 그게, 그 사람은……."

"어라? 진짜야? 진짜 남자친구야?"

"그게 아니라……."

"너 뭐야! 진짜로 사귀는 사람이 있어? 언제부터 사귀었어? 나한테는 왜 숨겼는데?"

아아, 이럴 수가!

일이 이렇게도 터지는구나. 어디서부터 어떻게 설명해야 하지? 난처해진 태영은 멍하게 생각하며 눈만 깜빡깜빡, 어설픈 미소만 헤벌쭉 웃었다.

어쩌면 잘된 일인지도 모른다고 긍정적으로 생각해 보았다. 언젠가는 털어놓을 얘기, 이렇게 기회가 왔을 때 사실대로 말하자. 다 털어놓자. 벼랑 끝 위기에 내몰린 자신 앞에 어느 날 갑자기 하늘에서 웬 남자가 뚝 떨어졌다고.

하지만 역시나 이번에도 마음먹은 만큼 쉽사리 말이 나오지 않았다. 자초지종 이런저런 사정 모두 얘기하다 보면 결국에는 막막하고도 답답한 절벽과 마주치게 될 것 같았다. 지난 3개월 동안 그녀를 고뇌하고 또 고뇌하게 만들었던 의문의 절벽.

나는 지금 이신후를 사랑하는가?

결국 태영은 '제안과 계약' 부분을 쏙 뺀 나머지 그럴싸한 스토리만 털어놓을 수밖에 없었다.

다행히 혜진은 이상한 점을 전혀 눈치채지 못했다. 너무 잘됐다면서, 드디어 운명의 남자를 만난 거라며 신데렐라의 환상을 믿는 꼬마 아이처럼 열광했다. 약혼자와 헤어지자마자 다른 누군가를 만나는 게 알려지면 사람들의 시선이 곱지 않을 것 같아서 지금껏 비밀로 했었다는 태영의 변명도 철석같이 믿는 것 같았다. 세상 시니컬하고 의심 많은 정혜진이 맞는지 태영은 제 귀를 의심해야 했다.

"그러니까 널 태워다 준 사람은 남자친구가 아니라 남자친구의 운전기사란 말이지? 네가 걱정된 나머지 자기 운전기사를 보내 학교까지 태워다 주게 했다?"

"으응."

혜진은 운명이네 어쩌네 사랑 타령을 한참이나 늘어놓더니만, 이젠 아예 본격적으로 심문에 나서려는 듯 질문을 던져 댔다. 태영은 식은땀이 나는 것을 느끼며 슬쩍 시간을 보았다.

수업 시작 5분 전.

절망의 한숨이 절로 나왔다. 아직도 취조당할 시간이 5분이나 남았다니 정말 죽을 맛이었다. 혜진이 진심으로 기뻐해서 더더욱 난처했다. 아무리 생각해도 자신과 신후의 관계를 운명으로 결론 짓는 건 에러였으니까. 운명이라 함은 서로를 보자마자 사랑임을 딱 알아보는 것 아닌가.

"대박! 네 남자친구 잘나가나 보다? 차에 운전기사도 달려 있고. 뭐 하는 사람이야? 부자야?"

"나도 잘은 몰라. 그냥 미국에서 조그마한 회사를 경영한다고 들었어."

조그마한 정도가 아닌 대기업 수준이라는 말은 쏙 뺐다. 최근

아버지의 사업이 악화일로였고, 그걸 만회하기 위해 스스로 제물이 되었다는 사실만큼은 결단코 털어놓을 수 없었으니까. 신후가 자신의 인생을 좌지우지할 만큼 부자라는 건 태영에게는 참 여러모로 불편한 진실이었다.

"재미교포 사업가야? 으음, 뭔가 어감이 중후하네. 나이가 많니?"

"적진 않아. 서른넷."

"헐! 우리 오빠보다 네 살이나 많잖아? 너무 나이 든 거 아니야? 세대 차이 안 나?"

"그런 건 못 느끼는데."

"정말? 난 우리 오빠하고도 가끔 세대 차이 느끼는데."

"그 사람 생각보다 젊어. 생긴 것도, 마인드도. 어떤 사안에 대해서는 나보다도 더 생각이 트여 있어. 미국에서 자라서인지 되게 쿨해. 감각 있고 세련됐어. 진짜 편협하거나 구태의연하다고 느낀 적 한 번도 없어."

"아하! 그러셔요? 나이가 아홉 살이나 위인데 아무 문제 없이 대화하셔요? 생각도 마인드도 엄청나게 쿨해요?"

알 만하다는 듯 혜진이 생글생글 웃으며 고개를 까딱거린다. 사랑의 콩깍지가 씌었는데 뭔들 멋있어 보이지 않겠냐는 듯. 또다시 태영은 난감해졌다. 사랑의 콩깍지가 씐 건 진짜 아니니까.

이신후는 그냥 멋진 남자다. 객관적으로 상당히 괜찮은 남자. 어떤 여자의 눈에도 멋져 보일 것이다.

"진짠데."

"그러시겠죠. 어련하시겠어요? 눈에 이렇게 하트가 뿅뿅 하신데. 계집애, 완전 푹 빠졌네?"

"무슨 소리야? 내 눈에 무슨 하트가 있다고."

"그렇게 좋냐? 뭐가 그렇게 좋아? 얼굴이? 몸매가? '미쿡' 남자면 그 실력도 짱 좋겠다?"

"시, 실력? 무슨⋯⋯!"

"뭐긴 뭐냐? 키스지."

"아아."

"어라? 이 반응은 뭐래. 키스가 아니면 뭘 상상한 건데? 너 혹시!"

태영이 이 대목에서 얼굴을 붉힌 건 명백한 실수였다. 더 이상의 취조를 막기 위해선 순진한 얼굴로 전혀 못 알아듣겠다는 듯 굴었어야 하는데 도저히 그럴 수가 없었다. 어젯밤 신후의 품에서 몸부림치던 순간들이 영화처럼 머릿속에 쫙 펼쳐졌으니까.

그가 입에 올리기에도 민망한 부위에 입술을 묻었을 때, 자신이 얼마나 흥분했었는지 떠올랐다. 그가 그녀의 종아리를 어깨 위에 걸치고서 하반신을 강하게 때려 박을 때, 자신이 얼마나 몸부림치며 쾌락했는지 새록새록 기억이 되살아났다.

"야아아!"

눈치 빠른 혜진이 상황을 파악한 듯 두 눈을 홉뜨고는 괴성을 질러댔다. 그녀의 입가에 호기심과 감탄의 미소가 파다하게 떴다.

"애 좀 보게! 너 벌써 진도가 거기까지 나갔어? 한정현이랑은 키스도 몇 번 안 해봤잖아. 그런 쪽으론 도통 관심이 안 생긴다고. 불감증이 아닌지 고민된다고 해놓고서는. 그 남자랑은 벌써 그렇고 그런 뜨거운 순간까지 함께했어?"

"그건 정말 어, 어쩌다가……."

"됐다! 더 두고 볼 것도 없이 난 합격점 줄게. 네 볼을 빨갛게 물들인 남자잖니. 너한테서 이런 반응을 얻어낸 남자라면 남자친구 자격 충분해. 분명 근사한 사람일 거야. 미국 어디 출신이니? 우리 작은 아버지도 미국 사시는데."

"그, 글쎄."

"몰라?"

어떻게 그런 걸 모를 수 있냐는 듯 혜진이 두 눈을 동그랗게 떴다. 그러게, 난 왜 모를까. 멍하게 생각하다가 불쑥 어제 봤던 신문 기사를 떠올렸다.

"뉴저지였던 것 같아."

"동부네? 우리 작은 아버지도 그쪽인데. 뉴저지 어디? 서른넷이면 우리 사촌 오빠랑 나이도 같다. 혹시 서로 아는 거 아니야? 교민 사회가 은근히 좁다던데. 대학은 어디 나왔다니? 우리 사촌 오빠는 보스턴대 출신이거든. 네 남자친구도 그쪽 출신이면 완전 대박인데. 그치?"

"그냥 아이비리그 출신이라는 것만 알아. 어렸을 적이나 집안 얘기까지 시시콜콜 나눌 겨를이 없었거든."

"그래? 동부에 아이비리그 출신, 사업가 집안. 나름 명문가 냄새가 풀풀 나는데? 좀 사시는 집안인가 봐? 씀씀이도 엄청 자유로우실 것 같고. 언제 소개해 줄 거냐?"

"어?"

"소개! 안 해줄 거야?"

"그게……."

잘 모르겠다. 어떻게 해야 할지.

이신후에 대한 감정이 아직은 모호했기에 친구들에게 자신 있게 내 남자라고 소개하기가 주저되었다. 솔직히 말하자면 신후에게 자신의 친구들을 만나달라고 부탁하는 것조차 껄끄러웠다. 그가 개인적이고도 공개적인 자리에 동석하는 것을 어떻게 생각할지 아직은 조심스러웠다.

사실 말이 연인지간이지. 지난 3개월간 그녀는 단 한 번도 그의 친구나 사업 파트너를 소개받은 적이 없었다. 그가 참석하는 사교 모임에 초대받은 적도 없었다. 그들은 늘 둘만의 시간을 가졌다.

"아직은 좀 그래. 걸리는 게 있어서."

"뭐가? 뭐가 걸려?"

"그냥. 아직은 뭐가 뭔지 잘 모르겠어. 남녀 사이라는 게 생각처럼 단순 명쾌하지만은 않잖아. 난 쌈박하게 남자 대 여자로, 둘 사이에 오가는 감정만 생각하고 싶은데. 마음먹은 대로 잘 안 돼. 그 남자와 나 사이에는 감정 이외의 이해관계들이 복잡하게 맞물려 있거든. 그걸 배제하고 생각하는 게 의외로 어려워."

"하지만 어쨌든 넌 그 사람을 사랑할 거 아니야. 아무리 복잡한 이해관계가 맞물려 있어도 네 마음만 확고하면 되는 것 아니니?"

"그러게."

태영은 초라하게 중얼거리고서 어색하게 웃음을 지었다. 아무리 이해관계가 복잡해도 그 사람을 사랑하면 뭐가 문제이겠나. 사랑하지 않으니까 문제지.

"너, 생각이 많구나?"

시선을 내리깐 채 침묵을 지키는 태영을 향해 혜진이 조용히 묻는다. 물음표가 걸려 있지만 물음보다는 단정에 가까운 말. 태영은 한숨을 내쉬고는 까딱까딱 고개를 흔들었다.

비스듬히 내려떴던 눈을 들어 친구를 보았다. 혜진은 한없는 이해와 포용의 시선으로 태영을 응시하고 있었다.

"까짓것! 그럼 조금 더 기다리지, 뭐. 네가 그 남자를 소개해 주고 싶어질 때까지. 친구들한테 소개해도 될 만큼 사랑한다는 확신이 들 때까지."

"고맙다. 그렇게 말해줘서."

"대신 너무 오래 기다리게 하지 않기다. 나 지금 되게 많이 참는 거거든. 궁금해 죽겠어. 네가 얼마나 잘난 남자를 골라냈는지."

마음이 무거운 태영을 위로하려는 듯 혜진이 깜찍하게 눈웃음을 지으며 장난스럽게 말을 건넸다. 그러고선 한 손에 턱을 괴고 상상의 나래를 펼치듯 눈꺼풀을 파닥파닥 흔들었다. 태영은 킥 하고 웃음을 터트렸다.

"조만간 결정을 내려야지. 나도 오래는 못 버티겠어. 머리 아파."

"근데 진짜 어떻게 생겨먹은 남자니? 이름은 뭐야? 그 정도는 알려줄 수 있잖아."

"이름은 이신후. 생긴 건······."

탤런트? 모델? 조각상?

뭐라고 말해야 정확한 설명이 될까, 멍하게 생각할 때였다. 문이 열리고 교수님이 들어오셨다. 책을 들여다보거나 잡담을 나누던 학생들이 일제히 자세를 가다듬었다. 혜진도 냉큼 가방에서 책과 필기도구를 꺼내었다.

태영은 두터운 서적을 펼치며 혜진을 흘낏 돌아보았다. 때마침 혜진도 곁눈질로 태영을 보다가 둘이 눈이 마주쳤다. 약속이나 한 듯 동시에 피식 웃음을 흘렸다.

'이따 얘기해!'

혜진이 입으로 모양을 만들어 말을 건넸다. 태영은 큼지막하게 미소를 지으며 고개를 끄덕이고서 교수님에게 집중했다.

제4장 알고 싶어요

일주일 후.

작정했던 것과는 반대로, 태영은 마음의 갈등을 쉽사리 봉합하지 못하였다. 그 사이에도 시간이 흘러 생일이 다가왔다. 하필 그녀의 생일 당일 출장이 잡힌 이신후는 전날 미리 축하의 자리를 마련했다. 약속 장소에 와서야 알게 되었다. 신후가 오늘을 위해 꽤 많은 공을 들였다는 것을.

일단 그는 음식 맛 좋기로 소문난 최고의 레스토랑을 통째로 빌렸다. 식사하는 내내 한쪽에 마련된 무대에서 실력 좋은 현악단이 근사한 실내악을 연주했고, 간간이 멋진 남자가 등장해 선물 꾸러미를 전달하는 깜짝 이벤트도 이어졌다. 꾸러미 안에는 꽃, 신발, 드레스 등등 척 보기에도 비싸 보이는 물건들이 들어 있었다.

이벤트의 화룡점정은 보석이었다.

"마음에 들어?"

"네?"

액세서리의 화려한 자태에 넋을 놓았던 태영은 퍼뜩 눈을 들었다. 오늘따라 눈을 떼지 못할 정도로 멋진, 말끔한 슈트 차림의 연인을 바라보았다. 신후는 입가에 자상한 미소를 띤 채 그녀의 반응을 기다렸다. 당연히 마음에 들어 할 것이라고 생각하는 듯했다.

"으음, 네, 마음에 들어요. 고마워요."

태영은 조그맣게 중얼거리곤 혹시라도 거짓말인 것을 들킬까 봐 서둘러 눈을 내리깔았다. 눈이 휘둥그레질 정도로 휘황찬란한 시계 팔찌를 물끄러미 바라보았다. 다시 봐도 숨이 멎을 만큼 아름다운 보석이라고 멍하니 생각했다.

뱀을 모티브로 한 핑크 골드와 다이아몬드로 촘촘히 세공된 팔찌는 보석 문외한인 그녀가 봐도 값비싸 보였다. 이렇게 아름답고 값진 선물을 받으면 어떤 여자라도 감동하지 않을 수 없을 것이다.

'한데 왜 나는 마음이 무거운 걸까?'

애인으로부터 이리도 과한 선물을 받았으니 좋아 죽겠어야 정상인데, 뛸 듯이 기쁘고 행복해야 마땅한데, 이상하게 시간이 갈수록 기분이 다운되었다. 아무래도 자신은 다른 걸 기대했던 모양이다. 이렇게 전문가에 의해 기획된 듯한 잘 짜인 이벤트가 아닌, 소소해도 좋으니 진심이 담긴 선물을 바란 것이다.

"……"

신후는 여전히 말없이 태영을 지켜보았다.

그는 벌써 태영에게서 실망감을 감지하고 있었다. 보석을 보는 순간 그녀의 눈에서 빛이 사라졌다. 예의상 애써 기쁜 척하고는 있지만, 그는 장님이 아니었다. 거짓말에 재능이 없는 류태영의 가짜 미소를 못 알아볼 만큼 바보도 아니었다.

드르륵 드르륵.

테이블 위에 놓여 있던 그녀의 휴대전화가 진동했다. 환하게 불이 들어온 화면에 발신자의 번호와 이름이 떴다.

〈정현 오빠〉

"미, 미안해요."

민망한 듯 얼굴이 새빨개진 태영이 허둥지둥 부랴부랴 통화 거절 버튼을 눌렀다. 휴대전화는 금세 진동을 멈추었다. 하지만 류태영의 얼굴은 여전히 홍당무였다. 마치 바람피우다가 걸린 여자처럼. 신후는 무심한 얼굴로 태영을 향해 건조한 물음을 던졌다.

"아직도 한정현과 연락해?"

"아니에요. 그때 이후로 한 번도 연락한 적 없어요. 헤어진 후에는 이번이 처음이에요."

"처음이라고?"

"……네."

태영은 목이 졸리는 사람처럼 간신히 대답을 내놓았다. 확실히 연기에는 재능이 없는 것 같았다. 거짓말을 저렇듯 누가 봐도 거짓말처럼 하는 걸 보면.

"전화번호를 지운다는 게 깜빡했어요. 갑자기 왜 전화했지? 무슨 할 얘기가 남아 있다고…….”

그녀가 어색하게 중얼거리며 핑계 아닌 핑계를 댈 때, 또다시 전화가 걸려왔다.

드르륵 드르륵.

이번에도 역시 화면에 '정현 오빠'가 뜨자 태영의 얼굴색은 당장이라도 기절할 듯 새하얘졌다. 당황함을 넘어선 경악스러움이 얼굴에 떠올랐다. 안쓰러움마저 느껴지자 신후는 눈썹 하나를 휙 추켜올리며 선선히 중얼거렸다.

“받아. 난 괜찮으니까.”

“아니에요! 받을 필요 없어요. 딱히 할 말도 없는걸요.”

“넌 없어도 그쪽은 있겠지. 안 받으면 계속 귀찮게 할 것 같은데.”

“상관없어요. 번호를 차단하면 되니까. 정현 오빠랑은 아예 말을 섞지 않는 게 상책이에요. 얘기해 봤자 분위기만 험악해질 텐데요, 뭐.”

“한정현을 아직 오빠라고 부르네.”

“아…… 그게, 버릇이 되어서 그만. 듣기 거북해요?”

그런가? 신후는 잠시 생각해 보았다. 자신이 왜 '오빠'라는 단어에 기분이 나빠졌는지.

솔직히 그는 한국인의 정서를 완벽하게 이해하지는 못한다. 어려서부터 어머니와 한국어로만 대화했고 교민들이나 유학생들과도 자주 어울렸기에 한국인과의 의사소통은 물론 어휘력이나 발음까지도 거의 원어민에 가까울 정도로 훌륭하지만. 너무 어려서 한국을 떠나왔던 탓에 단어 하나하나에 뿌리박힌 토속적 정서나

의식까지는 체득할 수 없었다.

당연히 류태영이 한정현을 오빠라고 부르는 게 어떤 의미인지 정확히 헤아리지 못했다. 꼬박꼬박 '~요'라고 존대하고 '씨'라고 호칭하는 것보다 '오빠'가 훨씬 다정하고 친근감 있게 들린다는 것 외에는.

"별로."

신후는 그답지 않은 뾰루퉁한 심정을 프로페셔널하게 숨기며, 더할 나위 없이 그다운 느긋한 태도로 응수했다. 빙긋 얼굴에 가식적인 미소까지 띠었다.

"평소 부르던 대로 부르는 것뿐 아닌가."

"그렇죠……."

"전화 받아. 중요한 용건인지도 모르잖아."

"아, 네에……."

태영은 싫다는 말을 간신히 삼키고 받기 싫은 전화를 억지로 받았다. 친절하고 이해심 많은 이신후가 자신을 배려하며 선심을 쓰는데, 차마 거절할 수가 없었다.

[야! 너 왜 이렇게 전화를 안 받는데? 내가 지금 몇 번째 거는지 알아?]

꾸역꾸역 싫은 내색하지 않으려 애쓰며 '여보세요' 중얼거리니 수화기 저편에서 한정현이 고래고래 고함을 내질렀다.

"저기……."

[그놈 말이야, 그 교포 자식. 내가 정말 놀라운 사실을 알아냈어.]

벌컥 소리치던 정현이 갑자기 목소리의 볼륨을 확 낮추고 속살거리기 시작했다.

[그놈, 생각보다 더 치밀하게 우리한테 접근했대? 모든 게 내 예상대로야. 꿍꿍이속이 따로 있었더라고. 글쎄 그놈이 작년 가을부터 작전을 짰더라니까? 너 기억하지? 나랑 함께 참석했던 비스니스 파티. 사람들이 우리더러 언제 결혼하느냐며 되게 짓궂게 굴었잖아. 거기에 세상에! 이신후도 참석했더라고.]

"저기 말씀 도중 죄송한데요, 한정현 씨."

별로 중요하지도 않은 정보로 호들갑 떠는 정현의 태도에 동참할 생각이 전혀 없었으므로 태영은 냉큼, 그의 말을 가로막았다.

"이제 우리 이렇게 스스럼없이 전화하고 받는 사이가 아니지 않나요? 이런 식으로 불쑥 전화거시는 거 실례라고 생각지 않으세요?"

[뭐? 한정현 '씨'?]

"네, 한정현 씨. 전 이런 전화 반갑지도 않고 그쪽과는 이제 연락하고 싶지도 않아요. 한정현 씨한테는 들을 얘기도, 하고 싶은 얘기도 없어요. 안부 인사 나누는 것조차 불편하니까 앞으로는 이렇게 전화하지 말아주세요."

[류태영! 너 왜 그래?]

"그리고 저 지금 굉장히 바쁘거든요. 전화 오래 받을 시간 없어요. 더 할 말 없으시면 이만 끊을게요."

[태영아!]

수화기 안에서 정현의 거친 항의가 울렸지만 더 들어줄 이유가 없었다. 이신후의 앞에서는 더더욱. 태영은 말없이 통화를 종료하고 신후가 보는 앞에서 한정현의 전화번호를 차단했다. 단정한 동작으로 휴대전화를 제자리에 내려놓고 고개를 들자, 먹물처럼 새까만 신후의 눈동자가 의미를 알 수 없는 아득한 시선을 부딪쳐 왔다.

"너답지 않게 매섭고 차갑네."

신후가 평소처럼 단조롭고 건조한 어조로 중얼거렸다. 능숙하게 감정을 숨긴 그의 까만 눈이 천천히 태영의 휴대폰에, 그녀의 눈에, 차례대로 시선을 두었다. 묘하게 몸이 떨리는 것을 느끼며 태영은 어깨를 으쓱했다.

"헤어진 사람이니까요. 지나간 인연에는 미련두지 않거든요."

"착하고 무르기만 한 줄 알았더니."

"저 안 착하거든요? 그런 식으로 말하지 말아주실래요? 들을 때마다 기분 별로예요."

"착하다는 말이 듣기 싫어? 칭찬인데."

"알아요. 근데 듣는 내가 칭찬으로 받아들여지지 않아요. 우리나라 사람들, 착하다는 말 별로 안 좋아해요. 주위 사람들한테 이용당하기 십상인, 멍청하고 아둔한 인간이란 뜻으로 통용되거든요."

"그런 뜻을 내포하는 줄은 몰랐네. 난 널 정말로 착하다고 생각했어."

"솔직한 말로, 난 별로 착하지도 않거든요? 착하다고 생각해 본 적 한 번도 없었어요. 난 착한 게 아니라 그냥 좀, 역지사지가 잘될 뿐이에요."

"역지사지?"

"상대방의 입장에 나를 대입하는 거요. 내가 상대방이라면 어떤 기분일까, 어떤 입장일까, 생각하다 보면 상대를 더 잘 이해하게 돼요. 그래서 어쩔 수 없이 너그러워지는 거고요. 천성이 착해서 봐주는 게 아니라 상대방을 이해하니까 어지간한 건 그냥 참아주는 거예요. 물론 아무리 그래도 일정한 한계선은 있죠. 누군가가 그 선을 넘어오면 저도 얄짤 없답니다."

"합리적인 마인드로군."

"실은 그런 성향 때문에 인간관계에 있어서 늘 손해를 봐요. 객관적으로는 누가 봐도 상대의 요구가 지나친데, 난 그 사람을 이해하니까 그냥 봐주게 되거든요. 그러면서도 지나치게 조심하게 되죠. 혹시라도 그 사람에게 불편을 끼칠까 봐. 그 사람의 기분을 상하게 할까 봐. 어떨 때는 내가 너무 눈치 보는 게 아닌가 싶기도 해요."

"그런데도 안 착하다고?"

"진짜 착하면 자기가 그러는 게 기껍고 행복하겠죠. 근데 난 내가 마음에 안 들거든요. 불편하고 불합리하고 불공평하다고 생각해요. 근데도 잘 안 바뀌더라고요. 그놈의 역지사지가 거의 모든 인간관계에서 본능적으로 발동되거든요."

"그 역지사지라는 말, 이제는 슬슬 착하다의 동음이의어로 들리는데."

"아니라니까요. 난 내가 감정적으로 손해 보며 사는 게 싫다고요. 착한 사람은 자기가 손해를 보면서도 손해 본다고 생각하지 않을 거 아니에요. 당연하게 생각하면서 즐겁게 살걸요? 하지만 난 내가 싫어요. 싫지만 어쩔 수 없으니까 그냥 사는 거예요. 이해의 폭이 보통 사람들보다 넓은 나를 탓하면서."

"정 그렇게 주장한다면야. 앞으론 자제하지, 착하다는 말."

그는 '뭐 그 정도쯤이야'라는 듯 고개를 끄덕이며 피식 웃었다. 딱히 그녀의 주장에 동의하는 것 같지는 않지만, 언제나 그렇듯 그는 적극적으로 상대를 설득할 생각이 없어 보였다. 가까운 연인이라도 굳이 사안마다 의견의 일치를 봐야 할 필요는 없다고 생각하는 거다.

그녀의 의견은 그녀의 의견대로, 그의 의견은 그의 의견대로 존중받아 마땅하니 굳이 합일을 볼 필요 없다는 그의 태도는 언뜻 상당히 합리적으로 느껴졌다. 처음에는 꽤 쿨하다고 생각했고, 이런 마인드라면 평생 싸울 일이 없겠다 싶어 마음에 들었었다. 하지만 어느 순간부터는 뭔가 잘못되었어도 한참 잘못되었다는 생각이 들기 시작했다.

거리감을 느끼게 되었달까.

서로를 존중하는 것도 좋지만, 그게 너무 심하니까 무관심처럼 느껴졌다. 너 따로, 나 따로. 따로국밥도 아니고. 왜 연인 사이에 한 번도 섞이지 못하고 따로 놀아야 하나 싶어서 가끔씩은 심하게 맥이 빠졌다.

바로 지금처럼.

'혜진이가 알면 구박하겠지? 배부른 소리 그만하라고.'

심란한 마음에 태영은 한숨을 푹 내쉬었다. 친절하게 스테이크를 잘라주고 있는 신후를 우두커니 바라보았다. 핏줄이 툭툭 불거진 야성적인 손아귀가 은색 식기를 가볍게 쥐고 움직였다.

슥슥.

간결하고 깔끔한 동작. 반듯하고 꼿꼿한 자세. 고기 써는 것도 그가 하니 참으로 품위 있어 보인다.

어쩜 저럴 수 있는지 모르겠지만, 이신후에게서는 품격이 자연스럽게 배어 나온다. 그와 십 분 이상 대화하고 나면 누구든 자신 있게 얘기할 것이다. 이신후는 명문가에서 태어나 고이 자란 부잣집 도련님 같다고.

태영도 처음엔 그럴 것이라고 생각했다.

그에게서 종종 온실 속 화초답지 않은 야생 날것의 느낌을 받았지만, 그건 그저 남성 특유의 마초 기질이 무의식중에 드러난 것일 뿐 그의 본질은 '교양 있는 가정에서 교육 받고 자란 엘리트'라고 확신했었다. 생각이 달라진 건 지난주 그의 과거를 알고 난 후였다.

"동부 출신이라고 했죠? 뉴저지 맞아요?"

태영이 계획에도 없던 질문을 조심스럽게 던졌다. 그 순간, 칼질하던 신후의 손길이 삐끗 흔들렸다.

"……."

"……."

움직임을 멈춘 그의 손을 멍하게 바라보며 태영은 천천히 입술을 적셨다. 문득, 자신이 지금껏 한 번도 이런 개인적 질문을 건네지 않았었단 사실이 떠올랐다.

갑자기 긴장이 되었다. 그가 기분 나빠하는 것은 아닌지 걱정이 되기 시작했다. 이신후는 상대방을 배려하는 게 몸에 배인 사람이었고, 자신이 그런 것처럼 남들도 그래야 한다고 생각하는 사람이니까. 상대의 극히 개인적인 것까지 궁금해하는 것을 실례라고 여길 수도 있었다.

'하지만 우린 애인 사이잖아. 어디 출신인지 궁금해하는 게 뭐가 문제야?'

속으로 발끈하고 있을 때였다.

그가 뚜벅 던지듯 대답하고선 다시 칼질을 시작했다.

"맞아. 한데 내가 뉴저지에서 자란 건 어떻게 알았지? 얘기한 기억이 없는데."

"……귀동냥으로요. 사람들이 당신에 대해 이런저런 얘기를 나한테 해주거든요. 인터넷으로 찾아보기도 했고요."

"내 뒷조사라도 했다는 거야?"

"뒷조사라고 말하기엔 민망한 수준인데요. 그냥 일반적인 검색이었어요. 명색이 사귀는 사이인데 기본적인 것들은 알고 있어야 하잖아요."

"그래서? 뭘 알아냈지?"

"말 그대로 기본적인 것들이오. 유명 인사답지 않게 당신에 대한 정보가 많지는 않더라고요. 회사 홈페이지에 소개된 프로필 정도가 전부였어요. 니콜라스 리. 아이비리그 출신. 창업자 필립 리의 아들. 2년 전 타임즈지가 선정한 미국에서 가장 영향력 있는 인물 50위권. 미국 상류사회에 성공적으로 자리 잡은 한국 출신 재미교포 2세. 뭐 그 정도……."

태영은 핏물을 줄줄 흘리며 잘리는 고깃덩어리에 시선을 둔 채 말끝을 흐렸다. 갑자기 입술이 타들어갔다. 냉큼 차가운 물로 입술을 축이고서 더듬더듬 중얼거렸다.

"음. 어, 얼마 전부터 그런 생각이 들었어요. 내가 너무 당신에 대해 모르는 것 아닌가. 사람들이 당신에 대해 물어도 아는 게 없어서 대답 못한 적이 많거든요. 생각해 보니까 당신은 우리 집의 빚이 얼마인지까지 다 아는데, 난 당신에 대해 뭐 하나 자세히 아는 게 없더라고요. 일부러 그런 건 아니었겠지만 알려주지 않은 당신한테 서운함이 들었어요."

"알고 싶은 게 뭔데?"

"그냥 이것저것이오. 이신후라는 사람에 대한 포괄적인 정보. 당신에 대해 더 많이, 더 깊이 알고 싶어요. 당신을 이루고 지탱하는 생각, 기억, 신념 같은 것들이요."

"……."

"일부만이라도 좋으니까 당신이 당신을 나와 공유해 주었으면 좋겠어요. 어린 시절이라든지, 가족과의 에피소드라든지, 가끔씩 떠올리는 추억 같은 거라도 좋아요. 뭐든 특별했던 것을 얘기해 주면……."

쨍그랑.

이신후가 거칠게 나이프를 내려놓았다. 태영은 입을 다물고 눈을 들었다. 칠흑 같은 눈동자가 그녀를 뚫어져라 바라본다. 마치 그녀의 속내를 꿰뚫어 보려는 듯. 태영의 마음에 희미한 두려움이 일었다.

"나는……."

마침내 뚫어질 듯한 시선을 거두고 신후는 천천히 입술을 떼었다. 감정을 억누르는 착 가라앉은 목소리가 단조롭고도 기계적인 억양에 실려 흘러나왔다.

"어린 시절이 행복하지 않았어. 그래서 떠올리고 싶을 만큼 기분 좋은 추억이 없지. 굳이 기억을 헤집어 되새김질하고 싶은 얘깃거리가 없다는 소리야."

"전혀요? 하나도 없어요?"

"내 어머닌 한국인이었어. 한국에 잠깐 방문한 재미교포를 만나 날 임신하셨지. 이후 어머닌 혼자서 키울 생각으로 날 낳으셨지만, 출산 후 마음을 바꾸셨어. 아버지가 누군지 내게 알려주고 싶으셨던 것 같아. 갓난쟁이인 날 데리고 무작정 미국으로 건너가셨어."

"당신 한국에서 태어났어요? 프로필에는 교포 2세라고 되어 있었는데……."

"프로필은 말 그대로 프로필이니까. 사람들에게 알리고 싶은 만큼만 그럴싸하게 포장해 놓은 것뿐이야."

"그럼, 곧바로 아버지를 만난 거예요?"

"불행히도 그러진 못했어. 아버지에 대해서 아는 거라곤 이름 석 자뿐이었으니 현실적으로 불가능한 일이었지. 어머닌 남의 집 허드렛일을 하시면서 내가 다섯 살 때까지 날 혼자 키우셨어. 그러다가 어느 미국인을 만나 결혼하셨지. 이후로 난 그 사람의 아들로 13년을 살았어."

에릭 젠슨이다.

신후가 살해했다는 양아버지.

태영은 냉큼 눈을 내리떴다. 갑자기 심장이 빨리 뛰기 시작했다. 웬일인지 가슴 한가운데가 발작적으로 욱신거렸다.

"18살 때 두 분 모두 돌아가셨어."

그의 무미건조한 목소리가 귓등을 스산하게 스쳤다.

"어머니와 양아버지가 차례대로 목숨을 잃으셨지. 끔찍한 사건이었어. 내 인생을 송두리째 바꿔놓을 만큼."

따끔따끔 눈가가 아파왔다. 목구멍에 터질 듯한 통증이 일었다. 태영은 지그시 아랫입술을 깨물며 생각했다. 왜 그의 말을 듣는 것만으로 이렇게 가슴이 무너지는 걸까, 하고.

자꾸만 동정심이 일었다. 그는 사람을 죽였는데. 살인은 어떤 이유에서든 정당화될 수 없는데. 그런데도 그가 자꾸 불쌍하게 느껴졌다. 마음속에서 그를 향한 애틋함이 샘솟고 그에게 '당신 잘못이 아니에요' 하고 위로해 주고 싶어졌다.

"그즈음, 정말 우연히 생부를 만나게 되었지. 놀라웠어. 내 아버지가 〈월드프라임 인터내셔널 그룹〉이라는 기업의 총수, 이필재였다니. 믿어지지 않았어. 한번 뒤집혔던 내 인생은 또다시 180도로 뒤집혔지. 그날부터 난 이필재의 아들, 이신후로 살게 되었어. 그게 내 얘기의 전부야."

"……"

"생각했던 것보다 훨씬 우울한 얘기지?"

"……"

"류태영?"

무거운 울림이 있는 부름이었다. 태영은 조용히 고개를 들었다.

그럴 수밖에 없었다. 그를 바라볼 수밖에 없었다. 아무것도 없는 황량한 그의 눈과 마주치고서 울컥할 수밖에 없었다. 애써 아무렇지도 않은 듯 미소 지으며 고개를 가로저을 수밖에 없었다.

"아니요. 아니에요. 하나도 우울하지 않아요. 감동적이었어요."

"……"

"어머니께서 너무 일찍 돌아가신 것 같아서 마음이 아파요. 지금도 살아 계셨으면 좋았을걸. 이렇게 당신이 잘 자란 거, 멋진 사람으로 살아가는 거, 직접 보셨어야 했는데. 자랑스러워했을 거예요. 지금의 당신을."

진심을 다해 그에게 한마디, 한마디 건네었을 때였다.

갑자기 그가 벌떡 일어났다.

"젠장."

"왜 그래요?"

태영이 깜짝 놀라 그를 올려다본다. 신후는 격렬히 숨을 뱉어내며 커다란 손으로 벅벅 이마를 문질렀다. 휙휙, 고개를 사방으로 내돌렸다. 자꾸만 눈길을 사로잡는 태영을 외면하기 위해 마음을 가라앉히려 애써보았다.

하나 발작적으로 끓어오른 불길은 사그라질 기미가 없었다. 사그라지기는커녕 그녀가 '어디 아파요?' 하고 묻자 폭발 직전에 내몰리고야 말았다. 그는 태영의 팔뚝을 세차게 거머쥐며 이 사이로 말을 뱉었다.

"나가."

"네?"

태영이 당황한 듯 눈을 크게 떴다. 난데없이 철창 안에 갇힌 야생동물처럼 성마르게 구는 신후가 괴이하다는 듯, 유난히 반짝거리는 눈망울로 그를 빤히 바라보았다.

그 순간, 그는 할 말을 잃어버렸다. 머릿속에 표백제를 뿌린 듯 새하얘졌다. 아무 생각도 안 나고 아무 말도 안 나왔다. 그저 눈앞을 어른거리는 류태영의 사랑스러운 모습에 넋을 잃을 뿐이었다.

그녀의 작고 오동통한 입술이 꼬물꼬물 움직였다. 기다란 속눈썹을 매단 눈꺼풀이 순진하게 나풀거렸다. 솜털 뽀송뽀송한 미간이 소심하게 꿈틀거리다가 희미한 주름을 남기며 좁혀갔다. 꼬물거리던 입술 안에서는 분홍빛 혀가 뾰족 튀어나왔다……

깊이 좌절하며 그는 속으로 차마 언급할 수 없는 심한 욕설을 터트렸다. 그러곤 자신이 이러는 건 그저 성욕 때문이라고, 태영의 영향력을 애써 평가절하하며 협박의 말을 중얼거렸다. 그녀의 귓속에.

"잔말 말고 따라와. 이대로 사람들 앞에서 당하고 싶지 않으면."

"잔말 말고 따라와. 이대로 사람들 앞에서 당하고 싶지 않으면."

신사가 숙녀에게 건넬 말은 결코 아니었다. 평소 젠틀하고 다정하고 품위 있는 이신후가 태영에게 할 법한 멘트는 더더욱. 지금껏 한 번도 보지 못했던, 다분히 거친 모습이었기에 태영은 정말이지 놀라지 않을 수가 없었다.

충격적인 것은 그의 거친 모습이 딱히 싫지만은 않았다는 것이었다.

낯설지만 묘하게 흥분되었다. 단번에 몸이 후끈 달아오를 정도로. 언제나 완벽한 매너남 이신후가 한순간이나마 몸에 배인 친절과 배려를 집어던졌다는 사실이 왠지 모르게 짜릿하게 느껴졌다. 자신이 그의 이성을 잃게 만들었다는 것에는, 유치하게 어깨가 으쓱해지기도 했다.

그날 밤, 그의 넓은 침실에서 그들은 밤새 땀과 율동과 환희로 가득 찬 시간을 보냈다.

탐욕으로 점철된 실로 음란한 만찬이었다. 쉴 새 없이 밀려드는 육욕, 갈망과 절정, 또 다른 갈망으로 이어지는 탐닉의 롤러코스터에서 그들을 완벽히 산화했다. 손가락 하나 까딱할 수 없을 정도로 녹초가 되었을 때에야 둘은 깊은 무의식 세계에 발을 담글 수 있었다.

태영이 다시 눈을 뜬 건, 시곗바늘이 정오를 향해 내달릴 즈음.

옆자리의 신후는 아직 곤히 잠들어 있었다. 평소대로라면 서둘러 도망치듯 아파트를 빠져나가야 했지만 어쩐지 오늘만큼은 그러고 싶지가 않았다.

조용히 침대를 빠져나와 욕실로 향했다. 샤워를 마치고 그의 옷장에서 깨끗한 셔츠와 반바지를 꺼내 입었다. 그가 깨어날 때까지 딱히 할 일이 없었음에 커피를 마시며 아파트 내부를 둘러보았다. 클래식하면서도 어딘지 음습한 구석이 있는, 주인을 닮은 듯 닮지 않은 인테리어를 세세히 훑으며 혼자 상상했다. 새하얗고 알록달록하고 화사하게 바뀐 공간에 그와 자신이 나란히 서 있는 장면을…….

상상 속에는 그를 똑 닮은 자그마하고 똘망똘망한 아이가 있었다.

한 팔로는 태영의 목을, 나머지 팔로는 신후의 목을 끌어안은 꼬마 아이는 천진하게 깔깔거리며…….

"누구세요?"

등 뒤에서 누군가가 말을 걸었다. 화들짝 놀란 태영은 휙 뒤를 돌았다. 찬거리 가득한 장바구니를 손에 든, 푸짐한 몸매의 50대 아주머니가 거실 입구에 서서 태영을 살피고 있었다. 희미한 경계심과 호기심을 담은 눈초리로.

이신후의 아파트에서 다른 누군가를 만나게 될 줄은 꿈에도 몰랐기에 태영은 즉시 당황하고 말았다.

"사장님 손님이세요?"

꿀 먹은 벙어리가 된 태영에게 여자가 재차 물었다. 입가에 희미한 미소가 서린 것이 딱히 그녀를 침입자라고 판단한 것 같진 않았다.

하긴. 아무리 눈치가 없어도 축축하게 젖은 머리칼을 하고 신후의 옷가지를 차려입은 채 느긋이 커피를 마시는 여자를 도둑이라 단정하진 않으리라.

"맞는 것 같은데. 이 시간에 여기 이렇게 계실 분은 그분밖에 없는데. 맞죠? 사장님의 그분."

"아…… 네."

"어머나! 맞구나!"

어떻게 대응해야 하나 갈피를 못 잡은 태영이 어수룩하게 고개를 끄덕이자 정체 모를 아주머니는 곧장 함박웃음을 지으며 서재 안으로 들어섰다. 장바구니를 바닥에 턱 내려놓고서 태영의 손을 덥석 잡으며 격하게 환영의 인사를 건넸다.

"반가워요! 나 여기 일주일에 두 번씩 와서 일하는 도우미예요. 서산댁이라고 불러주세요."

"아아, 네에, 류태영이라고 합니다."

"보고 싶었어요. 도대체 어떤 아가씨이기에 우리 사장님처럼 무뚝뚝하고 멋대가리 하나 없는 경상도 남자를 사로잡았는지 너무 궁금했거든요."

"경상도 남자라니요?"

"몰랐어요? 사장님, 다섯 살 때까지 부산에서 살았잖아요. 부친도 부산에서 태어나 스물일곱 살 때까지 사셨고. 말하자면 부모님 모두 부산 토박이이신 거죠. 부산에 본가가 있어서 일 년에 한두 번, 시제 때 종종 다녀오신답니다."

맙소사. 그의 본가가 부산이라고? 부모님께서 부산 토박이였단 말이야?

태영은 까맣게 몰랐던 사실이다.

그럴 수밖에. 신후는 한 번도 고향 얘길 한 적이 없으니까. 심지어 어제 마지못해 자신의 과거를 얘기할 때에도 부산에 대해선 입도 벙긋하지 않았었다. 어떻게 이럴 수가 있지? 태영은 뒤통수를 얻어맞은 듯 머리가 띵해지는 것을 느꼈다.

"사장님께서 겉으론 그래 보여도 속정이 깊은 분이잖아요. 언뜻 보면 세상 무뚝뚝하고 까칠한 남잔데 은근히 섬세하다니까요. 천생 경상도 남자죠."

"……."

"사실 내가 사람을 좀 귀찮게 하는 편이에요. 그 성격에 나 같은 아줌마가 이것저것 참견하고 물으면 짜증낼 만도 한데. 안 그러거든요. 얼마나 꼬박꼬박 대답 잘해주는데. 가끔은 은근히 질문해주길 바라는 거 아닌가 싶다니까."

"네에."

"좋은 분이에요. 아랫사람 무시하지도 않고, 보수도 이만하면 엄청 후하고. 내가 여기서만 2년째 일하잖아요. 처음엔 여기도 참 썰렁했는데 이젠 사람 사는 집 같아요. 집 안에 온기가 돌고 사장님 얼굴도 한결 밝아지고요. 다들 입 모아 얘기해요. 사랑에 푹 빠져서 달라지는 거라고. 그러니 내가 궁금하지 않았겠어요?"

"저 때문만은 아닐 거예요."

그녀를 사랑한다면 이렇게 서운하게 만들지는 않을 터였다. 일하는 아주머니도 아는 공공연한 사실을 그녀에게만 쏙 빼놓고 말하지 않을 이유가 없었다. 이쯤 되니 궁금해진다.

이신후는 나를 사랑하나?

"사실 아가씨 보고 깜짝 놀랐잖아. 사장님한테는 키 크고 마른 타입이 어울린다고 생각했거든. 미국에서 자랐으니 당연히 서구적이고 화려한 여자를 좋아할 거라고 생각했지. 왜, 사장님도 좀 그런 타입이잖아. 훤칠하고 세련된 미남."

"그렇죠."

"근데 아니네. 의외로 한국적이고 소박한 청순가련형을 좋아하구만. 아가씨, 혹시 주변에서 연예계 데뷔해 보라고 안 해요?"

"네? 저요?"

태영은 약간 어이없기도, 낯부끄럽기도 하여 멀뚱멀뚱 서산댁을 바라보았다. 예쁘게 봐줘서 고맙다고 해야 할지, 사람 놀리지 말라며 화내야 할지 모르겠다고 생각했다. 자신이 딱히 못생긴 얼굴은 아니지만 그렇지만 썩 예쁜 편이라곤 생각하지 않았으니까.

게다가 청순가련형이라니!

'대체 어딜 봐서?'

혜진이 들으면 배꼽 잡고 비웃을 소리였다. 자신이 '아동틱' 스타일이라는 건 혜진과도 이미 의견의 일치를 본 바. 태영은 스스로 여성적인 청순함이나 섹시함보다는 귀여움이 더 돋보이는 스타일이라고 생각했다.

간혹 어머니 박서경 여사가 그녀를 종종 손혜진이나 송혜교 같은 청순하고 글래머러스한 탤런트에 비교하곤 했지만. 그건 어디까지나 고슴도치도 제 새끼는 예쁘다고 생각하는 부모님 특유의 콩깍지 때문이었고. 아무리 후하게 쳐 줘도 자신은 연예인과는 거리가 먼 외모의 소유자였다.

"사장님도 어쩔 수 없는 한국 남자라니까. 얼굴, 몸매, 나이까지 두루두루 안 보는 거 없이 다 봤네. 아휴, 예뻐라. 피부도 어쩜 이렇게 고울까."

"좋게 봐주셔서 감사하긴 한데 그 정도는 아니에요. 몸무게도 얼마나 많이 나가는데요."

"에이! 무슨 소리예요? 내 눈엔 딱 적당한데 뭐. 이보다 더 빼빼하면 안 예뻐. 여자는 모름지기 들어갈 데 들어가고, 나올 데 나와야 예쁜 법이에요. 세상에나! 이렇게 참하고 예쁜 처자를 만났으니 우리 사장님 입이 그리 귀에 걸렸지. 그래, 결혼은 언제 해요?"

"에?"

"결혼이요. 안 해요? 사장님 나이가 꽤 되실 텐데."

"제가 아직 대학 졸업 전이어서요."

"으응, 그럼 국수는 나중에나 얻어먹을 수 있겠네. 사모님이란 호칭도 당분간은 넣어둬야겠다. 참참! 아직 아침 전이죠? 내가 얼른 상 차릴게 먹고 가요. 뭐 해드릴까?"

"아니에요! 괜찮아요. 저 신경 쓰지 마세요."

"괜찮긴. 벌써 12시구만. 한국 사람은 밥심으로 사는 거예요. 끼니 거르면 안 돼. 후딱 차려 드릴게요. 특별히 뭐 먹고 싶은 거 있어요?"

서산댁은 태영을 친딸인 양 살갑게 대하며 주방으로 이끌었다. 식사를 대접하겠다는데 굳이 거절하는 것도 예의가 아닌 것 같아 태영은 못 이기는 척 따라나섰다.

"아무거나 주세요. 전 뭐든지 잘 먹어요."

"예쁜 아가씨가 예쁜 말만 하네! 난 먹성 좋은 사람이 그렇게 예쁘더라. 요즘 아가씨들, 다이어트다 뭐다 제대로 먹질 않잖아. 난 그게 그렇게 싫더라고요. 쇠꼬챙이처럼 마른 걸 가지고 날씬하다 말하는 것도 마음에 안 들어. 아까도 말했지만 여자는 살집이 좀 있어야 여자답다니깐. 남자가 안았을 때 잡히는 게 있어야 여자지! 안 그래요?"

"아하하……."

전혀 아니라고 생각하지만 차마 솔직하게 '전 지금이라도 쇠꼬챙이처럼 마르고 길쭉해지고 싶어요'라고 말할 수는 없음에 태영은 실없이 웃기만 했다.

그녀의 민망한 심정을 아는지 모르는지. 그동안 무덤 같은 집에서 묵묵히 일하느라 한이 맺힌 듯 서산댁은 태영을 식탁 앞에 앉혀놓고는 재잘재잘 끝없이 수다를 떨었다.

"여기 사장님도 겉보기랑 다르게 편식을 전혀 안 해. 식성이 막 엄청 좋은 편은 아닌데 가리는 건 없어요. 해주면 뭐든 다 잘 먹어. 내가 얼마나 편한지 몰라! 처음에는 걱정을 많이 했거든요. 미국서 왔다니까 스테이크 같은 것만 좋아하면 어쩌나 했지. 근데 한식도 좋아하더라고."

"그래요?"

태영은 맞장구치듯 대꾸하며 입가에 샤르르 큰 미소를 지어 올렸다.

서산댁이 신후를 칭찬한 것인데, 마치 자신이 칭찬받은 것마냥 기분이 좋아졌다. 이신후가 원래 그런 사람이지. 입에 맞지 않아도 요리사의 정성을 생각해서 맛있게 먹어주는 센스, 배려, 따뜻한 마음씨. 바로 그런 것 때문에 그녀도 그를 좋아했다.

"어떨 땐 한식을 더 좋아하는 것 같아. 한번은 어디서 들었는지 차돌박이 된장국 좀 해달라고 하더라니까."

"차돌박이 된장국이요?"

"놀랐지? 놀랐지? 나도 깜짝 놀랐잖아! 그런 걸 언제 먹어봤나 싶어서. 나중에 시식할 때 보니까 표정이 오묘하더라고. 자주 먹어본 음식은 아닌 것 같았어. 내 추측인데 사장님 어머니께서 좋아했던 것 같아요."

"아아."

"접때는 장아찌도 할 줄 아느냐고도 묻더라니까. 어머니가 살아생전에 좋아하셨대. 한인 슈퍼에서 파는 건 맛이 별로라고, 한국 가정집에서 직접 담근 장아찌 맛이 제대로라고 입버릇처럼 말씀하셨다나 어쩐다나. 그래서 내가 오이랑 마늘 사다가 직접 담가줬어. 우리 사장님 그때 진짜 웃겼는데."

"왜요?"

"글쎄! 처음에 한입 맛보더니만 인상을 팍 쓰는 거야. 깜짝 놀랐지. 사약 마신 사람 얼굴이더라고. 내 입맛에는 괜찮은데 뭐가 잘못됐나 한참 생각했어. 근데 알고 봤더니……."

"……?"

뭣 때문에 인상을 썼을까. 무표정이 디폴트인 사람이.

순수한 궁금증이 일어 태영은 적극적으로 상체를 앞으로 가져가며 쫑긋 귀를 세웠다. 개수대에서 떨어지는 물에 채소를 씻던 서산댁이 유쾌함 가득한 얼굴을 휙 돌려본다. 그리곤 '그가 그렇게 귀여울 수 없었다'는 얼굴로 속살거렸다.

"세상에 장아찌 하나를 한꺼번에 몽땅 입에 털어 넣었지 뭐야?"

"네?"

"그게 통마늘장아찌였거든. 뿌리만 썰어내고 통째로 숙성시킨 거였어. 그걸 한꺼번에 씹었으니 입안이 어떻게 되었겠어?"

큭! 저도 모르게 웃음이 터졌다. 겉으로는 감정을 드러내는 일이 거의 없는 이신후가 오만상을 찌푸리며 괴로워하는 모습을 상상하니 폭소가 절로 나왔다. 너무 귀여워서 옆에 있었다면 그의 머리를 쓰다듬으며 양 볼에 쪽쪽 입맞춤했을 것도 같았다. 물론 실제론 죽었다 깨어나도 벌어지지 않을 일이지만.

태영의 얼굴이 꽃처럼 활짝 펴는 순간이었다. 등 뒤에서 익숙한 남자의 목소리가 날아들었다.

"뭐가 그렇게 재미있어?"

제5장 악마도 사랑을 하나요?

"아직도 궁금한 게 있어?"

아침상이라기엔 너무 과한 화려한 밥상을 사이에 두고 신후는 태영에게 물었다. 무슨 반찬을 먼저 먹어야 하나, 행복한 고민에 빠져 있던 태영은 쓱 고개를 들었다. 신후는 별로 중요한 질문이 아니라는 듯 밥상 어딘가에 시선을 두고 있었다. 하지만 분명 말에 뼈가 있었다.

태영은 허공에 떠 있던 손을 슬그머니 끌어 내렸다.

입안에 차 있던 음식을 억지로 삼켰다. 그리고서 '단둘이 오붓하게 식사하시라' 며 밥상만 차리고 부랴부랴 주방을 빠져나간 서산댁을 다시 불러다 앉혀놓고 싶은 충동을 꾸욱 누르며 애써 아무렇지도 않은 듯 대꾸했다.

"그게 무슨 소리예요?"

"어제 네가 말했잖아, 나에 대해 알고 싶다고. 나로서는 나름대로 자세히 얘기해 줬다고 생각했는데. 넌 충분치 않았나 봐? 집안일 거드는 도우미까지 들쑤셔 알아내려 한 걸 보면."

"……."

"그분은 내버려 둬. 아무것도 몰라."

나보다는 더 잘 아시던데요.

태영은 목구멍까지 치미는 말을 겨우 삼켰다. 속에서 부아가 치밀었다. 입맛이 뚝 떨어졌다. 더 억지로 앉아 있다가는 체할 것 같았다.

입을 꾹 다물고서 젓가락을 딱, 소리 나게 내려놓았다. 말없이 입안을 헹구고 조용히 자리에서 일어났다. 오늘은 더 이상 이 남자와 말을 섞지 않으리라, 굳게 다짐하며 뒤를 돌았다.

"대체 왜 이러는 거지?"

차가운 신후의 목소리가 태영의 발목을 낚아챘다. 무시하고 지나치려는데 이번에는 배배 꼬인 말을 쏘아붙였다.

"그동안 아무리 노력해도 생기지 않던 애정이 오늘 갑자기 솟구쳤을 리는 없고. 누가 경고하던가? 내 과거가 수상쩍으니 조심하라고. 내 뒤에 충격적이고도 어마어마한 비밀이 있을 거라고 말이야."

그가 조금만 덜 서운했더라면, 어쩌면 그의 말속에 숨은 가시의 정체를 알아챘을지도 모른다. 눈치 빠른 그녀이니만큼 그가 던지는 단어 하나하나에 내포된 뜻이 무엇인지 금세 깨달았을 것이다.

하나 태영은 지금 몹시 화가 나 있었다. 신후가 자신에게 마음을 열지 않는다는 사실, 고용인한테도 털어놓은 얘길 자신에게는 일언반구하지 않았다는 사실이 그녀를 평소와는 달리 감정적인 상태로 만들었다.

참는 데도 한계가 있지! 어떻게 이런 상황에서 되레 날 몰아붙일 수 있어? 태영은 두 주먹을 불끈 쥐고 휙, 몸을 돌려 신후와 마주했다.

지구의 멸망 직전에도 허둥지둥하지 않을 유일한 인간 이신후는 언제나처럼 여유로워 보였다. 태영의 속에서 천불이 더욱 불끈거렸다. 그녀는 그를 잔뜩 노려봄으로써 내비칠 있는 최고의 적개심을 드러내며 야무지게 입을 놀렸다.

"당신 눈에는 내가 뭘로 보이는지 모르겠는데요, 난 그렇게 음흉한 사람 아니에요. 뒤에서 몰래 캐는 짓 따위 안 한다고요. 그저 당신에 대해 관심을 좀 가졌을 뿐이에요. 당연하잖아요. 난 당신을 사랑하려는 사람이니까."

"……."

"당신에 대해 공부하고 싶었어요. 전에도 말했듯이 난 당신이 궁금해요. 아주 작고 사소한 일일지라도 당신에 대한 것이라면 다 알고 싶어요. 당신의 식성, 당신의 고향, 미국에서의 생활과 돌아가신 당신 어머니에 대한 것까지도요. 난 몰랐고, 서산댁 아주머니께선 알고 계셨고, 그래서 들었던 것뿐인데. 그게 그렇게 잘못한 거예요? 캐고 다닌다는 말을 들을 만큼?"

"그건……."

"한 가지만 물을게요. 난 당신한테 뭐예요?"

"뭐?"

저돌적으로 들이대는 그녀의 질문에 신후는 눈살을 찌푸렸다.

질문이 마음에 안 드는 모양이었다. 뭐, 그건 질문을 건넨 태영도 마찬가지였다. 자신이 왜 이렇게까지 해야 하는지 모르겠다고 생각하면서도, 어느새 태영은 재차 묻고 있었다.

"내가 당신한테 어떤 존재냐고요. 우린 정확히 어떤 관계죠?"

"갑자기 그걸 왜 묻지?"

"갑자기 묻는 거 아니에요. 실은 늘 궁금했던 거예요. 당신은 한 번도 나에 대한 감정을 풀어낸 적이 없잖아요. 지난번에도 나한테 사랑하는지 안 하는지 추궁하듯 물었으면서, 정작 당신은 날 어떻게 생각하는지 말해주지 않았어요. 불공평하다고 생각지 않아요?"

"그거야……."

"난 내가 당신의 애인이라고 생각했어요. 우리 두 사람이 서로 사귀는 거라고, 진지하게 교제 중이라고요. 나한테 당신은 부모님 빼고 가장 가까운 사람이에요. 날 가장 잘 아는 남자, 제일 많이 이해해 주는 남자, 무슨 일이 있어도 내 편인 남자요. 그런 게 남자친구고, 애인이고, 연인이잖아요. 아니에요?"

"……."

"말해봐요. 당신은 날 뭐라고 생각하죠? 나도 당신한테 그런 사람이에요? 다른 어떤 사람보다도 더 내가 당신 가까이에 있는 거 맞아요? 당장은 아니더라도 언젠가는 나한테 곁을 내어줄 용의 있어요?"

"……."

"……없어요?"

그가 즉각 답을 내놓지 않자 태영은 이마에 지익 주름을 잡았다. 커다란 눈에 당혹감과 충격이 스쳐 갔다. 일말의 원망도.

신후는 우울하게 마음속으로 중얼거렸다.

류태영이 자신의 편인지 아닌지는 모르겠으나, 지금 이 순간 가장 위협적인 존재인 것만은 분명하다고.

그는 태영의 순진무구한 눈망울이 무서웠다. 감정을 백 퍼센트 내보이는 눈동자와 마주하면, 괴물 앞에 무기 없이 선 전사가 된 기분이 들었다. 완전한 무방비 상태의 세상에서 가장 나약한 남자가 되어버렸다. 두려워질 수밖에 없었다. 스스로 게임의 목적을 망각하고 착각과 몽상, 자멸의 길로 빠져들까 봐. 그래서 가당치도 않은 것을 바라게 될까 봐.

"물론."

신후는 가볍게 웃음을 흘리며 어깨를 으쓱했다. 그러곤 입술 언저리를 구부려 부드럽고 따스한 호를 빙긋 그렸다.

"당연히 있지."

"정말이에요?"

그녀가 아주 조심스럽게 물었다. 두 눈을 순하게 깜빡이면서. 표정을 보니 예상과는 다른 대답인 모양이었다. 아마도 그가 가혹한 말들을 쏟아낼 것이라 생각했겠지.

'주제넘은 짓 하지 말고 더 이상은 다가오지 마. 아무 생각하지 말고 내가 주는 쾌락을 즐기기만 해. 네게 허락된 건 그게 전부니까.'

독사 같은 혓바닥으로 맹공격을 퍼붓고 싶었다. 그리하여 류태영에게서 따스한 감성과 낭만적인 생각을 송두리째 앗아버리고 싶었다. 사랑에 대한 일말의 기대도, 희망도, 그 싹을 밟아 깡그리

죽여 없애고 싶었다. 그러나 정작 그의 입술을 통과한 말은 가혹함과는 한참이나 동떨어져 있었다.

"두려울 정도로 널 원해, 류태영."

"신후 씨."

독백과도 같은 무거운 그의 말 한마디에 태영이 털썩 의자에 주저앉았다. 갑작스러운 고백에 놀란 듯 멍하니 그를 바라보았다. 신후는 당장이라도 그녀를 범하고 싶은, 추잡한 욕구에 휩싸인 채 지극히 자조적으로 중얼거렸다.

"가끔은 겁이 나. 내가 널 망가뜨릴까 봐. 널 망칠까 봐."

신후는 거의 폭발 직전이었다.

당장 태영을 안고 싶었다. 너무나도 절박하게 안으로 들어가고 싶었다. 그녀를 소유욕으로 꽉 채우고 추악한 욕망의 씨앗으로 더럽혀, 그 누구의 것도 아닌 이신후의 여자임을 확인받고 싶었다.

죽을 만큼 강력한 욕망이었고, 그래서 자괴감이 들 정도였지만 제어는 불가능했다. 태영을 옴짝달싹 못하게 품 안에 가둬도, 입술을 뜯어버릴 듯 격렬히 키스해도 소용없었다. 천 쪼가리들을 들추어 보드랍고 따뜻한 살갗을 두 손 가득 느껴도, 탄력 넘치는 둔부를 다리 사이에 놓고 거칠게 비벼도, 가라앉기는커녕 욕정은 더욱더 커져만 갔다.

결국 그는 그 자리에서 태영의 바지를 벗기고 말았다.

"어떡하죠? 아주머니가 집에 있다는 걸 깜빡했어요."

다소 과격했던 은밀하고도 탐욕스러웠던 행위가 막을 내린 후, 태영이 제일 먼저 한 말은 신후를 진심으로 웃게 했다.

실로 오랜만에 느껴보는 기분 좋음이었다. 마음에 편안함이 가득했다. 고용인이 일하고 있는 집에서, 충동에 못 이겨, 식사하다 말고 의자에 앉아 여자를 갖는, 평소에는 하지 않는 미친 짓을 저질렀음에도 불구하고 정말로 아무렇지도 않았다. 침실로 들어가는 단 몇 초조차 참지 못할 만큼 절박하게 류태영을 원했다는, 그 불편한 진실마저도 그의 만족감을 퇴색시키지는 못하였다.

신후는 그녀의 귓불을 부드럽게 빨아들이며 속삭였다.

"걱정하지 마. 아주머니는 밖으로 나갔으니까."

"나가셨어요? 언제요?"

"우리가 키스할 때. 모기만 한 목소리로 장 봐오겠다며 허둥지둥 현관문을 나서셨지."

"하지만 아주머닌 이미 장을 보셨는데요? 아까 장바구니를 들고 들어오시는 걸 내가 분명히 봤는데……."

"그럼 뭐, 우리 둘만 있게 하려고 적당히 둘러댔나 보지."

"아아아아! 안 돼! 미치겠네. 나 이제 어떡해요? 아주머니 얼굴을 어떻게 봐요?"

"부끄러워하기엔 너무 늦은 것 같은데. 아까는 우주가 폭발한다 해도 멈추지 않을 기세였잖아."

"난들 어쩌라고요. 당신이랑 함께 있으면 나도 모르게 정신을 놓아버리는걸. 책임지세요. 이 어처구니없는 사태는 다 당신 때문이에요."

"나?"

"그럼 나 때문이에요? 미안하지만, 난 엄연히 당신이 처음이었 거든요? 당신을 만나기 전까지는 무경험, 초짜였다고요. 남자랑 살 맞대는 것조차 끔찍하게 느껴졌던 초심자가 당신 때문에 이게 좋아졌어요. 이걸 하는 동안에는 기분이 날아갈 것 같아요. 막 꽁 꽁 싸매져 있던 내 안의 무언가가 풀어헤쳐지는 느낌이에요."

"아하?"

"가끔씩은 내가 너무 타락해 버린 게 아닌가 걱정스러워져요. 생각하지 않으려고 해도 자꾸……."

"자꾸?"

"상대가 바뀌어도 똑같은 기분일까 궁금해져요."

"다른 상대와도 해보고 싶다는 뜻?"

"그런 게 아니라! 누가 진짜 그러고 싶대요? 그냥 말이 그렇다 는 거죠. 난 누구처럼 바람은 안 피워요. 당신과 만나는 동안에는 당신한테만 충실할 거예요. 그것보다 당신과 헤어진 후에 이 모든 것들을 그리워하게 될까 봐, 그게 더 겁나요."

"나와 헤어진 후에?"

"당신이 내 성 경험을 너무 획기적으로 레벨업 시켜놨잖아요. 중간 단계 없이 완전 수직 상승. 덕분에 가끔은 다른 사람으론 만 족 못할지도 모른다는 생각이 들곤 해요."

"칭찬 같은데. 왜 난 기분이 별로지?"

"난 당신한테 너무 푹 빠지기 싫어요. 남자한테 집착하고 싶지 않아요. 사람 일이라는 건 모르는 거잖아요. 누가 알겠어요? 우리 가 이쯤해서 헤어질지. 괜히 잘못돼서 헤어지고 나면 나만 아프잖 아요. 상처받기 싫어요."

"1분 사이에 헤어진다는 말을 두 번이나 하네. 왜지? 내가 갑자기 싫어졌어?"

"조금이라도 싫어지면 좋겠네. 요즘은 계속 좋아지기만 해서 걱정이구만."

"립서비스인가?"

"진짜라고요! 좀 믿어봐요. 속고만 살았나."

"그럼 오늘은 집에 가지 마. 믿어줄게."

"에에? 하지만!"

"쉿! 아무 말하지 마. 침실로 가자. 나한테 널 맡겨. 네 경험치를 갱신시켜 줄게."

"그래도……."

"몇 번이고 가게 해줄 수 있어. 내 품에선 걱정하지 않아도 돼. 고민도 번뇌도 없을 거야. 오로지 쾌락만 느끼게 해줄게."

그는 거의 작정하고 그녀를 유혹했다. 딴생각하지 못하게. 머리 굴리지 못하게. 육체적인 쾌락과 말초적 욕망에 흠뻑 취한 나머지 자신이 이용당하고 있음을 자각하지 못하게 하는 게 그의 최종 목적이었다. 태영은 딱 잘라 거절했다. 마음 상한 양 앵돌아진 말투였다.

"미안하지만 그렇게는 못하겠네요. 약속이 있거든요. 절대로 빠질 수 없는. 그리고 기억 못하는 것 같아서 알려주겠는데요. 당신은 오늘 오후에 미국행 비행기를 타야 해요. 취소할 수 없는 중요한 일정이 있댔잖아요. 그 때문에 우리가 오늘이 아닌 어젯밤에 만났던 거 아니에요?"

맞는 말이었다. 신후는 오늘 미국 출장 일정이 잡혀 있다. 작년부터 추진 중인 그룹 인수합병 문제가 걸려 있기에 그의 출장은 필수적이었다.

하나 하루쯤 미룰 수 없을 정도로 급한 경우는 아니었다. 일주일쯤은 신후가 부재해도 인수합병에 차질이 빚어지는 일은 없을 것이다. 그걸 알면서도 굳이 오늘 떠나려 했던 것은 태영과 거리를 두고 싶어서였다.

신후는 태영과의 관계에서 주도권을 잃기 싫었다. 우위에 선 위치를 더욱 공고히 하고 싶었다. 그가 바라는 건 류태영이 자신에게 오는 것이지, 자신이 이리저리 끌려 다니는 게 아니었으니까.

그녀 때문에, 그녀를 위해, 자신의 계획을 수정하는 건 이신후다운 짓이 아니었다. 그는 여자를 배려하지 않는다. 아무리 필요에 의한 가식이라도 더 이상은 류태영에게 잘해주는 것을 삼가야 했다.

그래서 굳이 미뤄도 될 출장을 기어이 떠나기로 한 것이었는데…….

어처구니없게도 그날 저녁, 그는 뉴욕행 비행기 안이 아닌 대한민국 클럽의 거리, 압구정 한복판에 서 있었다.

"넌 대체 어쩌다가 여기 이곳에 와 있는 거냐? 이신후."

혼잣말을 중얼거리며 신후는 〈클럽 Question〉의 화려한 네온사인을 올려다보았다. 스스로에게 던진 질문에 대한 답은 하나였다. 류태영 때문에. 밤마다 춤과 음악, 이성과의 만남에 굶주린 젊은이들로 불야성을 이루는 이곳 클럽에 류태영이 있었다.

신후는 발신 중인 휴대전화를 내려다보았다.

태영에게 벌써 세 번째 전화를 걸고 있으나 응답은 단 한 차례도 없었다. 아마 백번을 걸어도 지금은 받지 않을 것이다. 클럽 안에서 즐거운 한때를 보내느라 정신이 없을 테니까.

신후는 차갑게 입술을 비틀며 휴대전화를 주머니 안에 넣었다. 고개를 들어 다시 한 번 클럽 간판을 노려보곤, 오전에 그녀가 작별 인사 대신 깜찍하게 눈꺼풀을 깜빡거리며 했던 말을 떠올렸다.

"내가 누굴 만나는지 왜 자꾸 물어요? 혹시 의심해요? 다른 남자라도 만날까 봐? 그거 질투 아닌가. 내가 다른 남자랑 어울리는 게 엄청나게 기분 나쁘죠? 그렇죠? 맞네. 질투."

태영은 장난이었겠지만 신후는 하나도 웃기지 않았다.

그녀가 다른 남자를 만난다는 생각, 그 가능성만으로도 신후는 기분이 매우 나빴다. 이건 자존심의 문제였다. 자신의 여자가 다른 남자를 찾아 클럽을 어슬렁거린다는 사실이 기분 나쁠 뿐 질투는 결코 아니었다.

그 즉시 출장을 미루어야겠다고 마음먹었다. 그녀에게는 예정대로 출장을 떠날 것이라 말해두고 그녀의 뒤를 밟기로 했다. 어차피 24시간 일거수일투족을 관찰, 경호하는 안전요원을 배치해두었고, 덕분에 그녀가 누구와 만나는지는 실시간으로 전달받을 수 있는데도 그는 직접 그녀를 미행하기로 했다.

그녀는 내내 집 안에 얌전히 머물렀다가 해가 어둑어둑 저물어갈 무렵에야 비로소, 화사한 원피스와 자그마한 핸드백, 굵은 컬로 예쁘게 단장한 단발머리, 평소에 하지 않던 화장까지 정말로 예쁘게 꽃단장하고 집을 나섰다. 도착한 곳은 바로 이곳 압구정의 클럽. 누구를 만나는지는 불을 보듯 뻔했다.

'남자겠지.'

일주일 전에 류태영과 한정현이 남몰래 만났음이 떠올랐다. 어제 한정현으로부터 걸려온 전화에 흠칫 놀라던 태영의 모습도.

그녀는 보란 듯이 차단 목록에 한정현을 추가했지만 차단을 풀고 약속을 정하는 건 일도 아니었다. 만나기로 작정하면 그들은 언제든 그의 눈을 피해 만날 수 있었다. 그의 출장일이자 그녀의 생일날인 오늘이야말로 가장 적당한 날이리라.

신후는 주머니에 넣어두었던 휴대폰을 또다시 꺼내 태영에게 전화를 걸며 저벅저벅 클럽 안으로 들어섰다.

전화는 여전히 불통이었다. 답답한 통신사 안내 멘트만이 지겹도록 그의 귓전을 파고들었다. 눈앞에 복잡한 테이블과 현란한 조명, 떠들썩한 음악 사이에서 부딪치고 부비는 인간들이 보였다. 그는 홀 한복판에 서서 고개를 비잉 돌리며 태영을 찾았다.

흥으로 들썩이는 댄스홀 한가운데에 시간이 정지한 듯 우뚝 서 있는 이신후는 다분히 이질적인 존재였다.

사람들이 흘끔거렸다. 여자들의 시선이 한꺼번에 쏟아졌다. 그러거나 말거나. 그는 류태영을 찾는 데 온 신경을 집중시켰다. 얼마 지나지 않아 홀 안의 거의 모든 사람들이 그를 돌아보게 되었다. 태영의 숨 가쁜 외침이 들려온 것도 바로 그즈음이었다.

"신후 씨! 당신 여기서 뭐 해요?"

3시간 뒤.

태영은 쉴 새 없이 날아드는 대화 메신저 메시지에 답하느라 진땀을 흘리고 있었다. 친구들이 꼬리에 꼬리를 물어 질문 공세를 펼치고 있었다. 손가락을 거의 초음속 속도로 움직이느라 운전 중인 신후와는 10분 넘게 대화가 중단된 상태. 신후도 궁금한지 차가 신호등에 걸리자마자 그녀를 돌아보며 묻는다.

"친구들?"

"네. 단체 채팅방이에요. 아까부터 자꾸 당신에 대해 물어봐서 대답해 주는 중이에요. 계집애들! 나더러 땡잡았대요. 당신 같은 남자를 만난 내가 부럽고 배가 아프다네요. 정말 이러다가 이신후 팬클럽까지 결성할 기세라니까요."

"반응이 나쁘지 않다니 다행이네."

멀뚱하게 중얼거리고서 그는 또다시 슥 전방에 시선을 두었다. 태영은 조용히 씨익 입술 꼬리를 위로 끌었다. 헤벌쭉 웃음이 터지려고 했다. 그가 몹시 드라이한 척, 관심 없는 척 굴고는 있지만 실상은 그렇지 않다는 걸 알기 때문이었다.

이신후는 류태영이라는 여자한테 아무 감정 없는 줄 알았는데.

아무래도 그건 아닌 듯하다.

신후는 류태영을 좋아한다. 미치도록 사랑하는 것까지는 아닐지라도, 어쩌면 가벼운 연애 감정일지도 모르지만, 어쨌든 좋아하는 마음 정도는 가지고 있었다. 사실을 깨닫지 못했든, 알면서도 아닌 척하고 있든, 그녀가 제 여자라는 자각만은 있는 것이다.

'안 그랬으면 내 친구들한테 왜 그런 말을 했겠어?'

신후는 3시간 전, 어떻게 알고 찾아왔는지 클럽에 불쑥 나타나

태영과 그녀의 친구들 사이에 혼돈의 대폭탄을 투하해 모두를 혼비백산하게 만들었다.

"류태영! 너 딱 걸렸어. 생일 턱 내기로 했으면 끝까지 자리를 지켜야지! 어딜 도망가려고. 어라? 거기 그분은 누구?"

"아아. 이 사람은, 어, 그러니까……."

"약혼잡니다. 태영이 친구분들 되시죠? 반가워요, 이신후라고 합니다."

"예?"

"태영이 너 약혼했어? 언제?"

당연히 약혼 얘긴 처음 듣는 얘기였지만, 그렇다는 걸 친구들 앞에서 폭로할 순 없었기에 태영은 어쩌다가 그렇게 되었다는 식으로 두루뭉술하게 넘어갔다.

다행히 친구들은 별다른 의심을 하지 않았다. 혜진이 남몰래 찡긋 윙크하며 '결국 그렇게 결정 내렸구나? 축하해!'의 비밀스런 메시지를 날린 걸 보면 태영과 신후의 연기가 썩 괜찮았음이다.

이후 곧바로 자리를 옮겼다. 신후가 더 멋진 곳으로 안내하겠다는 말에 친구들은 우르르 클럽에서 나와 그를 따라나섰다. 정말로 분위기가 근사한 레스토랑에서 맛있는 스테이크 정식을 먹었다.

식사하는 동안 친구들이 조금은 짓궂고 무례한 질문이나 장난을 쳤는데도 그는 무척이나 친절하고 너그럽게 모두 받아주었다. 그가 태영의 친구들 앞에서 다정하고 멋스럽게 보이길 바랐다면 퍼펙트 대성공. 지금도 단체 채팅방에서는 친구들의 '이신후 지지 선언'이 열화와 같은 성원으로 이어지고 있었다.

동방박사 이지은 : 나이 차이. 그거 하나도 신경 안 쓰이더라. 나이 든 것처럼 보이지도 않더구만 뭐. 그 얼굴이면 늙어도 근사할 것 같아. 왜 있잖아. 외국 영화에 나오는 멋진 노신사!

박요나 : 응응. 완전 잘생겼더라. 제대로 만찢남이던데? 기럭지하며 스타일하며. 난 보자마자 패션쇼 화보에서 튀어나온 줄 알았잖아.

정혜뿅 : 기집애! 야! 너 이렇게 멋진 남자를 왜 지금껏 소개해 주지 않았어? 완전 킹카잖아.

동방박사 이지은 : 야야. 이럴 때 쓰는 말 있지 않냐? 똥차 가고 벤츠 온다!

'동방박사' 이지은의 농담 한마디에 채팅방은 'ㅋ'과 'ㅎ'으로 도배가 되어버렸다. 태영도 열심히 하나짜리 자음으로 속마음을 대변했다. 그녀의 박장대소가 끊긴 건 '정혜뿅' 혜진이 '결혼은 언제 할 거야?' 하고 물었을 때였다.

결혼의 여부나 시기를 알 게 뭔가. 약혼했다는 말이 거짓인데.

경황이 없어서 신후가 왜 그런 얼토당토하지 않은 거짓말을 했는지 물어보지도 못했다. 태영으로선 이번에도 대충 얼버무릴 수밖에 없었다. 아직은 졸업 전이라 구체적인 결혼 계획을 잡지 못했다고.

"근데……."

신통찮았던 친구들의 반응('졸업이 무슨 상관? 좋으면 지금이라도 하는 거지!'와 같은)을 떠올리며 태영은 조심스럽게 입을 열었다.

"친구들이 자꾸 물어요. 결혼은 언제 하느냐고."

"뭐라고 대답했어?"

이신후의 반응은 속뜻을 가늠하기 힘든 무덤덤한 반문. 태영은 애써 동요하지 않은 양 어깨를 으쓱하고선 대수롭잖은 듯 중얼거렸다.

"아직 계획에 없다고 말했어요."

"왜?"

"사실이니까요. 아직은 우리, 결혼을 얘기할 단계가 아니잖아요. 서로 프러포즈를 한 적도, 그걸 수락한 적도 없어요. 약혼했다는 것도 당신이 임기응변식으로 지어낸 거짓말이고요."

"……"

"도대체 왜 그런 거예요? 왜 내 친구들한테 그리 거짓말했어요? 나랑 결혼할 마음이 있긴 있어요? 우리 정말 결혼하는 거 맞아요?"

"왜 그걸 내게 묻지?"

계속된 그녀의 질문에 신후가 침묵을 깼다.

"우리 계약의 전제조건이 뭐였는지 잊었어? 한정현을 잊고 날 사랑하는 거잖아. 그 대가로 난 네가 원하는 것을 주겠다고 했고. 난 이미 그 약속을 지켰어. 이젠 네가 약속을 지킬 차례야."

"……그거였군요. 우리 부모님이 학수고대한다는 걸 알면서도 지금껏 한 번도 결혼 얘기를 꺼내지 않았던 이유가."

"날 사랑하지도 않는 여자와 결혼할 순 없으니까. 아무리 바보천치라도 그렇게는 못하지. 안 그래?"

"내가 당신을 사랑하게 되면 그다음엔요?"

태영이 천천히 그를 돌아보며 물었다. 문득 의문스러워졌다. 그를 사랑하게 되었을 때 자신이 맞이할 상황에 대해.

지금까지 태영은 늘 이 계약의 끝이 결혼이라고 생각해 왔다. 신후가 자신에게 사랑해 달라고 청했음에, 당연히 그가 자신을 사랑한다고 생각했었다. 하지만 지금 이 순간, 그 모든 것이 자신만의 착각일 수도 있다는 생각이 들었다. 그는 지금껏 한 번도 제 입으로 결혼을 언급한 적이 없었다. 그녀를 사랑한다고 말한 적은 더더욱 없었다.

"다음 단계는 뭐예요?"

숨을 크게 들이켜며 태영은 재차 물었다. 그새 신호가 바뀌고 차가 부드럽게 달리기 시작했지만 그녀의 심정은 전혀 부드럽지 않았다. 숨 가쁘게 질주하는 자신의 심장박동 소리가 그녀는 왠지 슬펐다.

"결혼인가요? 나랑 결혼하려고 그런 제안을 했던 거예요? 왜요? 날 사랑해서요? 아니면 다른 남자의 여자를 빼앗았다는 성취감 때문인가요? 도대체 무슨 생각인 거예요?"

"계약 조건에는 내가 없어. 내 감정의 여부는 중요하지 않아."

운전에 집중하는 듯 전면을 주시하며 신후는 무뚝뚝하게 중얼거렸다. 태영은 웃기지도 않은 대답이라고 생각하며 헛웃음을 흘렸다.

"어떻게 그게 중요하지 않아요? 계약 조건이 '사랑'인데."

"난 할 만큼 했어. 너한테도 해줄 만큼 해줬고. 내가 널 어떻게 생각하는지는 그것으로도 충분하지 않아?"

그런가? 갑자기 혼란스러워졌다.

늘 그것만으로도 충분하다고 여겼었는데. 분명 엊그제만 해도 자신에게 끊임없이 호의를 베푸는 그가 고맙고, 그런 그를 사랑하는 건 당연한 일이라고 생각했었는데. 이제는 그것만으로는 부족한 느낌이었다. 무엇 때문일까? 그새 뭐가 달라진 것일까?

"그래요……."

태영은 말끝을 흐리며 고개를 아래로 떨어뜨렸다.

"당신은 부인하래야 할 수 없을 만큼 내게 잘해줬죠. 아버지의 슈퍼맨인 것만큼이나 내게도 너무너무 고마운 사람이에요. 내 인생을 통째로 구원해 주었어요. 당신 때문에 약혼자에게 배신당하고도 무너지지 않을 수 있었으니 나야말로 당신을 구세주라고 불러야겠죠."

"……."

"처음엔 정말 많이 의아했어요. 왜 당신이 그 수많은 불편과 대가를 무릅쓰고도 날 원하는지. 당신은 내가 아름답다고 말하곤 하지만, 난 내가 되게 평범하다고 생각하거든요. 무색무취. 삶 자체가 맹숭맹숭한 진짜 재미없는 여자라고요. 아무리 생각해도 난 당신의 흥미를 끌 만한 뭔가가 없는 것 같은데. 도대체 뭐가 좋다고 이렇게 잘해주는 걸까 의문스러웠죠."

자기 자신을 제법 엄격한 잣대로 평가하고 태영은 다시금 그를 바라보았다. 신후는 여전히 정면을 주시하고 있었다. 감정이 드러내지 않은 특유의 무표정. 그가 무슨 생각하는지 알아내기는 힘들었다.

"당신과 교제한 지난 3개월 동안 답을 찾았다고 생각했어요. 당신이 나를 사랑한다고. 나를 사랑하니까 내 사랑을 원하는 거라고. 정말 바보스러우리만치 철석같이 그렇게 믿었죠. 지금은……
왜 진작 당신한테 직접 알아볼 생각을 못했을까 싶어요. 이렇게
직접 물어보면 속 시원히 답을 알게 되었을 텐데."

"……."

"말해줘요. 당신 감정이 정확히 뭔지. 날 사랑해요? 계약을 제
안했던 그날, 내게 첫눈에 반한 게 맞아요? 그럼 왜 처음부터 사실
대로 말하지 않았어요? 조건 붙일 필요 없이 솔직하게 사랑한다,
진지하게 교제해 보자, 왜 말 못했어요? 한정현 때문에?"

"……."

"그럼 왜 그동안에는 사랑한다고 말해주지 않았는데요? 내가
아직 당신을 사랑하지 않아서? 나도 똑같이 사랑하게 될 때까진
절대 고백하지 않겠다고 작정한 거예요?"

폭풍 같은 질문 세례를 묵묵히 듣는가 싶더니 갑자기 신후가 핸
들을 꺾었다. 무방비했던 그녀의 몸은 단번에 휙 옆으로 쏠렸다.

끼익—

날카로운 마찰음과 함께 차가 급정지했다. 태영은 거의 반사적
으로 머리 위쪽에 달린 손잡이를 붙들고는 흔들리는 몸을 가까스
로 가누었다.

"네가 원하는 게 정확히 뭐야? 사랑한다는 고백?"

차가 갓길에 완전히 정차하자마자 신후에게서 질문이 날아들었
다. 태영은 두 눈을 휘둥그레 뜨고 그를 돌아보았다. 그녀는 너무
나 놀란 나머지 정신이 하나도 없는데, 그는 아무 일도 없었다는
듯 차분해 보였다. 여전히 굳은 얼굴로 적군을 코앞에서 마주한
병사처럼 치열하게 정면을 노려보고 있었다.

"널 보자마자 첫눈에 반해 버렸다는 말을 듣고 싶어? 소설이나 드라마에서나 나올 법한 비현실적인 고백 따위를 바라? 내게서 원하는 게 고작 그거야?"

"……."

"대답해. 원하는 게 뭔지."

그가 휙, 고개를 꺾어 태영을 돌아보았다. 차가운 시선이 그녀의 미간에 곧장 꽂혔다. 태영은 등골이 오싹해졌다. 잘못을 저지른 사람처럼 몸이 움츠러들었다.

하지만…….

자신은 잘못한 게 없다. 3개월간 연인이었던 남자에게 '날 사랑하느냐'고 묻지 못한다면 대체 누구에게 묻는단 말인가? 정말로 알고 싶었다. 그가 자신을 사랑하는지, 사랑하지 않는지.

"진심이요."

태영은 어깨를 쭉 펴고 자신이 바라는 바를 신후에게 똑똑히 전했다.

"당신의 진짜 마음을 알고 싶어요."

제6장 세상 끝의 낙원

"다 왔어."

오랫동안 조용히 흔들리던 차체가 완전히 움직임을 멈추었을 때였다. 그윽한 신후의 목소리가 귓가에 살포시 내려앉았다. 차 안에서 졸고 있던 태영은 천천히 눈꺼풀을 들어 주위를 둘러보았다.

제일 먼저 눈에 들어온 건 바다였다.

푸르고 드넓은, 끝이 보이지 않는 물결. 선착장 근처에 삼삼오 오 짝을 지은 사람들이 등을 보인 채 하늘을 바라보고 서 있었다. 머리 위의 아득한 도화지는 수채화 물감처럼 엉키어 흩뿌려진 황 금빛 광채와 푸르스름한 어둠을 품은 듯했다.

일출.

동이 트고 있었다.

정신이 번쩍 났다. 잠들기 직전 마지막으로 확인했던 시각이 새벽 1시였으니 당연히 그럴 수밖에. 시선이 절로 운전대 근처에 붙은 시계로 향했다.

5시 40분.

역시나! 그녀는 신후가 밤새 운전했던 지난 몇 시간 동안 줄기차게 쿨쿨 잠만 잔 것이다. 교대 한 번 해주지 않고. 민망함에 얼굴을 찡그렸다. 지난밤 그와 나누웠던 대화를 떠올려 보았다.

"당황스럽군. 난 내가 충분히 내 마음을 표현했다고 생각했는데 아직도 내 진심을 모르겠다니. 넌 내가 〈태성 네트워크〉를 왜 샀다고 생각해? 류영수 사장님의 사채 빚을 내가 왜 대신 갚았다고 생각하지?"

"그야⋯⋯."

"일종의 구애였어. 마음의 표현이었지. 난 너도 그걸 안다고 생각했는데."

"대강 짐작하고는 있었어요. 하지만 짐작은 짐작일 뿐이잖아요. 당신이 정식으로 얘기해 주지 않으니 아닐 수도 있겠다 싶었어요."

"〈태성〉에는 눈곱만큼의 관심도 애정도 없어. 류영수 사장님과의 관계 역시 친분과 의리를 명분으로 내세우기엔 너무 얄팍해. 너도 알겠지만 그분과 난 6개월 전까지는 일면식도 없었어. 첫 만남이라는 것도 아주 우연히 스치듯 소개받은 게 다였고, 특별히 기억에 남을 만한 순간도 아니었지. 그분께서 흥미로운 투자 제안을 해오기 전까지는 완전히 관심 밖의 인물이었어."

"⋯⋯."

"처음엔 제안에 응할 마음이 없었어. 투자 제안이란 게 나한테는 하루에도 수십 건씩 들어오는 거라서, 그 많은 제안들을 다 검토하기는 힘들었지. 당연히 거절할 셈이었는데 우연히 널 보게 되었어. 네가 류영수 사장의 딸이라는 사실을 알고 투자를 결정했지."

"왜요?"

"왜였을 것 같아?"

"나한테 반해서?"

그 순간 태영은 깨달았다. 정황상 그럴 것이라고 추측해 오긴 했지만, 정말로 그가 자신에게 반해서 계약을 제안했을 거라고는 상상조차 못했다는 것을.

반쯤 입을 벌린 채 두 눈을 휘둥그레 뜬 그녀는 누가 봐도 충격받은 모습 그 자체였다. 표정이 얼마나 우스꽝스러웠던지 신후가 웃음을 터트렸을 정도다. 그는 태영의 맘속에 깃든 의문과 불안감을 깨끗이 씻어주려는 듯 곧장 핸들을 잡고 도로를 유턴했다.

"가자."

"어디로요?"

"어디로든."

"집에 바래다줄 생각 아니었어요?"

"생각이 바뀌었어. 널 집으로 들여보내는 대신 어디론가 떠나고 싶어졌어. 집에 미리 연락해 둬. 며칠 못 들어간다고."

"며칠이나요? 짐도 하나 없이? 강의는 어떡하고요? 월요일에 수업 있단 말이에요."

"쨰."

그는 단 한 마디로 태영의 입을 딱 다물게 했다.

그녀는 안 된다고 말하고 싶었지만 입술이 마음대로 움직여지지 않았다. 머릿속이 완전히 블랙아웃, 정전된 느낌이었다. 아무 생각도 나지 않았다. 그가 자신을 사랑한다는 사실밖에는.

가슴이 마구 두근거렸던 것 같다. 머리가 띵해지고 숨이 자꾸만 가빠왔던 것 같기도. 오목가슴 근처가 간질간질하고 야릇해져서 히죽히죽 웃음을 터트리기도 했다. 그냥 마냥 기분이 좋았다.

운전에만 집중한 채 말이 없는 신후, 차 안에 잔잔하게 흐르는 클래식 경음악, 알딸딸하게 올라오기 시작하는 취기, 생전 처음 고백받은 소녀의 것처럼 말랑말랑해진 감성 등…….

모든 것이 꿈만 같았다.

로맨틱한 분위기에 취해 태영은 스르르 잠이 들었다. 그리고 눈을 뜨자마자 이렇듯 보기만 해도 설레는 바다와 맞닥뜨렸다.

"내려."

조수석 문이 덜컹 열렸다. 신후의 잘생긴 얼굴이 그림자처럼 드리워졌다. 얼빠진 여자처럼 멍하게 앉아 있던 태영은 그제야 부리나케 차에서 내렸다.

쿵. 삑.

차 문이 닫히고 도어락이 걸렸다. 쌀쌀함이 피부에 빠르게 스며들었다. 봄이 한창인데도 어스름한 새벽 바닷가의 기온은 제법 낮았다. 태영은 양손으로 어깨를 비비며 저 멀리서 떠오르고 있는 붉은 기운을 향해 고개를 쳐들었다. 상쾌한 새벽 공기와 함께 장관이라고밖에 표현할 수 있는, 황금빛 새벽이 눈앞에 제대로 펼쳐졌다.

"와아—"

"구름 한 점 없네. 날이 무척 맑아."

그녀가 잘 나온 작품 사진처럼 깨끗하고 아름다운 광경에 넋을 놓는 사이, 신후가 다가와 특유의 담담한 톤으로 중얼거렸다.

그의 손이 어깨에 올라왔다. 허리에도 감긴다. 단단하고도 따스한 손길이 천천히 그녀를 에워싸는가 싶더니 부드럽게 그의 쪽으로 붙당겼다. 익숙한 스킨 향이 새벽 공기에 실려 날아들었다. 상큼한 샴페인 향도. 그가 친구들 앞에서 보란 듯 다정하게 '생일 축하해' 하며 샴페인을 따라주던 게 떠올랐다. 태영은 히쭉 미소를 지었다.

"그러네요. 근데 여기가 어디예요?"

"땅끝."

"전라도 해남?"

그녀는 눈을 홉뜨고 홱 신후를 돌아보았다. 먼 곳에 닿아 있던 그의 시선이 그녀에게로 향했다. 허공에서 두 눈이 마주치자 태영은 무의식중에 감탄 섞인 한숨을 흘려보냈다.

밤새 한숨도 못 자고 장거리 운전을 했으니 조금쯤은 흐트러졌을 법도 한데, 이신후는 소름 끼치도록 완벽하게 정돈된 모습이었다. 언제나와 똑같이 샤프하고 깔끔했다. 까칠하게 돋은 턱수염조차 그의 시크한 멋스러움을 퇴색시키지 못했다. 거기에 평소에는 자주 볼 수 없었던 스위트한 눈빛과 미소까지 띤 채였으니 심장이 쿵, 할 수밖에.

갑자기 자세가 불편해지기 시작했다.

"어, 그럼……."

가슴이 쿵쾅쿵쾅 뛰는 것을 느끼며 태영은 가까스로 입가에 미소를 띠었다.

"여기까지 오는 동안 중간에 한 번도 쉬지 않았다는 거네요? 서울에서 여기까지 6시간은 족히 걸리잖아요."

"휴게실에 두어 번 들렀어."

"하지만 오래 머물지는 않았을 거 아니에요. 안 졸렸어요? 안 피곤했어요? 날 깨우지 그랬어요. 교대해 줄 수도 있었는데."

"피곤하지 않았어. 졸리지도 않았고. 교대하고 싶은 마음은 추호도 없었으니까 잔소리 그만하고 일출이나 보시죠, 아가씨."

신후가 눈가에 잔주름이 잡히도록 씨익 웃더니 태영의 뾰족한 턱을 쥐고는 부드럽게 정면으로 되돌려 주었다. 그러고는 '춥지?' 하며 손에 들린 재킷을 그녀의 어깨에 다정하게 덮어주었다.

차가웠던 어깨가 온기에 휩싸임과 동시에, 그의 팔뚝이 또다시 태영을 단단히 옭아매 품 안으로 꼬옥 끌어당겼다. 넓고 탄탄한 신후의 가슴이 등 뒤로 겹쳐졌다. 따스한 체온과 남자다운 힘찬 심장박동 소리, 규칙적이고도 안정적인 숨소리가 너무도 가까이 느껴졌다.

태영의 심장은 이제 북소리만큼이나 커졌다.

"……이러지 않아도 돼요. 괜찮은데."

"남자가 기사도 정신을 발휘하면 여자는 당연하다는 듯 받아들이면 돼. 거절은 예의가 아니야."

"책에서 봤는데 남자가 여자보다 체력적으로 우위에 있어서 추위에 더 강하다는 생각은 사실과 다르대요. 오히려 피하지방이 많은 여자 쪽이 더 잘 견딘다던데요."

"그럼 추울 때는 피하지방을 끌어안고 있으면 되겠네. 이렇게."

신후가 그녀의 귓가에 나직이, 짜릿할 정도로 다정하게 속삭이더니 네모진 턱을 그녀의 살포시 어깨에 내려놓았다. 이미 충분히 가까웠던 두 몸이 더욱 바싹 밀착되었고, 태영은 자신의 보드라운 엉덩잇살에 단단한 무언가가 찌르듯 파묻히는 것을 느낄 수 있었다.

그녀는 격하게 숨을 들이켜며 냉큼 주변을 살폈다. 주위에는 제법 많은 사람들이 있었지만, 다행히도 그들은 일제히 일출의 감동에 빠진 듯하였다. 옆 사람이 무슨 짓을 하는지는 안중에도 없는 듯. 한데도 그녀는 카메라 앞에서 옷을 벗은 양 부끄럽고 민망해 죽을 것 같았다. 다리 사이로 언급하기도 민망한 열기가 욱신거렸다.

태영은 안에서 움트는 위험한 감각을 애써 외면하며, 정말로 힘겹게 대화의 방향을 돌렸다.

"저…… 사실 처음이에요. 바닷가에서 일출을 보는 거. 대학 입시를 마치고 그해 연말, 친구들과 해돋이를 보러 인천까지 가긴 갔었는데. 해를 보진 못했어요. 친구들이랑 폭탄주 돌려 마시다가 다음날 오후에야 깨어났거든요."

"나도 그래. 이런 시간에 하늘을 보는 거, 한 번도 생각해 보지 않았어. 나에게 새벽은 하루의 끝이거든, 시작이 아니라. 새벽까지 일하다 해가 떠오를 때쯤 잠들곤 하지."

"새벽까지 일해요? 생각했던 것보다 훨씬 더 지독한 일벌레네."

"처음부터 일 중독자였던 건 아니야. 스무 살에 인생 목표를 수정하기 전까지는 나도 평범한 삶을 꿈꾸던 소년이었어. 열여덟에 생부를 만나고 모든 게 달라졌지. 나를 불신하고 견제하는 사람들을 따돌리고, 최정상의 자리에 올라서야 했으니까. 죽도록 앞만 보며 달렸어. 쉴 틈이란 게 전혀 없었지. 그땐 이뤄야 할 게 너무 많았어."

"당신 아버지의 회사를 물려받은 거 아니에요? 아버지가 세계적인 재벌이고 당신은 하나밖에 없는 후계자였는데, 그런데도 그렇게 죽기 살기로 일했어야 했어요?"

"난 원래 아버지의 인생에 없던 존재였거든. 삶을 마감하는 시점에 갑자기 생긴 아들이었지. 그분의 인정을 받아야만 했어. 그래서 그분을 모시는 사람들로부터 존경심을 이끌어내야 했지. 그것도 아주 빠른 시일 내에. 그 시절의 나는 하루에 두세 시간만 자고 일을 했어. 결국 원하는 걸 손에 넣었지."

"두세 시간만 잤다고요? 그러고도 건강에 문제가 없었어요?"

태영이 깜짝 놀라며 묻는다. 걱정스러움이 물씬한 음성으로.

어쩐지 마음이 따뜻해지는 것을 느끼며 신후는 살포시 눈을 감았다. 그녀의 향기와 온기와 심장의 고동을 더 깊이, 더 강하게 느끼기 위해서.

"그거면 충분해. 너무 많은 수면은 오히려 일에 방해가 되거든. 사람을 느슨하게 하지. 긴장감이 사라지면 집중력도 떨어지는 법이야."

"난 잠이 부족하면 더 집중이 안 되던데."

"버릇되면 괜찮아. 사실 가끔은 이게 체질인가 싶기도 해. 밤에는 묘하게 정신이 더 또렷해지거든. 지금도 중요한 일처리는 주로

밤에 해. 할 일이 없을 땐, 안 해도 될 일까지 찾아서 하고. 이런 걸 야행성이라고 하나?"

"아아, 야행성. 그랬구나……."

태영은 뭔가 큰 깨달음을 얻은 양 고개를 끄덕이며 혼잣말을 중얼거렸다. 작고 귀여운 머리로 무얼 생각하는지 상당히 궁금해지자 신후는 팔딱팔딱 맥동하는 태영의 핏대에 입술을 대고 물었다.

"뭐가?"

"아아, 으음, 체질이요. 밤새 잠도 자지 않고 한 가지 일에만 집중하는 야행성 체질이라면서요."

"그게 왜?"

"그러니까 내 말은, 당신이 밤마다 그…… 그걸 쉴 새 없이 할 수 있는 원동력이……."

"그거? 그게 뭔데?"

"으음, 그게 뭐냐면, 그러니까……."

태영은 직접적으로 언급하기 민망한 단어 대신 적당하게 비슷한 표현을 찾아 우물쭈물 빙빙 말을 돌렸다. 그녀의 동맥이 통통 뛰었다. 잔망스러운 핏대를 혓바닥으로 느릿느릿 핥아 올리며 신후는 씨익 음험한 미소를 지었다.

그는 '그것'이 무엇을 의미하는지 아주 잘 알고 있었다. 차마 말하지 못하는 그녀의 부끄러운 입장도 십분 이해했고, 신사라면 적당히 넘어가 줄 줄 알아야 한다는 것도 익히 알고 있었다.

한데도 그녀를 봐주고 싶지 않았다. 더 괴롭히고 싶다. 궁지에 몰아넣고 어찌할 바 모르는 그녀를 즐거이 관찰하고 싶다.

불길한 징조다.

어떤 식으로든 누군가에게 참을 수 없는 욕구를 느낀다는 건, 이신후에게 있어 매우 이례적인 일이었다.

그는 언제나 스스로를 제어해 왔다. 자기 통제력이야말로 그의 가장 큰 특기다. 그는 어느 때, 어떤 순간에도, 심지어 조금은 감성적이어도 좋을 때조차 냉철한 이성과 판단력을 잃지 않는다. 그래서 종종 주변으로부터 인간미가 없다는 평을 듣지만 지금까진 개의치 않았다. 바로 그 비인간성 때문에 여기까지 올 수 있었으니까.

'도대체 어디서부터 잘못된 것일까?'

그는 왜 여기에 있는가.

어째서 사실대로 말하지 못하고 여기까지 왔는가……

신후가 류태영에게 접근했던 건 오롯이 비웃기 위함이었다. 인간이 만들어낸 최악의 허상인 사랑. 고작 그것 때문에 행복해하고 고통스러워하는 그녀가 하찮고 가소로워 보였다. 환상을 꿈꾸는 그녀에게 현실을 일깨워 주고 싶었다. 가슴을 찢고 심장을 녹여 다시는 사랑을 꿈꾸지 못하게 만들고 싶었다.

그것이 류태영에게 접근한 유일한 이유였으니 이제라도 말하면 된다. 사랑은 없다고. 내 앞에서 누군가를 사랑하는 척하는 가당찮은 짓은 생각지도 말라고.

한데 당황스럽게도 사실을 말할 수가 없었다. 빨갛게 물든 류태영의 두 볼이, 이리저리 굴리는 눈동자가, 가슴 가득 쿵쾅쿵쾅 느껴지는 심장박동 소리가 그의 목구멍을 틀어쥐었다. 말문을 막고 생각을 방해했다. 그녀가 '나한테 반해서?' 하고 물었을 때처럼 아무 생각도 할 수가 없었다.

그저 그녀를 데리고 어딘가로 훌쩍 떠나고 싶은 생각밖에는.

'넌 미쳤어, 이신후.'

스스로를 향해 차가운 조롱을 날리며 신후는 태영을 더욱 가까이 끌어안았다. 길고 가느다란 그녀의 목줄기에 코를 박았다. 장미 향의 아찔함과 샴페인의 달콤함, 희미한 땀 냄새가 뒤섞여 그의 후각을 자극했다.

부드럽게 그녀의 몸을 애무했다.

혀를 내밀어 그녀를 맛보았다. 실크처럼 매끄러운 피부가 닿자 짜릿한 관능의 맛이 혀끝에서부터 전신으로 퍼졌다.

식욕이 빠르게 솟았다. 극심한 허기짐. 신후는 그녀의 살에 다급히 이를 박고, 전혀 부드럽지 않은 입심으로 쭉쭉 관능과 열기를 빨아들였다.

"으응…… 흡."

태영이 저도 모르는 새에 신음을 흘리다가 깜짝 놀라 제 입을 틀어막았다. 자신이 사람 많은 공공장소에서 들쩍지근한 신음성을 터트렸다는 사실에 충격을 받은 듯했다. 경악으로 휘둥그레진 두 눈에 통렬한 자기비판이 스쳐 지나갔다. 그럼에도 불구하고 그녀가 이신후의 유혹으로부터 자유로워지는 행운은 없었다.

그는 성감대임이 분명한 그녀의 목선을 느릿느릿 공들여 핥았다. 한 손을 미끄러뜨려 동그랗고 말랑말랑한 그녀의 가슴을 부드럽게 쥐었다가 놓았고, 또다시 쥐었다가 놓아주었다. 그녀가 숨가쁘게 헐떡일 때까지 음란한 행위는 계속해서 이어졌다.

"시, 신후 씨……."

태영의 떨리는 손이 그의 손등을 다급히 덮었다. 자신을 제멋대로 주물럭거리는 그를 제지하기 위함이었겠으나, 애초에 불붙은 이신후를 멈추게 하는 건 불가능한 일이었다. 그는 몽글몽글한 살덩이를 더 세차게 움켜쥐고 흔들며 태연자약하니 속삭였다.

"음?"

"이, 이…… 건 좀 아닌 것 같아요."

"왜?"

"사람들이 혹시라도 보게 되면……."

"서로를 끔찍이도 사랑하는 연인이구나 생각하겠지."

"여긴 한국이라고요. 미국과는 달리 여기서 이런 건 꼴불견이에요. 이러지 말아요. 예? 차라리……."

"차라리?"

빨갛게 달아오른 귓불을 부드럽게 물어뜯으며 그가 물었다.

태영은 숨을 깊게 들이켰다. 폐에 공기가 들어참과 동시에, 태양을 닮은 두 개의 살덩어리가 허공으로 떠올랐다. 어느새 브래지어 캡에서 흘러나온 가슴은 그의 손에 내맡겨져 쉴 새 없이 주물리는 참이었다. 탱글탱글 뾰족하게 솟은 젖꼭지가 손바닥을 맹렬히 찌름으로써 신후를 거침없는 충동의 길로 내몰았다.

"말해, 차라리 어쩌자는 건지."

그가 조그맣게 속삭이며 손 하나를 아래로 스르르 미끄러뜨린다. 하늘하늘한 치맛자락 위로 섬세하고 고혹한 두덩뼈를 부드럽게 덮었다. 세 손가락을 빳빳이 세워 촉촉한 숲을 문질렀다. 음물(陰物)이 흘러나와 얇은 천 쪼가리를 촉촉이 적실 때까지. 습기를 머금은 도톰한 살덩이가 입을 벌려 손가락을 삼킬 때까지. 그리하여 또다시 그녀가 달뜨게 신음할 때까지.

"아웃, 웃……!"

태영은 쓰러질 듯 휘청거리는 몸을 가누며 그의 슈트 자락을 필사적으로 움켜쥐었다. 이를 악물었다. 자꾸만 흐느낌이 새어 나오는 입술을 깨물고 또 깨물었다. 하지만 어찌해도 자꾸만 밀려드는 짜릿한 기운과 그럴 때마다 흘러나오는 신음을 막을 수가 없었다.

사람들이 알아채는 건 시간문제라고 생각하며 거의 절망할 즈음이었다.

귓불을 쭙쭙 빨던 그의 입술이 구원과도 같은 말을 속삭였다.

"숙소를 잡는 게 좋겠어. 지금 당장."

해변 근처의 작지만 깨끗한 호텔에 방을 잡았다. 4성급 호텔의 스위트룸이라 시설도 나쁘지 않았고 전망도 그만하면 훌륭했다.

발코니에 서 있으면 바닷가를 훤히 내다볼 수 있었다. 뒷방 창문가에서는 시원하게 펼쳐진 트래킹 코스가 한눈에 들어왔다. 그곳에서 스치는 바람결을 즐기노라면 발가락이 저절로 꼼지락꼼지락, 엉덩이가 들썩들썩했다. 이렇게 아름다운 광경을 멀리서 구경만 하는 건 자연에 대한 예의가 아니었다.

태영은 일어나자마자 인근 산책길을 돌아보기로 했다. 곤히 자는 신후는 깨우지 않았다. 혼자 나선 길이라서 어쩔 수 없이 근처만 배회할 수밖에 없었지만 그 기분만큼은 최고였다. 머릿속을 어지럽히던 수많은 생각들, 고민들이 싹 사라져 버렸다. 대견할 정도로 넉넉한 마음이 되었다. '복잡하게 생각하지 말고 느껴지는 대로 순간을 즐기자' 와 같은.

어둡고 퀴퀴한 생각들을 홀가분하게 털어내고 숙소로 돌아왔다.

그리고 태영이 마주한 것은 뜻밖의 광경.

유리컵이 산산조각 난 채 바닥에 흩어져 있었다. 신후의 왼손에서 피가 나고 있었다. 뚝뚝 떨어져 바닥에 흥건히 고이고 있었다. 한데도 그는 지혈할 생각이 없는 듯 우두커니 서 있었다. 현관을 등진 채 바닷가를 바라보며.

너무나도 놀란 나머지 태영은 호텔 방으로 뛰어들었다.

"신후 씨! 대체 이게 다 뭐예요?"

"……!"

비명 같은 그녀의 외침에 뒤돌아보던 신후의 얼굴을 태영은 또렷이 기억했다. 거의 넋이 나간 표정이었다. 소중한 무언가를 강탈당한 사람처럼 당장이라도 스러질 것만 같았다. 이신후가 그런 표정일 수 있다는 사실에 태영은 적지 않은 충격을 받았다. 그가 나약하다고, 나약해질 수 있다고 생각해 본 적이 그녀는 한 번도 없었다.

"어디 갔다 왔어?"

연약함을 드러냈던 찰나의 표정은 금세 거두어졌다. 태영을 발견하자마자 그는 늘 써왔던 무표정의 가면을 다시 뒤집어썼다. 이러쿵저러쿵할 정신도 없이 태영은 소리쳤다.

"당신 미쳤어요? 피가 이렇게 줄줄 흐르는데 뭐 하고 있어요? 지혈해야죠! 언제부터 흘리는 거예요? 왜 그러고 있는데요?"

"어디 갔다 왔냐고 물었어."

"우선 이걸로 지혈해요. 팔을 심장 위쪽으로 들어 올리세요. 팔꿈치 근처를 꾹 눌러주고요. 거기 그대로 꼼짝 말아요. 일단 바닥에 흩어진 유리 조각부터 쓸어낸 다음에 상처를 봐야겠……."

"대답부터 해. 어디 갔었지?"

태영이 목에 두르고 있던 스카프를 벗어 던져 주었지만 신후는 받지 않았다. 바닥에 힘없이 떨어진 스카프를 보고 나서야 태영은 비로소 무언가가 잘못되었음을 깨달았다.

그는 어쩌면 그녀가 말없이 떠난 것으로 오인했는지도 몰랐다. 원래부터 아침이면 떠나는 버릇이 있는 그녀이니 충분히 오해할 만했다. 그렇다면 무너질 듯 절망스러웠던 그 표정의 의미는……?

의구심을 숨긴 채 태영은 조심스럽고 차분하게 사실을 얘기했다. 바깥공기가 좋았고 햇살이 따뜻했다, 당신과 함께 산책하고 싶었지만 어젯밤 밤새 운전한 사람을 깨우고 싶지는 않았다, 그래서 자는 당신을 내버려 두고 혼자 조용히 자연을 즐기고 돌아오는 길이다, 라고.

신후의 첫 번째 반응은 침대 가장자리에 털썩 주저앉는 것이었다.

"이리 와."

피범벅인 손을 내밀며 그가 말했다. 태영은 허겁지겁 유리 조각을 대충 옆으로 쓸어놓고 냉큼 그의 곁으로 달려갔다.

제일 먼저 손바닥을 들여다보았다. 한가운데에 꽤 길게 찢긴 상처가 흉하게 벌어져 있었다. 응급처치가 없었던 탓임이 분명했다. 다급하게 그의 와이셔츠로 상처를 동여매며 미친 거 아니냐고 마구 쏴붙여 주었다. 너무 화가 나서 생전 처음 그에게 짜증을 부렸다.

그는 태영이 뭘 하든 그냥 내버려 두기로 마음먹은 듯 잠자코 있었다. 특기인 포커페이스로 무장한 채 그녀의 잔소리와 짜증을 고스란히 감당했다. 태영은 어쩌다가 이랬는지 열심히 추궁했지만 그는 단 한 마디도 말해주지 않았다. 결국 전후 사정 듣기를 포기하고 그를 병원으로 데려갔다.

가지 않겠다고 버티면 어쩌나 내심 걱정했지만 다행히도 그런 일은 벌어지지 않았다. 그는 오히려 순한 어린양처럼 그녀가 시키는 대로 했다. 그날 태영의 뜻을 거스른 건 딱 한 번, 상처가 덧날지도 모르니 얌전히 잠자리에 들라는 명령뿐이었다. 그날 밤도 그는 그녀를 뜨겁게 가졌다.

본격적인 관광은 다음날부터 시작되었다.

이틀 동안 바닷가를 거닐고 트래킹을 하고, 전망대와 케이블카, 사찰 등을 돌아다녔다. 가는 곳마다 전라도 특유의 풍부한 먹거리에 감탄하고, 천연의 아름다운 색감과 내음과 감촉에 감동했다. 특히 그와 손잡고 해변의 백사장을 걸을 때는 형언할 수 없을 만큼의 짜릿함마저 느낄 수 있었다.

그동안 우리는 연인이 아니었구나, 연인인 척했던 낯선 이였구나, 하는 생각이 들었다. 머리로 계산된 것이 아닌, 이렇게 자연스럽게 쌓아가는 감정이야말로 진짜구나, 싶었다.

그와의 시간에서 얻은 그야말로 큰 깨달음이었다.

"어쩌면……."

태영은 소중했던 지난 이틀간을 떠올리며 혼잣말을 중얼거렸다.

"어쩌면 말이에요, 신후 씨. 이번 여행은, 당신이 아니라 내 마음을 들여다볼 기회였는지도 모르겠어요."

고백하듯 수줍게 속삭이고서 태영은 신후의 헝클어진 머리카락을 가볍게 쓰다듬었다.

시계는 정오를 가리키고 있었지만 신후는 아직 수면 중이었다. 어젯밤도 그녀를 괴롭히다 새벽녘에서야 잠을 청했기 때문. 다섯 바늘의 꿰맨 상처로는 이신후의 왕성한 성욕을 꺾을 수 없었다.

태영은 히쭉 장난스럽게 웃으며 손가락으로 그의 얼굴 윤곽을 그렸다. 짙은 눈썹과 움푹 파인 눈매. 곧게 뻗은 콧날과 오목한 인중. 감각적인 입술과 강인한 성격이 드러나는 네모진 턱. 그리고 거칠게 깎아지른 듯한 턱선까지…….

그때, 베개 근처에 있던 그의 손이 움찔한다. 태영은 홀리듯 그의 손에 제 손을 겹쳤다. 그의 손가락에 제 손가락을 엮었다. 그의 체온에 그녀의 체온이 더했다. 가슴 깊은 곳까지 정체를 알 수 없는 따스함이 밀려들었다.

기분 좋게 깍지 낀 손을 입을 맞추었다. 쪽.

그의 약지에 끼워진 반지가 입술에 닿았다. 그녀가 어제 야시장에서 충동적으로 산 반지였다.

평범한 모양의 은반지는 그가 선물했던 화려한 보석과는 비교할 수도 없을 만큼 싸구려였다. 초라하리만치 소박했다. 그럼에도 불구하고 한눈에 태영의 마음을 사로잡았다. 수많은 액세서리 속에서 자신의 진가를 알아봐 줄 특별한 선택을 기다리는 은빛 동그라미가 마치 자기 자신처럼 느껴졌다.

태영은 반지를 사면서 나눴던 신후와의 신변잡기적인 대화를 떠올리며 샤르르 미소를 지었다.

"이런 건 원래 남자가 사는 건데."

"신후 씨 진짜 미국 사람 맞아요? 왜 자꾸 남자, 여자 역할을 나눠요? 반지는 원래부터 남자가 준비하는 거라니, 어떻게 오피니언 리더라는 사람이 그런 시대착오적인 편견을 가질 수 있어요?"

"미국이 한국보다 평등하다는 것도 일종의 편견일걸. 자유의 여신상으로 대변되는 자유, 평등, 인권의 나라라는 이미지 때문에 생긴 착각. 미국에서 지내다 보면 저절로 알게 될 거야. 다른 건 몰라도 성 역할에 있어서는 미국이 한국보다 훨씬 보수적이라는 걸. 의외로 많은 부분에서 남녀의 역할이 명확하게 구분되어 있어. 특히 프러포즈에 있어서는 거의 불변해. 무릎을 꿇고 반지를 바치며 청혼하는 건 오직 남자들만의 영역이지."

"말도 안 돼. 그게 어떻게 남자들만의 영역이에요? 여자들도 사랑하는 사람에게 청혼할 권리 있거든요?"

"권리는 있지만 실제로 행사하는 여자는 드물지. 대부분의 여자들은 청혼을 받고 싶어 하거든. 그게 더 기분 좋으니까."

"물론 그건 그렇겠죠. 사랑하는 남자가 결혼해 달라는데 기분 나빠 할 여자가 어디 있겠어요? 나라도 입 째지겠네. 한데 거기 사람들은 왜 청혼할 때 무릎을 꿇어요? 완전 오글거려."

"중세시대의 기사가 왕에게 충성을 서약할 때 한쪽 무릎을 꿇지. 거기에서 유래한 포즈이니, 여자에게 영원한 사랑을 맹세한다는 뜻이 아닐까? 죽을 때까지 한 사람의 주군만을 모신다는 충성 서약처럼, 한 여자만을 사랑하겠다는 사랑의 맹세. 여자들은 대부분 로맨틱하게 여기는 걸로 아는데."

"말도 안 돼. 누가 그래요? 요즘 여자들 누가 그런 걸 좋아한대요?"

"넌 아닌가 보지?"

"저요. 동화 속 판타지 꿈꾸는 소녀 아니거든요? 대단히 현실적인 여자라고요. 촌스럽고 유치한 거 짜증나고, 손에 물 한 방울 안 묻히겠다와 같은 거창한 공약도 안 믿습니다. 차라리 솔직하고 담백하게 고백하는 게 훨씬 진솔하다고 생각해요. 무릎 꿇고 충성맹세라니! 으으, 생각만 해도 닭살."

몸을 부르르 떠는 태영의 격한 알레르기 반응에 신후는 슬며시 입술 꼬리를 말아 올렸다. 그리고 커플링이라 명명하기도 부끄러운 반지를 말없이 받아 꼈다.

태영은 아직 그의 손가락을 차지하고 있는 반지를 바라보며 푹 한숨을 내쉬었다. 아무리 봐도 이신후의 귀족적인 손가락에 조잡하기 짝이 없는 길거리표 반지는 어울리지 않았다. 세계적으로 인정받는 기업가와 한국의 초라한 여학생만큼이나.

이신후는 대체 어쩌다가 나 같은 여자한테 반한 걸까?

"뭐 볼 게 있다고."

심드렁하니 중얼거리면서도 그녀의 입가에는 즐거운 미소가 감돌았다. 기분이 아주 좋았다. 요 며칠 이신후의 모습은 명백히 사랑에 빠진 남자, 사랑하는 여자에게 잘 보이기 위해 기 쓰는 남자였으니까.

그는 태영이 서라면 서고, 가라면 갔다. 그녀가 무슨 짓을 해도 다 들어줄 용의가 있는 듯 굴었다. 뭐라고 재잘거려도 사랑스럽다는 듯 미소했고, 꿀 떨어지는 듯 달달한 시선으로 내려다보았다. 밤마다 끝을 향해 내달리는 폭주 기관차처럼 그녀를 탐했다. 찬란한 폭발을 맞이하고서도 쉽게 떨어지질 못했고, 그녀가 한참이나 종알종알 떠들고 나서야 잠이 들곤 했다.

어제는 글쎄, 햇볕이 뜨거워서 하늘을 째려보며 '내가 서울 갈 때까지만 좀 참아주면 안 되겠니?' 하고 딱 한 번 종알거렸을 뿐이었는데, 어느 틈에 시내로 나가 선글라스와 모자를 사왔다. 정말 깜짝 놀랐지 뭔가.

조금씩 실감되기 시작했다. 그가 그녀를 사랑한다는 사실이. 그가 그녀의 사랑을 받기 위해 부단히 노력 중임을.

'이만하면 꽤 사랑스러운 남자 아닌가.'

태영은 쪽, 하고 그의 손등에 입을 맞추었다. 잠결에도 감촉이 느껴졌는지 신후가 그녀를 품 안 가까이로 쑤욱 끌어당겼다.

얽힌 다리 사이에 단단하고 묵직한 것이 찌를 듯 닿았다. 태영이 흠칫 놀라며 서둘러 몸을 빼는데, 그때, 신후의 조용한 음성이 정수리 위에 살포시 내려앉았다.

"조금만 더."

거의 속삭임에 가까운 허스키 보이스를 듣는 순간, 태영의 몸이 일제히 눈을 떴다. 전신의 감각세포가 민감하게 살아 움직였다. 피부가 달아올라 따끔거리고, 비밀스럽고 깊은 안쪽에 촉촉이 물이 고였다. 너무도 즉각적이고도 음탕한 자신의 반응에 태영은 크게 당황하고 말았다.

민망했다. 어젯밤 그토록 실컷 즐겼으면서 눈뜨자마자 또다시

하고 싶어지다니 너무 당혹스러웠다. 그와 몸을 맞대는 것만으로 도 이렇듯 달아오른다는 사실이 부끄러웠다.

"깼…… 어요?"

"응."

조심스러운 물음에 밋밋한 대답이 돌아왔다. 지그시 입술을 깨물며 태영은 또다시 조심스럽게 물었다.

"씻고 싶은데. 놔주면 안 돼요?"

"조금 있다가."

"또…… 해요?"

"하고 싶어?"

이번엔 웃음기 섞인 반문이 날아왔다. 농지거리가 분명한 말이었으니 웃으며 넘기면 되는 것을. 속마음을 들켰기 때문일까. 얼굴이 새빨개졌다. 정곡을 찔린 나머지 괜스레 발끈해 버렸다.

"아니거든요. 내가 뭐 맨날 그 생각만 하는 줄 아나."

"그럼 하기 싫어?"

"시간이 별로 없어요. 오늘 안으로 서울에 도착하려면 지금부터 부지런히 움직여야 해요. 점심은 여기서 먹고 싶다고요. 근처 맛있는 부대찌개 집이 있대요. 프런트 직원한테까지 물어서 맛집 알아뒀는데 그냥 지나칠 순 없잖아요. 그리고 출발하기 전에 근처 공원에도 잠깐 들렀으면 좋겠어요. 인터넷으로 검색해 봤는데, 거기에 미로가 있대요. 한번 가볼래요."

"나와 함께 있는 시간보다 미로 탐험을 더 원해?"

"혼자 가겠다는 게 아니잖아요. 미로 탐험도 당신과 함께하는 시간의 일부예요. 여기까지 왔는데, 귀한 시간을 침대에서만 보낼

순 없어요. 우리가 또 언제 다시 여길 오겠어요? 기왕 왔으니까 최대한 즐기고 가야죠. 많은 것을 보고 느끼고, 머릿속에 담아가고 싶어요."

"……."

"그럼 나 먼저 씻어요?"

태영이 '그래도 되죠?' 라는 듯 말끝을 올리며 고개를 들었다. 그러곤 살랑살랑 봄바람 같은 눈웃음으로 신후의 얼을 쏙 빼더니, 다시 정신을 차리기도 전에 다람쥐처럼 날쌘 동작으로 침대 밖으로 빠져나갔다.

신후는 욕실로 달음질치는 태영의 뒷모습에서 겨우 시선을 떼고는 털썩 베개에 머리를 뉘었다.

깊게 숨을 뱉었다. 그리고 한심스러울 정도로 흔들리는 자신을 향해 쓰디쓴 혼잣말을 중얼거렸다.

"넌 여기 오지 말았어야 했어, 이신후."

모든 것이 후회되었다. 충동적으로 그녀를 여기까지 데려온 것도. 그녀와 단둘만의 시간을 너무도 오붓하게, 너무나 즐겁게 보내 버린 것도.

그러지 말았어야 했다. 태영이 떠났다고 생각했을 때 그렇듯 절망하지 말았어야 했다. 떠난 것이 아니었음을 알았을 때에도 그렇듯 안도하면 안 되는 것이었다.

그날 이후, 모든 것이 변해 버렸다.

전처럼 류태영을 안아도 만족할 수 없었다. 전혀 충족이 되지 않았다. 그녀를 가지면 가질수록 굶주림과 갈망이 더욱 극심해진다. 더 완벽하게 갖고 싶어졌다. 더 완전히 소유하고 싶어졌다.

"죽여주는군."

시니컬하게 중얼거리며 신후는 천천히 붕대에 감긴 손을 허공에 들어 올렸다.

약지에 끼워진 가느다란 은반지를 가만히 바라보았다. 길거리 행상 앞에서 이것을 골라 들고 활짝 웃던 태영의 깨끗하고도 순박한 미소가 떠올랐다. '잘 때도 빼면 안 돼요' 당부하며 자신을 토닥거리던 손길과 그 따스함도……

순간 가슴 한가운데에서 발작적인 경련이 일었다.

이미 오래전에 잊어버렸다고 생각했던 알싸한 통증이 가슴 근처를 싸하게 물들었다. 몹시 생경하면서도 낯설지만은 않은, 어색하지만 불쾌하지만은 않은 감각. 신후는 희미하게 눈살을 찌푸렸다.

천천히 가슴에 손을 올려보았다. 돌처럼 차갑기만 하던 심장이 쿵, 쿵, 제법 세차게 뛰고 있었다.

'이게 뭐지?'

멍하게 생각할 때였다.

드르륵. 드르륵. 협탁 위에 놓여 있던 두 대의 휴대전화 중 하나가 진동했다. 짧게 두 번 울린 것으로 보아 메시지 두 개가 연이어 도착한 모양이었다. 신후는 팔을 뻗어 휴대폰을 집어 들었다. 태영의 것이었다. 남의 메시지를 훔쳐볼 생각이 없었음에 곧장 내려놓으려는데, 때마침 발신자의 전화번호가 눈에 들어왔다.

한정현의 전화번호와 뒷자리 네 자리가 같았다.

도로 새까매진 화면을 물끄러미 바라보다 천천히 메시지를 열었다. 메시지 대화창 목록에 저장되지 않은 전화번호가 찍혀 있었다. 도착한 메시지는 예상했던 대로 총 두 건. 첫 번째 메시지는 장문이었고, 두 번째 메시지는 단문이었다.

「태영아. 나야, 정현 오빠. 네가 내 전화번호를 차단한 것 같아서 이렇게 새 전화번호로 연락한다.

나랑 엮이고 싶지 않은 거 이해해. 내가 믿겠지. 내가 한 짓을 생각하면 너한테 차단당해 마땅하다. 하지만 난 정말로 네가 걱정돼. 전에도 말했다시피 이신후는 무서운 놈이야. 네게 무슨 짓을 할지 몰라.

너한테 꼭 해야 할 말이 있어. 이신후에 관한 거야. 놈이 우리를 계획적으로 갈라놓으려 했다는 증거를 잡았어. 한 번만 날 만나줘. 그놈이 얼마나 악마 같은 놈인지 다 밝힐게. 이 번호로 연락해 주라.

기다릴게.」

「사랑한다.」

신후는 내용을 꼼꼼히 확인한 후 차분히 삭제 버튼을 눌렀다. 한정현의 구질구질한 메시지는 쉽고 간단하게 삭제되었다. 도착했었다는 흔적조차 남지 않은 깨끗한 목록을 확인하고, 그는 아무 일도 없었던 듯 휴대전화를 태연히 제자리에 내려놓았다.

제7장 관계의 틈

"근데 알고 봤더니 다 거짓이었던 거 있죠?"

윗입술에 아이스크림이 묻은 것도 모르고 태영은 마냥 즐거워 히쭉거렸다. 기분이 너무너무 좋았다. 기막히게 맛난 부대찌개를 배 터지게 먹고, 세상 어디에 내놓아도 부끄럽지 않은 애인과 공원 벤치에 앉아, 이렇게 따사로운 햇살과 차가운 후식을 즐기고 있으니 세상을 다 가진 것만 같았다.

태영은 팔짱 낀 신후의 곁에 더 바싹 달라붙고는 혜진의 오빠 혜준의 러브스토리 썰을 풀어내었다.

"혜준 오빠 여자친구가 갑자기 집안 사정이 안 좋아져서, 혹시라도 혜준 오빠한테 피해갈까 봐 헤어지자고 했던 거였대요. 혜준 오빠가 조만간 여자네 빚을 갚아줄 모양인가 봐요. 지금 살고 있는 아파트를 처분하면 가능하대요. 그것 때문에 혜진이 지금 팔팔

뛰고 난리도 아니에요."

"그래?"

"그 아파트, 평수는 작아도 값은 꽤 되거든요. 혜준 오빠가 직장 생활 시작하면서 한 푼 두 푼 모아 지난해 겨우 장만했던 거예요. 고생해서 모은 돈을 여자 때문에 날리게 생겼으니 동생으로서 속 상한 건 당연하죠. 조만간 오빠가 그 여자랑 결혼할 거라는데, 시 누이 노릇 톡톡히 해줄 거라고 잔뜩 벼르고 있어요. 그래 봤자 말 로만 그러는 거지만요."

"……."

"혜진이 그 계집애, 겉만 세 보이지 속은 여리거든요. 모르긴 몰 라도 지금 놀란 가슴 쓸어내리고 있을걸요. 그동안 혜진이가 오빠 걱정 되게 많이 했어요. 나도 그렇고. 혹시라도 여자한테 버림받 은 상처 극복하지 못할까 봐서요. 근데 그게 다 사랑해서 벌어진 일이었다니 얼마나 다행이에요?"

태영은 자연스럽게 상상 가능한, 혜준 오빠 커플의 해피해피 엔 딩을 떠올리며 킥킥했다. 그러다가 문득 깨달았다. 신후가 웃지 않는다는 사실을. 표정이 싸했다.

얘기가 재미없어서는 아닐 것이다. 어제는 별 시답잖은 얘기에 도 방긋방긋 미소를 지어주었으니까. 서울로 올라가기로 한 뒤부 터 태도가 돌변했다. 못되게 구는 건 아닌데 어딘지 모르게 차가 웠다. 지난 이틀간 느끼지 못했던 거리감이 생겼다.

왜 이전으로 되돌아가 버렸을까? 혹시 삐졌나? 별 시답잖은 생 각들이 가지를 뻗어나가자 태영은 냉큼 고개를 가로저었다.

'그냥 컨디션이 나쁜 거겠지.'

생각하며 말없이 아이스크림을 한입 물었다. 멀뚱하니 새파란 하늘을 쳐다보았다. 심심한 종아리를 까딱까딱 흔들어보았다. 그가 먼저 다른 얘길 꺼내주길, 어색해진 분위기를 부드럽게 녹여주길 기대하며 한동안 침묵을 지켰다. 하지만 그녀가 조용히 아이스크림 하나를 다 먹어치울 때까지 신후는 상황을 개선하려는 어떠한 시도도 하지 않았다.

기운이 쏙 빠졌다. 안 그러려고 해도 맘이 울적해졌다. 전처럼 그의 과묵함을 대수롭잖게 넘겨보려 했지만 은근히 그게 어려웠다. 아무래도 지난 이틀 동안 착각 속에 살았던 듯하다. 여행이라는 특수 상황 탓에 그저 조금 분위기가 좋았던 것뿐이었는데, 혼자서만 서로 가까워졌다고 착각한 것이었다.

태영은 섭섭한 마음을 애써 숨기며 자리에서 발딱 일어났다.

그늘을 드리우던 신후의 속눈썹이 걷혔다. 태영은 장막을 드리운 듯한 그의 눈을 들여다보며 생긋, 다소 도전적이고도 삐딱한 미소를 지어 올렸다.

"이제 그만 돌아가죠."

"……."

"자연 햇살도 자주 받으니까 슬슬 따가워지네요. 피부 미용에는 아스팔트와 빌딩숲으로 가득한 서울이 더 나은 것 같아요. 일단 여긴 너무 불편해. 제대로 된 브랜드 커피 한 잔 마시려도 시내까지 나가야 하고. 봐도 봐도 똑같은 바다, 숲. 지겹지 않아요?"

"지겨워?"

물론 아니다. 전혀 지겹지 않다. 마음 같아서는 언제까지나 이곳에서 평화로운 나날을 보내고 싶다. 하지만 현실적으로 그럴 순 없었다.

그들에게는 돌아가야 할 자리가 있다.

신후에게는 잠깐 미뤄둔 회사 일이 있고, 태영에게도 할 일이 산더미이다. 더 이상 강의를 빼먹으면 높은 학점을 받을 수가 없다. 잠시 게을리했던 TEPS 준비도 이제는 박차를 가해야 할 때였다. 여행을 즐기는 사이 시험 날짜가 코앞으로 성큼 다가와 있었다.

평소대로라면 구구절절 이런저런 사정을 늘어놓고 그의 이해를 구했겠지만, 지금은 딱히 그러고 싶지 않았다. 아무리 이해심이 많다지만 태영도 여자이고 사람이다. 다시 차가워진 그의 태도, 맘에 담을 쌓은 듯한 침묵, 거리감이 느껴지는 말투와 눈빛. 그 모든 것을 느끼고도 아무렇지 않기는 결코 쉽지 않다.

그는 벌써 그녀에게 상처를 주고 있었다.

태영은 속상한 마음을 숨기기 위해 일부러 깍쟁이처럼 대꾸했다.

"밀린 공부가 걱정되기 시작했어요. 시험 날짜가 벌써 일주일 앞으로 다가왔거든요. 이 이상 머무는 건 무리예요. 쉬어도 쉬는 게 아니고, 놀아도 노는 게 아니니까. 당신도 마찬가지 아니에요? 예정에도 없이 갑자기 나흘이나 자리를 비웠잖아요."

"내가 없어도 회사는 굴러가."

"걱정 안 돼요? 일도 많이 밀렸을 텐데."

"그럴 리 없어. 내가 부재중이면 다음 결정권자가 처리하게 돼 있으니까. 회사 대 회사의 빅딜을 제외한 대부분의 사안들은 중간 책임자의 지휘하에 진행되고 있기 때문에 쉬려고 마음만 먹으면 얼마든지 쉴 수 있어."

"그 말인즉슨, 당신한테 일이 많은 건 본인이 원한 거란 뜻? 와아! 진정한 일벌레시구나. 왜 그렇게 일에 집착해요? 이미 정상을 밟았으면서. 이루고 싶은 것도 다 이뤘을 거 아니에요. 그럼 이제는 좀 쉬엄쉬엄 일해도 되지 않아요? 사실상 목표라는 게 없는 단계인데."

"글쎄. 아직 못 이룬 게 있는 모양이지."

"그게 뭔데요? 아아! 미안해요. 괜한 걸 물어봤네. 물어보나마나 답은 빤한데."

"……."

"나한테는 비밀이죠? 당신이 엄청나게 소중하게 여기는 꿈이고 목표일 테니까. 당신이 믿고 의지하는 사람은 이 세상에 오직 단 한 사람, 당신뿐이잖아요. 아무도 믿지 않아서 나한테든, 다른 누구한테든 자기 자신을 풀어놓지 않잖아요. 맞죠?"

태영은 꽃처럼 활짝 편 얼굴로 물었다. 배배 꼬인 질문과는 달리 표정은 더없이 밝고 해맑았다. 신후는 그녀의 깜찍한 모습을 잠시 가만히 응시하다가 그녀의 심통이 부글부글 임계점에 달할 때쯤, 뚜벅 반문했다.

"아직도 내가 궁금해?"

"네?"

"지금도 여전히 내 과거와 기억을 공유하고 싶어? 전에도 말했지만 난 불행한 어린 시절을 보냈어. 떠올리는 것만으로도 불쾌해지는, 그래서 마음속 지하 감옥에 가두고 오랫동안 꺼내보지 않던 것들이지. 그런 거라도 좋아?"

"어, 어……."

순간적으로 말문이 막힌 나머지 태영은 저도 모르게 눈을 크게 뜨고 말을 더듬었다. 아무리 털고 들어도 그의 말은 긍정적인 사인이었다. 원한다면 지금이라도 기꺼이 과거를 공유하겠다는 말투. 불퉁불퉁 삐딱했던 심기가 거짓말처럼 사그라졌다.

"……."

태영은 입술을 꾹 다물고서 꽤 오랫동안 신후를 바라보았다. 그는 여느 때와 다름없었다. 한 치의 흐트러짐도 없는 단정한 자세, 무표정한 얼굴, 세상에 존재하는 온갖 감정들에 초연한 듯 담담한 시선. 기대도 희망도 없는 듯 황량한 그의 눈을 들여다보고 있자니 가슴에 서서히 먹먹함이 차올랐다.

얼마나 괴로웠으면 떠올리는 것조차 싫을까. 철부지지만 마음 따뜻한 엄마, 딸 바보인 아빠에게서 사랑을 듬뿍 받으며 자란 태영으로서는 도무지 감도 잡을 수 없었다.

막연히 달아나고 싶다는 생각이 들었다. 어쩌면 그녀가 감당하기에는 너무 벅찬 얘기일 수도 있었기에, 너무도 처참하여 어쩌면 듣지 않는 편이 나을지도 모르는 일이었기에, 외면하고 도망치고도 싶었다.

하지만 그녀는 그의 여자이다. 이신후를 사랑하기로 마음먹은 이신후의 여자. 이대로 물러설 수는 없었다.

태영은 어깨를 한번 가볍게 으쓱하고는 털썩 그의 옆자리에 주저앉았다. 그리고서 씩씩하게 입술 꼬리를 히죽 추켜올렸다.

"말해요. 들을 준비됐어요."

"……."

"당신에 관한 거라면 뭐든 들을 거예요. 다 알고 싶어요. 알아야 한다고 생각해요. 그래야 당신을 진심으로 깊이깊이 사랑할 수 있죠. 마음에 어떤 상처가 있는지도 모르고, 어떻게 당신을 제대로 사랑할 수 있겠어요?"

"……."

"말해줘요. 얼른요."

"난……."

신후는 재촉에 못 이겨 말문을 열었다. 하지만 어디서부터 어떻게 설명해야 할지 모르겠다는 듯 곧장 입을 닫아버렸다.

그는 태영이 이렇게 적극적으로 나올 줄은 예상 못했던 것이다. '나는 엄청나게 불행한 기억을 가진 남자다, 네가 감당할 수 없을지도 모른다, 그러니 지레 겁먹고 어서 도망쳐라' 하고 겁박 아닌 겁박을 한 것이었는데. 그녀가 간도 크게 괜찮다며 생글거리니 당혹스러울 수밖에.

태영은 씩 미소를 지으며 그의 팔에 팔을 엮고 옆구리에 찰싹 달라붙었다. 눈썹을 추켜세우기를 연신 반복하며 어서 말하라고 압박을 가했다.

빨리, 빨리!

"……네가 알다시피 난 사생아야."

압력에 못 이겨 억지로 토하듯 첫 문장을 쏟아내고서 신후는 한숨을 길게 토했다. 긴장이 역력한 모습. 태영은 안쓰러운 눈으로 그를 바라보며 또다시 어깨를 으쓱했다.

뭐 그쯤이야.

이미 알던 거라 놀랍지 않았다. 남들은 어떻게 생각하는지 몰라도 그녀의 기준에서 사생아는 전혀 문제가 되지 않았다. 여전히 생글거리는 얼굴로 그녀는 그의 다음 말을 기다렸다.

"어머닌 재미교포 아버지와 사랑에 빠져 날 임신했지. 사업차 잠깐 한국에 들렀던 아버진 미국으로 돌아갈 때까지 임신 사실을 몰랐어. 어머닌 혼자서 날 낳았고, 오로지 내게 아버질 찾아주겠다는 일념으로 무작정 미국행 비행기를 탔지. 가난한 이민자로서 온갖 허드렛일을 하며 아버질 찾아 헤맸어. 하지만 드넓은 미국 땅에서 아는 거라곤 이름뿐인 남자를 찾는 건 쉬운 일이 아니었지. 결국은 포기하셨어. 내가 다섯 살 때, 새로운 인연을 만나 새 출발을 하셨지."

"미국인과 결혼하셨다고 했죠? 거기까지는 전에 얘기해 주어서 나도 알아요."

"에릭 젠슨은 성공한 사람이었어."

"……."

"지역에서 꽤 명망 있는 집안의 일원인데다가 지방법원 검사로서 여러모로 사회에서 존경받는 위치에 있었지. 겉보기에 그보다 더 괜찮은 남편감은 없었어. 결혼해서 함께 살기 전까지는 어머니도 그렇게 믿었었지."

"괜찮은 남편감이 아니었다는 뜻이에요?"

"젠슨에겐 불치병이 있었거든. 알코올과 폭력을 향한 주체할 수 없는 욕구."

"폭력이라고요?"

스르르, 그에게 팔짱을 끼었던 그녀의 팔이 아래로 흘러내렸다. 무덤덤한 신후의 시선이 힘없이 떨어진 그녀의 손길을 응시했다.

"평소엔 더없이 어머니를 사랑하셨지만 술에 취하면 자기 자신을 제어하지 못했어. 그렇다는 걸 알게 된 건 내가 겨우 여덟 살 때였지. 학교 캠프의 일정이 앞당겨지는 바람에 하루 일찍 귀가했다가 주방에 피를 흘리며 쓰러진 어머니를 발견했어."

"……!"

"난 911에 전화하려고 했어. 한데 어머닌 무슨 이유에서인지 한사코 날 말리셨지. 며칠이면 다 나을 거라며. 어떻게든 응급처치와 병원행을 피하려는 어머니가 어린 내 눈에도 이상하게 보였어. 어렸지만 눈치가 빨랐던 난 쉽게 상황을 인지할 수 있었지. 젠슨이 범인이고, 어머니가 그 인간 같지도 않은 인간을 보호하려 든다는 걸."

"그런 사람을 왜 보호하셨던 건데요?"

"그때는 사랑 때문이라고 생각했어. 인간 같지도 않은 인간이지만, 어머니는 젠슨을 사랑한다고. 실제로도 그리 말씀하셨지. 아버지는 정말로 좋은 분이다, 너와 나를 돌보아준 고맙고 착한 분이다, 라고. 도무지 이해할 수 없었지만 그분의 사랑법을 가타부타 재단할 수는 없었어. 난 너무 어렸으니까."

"……."

"3년 뒤에야 제대로 된 진실을 알게 되었지. 어머니는 지속적으로 협박을 받고 있었어. 그 협박 때문에 어디로도 도망치지 못하고 젠슨의 폭력을 감당하고 있었던 거지."

"협박이라니요? 누구한테서요?"

"젠슨. 이혼소송을 걸거나 타인에게 폭력 사실을 알리면 날 가만두지 않겠다고 했다더군. 쥐도 새도 모르게 슬럼가에 팔아버리겠다고. 사람 구실 못하게 사회에서 매장시켜 버리겠다고."

"세상에."

"지역사회에 영향력을 행사하던 젠슨가의 사람이었으니 딱히 못할 일도 아니었어. 그걸 알았기에 어머닌 더욱 숨죽일 수밖에 없었지. 혹시라도 아들이 잘못될까, 수년간 지속적으로 폭력에 시달리면서도 묵묵히 견뎠던 거야."

"말도 안 돼……."

"내가 이걸 어떻게 알아낸 줄 알아?"

신후는 천천히 눈을 들어 태영을 보았다. 충격으로 커다래진 태영의 눈망울은 무섭도록 동요하고 있었다. 혹시라도 더 놀라운 일을 알게 될까 봐, 소화할 수 없는 충격이 닥칠까 봐, 잔뜩 겁먹은 표정이었다. 예상했던 반응 그대로였기에 신후는 픽 자조적인 웃음을 흘릴 수밖에 없었다.

"어느 날 어머니가 집을 비우셨어."

"……."

"그리고 그날 밤, 술에 잔뜩 취해 귀가한 젠슨이 내 방에 들어왔지."

"뭐, 뭐라고요?"

"놈이 잠든 내 멱살을 잡고 억지로 일으켜 세웠어. 난 코를 찌르는 악취를 맡으며 눈을 떴지. 초점을 잃은 눈으로 나를 노려보는 젠슨이 내 앞에 있었어. 난 눈을 비비며 물었지. 아빠, 술 드셨어요? 놈이 말하더군. 맞다, 아들아. 아빠는 술을 마셨다. 한데 엄마가 집에 없구나. 그러니 엄마 대신 네가 맞아야겠다."

"안 돼……."

멍하게 중얼거리며 태영은 헉헉, 거칠게 숨을 내뱉었다.

충격 때문에 말이 안 나왔다. 실어증 걸린 사람처럼 입을 열었 어도 목소리가 나오지 않았다. 정말이지 믿을 수가 없었다. 어떻 게 그 작은 아이를 때릴 수가 있나. 고작 열한 살밖에 안 된 어린 아이가 무슨 죄가 있다고. 너무나 끔찍했다.

"그날부터 나는 어머니 대신 젠슨의 샌드백을 자처했어. 놈이 술에 취해 집에 오면 일부러 거슬리는 행동을 했지. 알코올만 들 어가면 미쳐 날뛰는 젠슨의 폭력에의 욕구를 내가 모조리 흡수했 어. 어머니를 지키려고."

"아아."

"처음엔 죽을 만큼 힘들었는데 시간이 지날수록 참을 만해지더 군. 맷집도 생기고 요령도 익혀졌어. 나름대로 견딜 만했지. 젠슨 몰래 그곳을 뜰 계획을 세웠어. 고등학교만 졸업하면 어머니와 함 께 떠나려고 돈을 모으기 시작했지. 그러다가 그 일이 벌어졌어. 어머니가 또 그 자식한테 맞는 광경을 목격했지."

"아아, 안 돼……."

신음성을 흘리며 태영은 주먹을 움켜쥐었다. 앞으로 듣게 될 끔 찍한 얘기에 대비해 질끈 눈을 감았다. 감은 눈에서 벌써부터 습 기가 배어 나왔다.

"전날 어머니는 용기를 내서 평소 친분을 나누던 친구에게 폭 력 사실을 털어놓았어. 친구는 남편인 지역 보안관에게 그 사실을 알렸고, 보안관은 젠슨을 소환했지. 검사 신분으로 불명예스러운 조사를 받고 극도로 화가 난 젠슨은 집으로 돌아와 보복을 가했던 거야. 무차별적으로 맞으면서도 어머닌 비명 한마디 내지르지 않앉어. 대신 내게 손짓을 했지. 어서 도망치라고, 뒤돌아보지 말고 이곳을 빠져나가라고. 숨이 끊어져 가면서도 아들만은 다치지 않길 바라셨던 거지."

"설마……."

"그 순간이었을 거야. 내가 심리적으로 치명상을 입고 무너져 내린 것은."

"……."

"사랑한다는 핑계로 아내를 짓밟는 그 짐승 같은 놈도, 자식을 위해 그 야만적인 폭력을 모두 감내했던 어머니도, 똑같이 이해할 수 없었어. 사랑이라는 이름으로 행해지는, 그 숱한 불합리한 상황들에 분노가 치밀었지. 이런 미친 세상에서 살아가는 게 도대체 무슨 의미가 있는지 의심스러워졌어. 인간적인 삶에 의심을 품기 시작한 그 순간, 내 인격도 함께 무너졌지."

"신후 씨."

"놈을 때려눕혔어. 어머니를 모시고 그곳을 빠져나오려고 했지. 하지만 어머닌 반쯤 정신을 잃고 계셨던 탓에 혼자서는 움직이질 못하셨어. 내가 어떻게든 부축해서 일으켜 세웠지만, 그사이에 난 놈의 공격을 받아야만 했지. 엎치락뒤치락 격렬한 육탄전이 벌어졌고 이성을 잃은 놈이 먼저 칼을 들고 내게 달려들었어. 저항했어. 살기 위해 필사적으로 몸부림쳤어. 그러다가 놈을 찔렀지."

"아아……."

"사람들은 날 은혜도 모르는 비정한 살인마라고 불러. 사실이야. 법원은 사건을 정당방위로 규정하고 내게 무죄를 선고했지만,

난 수년간 놈을 죽이는 상상을 해왔어. 그렇게 죽이지 않았더라도 언젠가는 놈을 내 손으로 해치웠을 거야."

"아니에요, 당신은 비정한 살인마가 아니에요……."

고개를 마구 가로저으며 태영은 울먹였다. 울지 않으려고 애써 보았지만 울음이 자꾸만 목구멍으로 새어 나왔다. 멋대로 눈물이 흘렀다. 참으려 해도 참아지지 않았다.

눈에 선하게 그려졌다. 아버지로부터 맞는 요령을 터득할 수밖에 없었던 열여덟 살 소년 이신후가. 어머니가 처참하게 죽어가는 모습을 목격했을 그가. 그의 울분이, 처절함이 너무도 선명히 가슴에 박혀서 눈물이 멎지 않았다.

"날 떠나. 지금."

"그게 무슨 말이에요……?"

"지금 떠나지 않으면 영영 못 떠나. 어쩌면 영원히 머물러야 할지도 몰라. 난 좀 비뚤어진 인간이거든. 비뚤어진 사랑을 지켜보다가 사랑을 혐오하게 된."

"신후 씨."

"난 인간을 사랑하지 않아. 단지 소유할 뿐이지. 처음 봤을 때부터 널 갖고 싶었어. 어리석을 정도로 순진한 눈빛이 마음에 안 들었거든. 네게 더럽고 추악한 세상을 보여주고 싶었어. 그 눈빛에서 사랑 따위 달달한 것에 대한 희망을 깨끗이 지워 버리고 싶었지. 널 나 같은 인간, 나 같은 여자로 만들어 내게 복종하게 만들고 싶었어."

"……."

"네가 날 사랑하는 척하다가 정말로 사랑하는 남자를 만나 내 곁을 떠난다면, 그러려고 한다면, 어쩌면 난 널 죽일지도 몰라. 의붓아버지가 내 어머니를 죽였던 것처럼."

"겁주지 말아요. 난 당신이 그런 사람 아니라는 거 알아요."

태영이 제법 호기롭게 소리쳤다. 하나 그는 그녀의 아랫입술이 파르르 떨리는 것을 놓치지 않았다. 아닌 척하지만 그녀는 제대로 겁먹었다. 그녀도 아는 것이다. 아무리 부인하고 우겨도 그가 살인자라는 사실은 영원히 변하지 않을 진실임을.

"지금 떠나면 안전해. 평생 널 찾지 않겠어. 약속할게."

"내가 떠났으면 좋겠어요?"

"불행한 어린 시절을 보냈다는 것만으로 날 동정할 생각은 마. 지금의 나는 불쌍하지 않으니까. 난 원하는 일은 뭐든 할 수 있어. 마음만 먹으면 얼마든지 네 발목을 꺾고 널 굴복시킬 수 있지. 그런데도 네게 떠날 기회를 주는 것이니 고맙게 받아."

"왜 딴말해요? 내가 떠났으면 좋겠느냐고 물었잖아요."

태영이 또다시 외친다. 눈물범벅에 콧물까지 훌쩍이며. 그야말로 그녀는 엉망진창이었다. 충혈된 눈에서 홍수가 난 듯 눈물이 쉴 새 없이 흐르고, 입술은 오열을 누르는 듯 삐쭉삐쭉, 턱밑은 애처롭게 꿈틀거렸다. 눈동자에는 원망이 가득했다. 그가 밀어낼 줄은 몰랐다는 듯. 그렇게도 자신이 싫으냐는 듯.

신후는 이를 갈며 중얼거렸다.

"내가 지금 날 위해서 이러는 것 같아? 말했잖아. 이건 기회라고. 나 같은 남자로부터 자유로워질 수 있는 기회! 떠나. 지금 당장. 아무 조건 없이 놓아줄게. 네 아버지의 빚도, 〈태성〉에 투자했던 자금도 상환 요구하지 않을 거야. 못 믿겠으면 각서라도 써주지. 그러니까…….”

“자꾸 말 돌리지 마라고요. 딴소리 말고 묻는 말에 대답이나 하란 말이에요. 어서요.”

그의 팔을 잡아채며 태영은 거칠게 다그쳤다. 기필코 원하는 답을 듣고야 말겠다고 다짐한 사람처럼. 신후는 믿을 수 없는 얼굴로 그녀를 응시했다.

류태영이 왜 이러는지 모르겠다고 생각했다. 대가 없이 보내주겠다는데 어째서 이렇듯 미련하게 미적거리는 건지 그의 머리로는 도무지 이해가 되지 않았다. 비장한 결기마저 느껴지는 고집스러운 태도와는 달리 그녀의 눈은 맑고 고왔다. 눈물 흥건하니 측은지심이 가득했다.

웃기지도 않게, 그 순간 이기적인 충동이 일었다.

그녀의 동정심에 기대고 싶었다. 그녀의 깨끗한 심성에 기생하고 싶어졌다. 그녀의 순수를 갉아먹고, 그녀의 감성에 치유받고 싶어졌다. 동정이어도 상관없으니까 그녀를 제 곁에 붙잡아두고 싶었다.

“아니…….”

신후는 바스락거리는 목소리로 겨우 속삭였다.

“바라지 않아. 네가 날 떠나지 않았으면 좋겠어.”

일주일 뒤.

태영은 회원제 전용 고급클럽에서 남자친구의 훤칠한 뒷모습을 즐거이 감상하고 있었다. 이신후는 그녀와 단둘일 때도 최고지만 많은 사람들과 섞였을 때 훨씬 빛나는 사람이었다. 아무리 잘난 사람도 순식간에 오징어로 만들어 버리는 특별한 재주 덕분에 언제 어디서나 군계일학이랄까.

오늘도 보라. 잘생긴 외모, 날씬하고 탄탄한 몸매, 센스 있는 패션 감각은 물론이거니와 적당히 상냥한 미소, 여유로운 태도, 가끔씩 그녀를 지그시 바라보는 시선까지, 어디 한군데 멋지지 않은 구석이 없다.

물론 뭐니 뭐니 해도 오늘의 하이라이트는 그가 약지에 낀 반지였다.

세상의 끝에서 그녀와 나눠 낀 싸구려 커플링.

다른 사람도 아닌 이신후가, 다른 곳도 아닌 약지에, 반지를 끼었다는 사실은 파티 참석자들의 이목을 단번에 집중시켰다. 진작부터 유력 정재계 인사들과 그들의 미혼 자녀들의 타깃이었던 이신후였기에 사람들은 그가 낀 반지의 하수상한 위치를 놓고 열띤 논쟁을 벌이기까지 하였다. 다행히 그 작은 논쟁은 금세 일단락되었다. 어느 용감한 청년이 이신후에게 반지의 용도를 물었고, 이신후가 선뜻 대답해 주었기 때문이었다.

이신후의 대답은 깔끔했다.

"약혼반지예요."

그의 대답과 동시에, 수많은 사람들의 놀라운 시선이 파트너인 태영에게로 쏟아졌다. 축하 인사가 여기저기서 날아들었다. 시기,

충격, 호기심, 호감. 제각기 미묘하게 다른 감정으로 다가와 이런 저런 말을 붙였다. 느끼는 감정과 입장은 다르겠지만 그들 모두 이신후의 피앙세와 친해지고 싶어 죽겠는 모습이었다.

순식간에 태영은 파티의 꽃이 되었다. 처음 파티장에 들어설 때만 해도 이신후가 가끔 예의상 동석하는 다른 파트너들과 다름없이 그저 그런 대접을 받았었는데 말이다. 이신후의 약혼녀라는 자리가 새삼 대단하구나 싶었다.

'근데 우리, 진짜 약혼한 거 맞나.'

태영은 속으로 중얼거리며 고운 미간에 주름을 잡았다. 솔직히 좀 헷갈렸다. 공식적인 약혼은커녕 결혼해 달라는 프러포즈조차 받아본 적이 없으니까.

영화나 드라마에 나오는 남자들은 온갖 이벤트에 꽃이나 보석을 척척 안겨주며 프러포즈하던데. 이신후는 어찌 된 게 꽃도, 보석도, 감동적인 멘트조차 없이 무작정 사람들 앞에 발표부터 해버렸다. 마치 '사람들 앞에서 내가 찜했으니 넌 이제 빼도 박도 못하게 나랑 결혼할 팔자'라는 듯이.

물론 그 때문에 기분이 상한 것은 아니다. 정식으로 청혼하진 않았지만 그날, 그 순간, 그들의 관계는 사실상 합의된 것이나 다름없으니까. 태영은 자연스럽게 그가 자신의 과거를 공유했던 그때로 기억의 필름을 되감았다.

"네가 떠나지 않았으면 좋겠어. 내 곁에 남아, 내게 길들여져, 다른 남자로는 만족할 수 없었으면 좋겠어. 네가 오로지 나만 원하길 바라. 내 손끝에만, 내 입술에만, 내 품에서만 반응했으면 좋겠어. 네 인생에 남자는 나뿐이었으면 좋겠어. 그만큼 널 원해, 류태영."

"그게 정말이에요?"

"네 모든 걸 갖고 싶어. 너의 시간, 너의 하루, 너의 인생, 너에 대한 모든 권리를 내가 소유하고 싶어. 네가 나 없이는 도저히 살 수 없었으면 좋겠어."

"그 말은……."

"난 좀 위험한 인간이야. 한번 작정하면 쉽게 물러서지 않는 독종. 나한테 잘못 걸리면 죽을 때까지 빠져나가지 못해. 내가 널 갖기로 마음먹으면, 어쩌면, 넌 평생 내 것으로 살아야 할지도 몰라. 난 이기적인 인간이라서 네가 아무리 애원해도, 설령 내 곁에서 불행해진데도, 놓아주지 않을 거야. 그러니 신중하게 결정해."

"상관없다면요? 그래도 괜찮다면 남아도 돼요?"

"내 옆에 있으면 넌 망가져. 그래도 좋아?"

"좋아요. 상관없어요. 당신의 여자가 될게요. 당신만 바라보고, 당신한테 길들여져, 다른 남자는 거들떠보지도 않을게요. 내 시간, 내 하루, 내 인생, 나에 대한 모든 권리를 당신한테 넘길게요. 됐죠?"

"정말로 그러겠다고? 후회하지 않을 자신 있어?"

"살면서 한 번도 후회 같은 거 안 해봤어요. 언제나 최선의 선택을 해왔거든요. 내가 선택하고 내가 결정한 일이니까 불행해도 어쩔 수 없다고 생각해요. 그리고 솔직히 불행할 것 같진 않아요. 난 왠지 예감이 좋아요."

"도대체 왜? 조건 없이 놔주겠다는데 왜 도망치지 않지?"

"나도 잘 모르겠어요. 그냥 남고 싶어요."

왜 달아나지 않느냐는 신후의 물음에 태영은 잘 모르겠다고 답했다.

사실이었다. 특별한 이유 없이 태영은 그의 곁에 남기로 했다. 어쩌면 그를 동정했는지도 모르겠다. 신후가 끔찍한 어린 시절을 보냈다는 것, 그래서 사랑을 믿을 수 없게 되었다는 것을 알고 가슴이 아팠다. 그가 불쌍하고 안돼서 도저히 떠나겠다는 말이 나오지 않았다. 그러나 그녀의 마음을 움직인 결정적인 한 방은 그의 '설득'이었다.

이신후는 어떻게든 그녀를 떠나보내려고 했다. 자신의 곁에 남으면 그녀가 불행해질 것임을 끊임없이 상기하고 경고하고 겁을 주었다. 그녀가 선택을 번복토록 종용하기도 했다. 혹시라도 자신이 그녀를 해칠까 봐 겁내는 것임이 틀림없었다.

거기에 적지 않게 감동을 받은 태영이었다.

그날 이후 그들의 관계는 돈독해졌다. 전보다 더 자주, 시간이 허락하는 대로 빈번하게 만났다. 한없이 예의 바르고 격식 차리던 신후가 이제는 전에 없이 불쑥불쑥 학교나 집으로 찾아오기도, 멋대로 식사 예약을 잡아놓고 안 나오면 쳐들어가겠다고 으름장을 놓기도 했다. 그의 최대 장점인 친절과 배려는 사라졌지만 덕분에 친밀감은 배가되었다.

오늘처럼 사교 모임에 동반 참석하는 것도 전과는 달라진 점이다.

태영은 자신의 손가락에 끼인 은반지를 조심스럽게 어루만져 보았다. 그가 약혼했다는 말에 얼마나 많은 사람들이 놀라 자빠질 뻔했었는지 새삼스럽게 떠올랐다. 모르긴 몰라도 이제부터 그녀의 생활은 지금보다 훨씬 더 폭넓고 바빠질 것이다. 〈월드프라임 인터내셔널 그룹〉의 회장, 이신후의 약혼녀로서 보다 사교적이고 정치적으로 굴어야 한다는 뜻.

내가 잘해낼 수 있을까?

태영은 어깨를 쭉 펴고 허리를 곧추세우며 턱을 높이 들어 올렸다. 다른 여자들처럼 가슴을 앞으로 내밀어 여성미를 뽐내어보았다.

가슴에 뽕이라도 넣었어야 했나?

미간을 찡그린 채 아동틱한 자신의 몸매를 탓하고 있을 때였다. 혼자 덩그러니 앉아 있던 그녀의 옆자리에 붉은 드레스의 날씬한 여자가 털썩 주저앉았다.

"대표님이 꽤 바쁘시네."

〈월드프라임 인터내셔널 그룹〉 한국지사의 고문변호사인 고연주였다. 신후가 한국에서 추진하는 대단위 IT산업단지 개발사업의 법률 담당 고문으로, 태영과는 오늘 처음 만난 사이였다. 법률 서적보다는 뷰티박스가 더 어울릴 법한, 빼어난 외향의 소유자답게 매사에 자신만만하고 똑 부러지는 스타일이었다. 특히 사교계에서도 대단한 인맥을 보유하고 있어, 들리는 바에 의하면, 이신후가 폐쇄적인 한국 사교계에 자리 잡을 수 있도록 물심양면 도움을 주었다고 한다.

여러모로 고마운 여자였지만, 태영은 고연주를 소개받은 순간 눈치챘다. 연주가 자신을 좋아하지 않는다는 사실을. 그것도 아주 많이.

애써 태연한 척했지만 태영은 그녀가 느끼는 위기감을 고스란히 느낄 수 있었다. 보잘것없는 집안의 나이 어린 태영에게서 무슨 위협을 느끼는지는 모르겠지만, 어쨌든 고연주는 태영을 적군이라고 규정한 듯했다.

"아무리 오랜만에 참석하는 파티라지만 너무한다. 어린 애인을 혼자 두고. 심심하지 않아요?"

히쭉 웃으며 말을 걸어오는 고연주에게서 희미한 알코올 냄새가 났다. 인상을 찌푸리고 싶은 충동을 누르며 태영은 예의 바른 미소를 정중히 되돌렸다.

"아, 네, 괜찮습니다."

"사랑스러운 약혼녀 곁으로 돌아오려면 좀 더 시달려야 할 거예요. 워낙 막강한 영향력을 가진 분이라, 모임에 코빼기라도 내비칠라치면 저렇게 사람들이 줄을 대려고 치열한 경쟁을 벌이곤 하거든요. 불쌍한 사람. 저 많은 사람들의 얘길 언제 다 들어준담. 아, 그거 알아요? 태영 씨 아버님도 작년에 이런 모임에서 대표님을 처음 봤다는 거."

"얘기 들었어요."

"나도 그때 그 자리에 있었거든요. 그때만 해도 대표님께서 한국의 사교 모임에 익숙지 않으셨죠. 내게 에스코트 임무가 떨어져서 파트너 자격으로 함께 참석했어요. 태영 씨 아버님은 당시 굉장히 절실하게 매달리셔서 기억에 남네요."

"……."

"두 분은 그럼, 아버님의 소개로 만나게 된 건가요? 접점이라곤 그것밖에 없는 것 같은데."

"네, 맞아요. 최근에 아버지께서 저 사람을 소개해 주셨어요."

"아아, 최근에?"

고연주가 은근한 어조로 중얼거리며 피식 웃음을 흘렸다. 느긋하게 고개를 끄덕이며 수긍하는 체하지만 입가에 야릇하게 피어오른 미소와 비웃는 듯한 눈빛은 누가 봐도 '불신'이었다. 태영의 아버지가 처음부터 작정하고 이신후를 노렸다고 여기는 게 분명했다. 하지만 그건 사실이 아니었다.

태영은 얼마 전 나누었던 아버지와의 대화를 떠올렸다.

"이 대표는 내가 두 번째쯤 찾아갔을 때에야 관심을 보여주었단다. 우리 〈태성〉의 재무구조가 탄탄하다면서 투자에 긍정적인 사인을 주었지. 거의 한 달 동안은 시간이 날 때마다 찾아가 얘기를 나누었다. 겪으면 겪을수록 아주 괜찮은 사람이라는 생각이 들더구나. 그만한 신랑감 없지 싶었어. 한 실장은 다 좋은데 진득하지가 않잖니. 일 처리에 있어서도 급진적이고."

"그렇긴 하죠."

"우연히 이 대표가 우리 회사에 들른 적이 있다. 내 사무실에서 우리 가족사진을 보고는 좋아 보인다며 부러워하더구나. 이런저런 얘기를 나누다가 네 결혼 얘기까지 나왔었어. 조만간 결혼시킬 거라 했더니 축하 인사를 건네더구나. 아주 아쉬워하면서 말이야."

"아쉬워했다고요? 그 사람이요?"

"그때 묘안이 떠올랐지. 우리 모두가 윈윈할 수 있는."

아버지의 설명만으로 모든 상황을 단정 지을 수는 없겠지만 아버지가 처음부터 신후를 노렸던 게 아닌 것만은 확실했다. 사업가

이니만큼 계산적인 성향이긴 해도, 아버지는 약혼 중인 딸을 미끼로 부자의 주머니를 털 정도의 후안무치는 아니었다.

아버지는 정말 어쩌다 보니 그렇게 되었다고 했다.

정현이 회사가 위태로워질 정도로 사업 프로젝트를 크게 말아먹은 게 발단이었다. 주변에서 만류해도 독불장군처럼 밀고 나가다가 일이 엎어졌는데도 정현은 여전히 제 잘못을 인정하지 않고 있었다. 아버지는 그러한 정현의 태도에 크게 실망한 터여서 진중하고 듬직한 신후에게 혹한 것이었다.

물론 가장 큰 촉매제는 이신후의 협조였겠지만.

태영은 약지에 낀 반지를 가만히 문지르며 마음을 가라앉혔다. 돌발 질문이 날아든 것은 바로 그때였다. 고연주는 예의 느긋한 태도로 생글거리며 물었다.

"태영 씬 혹시 대표님이 어떤 남자인지 알아요?"

"네?"

"얼마나 까다롭고 복잡한 남자인지 알고나 만나느냐고요."

"신후 씨에 대해서 잘 아시나 봐요?"

"뭐, 적당히 알 만큼은요. 아주 비밀스러운 분이시죠. 아무리 가까운 사람이라도 개인사는 절대 얘기 안 하시는 분. 어린 시절의 트라우마 때문이겠죠. 어렸을 때 안 좋은 일을 겪었거든요."

"어린 시절 트라우마를 알 정도로 신후 씨와 가깝다, 뭐, 그런 의민가요?"

"어머! 그게 그렇게 되나?"

태영의 지적에 연주가 웃음을 터트렸다. 물정 모르는 애송이인 줄로만 알았는데 제법이라는 듯 눈썹을 스윽 밀어 올렸다. 그리고

선 딱히 부인할 마음은 없는 듯 어깨를 으쓱하며 고개를 가로저었다.

"신경 쓰지 마요. 그렇게 주장할 생각은 없으니까. 난 그저 조심하라고 말해주고 싶었을 뿐이에요. 이신후라는 남자, 겪어봐서 알겠지만 차갑고 무자비하잖아요. 기브 앤 테이크. 철저하게 자신이 준만큼만 돌려받죠. 누구에게도 쓸데없이 감정을 흘리지 않아요. 상대가 여자든 남자든, 대동소이해요. 인간미라곤 손톱만큼도 없어서 가끔씩은 정이 천리만리 떨어진답니다. 근데도 옆에 남아 있는 건 너무 잘생겨서랄까."

"……."

"정말 독보적이지 않아요? 저러니 여자들이 기대를 못 접지."

고연주가 손가락에 걸린 칵테일 잔을 입가에 걸치며 혼잣말을 중얼거렸다. 기분 좋은 음주로 인해 나른하게 풀린 그녀의 시선이 저만치에서 동료들과 대화를 나누는 이신후에 닿아 있었다.

"볼 때마다 매력이 업그레이드되고 새로운 장점이 추가되니 쉽게 포기가 안 되는 거죠. 잠깐 포기했다가도 더 멋져진 이신후를 보면 슬금슬금 다시 욕심이 생겨요. 포기와 도전의 연속인 것이죠."

"……."

"문젠 저분의 인식이에요. 그렇게 여자들을 속수무책 빠져들게 만들어놓고서 전혀 책임감을 느끼지 않거든요. 네 감정이니까 네가 알아서 추슬러야지, 나한테 징징대지 마, 뭐 이런 마인드랄까. 짝사랑하는 여자들한테는 한없이 악마 같은 남자죠."

시니컬하게 중얼거리고 고연주는 또다시 홀짝, 칵테일 한 모금을 목 뒤로 넘겼다. 이쯤 되면 태영도 궁금하지 않을 수 없었다. 고연주가 도대체 무슨 속셈으로 이런 얘길 늘어놓는 건지. 아무리 편견 없이 들어보려고 해도 태영의 귀에는 개인의 경험담처럼 들렸다.

"대표님이 무슨 생각으로 그쪽과 약혼까지 했는지 모르겠지만. 너무 많은 걸 기대하지는 마세요. 상처받을 거니까."

"내가요?"

"대표님은 당신이 아무리 많이 줘도, 자기가 원하는 만큼만 받을 거예요. 그게 저분이 살아가는 방식이죠. 여자를 대하는 방식이기도 하고. 그러니 스스로를 보호하세요. 감정을 내주지 말아요. 그래야 끝까지 살아남을 수 있답니다."

"왜 내게 이런 얘길 하는 거죠?"

"말했잖아요, 조심하라는 경고라고. 태영 씨가 상처받을까 봐 알려주는 거예요. 태영 씨가 걱정돼서."

"내가 왜 변호사님한테 신후 씨에 대한 조언을 들어야 되죠? 변호사님이 왜 내 걱정을 하세요?"

"어머나, 혹시 마음 상했어요? 이걸 어쩌. 미안해요. 일부러 신경 거슬리게 할 생각은 아니었어요. 순수한 의도에서 한 말이니까 노여웠다면 마음 풀어요."

"……."

"근데 정말인데. 대표님은 절대 여자한테 마음 빼앗길 남자가 아닌데. 특히 아직 소녀티 못 벗어난, 뽀송뽀송한 애송이한테는."

고연주는 기분 나쁠 정도로 정중하게 사과하더니 태영의 기분이 채 풀리기도 전에 혼잣말을 중얼거렸다. 진실로 안타깝다는

듯. 비아냥거릴 의도를 역력히 풍기면서. 다분히 도발적인 태도에
내내 침착했던 태영은 욱하고 말았다.

"이봐요."

"왜요?"

태영이 도저히 참지 못하고 목청을 높였음에도 고연주는 눈곱
만큼의 동요도 없었다. 오히려 이럴 줄 알았다는 듯, 이러기를 고
대했다는 듯, 칵테일을 홀짝이며 느긋하게 받아쳤다.

"고용인 주제에 잘난 척 충고하는 게 못마땅해요? 화나요? 어
린애처럼 남자친구한테 쪼르르 달려가 일러바치고 싶어요?"

"도대체 나한테 왜 이러는지 모르겠는데요……"

"헛수고하지 마요, 꼬마 아가씨."

고연주는 태영의 말을 차갑게 가로막았다. 새빨간 립스틱이 덧
칠해진 그녀의 입술에 비릿한 비웃음이 걸렸다.

"아가씨가 아무리 날 욕해도 소용없어. 대표님은 꿈쩍하지 않
을 거니까. 아까 말했잖아, 이신후는 자기 이외엔 아무도 안 믿는
다고. 오로지 자신의 판단만 믿는 남자야. 그런 남자가 오직 한 가
지 목적만으로 선택한 인형의 말을 믿어줄까? 아니면 미성숙한 어
린 여자의 질투쯤으로 치부하고 무시할까?"

"이, 인형이라고요?"

"나도 결과가 되게 궁금한데. 어때요? 나랑 내기할래요? 아가
씨가 대표님한테 가서 말하는 거야. 날 해고하라고. 저 차가운 남
자가 아가씨 뜻대로 묻지도 따지지도 않고 날 해고하면? 유 윈. 쿨
하게 패배를 시인하지. 두말하지 않고 회사를 떠날게. 반대로 대
표님이 날 해고하지 않으면 아가씨가 떠나는 거야."

"당신…… 정말 미쳤군요?"

"내가 미친 게 아니라 아가씨가 자신 없는 거겠지. 진실을 확인하게 될까 봐. 자신이 어떤 위치에 놓여 있는지 현실을 직시하게 될까 봐. 이신후는 아가씰 사랑하지 않아. 어떤 여자도 사랑할 수 없는 남자야."

"……도저히 더는 못 들어주겠네요."

태영은 벌떡 자리를 박찼다. 뺨이 복숭아처럼 발그레해진 고연주를 내려다보며 생각했다. 이만하면 참을 만큼 참았다고. 아무리 약혼자가 신뢰하는 변호사라도 더 이상은 참을 수 없다고.

어떻게 이렇게 무례할 수가 있나? 부하직원이 상사의 약혼녀에게 이런 얘기를 막 해도 되는 건가? 이렇게 줄기차게 두 사람이 과거에 그렇고 그런 사이였다는 뉘앙스를 풍겨도 되는 건가?

그래, 실제로 둘이 한때 특별한 사이였다고 가정해 보자. 그게 뭐? 사실이라고 해도 그건 엄연히 과거의 일이다. 설령 고연주가 신후를 아직 못 잊었다고 해도 그것 역시 고연주 개인의 사정이다. 헤어진 후의 감정은 자기 스스로가 추스르는 거다. '나는 아직 너를 못 잊었으니 너도 그래야 돼'라는 식의 사고방식은 자신의 못나빠짐을 증명하는 것뿐이다.

백번 양보해서 신후에 대한 마음까지는 이해해 줄 수 있다고 쳐도. 약혼녀인 자신에게 이러는 것은 정말 아니었다. 나빴다. 의도가 불순하다. 솔직히 이건 숫제 싸우라고 고사 지내는 수준 아닌가?

"술이 과하셨어요. 지금 하신 말은 못 들은 걸로 할게요."

"날 이길 자신이 없는 건 아니고?"

"죄송한데요, 변호사님. 전 변호사님과 그런 내기를 할 이유가 전혀 없어요."

태영은 꾸무럭꾸무럭 치밀어 오르는 울화를 꾸역꾸역 가라앉히며 방긋 해맑은 미소를 지었다. 그러고서는 사악한 말 몇 마디로 멀쩡한 연인을 갈라놓을 수 있다고 착각하는, 어리석은 고연주를 향해 따끔한 일침을 놓았다.

"이미 내 것인 남자를 갖기 위해 내기를 한다는 게, 좀 우습지 않아요?"

제8장 심장의 문제

"뭐라고?"

태영이 돌아가겠다고 말하자 이신후는 꽤 놀라는 듯했다. 모임이 한창인데 갑자기 파트너가 가버리겠다고 하니 당황스러울 수밖에. 사업가 친구들과 나눌 얘기가 아직도 산더미처럼 많이 남았을 그의 입장을 이해 못할 바는 아니었지만, 그럼에도 불구하고 태영은 더 이상 이곳에 머물고 싶지 않았다. 그녀의 인내심은 이미 바닥을 쳤다.

"가겠다고요. 피곤해서 더는 못 있겠어요."

"피곤해?"

그가 미심쩍은 듯 물었다. 2시간 전까지만 해도 신나서 방방 떴던 그녀를 생각하면 피곤하다는 말이 쉽사리 믿기지는 않을 것이다.

태영은 저도 모르게 한숨을 내쉬었다. 시무룩한 얼굴로 제발 아무것도 묻지도 따지지도 말고 같이 가주면 얼마나 좋을까 생각했다. 물론 그가 그럴 리는 없었다. 호시탐탐 그와 얘기할 기회를 엿보며 주변을 서성이는 사람들의 행태를 고려해 보았을 때, 이신후는 최소한 12시까지는 이곳에 붙잡혀 있어야 할 것이다.

태영은 자포자기의 심정으로 어깨를 으쓱거리며 가볍디가볍게 중얼거렸다.

"데려다주지 않아도 돼요. 바쁜 것 같으니 나 혼자 갈게요."

"혼자 가겠다고?"

"걱정 마요. 택시 타면 되니까."

"……"

태영은 잠깐 동안 침묵함으로써 그의 대답을 기다렸다. 혹시라도 그가 데려다주겠다고 말해줄까 싶어 귀를 쫑긋, 침을 꼴깍, 두 눈을 홉뜬 채로 그의 입술을 뚫어져라 바라보았다.

신후는 특유의 어둡고 그늘진 눈매로 태영을 지그시 내려다볼 뿐 답이 없었다. 손에 들려 있던 휴대전화가 드르륵 진동했을 때에야 그는 그녀에게서 시선을 거두었다.

"네."

신후가 별도의 대답 없이 등을 보이며 전화를 받기 시작하자, 태영은 너무나 실망스러운 나머지 한숨을 내쉬었다.

맘이 심란해졌다. 정말로 그녀를 아낀다면 이렇게 전화 받을 시간에 그녀를 챙겨야 하지 않나? 무슨 일이 있었는지, 왜 마음이 상했는지 알아보고, 그녀를 배려하여 당장 이곳에서 데리고 나가줘야 마땅하지 않나? 하는 의문과 불만들이 와글와글 들끓었다.

'하긴. 이신후한테 뭘 바랄까.'

또다시 한숨을 거하게 내쉬고 태영은 천천히 뒤를 돌았다. 순순히 패배를 인정하고 혼자서 귀가하려던 참이었으나, 단 두 걸음만에 붙잡히고 말았다. 신후가 그녀의 팔목을 거머쥐고 휙 돌려세웠다.

"어디 가?"

그가 다그치듯 묻는다. 여전히 귀에 휴대전화를 붙인 채로. 어째 눈빛이 더욱 사나워졌다고 생각하며 태영은 삐뚜름하게 중얼거렸다.

"집에 가지 어디 가요? 이 시간에."

"집으로 가겠다고?"

"네."

너무도 당연하다는 듯한 태영의 답을 듣는 순간, 신후는 격렬한 분노와 깊은 절망을 동시에 느꼈다. 그는 심히도 험악하게 인상을 썼다. 그리고 아무것도 모르는 양 맑게 반짝이는 태영의 눈망울을 들여다보았다.

그녀는 정말로 아무것도 모르는 것일까? 집 앞에 누가 있는지 전혀?

방금 전, 신후는 전화로 백 실장으로부터 한정현의 동향을 보고받았다. 하루 종일 사무실에 처박혀 일만 하던 그가 지금 이 시각, 태영의 집 앞에서 그녀를 기다리고 있다고 했다. 하필 태영이 혼자서 귀가하겠다고 발언한 직후에 이런 보고라니…….

신후는 태영의 목을 졸라서라도 진실을 알아내고 싶었다. 그녀가 한정현과 만나기로 약속했는지. 언제부터 자신의 눈을 피해 그런 작당을 해왔는지. 자신 몰래 놈을 만나 무슨 짓을 하려 하는지.

　[나중에 다시 전화드릴까요?]

　휴대폰 속에서 백 실장이 조심스럽게 질문을 던졌다. 신후는 천천히 숨을 가다듬었다. 흥분해서 일을 그르치지 않도록 마음을 다스렸다. 차근차근 생각을 정리했다.

　"제가 다시 하죠."

　신후는 지시 전까지 대기하라는 의미의 짧은 메시지를 백 실장에게 던지고 통화를 갈무리했다. 이렇게 된 이상, 류태영의 민낯은 자신이 직접 확인하는 수밖에 없었다. 그는 태영에게 씹어뱉듯한마디를 떨어뜨리고는 출입문을 향해 돌진하듯 걷기 시작했다.

　"가지."

　"정말 자리를 떠도 돼요? 사람들이 엄청 아쉬워하던데."

　신후가 운전대를 잡자마자 태영은 걱정스러운 듯 물었다.

　"당신과 만나려고 모임에 참석한 사람들이, 거짓말 않고 진짜 거의 한 트럭은 될 거예요. 당신이 없으니 그 사람들도 남아 있을 이유가 없겠죠. 조만간 손님들이 썰물처럼 빠져나갈 텐데 어떡하죠? 모임의 주최자가 날 원망하면. 나 때문에 일찍 빠져나온 거잖아요. 그냥 다시 돌아갈까요?"

　"……."

　"사실 아까는 엄청 피곤했는데 지금은 괜찮아졌거든요. 기분이 훨씬 나아졌어요."

　"그렇군."

　덤덤하게 중얼거리는 신후의 눈빛은 한층 어두웠다. 확실히 태영은 아까보다 훨씬 좋아 보였다. 단순히 기분이 나아졌다고 말하기엔 너무 밝고 즐거운 모습. 혼란스럽지 않을 수 없었다. 이런 건 밀회를 들키기 일보 직전인 여자가 보일 수 있는 반응이 아니니까.

"아까는 왜 기분이 안 좋았지?"

"네?"

"피곤해서 못 참겠다며. 누가 피곤하게 했어? 혼자 있을 때 무슨 일 있었나?"

"아아, 그게…… 별거 아니에요."

태영은 새까만 눈동자를 이리 굴리고 저리 굴리며 망설이더니, 마침내 결심했다는 듯 넙죽 답을 내놓았다. 말할까 말까 치열하게 고민하다 말하지 말아야겠다고 결론 내린 듯.

신후는 눈매를 가늘게 좁히고서 마냥 즐거워 보이는, 그래서 몹시도 수상쩍은 태영을 응시했다. 잠시 생각해 보았다. 한정현과의 비밀스러운 접촉 때문이 아니라면 류태영이 대체 무엇 때문에 집에 가겠다고 우겼던 것일까. 정말로 단지 피곤해서였나?

"저……."

그가 곰곰이 생각할 때 태영이 쭈뼛쭈뼛 입을 열었다.

"이건 내 개인적인 의견인데요. 절대로 간섭이나 월권할 생각은 없으니까 오해하지 말고 들어주세요."

"오해?"

"어…… 저기 그러니까, 고연주 변호사님이오."

"고 변호사?"

"꼭 그분이어야 되는 게 아니라면, 다른 사람이라도 상관없다면 말이에요. 그럼 담당 변호사를 교체할 수 있어요?"

"고 변호사랑 무슨 일 있었어?"

"아아아니요! 아니에요, 절대로 그런 거 아니에요. 그냥 좀⋯⋯."

태영은 화들짝 놀라 고개를 마구 가로젓더니만 이내 고개를 수그렸다. 말끝을 흐리며 기운 없는 얼굴로 작게 한숨을 내쉬었다. 류태영답지 않은 소심한 태도에 신후는 눈살을 찌푸렸다. 태영은 적극적으로 자신의 생각을 드러내는 편도 아니지만, 하고 싶은 말을 못 해 끙끙 앓는 스타일도 아니었다.

"고 변호사가 불편하게 해?"

"그런 것도 아니고⋯⋯."

"고 변호사는 업계 최고의 변호사야. 2년 전부터 내가 한국에서 추진 중인 사업의 모든 법적 문제를 검토해 주고 있지. 지금으로선 딱히 변호사를 바꾸고 싶지 않은데."

"아, 네, 그렇군요."

예상했던 반응이라는 듯 태영은 별다른 반박 없이 곧장 수긍했다. 그러고선 또다시 에휴, 하고 한숨을 내쉰다. 입술을 쀼루퉁 내밀고서 불만 가득한 표정을 지었다. 신후의 호기심은 눈덩이처럼 커져 갔다. 대체 태영이 무슨 생각을 하는지 궁금해 죽을 것 같았다.

"한 가지만 물어볼게요."

그가 본격적으로 따져 물어봐야겠다고 마음먹은 찰나였다. 태영이 고개를 다시 신후에게로 휙 돌리더니 이번에는 아주 도전적으로 물었다.

"혹시 그 여자랑 예전에 사귀었던 사이예요?"

"그 여자?"

"고연주 변호사님 말이에요."

"고 변호사……?"

"예쁘잖아요. 능력도 출중하고. 그만하면 지성과 미모를 겸비한 완벽한 분이죠. 남자라면 백퍼 혹할 것 같은데. 당신도 남자고, 그러니까 당신 눈에도 고 변호사님이 예뻤을 테고, 그럼 일하다가 눈이 맞을 수도 있죠. 선남선녀끼리 사귀지 말라는 법 없잖아요……."

득달같이 묻던 기세는 어디 가고, 태영은 말을 하면 할수록 민망해지는지 우물쭈물 웅얼거렸다. 눈동자를 또르르 저쪽으로 굴린다. 아랫입술을 초조하게 깨물며 서서히 붉어지는 볼에 바람을 넣었다, 뺐다 반복했다.

신후의 시선이 저절로 아래로 뚝 떨어졌다.

핑크빛 립스틱이 곱게 칠해진 태영의 입술을 물끄러미 바라보자, 그 입술이 어떤 맛이었는지 컴퓨터처럼 정확하게 떠올랐다. 얼마나 쫄깃쫄깃하고 탐스러운 감촉이었는지, 부드럽게 혹은 거칠게 빨아들였을 때 얼마나 짜릿했는지도.

"그건 그렇지."

허스키해진 목소리로 신후는 아무렇게나 중얼거렸다. 몸이 급격히 단단해짐을 느꼈다. 본능의 노예가 욕구를 드러내고 서서히 이성을 집어삼킬 채비를 했다. 그것도 모르고, 태영은 향긋한 내음으로 그의 후각을 적시며 상체를 불쑥 내밀었다.

"고 변호사님이랑 사귀었어요? 정말? 진짜?"

"......"

"정말로 두 사람이 그렇고 그런 사이였다고요?"

태영은 굉장히 놀란 듯했다. 겉으로는 '당연히 그랬겠지'라는 듯 굴었지만 속으로는 상상도 못했던 듯 그녀의 두 눈이 휘둥그레 떠졌다. 당장이라도 또르르 굴러 떨어질 것만 같아 신후는 웃음을 흘리지 않을 수가 없었다.

"아아, 그랬구나, 진짜 사귀었구나……."

태영은 얼이 쏙 빠진 사람처럼 멍하게 중얼거리더니 의자 등받이에 털썩 몸을 기대었다. 푹푹 한숨도 내쉰다. 앞으로 어떻게 해야 할지 모르겠다는 듯 고개를 살래살래 가로젓고, 눈동자를 이리저리 굴려대었다. 신후는 태영의 붉고 선정적인 입술에, 안전벨트 때문에 봉긋이 강조된 가슴에, 살짝 드러난 새하얀 허벅지에 식욕을 느끼지 않기 위해 안간힘을 쓰며 물었다.

"기분이 나빠?"

"……조금요. 좋진 않아요."

"......"

"이게 다 뭔가 싶어요. 뭐라고 말해야 할지 모르겠어요. 당신이 과거에 다른 사람을 만났다는 게 잘잘못을 따질 일은 아니잖아요. 우리 둘 다 성인 남녀이니만큼 너무나 자연스러운 일이죠."

"그렇지."

"아는데도 기분이 묘하네요. 막연히 누군가와 사귀었구나 생각하는 거랑, 내 눈으로 직접 그 상대를 확인하는 건 차원이 다른 문제 같아요. 후자 쪽이 훨씬 기분 착잡해요. 근데 두 사람, 왜 헤어졌어요?"

"그게 왜 궁금해?"

"그냥요. 헤어졌는데도 찰떡궁합 이뤄가며 일하는 경우 흔하지 않잖아요. 난 처음 봐요. '일적으로 이렇게 좋은 관계를 유지할 수 있으면서 왜 남녀관계로는 안 되는 걸까? 둘이 참 잘 어울리는데' 뭐, 이런 생각도 들고. '내가 지금 기분 나빠해야 하는 건가? 쿨하게 넘겨야 하나?' 하는 생각도 들고. 머리가 복잡해요."

"질투해?"

신후는 조잘조잘 횡설수설 정리되지 않은 태영의 생각을 참을성 있게 들어주더니 간단명료하게 핵심을 짚었다. 정곡에 찔린 태영은 펄쩍 뛰었다.

"아니거든요! 질투는 무슨 질투? 나, 그렇게 촌스런 사람 아니에요. 보기보다 얼마나 프리한데요. 이 상황 다 이해해요. 오해 같은 거 절대 하지 않아요. 요즘, 일은 일이고 사생활은 사생활이라는 거잖아요. 공과 사를 명확하게 구분하는 당신이기에 이렇듯 헤어진 옛 애인과도 아무렇지 않게 일할 수 있는 거죠."

"내가 다른 여자와 입을 맞추고, 밤새 야한 짓을 했다고 생각해도 질투가 안 나?"

"그럼요! 사귈 때 그런 건데요, 뭐. 질투 안 해요. 나 진짜 쿨한 사람이라고요."

"그래?"

"당신이 사귀던 여자가 어디 한둘이었겠어요? 나조차도 새끼손가락 마주 걸고 신랑 신부 하자고 꼭꼭 약속했던 늘푸른 유치원, 사랑반 김정민까지 합하면 무려 다섯 명이랑 사귀었는데. 당신은 더 많겠죠. 그 많은 여자들과 손만 잡고 연애하지 않았으리란 것

쯤은 나도 알아요. 비록 난 남자친구와 키스까지만 했지만. 어리석었던 것 같아요. 순결이 뭐 그리 대수라고. 누구처럼 그냥 막 즐길걸."

"질투가 아니라고 우길 셈이라면 조심하는 게 좋겠어. 지금 너, 꽤 질투하는 것처럼 보이거든."

"아니라니까요! 진짜 그런 거 아니라고요!"

제 발이 저려 태영은 즉각 발끈했다. 질투 같은 건 하고 싶지 않았으니까. 과거에 얽매는 촌스러운 여자이고 싶지 않았다. 남자친구의 연애 전력쯤 대범하게 이해하고 넘어가는, 획기적이고 현대적인 사고방식의 여자이고 싶었다. 그게 이신후의 여자다운 반응이라고 생각했다.

"난 정말, 으읏……!"

강력하게 발뺌하려는 태영의 입술이 순간, 낭만적인 무언가에 의해 틀어 막히고 말았다. 말캉말캉한 살덩이가 입안 가득 침입해 들어왔다. 목구멍 끝까지 쳐들어왔다.

숨을 쉴 수 없을 만큼 달콤한, 뼈가 녹아날 듯이 부드러운, 그의 혀가 그녀의 입속을 나른하게 유영하기 시작했다.

태영은 숨을 헐떡였다. 다급하게 속삭였던 것도 같다. 여기서 이러면 안 될 것 같다고. 누가 보면 큰일이라고. 하나 신후는 거침없는 키스를 멈추지 않았다. 그는 브레이크가 고장 난 상태였고, 그녀는 그의 키스 앞에서 무기력했다. 태영은 폭우처럼 쏟아지는 키스에 몸을 맡기었다.

정신이 아득해진 나머지 그녀는 자신이 얼마나 오랫동안 헐떡였는지, 얼마나 간절히 신음하며 그의 손길을 구걸했는지 알 수 없었다. 다만 레버가 젖혀지고 조수석 등받이가 뒤로 넘어가기 직전, 귓전에 나직이 울리던 그의 속삭임만 뚜렷이 인지했을 따름이었다.

"이거 한 가지만 기억해, 류태영. 난 내 직원과는 사적인 관계를 맺지 않아. 전에도, 지금도, 앞으로도 쭉 그럴 거야."

"나 어때요? 엉망이죠?"

신후가 집 앞에 차를 세우고 조수석 도어를 열어주자 태영은 가쁘게 숨을 몰아쉬며 물었다. 그가 운전하는 동안 흐트러진 옷매무새와 머리 모양 등을 꼼꼼히 손보았지만, 아무리 노력해도 처음만큼 단정해지지 않았다. 머리핀을 꽂았다 뽑았다 해도, 립스틱을 발랐다 지웠다 해봐도, 어딘지 잔뜩 흐트러져 보였다.

가장 끔찍한 건 원피스.

얌전하고 고상했던 원래의 디자인이 지금은 가슴 근처가 뻥 뚫린 야시시한 스타일이 되어버렸다. 욕구가 남다르신 남자친구의 거친 손놀림에 단추 두어 개가 어딘가로 날아가 버렸기 때문이다. 그가 재킷을 빌려주는 배려를 베풀었지만, 그의 재킷을 걸치고 집에 들어가는 게 더 이상해 보일 듯해 외려 걱정이었다.

"엉망인데, 예뻐."

그가 그답지 않게 간지러운 말을 아무렇지도 않게 툭 내뱉었다. 태영은 '입에 발린 말은 믿지 않음'의 뜻으로 입술을 삐쭉하고서 가볍게 눈을 흘기며 차에서 내렸다.

쿵. 등 뒤에서 무겁게 자동차 도어가 닫혔다.

태영은 깊게 숨을 내쉬고는 다시금 옷매무새를 정돈했다. 머리카락 삐져나온 데는 없는지, 옷자락이 들춰진 곳은 없는지, 퉁퉁 부어오른 입술은 좀 어떤지, 주섬주섬 매만지며 점검했다. 특별히 걸리는 부분이 없다고 생각되었을 때에야 빙그르르 뒤를 돌아 그와 정면으로 마주했다.

"이제 들어가 볼게요. 데려다줘서 고마워요."

"미안."

"음?"

난데없는 사과에 태영은 눈을 훌쩍 떴다.

"미안하다고. 갑자기 거기서 그런 거. 난감하게 할 생각은 없었어."

"아아."

난 또 뭐라고. 혼잣말을 웅얼거리고서 태영은 피식 웃음을 흘리고 말았다.

자신이 암호 같은 이신후의 말을 찰떡같이 알아먹은 것도, 이신후가 고작 그것 때문에 사과한 것도, 괜히 간질간질하게 느껴져서 저절로 헤벌쭉 웃음이 나왔다. 그는 공공장소에서 카섹스에 버금가는 뜨겁고 외설스러운 짓을 한 게 못내 죄스러운 모양이었지만. 그녀는 딱히 싫지 않았었다.

뭐 조금 당황스럽긴 했지만.

마음 같아서는 사실대로 솔직하게 '그 정도쯤 감당할 자신 있고, 조금은 취향이기도 해요'라고 폭탄선언 하고 싶었으나 일단은 참았다. 혹시라도 그가 자신을 가벼운 여자라고 생각하면 큰일이니까. 대신 점잖은 말투와 인자한 미소로 '난 너그러우니 당신의 실수를 사하여 주겠노라'의 뜻을 전했다.

"괜찮아요. 다음부터 안 그러면 되죠."

"자신 없는데. 네가 자꾸 유혹하는 바람에 시간이 갈수록 참는 게 힘들어지고 있어."

세상 낯간지러운 소릴 참으로 덤덤하게도 말하며 신후도 빙긋, 마주 웃어준다.

"내가요? 유혹을 했다고요? 당신을? 말도 안 돼. 내가 언제요? 농담하지 말아요. 난 태어나서 지금껏 누군가를 유혹해 본 역사가 없는 여자라고요. 그쪽으로는 아주 타고났어요. 젬병이로."

"젬병이?"

"끼 부릴 줄 모른다고요. 난 너무 뻣뻣해요. 융통성도 없고 까다롭기만 하지, 애교라고는 쥐뿔만큼도 없대요. 매사에 진지해서 노잼에다가 입만 열었다 하면 선생질이라 피곤한 스타일이라나 뭐라나. 혼자 고고한 척 재수도 없고, 결혼하면 왠지 공주처럼 떠받들고 살아야 할 것 같아서 만날 엄두가 안 난다네요."

"누가 그래?"

"나를 아는 모든 남자 사람 친구들이요. 내가 짝사랑에 일가견이 좀 있거든요. 초등학교 때부터 고백하고 차여본 경험이 많아요. 차인 이유도 갖가지고요. 친구들이 말하길, 내가 남자를 유혹하는 능력이 결여되어서 자꾸 차이는 거랬어요. 인정! 그쪽으론 무재능인 거 맞아요. 난 누굴 유혹할 주제가 못 돼요. 당신을 유혹했다는 주장은 새빨간 모략이라고요."

"글쎄, 네가 날 유혹하지 않음으로써 유혹한 건지도 모르지."

"뭐라고요?"

"네가 날 유혹하지 않아서, 내가 네게 유혹당했다는 거야."

"그게 대체 무슨 말이에요?"

"네가 날 유혹했다는 말."

뭐래니. 누가 유혹하고 누가 유혹당했다는 거니.

무슨 소리인지 도무지 알 수가 없어서 태영은 양미간을 찡그린 채 빤히 그를 바라보았다.

그는 바지 주머니에 양손을 집어넣고서 그윽한 시선으로 그녀를 내려다보고 있었다. 운치 있는 가로등 불빛과 은은한 달빛을 받은 그는 순정만화를 찢고 나온 남자 주인공처럼 근사했다. 가슴이 두근두근 쿵쿵 뛸 정도로. 태영은 욱신거려 오는 아랫배를 지그시 조이며 까칠하게 입을 열었다.

"고 변호사님 문제는 재고해 주었으면 좋겠어요. 당신 일에 이러쿵저러쿵 오지랖쟁이 노릇하고 싶지는 않지만 아무리 생각해도 별로예요. 당신과 고 변호사가 한 사무실에서 일하는 거 싫어요. 마음에 걸려요."

"고 변호사의 어디가 그렇게 마음에 안 들어?"

"전체적으로 다요. 일단, 고 변호사님이 날 안 좋아해요. 당신한테 어울리지 않는다고 생각하는 것 같아요. 어떻게 당신과 약혼까지 하게 됐는지 의아해하더군요. 그리고 날 무척 경계했어요. 자기 밥그릇 빼앗길까 봐 전전긍긍하는 강아지처럼. 이신후라는 남자에 대한 권리를 일정 부분 인정받길 바라는 건 아닌가, 뭐, 그런 생각까지 들었어요."

"그랬을 리가. 우린 지난 2년간 사무적인 관계였을 뿐인데."

"당신한테는 속마음을 숨겼겠죠. 그래야 오래오래 당신 곁에 있을 수 있다고 생각할 테니까."

"너 정말 질투 아닌 거 확실해?"

"모르겠어요. 질투일 수도 있겠죠. 아닐 수도 있고. 확실하게 말할 수 있는 건, 난 당신을 믿는다는 거예요. 다른 사람은 몰라도 당신만큼은 나 몰래 다른 여자랑 바람피우지 않을 거라고 생각해요. 하지만 유감스럽게도 고 변호사님은 못 믿겠어요."

"도대체 두 사람 사이에 무슨 대화가 오고 간 거지? 궁금해 돌아가시기 전에 말해주면 안 될까?"

"별로 언급하고 싶지 않아요. 떠올리는 것만으로도 불쾌해요. 괜히 뒷말하는 것 같아서 찜찜하기도 하고요. 기분 조금 상했다고 어린애처럼 쪼르르 달려와 당신한테 이르는 것 같아서, 그것도 걸리고요."

"고 변호사가 너더러 어린애 같대?"

"묻지 말라니까요! 고자질하기 싫다고요."

"……."

"어떡하실 거예요? 내가 이렇게 신경 쓰인다는데도, 고 변호사님을 계속 옆에 두실 거예요?"

가당찮게 짜증을 좀 부려보았다. 애인의 회사 직원까지 질투하면서 갑질하는 진상이 되고 싶지는 않았지만. 백번 되새겨 봐도 고연주를 그냥 두는 건 문젯거리를 방기하는 꼴이었다. 앞에서 착실하게 신뢰를 쌓고 뒤로는 호박씨 까는 여자를 뭘 믿고 이신후의 옆에 두나? 무슨 수를 써서든 내보내야지.

"알았어. 생각해 볼게."

절대 물러서지 않겠노라 굳게 다짐하며 두 눈을 부릅뜨는데, 이 신후가 의외로 선선히 고개를 끄덕였다. 태영은 깜짝 놀라 재차 그의 뜻을 확인했다.

"정말이에요? 정말로 고 변호사님을 내보낼 거예요?"

"지금 당장은 안 돼. 현재 프로젝트가 마무리 단계에 들어갔고, 한창 복잡한 법률 검토 작업이 진행 중이라서. 고 변호사가 빠지면 곤란해. 대신 한두 달 내로 일이 마무리되면 그때는 내보내도록 할게."

"정말이죠? 약속했어요?"

"응."

"……근데 이상하네."

"뭐가?"

"누군가가 그러더라고요. 이신후는 누구의 말도 안 듣는다고. 그래서 내 말도 안 들어줄 줄 알았어요."

"나도 누군가가 그러던데. 남자는 평생 세 명의 여자를 따라야 인생길이 편안하다고. 어머니, 여자친구, 내비게이션 아가씨."

"풋! 그런 유치한 아재 개그는 또 어디서 주워들었어? 정말 다섯 살 때 이후 한국에 처음 온 거 맞아요? 아무리 생각해도 다섯 살 때 배운 것만으로는 지금처럼 한국말을 잘할 수가 없을 것 같은데. 교포치곤 발음이나 어휘력이 너무 좋거든요. 어떨 땐 나보다도 더 한국말을 잘하는 것 같아. 당신과 대화하면서 한 번도 불편함을 느낀 적이 없어요."

"미국에서도 어머니와는 쭉 한국말로 대화해서 그래."

"아하! 어머님께서 애국자셨구나?"

"한국을 그리워하셨어. 언제나. 입버릇처럼 언젠가는 꼭 한국으로 돌아가자고 말씀하시곤 했지. 그분께 미국은…… 그저 고통이었던 것 같아."

"아아……."

신후의 어머니 얘기가 나오자 분위기는 갑자기 숙연해졌다. 그녀가 아이와 단둘이 머나먼 이국땅에 도착한 후 어떤 일들을 겪었는지, 얼마나 끔찍한 시간들을 보내야만 했는지가 떠오르니 태영의 입가에 머물러 있던 미소가 저절로 사라졌다.

며칠 전 인터넷에서 겨우 찾아낸 16년 전 신문 기사 한 토막이 생각났다.

〈양아버지 살해 혐의 니콜라스 젠슨, 5살 때부터 가정폭력에 시달려. 어머니 한 씨도 오랜 세월 폭행당한 새로운 정황 드러나…….〉

미국 전역을 떠들썩하게 만들었을 사건이니만큼 한국에도 조금쯤은 알려지지 않았을까 싶어 뒤지고 또 뒤져서 나온 결과물이었다.

신문은 이민자의 자녀인 열여덟 살 니콜라스가 10여 년간 양아버지로부터 극심한 학대를 받아왔고, 정당방위 차원에서 그를 죽이기 직전까지도 가혹한 매질을 당했다고 서술했다. 경찰 증언에 따르면, 현장 도착 당시 니콜라스는 피투성이로 쓰러진 어머니 한 씨를 꼭 끌어안고 있었다고 했다. 의식불명이었던 한 씨는 곧장 병원으로 옮겨졌지만 끝내 회복하지 못하고 그대로 숨을 거두었다.

"저어, 그럼 난 이만 들어가 볼게요."

"……."

"근데 우리 언제 또 봐요?"

아차 할 새도 없이 불쑥 질문을 던져 놓고 태영은 뒤늦게 실수를 깨달았다. 철딱서니 없게 이런 분위기에 이런 질문이 웬 말인가. 불행하게 살다가 돌아가신 어머니 얘기 도중에 다음 데이트 일정을 묻는 무신경은 대체 어디서 배워먹은 센스냐고요.

태영은 미간을 가운데로 팍 접고 아랫입술을 질끈 깨묾으로써 자신의 못 배워먹음을 벌하였다. 신후가 실없이 웃음을 터트린 것은 바로 그때였다. 그는 꿀이 뚝뚝 떨어지는 눈으로 그녀를 바라보며 나긋나긋 따스한 목소리로 중얼거렸다.

"아쉽게도 이번 주는 내내 바빠. 주말쯤 시간이 날 것 같아."

"사흘이나 못 보겠네요."

"전화할게."

그가 달래듯 말하고는 엄지로 그녀의 찡그린 미간을 부드럽게 문질렀다. 얼굴 찌푸리지 말라는 듯. 그녀는 웃는 게 예쁘다는 듯. 자신에겐 언제나 웃어주길 바란다는 듯.

순간 태영의 가슴 한복판이 지진 난 듯 우지끈 무너졌다.

마음 깊은 곳으로부터 아릿한 통증이 올라왔다. 심장이 쿵쾅쿵쾅 킹콩의 발자국처럼 세차게 흔들렸고, 아랫배 근처에는 뜨거운 감각들이 똘똘 뭉쳐 눈덩이처럼 커져 갔다. 그날 그때, 그가 슬픈 눈으로 자신의 얘길 덤덤하게 풀어내었을 때부터 생겨난 특이반응이었다.

동정심인지 애정인지.

그날 이후, 신후가 이렇게 바라보면, 이렇게 속삭이면, 심쿵해져 버린다. 마음이 약해져 버린다. 그녀가 당연히 떠날 거라고 생각한 듯, 어차피 떠날 거면 미적거리지 말고 떠나라는 듯, 부끄러운 과거와 추악한 진실들을 가감 없이 털어내는 그가 가슴에 박혀 버린 모양이었다.

정이란 게 참 무섭지 싶다.

"언제 전화해 줄 건데요? 내일? 내일모레?"

없는 사랑스러움을 꾹꾹 쥐어짜 최대한 애교스럽게 물어보았다. 뭐. 그래 봤자 3無(무신경, 무뚝뚝, 무덤덤)의 남자, 이신후가 똑같이 반응해 줄 리는 만무하지만.

"오늘. 이따 할게. 씻고 쉬고 있으면."

예상대로 덤덤하게 대답하고서 신후는 상체를 기울여 그녀의 입술에 쪽 하고 입을 맞추었다.

태영은 충동적으로 덥석 그의 목을 끌어안았다. 매달리다시피 몸을 그에게 밀착시키고 입술을 거세게 밀어붙였다. 놀란 신후가 균형을 잃고 쓰러질 뻔했다. 그의 등이 그녀의 집 담벼락에 부딪치고, 태영은 그의 품에 덮치듯 안겨들었다. 그는 쏟아지는 그녀의 숨결을, 따뜻함을, 달콤함을 속수무책으로 받아들일 수밖에 없었다.

그녀의 입술은 가히 천국이었다.

"기다릴게요."

한참 만에 입술을 뗀 태영이 귀엽게 숨을 할짝거리며 속삭였다. 수줍고도 수줍은, 그래서 더욱 사랑스러운 속삭임이었다. 안 그래도 추악한, 짐승처럼 커져만 가는 그의 욕망을 속절없이 키우는.

신후는 당장 그녀의 옷가지를 찢고, 날씬한 허벅지를 벌리어 붉고 축축한 꿀샘의 깊은 곳까지 들어가고 싶은 충동을 느꼈다. 곧 추선 발기체(勃起體)를 그녀의 가장 안쪽까지 박고 싶었다. 움찔거리는 통로 한가운데에서 숨 막히기 직전까지 목 졸리고 싶었다. 뿌리 끝까지 넣었다가 머리 끄트머리까지 빼내어 그녀를 애걸하게 만들고 싶었다. 더 깊이 넣어달라고, 더 오래 머물러 달라고, 더 뜨겁게 씨 뿌려달라고, 그녀가 간청하며 신음하게 하고 싶었다.

"너무 오래 기다리게 하지 마요."

태영이 안쓰러울 정도로 한껏 불룩해진 그의 정중앙을 가볍게 움켜쥐었다가 놓으며 히죽, 순진하고 사랑스럽게 눈웃음쳤다.

신후는 그대로 멎어버렸다.

아무 말도 할 수가 없었다. 그저 입을 벌린 채 넋을 놓는 것밖에는.

그가 얼빠진 얼굴로 우두커니 서 있는 사이, 태영은 그의 입술에 잔인하리만치 달콤한 감촉을 쪽, 사뿐히 내려두었다. 그리고 살랑살랑 손을 흔들며 대문 안으로 쏙 들어가 버렸다.

신후는 그 자리에 못 박혔다. 한동안 움직이질 못했다. 멍하게, 여자에게 입술을 빼앗긴 건 처음이라는 생각을 했다. 자신은 언제 어디서든, 어떤 일에서든, 주도권을 놓치는 법이 없었다는 생각도 했다. 그에게 이런 일은 있을 수 없는 일이었다. 어느 누구에게도 이런 주제넘은 짓을 허락하지 않았다.

이번 일은 그러니까, 류태영만의 특권이었다. 그가 허락한 유일한 여자에게 주어진 특권.

"어쩌지? 류태영."

신후는 조그맣게 중얼거렸다.

"점점 놓치기 싫어지는데."

그때, 그의 질문에 대답하듯 이층 창문에 불이 들어왔다.

그녀의 방이었다.

인형처럼 작은 그림자가 커튼 너머에서 어른거렸다. 아무래도 예쁜 인형은 남자친구가 집 앞에 있는지 없는지 궁금한 모양이었다. 작은 고개를 이리 기웃, 저리 기웃하더니만 이내 호기심을 참지 못하고 조심스럽게 커튼을 들추었다. 노오란 커튼 사이로 천사 같은 얼굴이 쏙 고개를 내밀었다.

그리고 마침내 그의 어두운 마음에도 불이 켜졌다.

내키지 않은 불이…….

신후에게는 가장 공포스러운 일이었다.

제9장 혼돈 속 기다림

"이씨, 빌어먹을!"

한정현은 이신후의 슈퍼카가 골목 반대편으로 사라지자 욕설을 터트렸다. 태영을 만나려고 집 앞에서 무려 두 시간이나 기다렸는 데. 하필 그녀가 이신후와 함께 등장할 줄이야!

일이 점점 꼬이고 있었다.

때를 기다리며 태영에게 의심과 불신을 주입하면 의외의 신승 을 거둘 것이라 쉽게 생각했는데, 예측이 완전히 빗나가 버렸다. 설마 했던 게 패착이다. 누가 알았겠나. 류태영처럼 고지식한 여 자가 이신후 같은 악마에게 빠져들 줄. 정현은 방금 전 목격한 광 경을 떠올리며 인상을 찌푸렸다.

류태영이 이신후에게 미소 짓고, 종알종알 얘기하고, 달려들어 키스했다. 자신과 만나는 동안에는 대체적으로 차분하고 조용했던, 심지어는 늘 약간씩은 경직돼 있던 류태영이 이신후 앞에서는 너무나도 자연스럽고 쾌활해 보였다. 경직함 따위 찾아볼 수조차 없었다.

정현은 심히도 낯선 태영의 모습에 충격을 받고 말았다. 그동안에는 류태영이 순진해서 소극적으로 구는 것이라 생각했었는데…….

이제는 알겠다. 류태영이 순진했던 게 아니라는 것도, 소극적이지 않다는 것도. 그녀는 그동안 자신의 본모습을 감추고 있었던 거다.

"아무래도 좋아. 어차피 나도 진심이 아니었으니까."

악의적으로 중얼거리며 한정현은 콘솔 박스에서 뒹구는 자신의 휴대전화를 집었다. 태영의 전화번호를 빠르게 찍었다. 신호가 가기 시작하자 그는 주문을 외듯 중얼거렸다.

"받아라, 받아. 받으라고."

초조한 마음을 달래기 위해 다리를 쉴 새 없이 흔들었지만 효과는 제로였다. 신호음이 반복될수록 정현의 표정은 일그러졌고 숨소리는 거칠어졌다. 그리고 마침내 '고객님께서 전화를 받을 수 없어―' 하고 통신사 안내 멘트가 흘러나오자 그는 또다시 욕설을 터트리고 말았다.

"도대체 뭐 하는 거야? 왜 전활 안 받아? 메시지는 대체 본 거야, 만 거야?"

정현은 온갖 짜증을 부리며 문자메시지 창을 열었다. 태영에게로 지난 일주일 동안 하루도 빼놓지 않고 보냈던 메시지 내역들이 주르륵 떴다. 날이면 날마다 이신후를 가까이 해서는 안 되는 이유, 놈이 저지른 만행, 엉큼한 계획 등을 적은 장문의 메시지를 날려 보냈지만. 무슨 이유에서인지 태영은 한 번도 답장을 해준 적이 없었다. 다른 여러 SNS 채널을 이용해 접근을 시도했지만 3개월 전에 이미 차단당한 터이라 불가능. 어쩔 수 없이 그는 휴대폰 문자메시지에 매달릴 수밖에 없었다.

'설마 이 번호도 차단한 건가?'

하지만 그는 새 번호로 보낸 첫 번째 메시지에 아주 강력한 사실을 적시했었다. 이신후가 계획적으로 접근했다는 증거를 잡았다고. 아무리 놈에게 푹 빠졌다지만 설마 그것까지 무시했을까? 놈을 좋아하게 되었다면 더더욱 궁금하지 않았을까?

"이상해. 누군가가 방해하는 게 틀림없어."

정현은 이를 악물고 지난 일주일간 그랬듯 다시금 차근차근 메시지를 찍어 내려갔다.

「태영아. 지금 집 앞이야. 잠깐 나와. 이신후에 대해 할 말이 있어. 네가 꼭 알아야 할 얘기야. 부탁이니 제발 나와줘.」

보내기 버튼을 누르고 답신을 기다렸다. 손톱을 잘근잘근 깨물며 초조하게 다리를 들썩였다. 태영의 방 창문을 노려보며 한참을 기다렸지만 불행히도 답은 역시 없었다. 밖으로 나와보지도 않았다. 화가 치밀었지만 달리 방법이 없었다.

"이제 진짜 어떡하지?"

류태영과 이신후가 결합하는 건 시간문제였다. 둘의 혼인은 정현이 영영 돌아갈 곳을 잃게 됨을 의미했다. 결코 일어나서는 안 될 일이었다.

사채 빚이 눈덩이처럼 불어나 기획실장의 쥐꼬리만 한 월급만으로는 도저히 감당할 수 없는 지경에 이르렀다. 소프트웨어 개발 프로젝트를 진행하면서 투자금의 일부를 빼돌려 상당액을 상환할 수 있었으나, 아직도 남아 있는 빚이 억대였다. 게다가 지금은 프로젝트에서 밀려난 탓에 돈을 빼돌릴 유일한 방법도 막혀 버렸다.

이제 남은 방법은 하나뿐이었다. 어떻게든 태영의 마음을 되돌려 태성의 주인이 되는 것.

"솔직히 나만 한 적임자도 없잖아. 이신후? 뭘 알고나 좋아해! 그놈은 〈태성〉에 아무 관심도 없다고. 놈이 노리는 건 주식 장사란 말이야. 〈태성〉의 몸집을 부풀려 주가를 한껏 올린 다음, 기술을 노리는 외국 기업에 몽땅 팔아먹을 속셈이란 말이지."

그거라면 대략 설명이 가능하다. 〈태성〉과는 아무 연고가 없던 이신후가 '왜!' 부도 위기의 회사를 구하고 헐값의 주식을 싹쓸이 매입했는지.

"네 아버지는 또 어떻고? 〈태성〉이 이렇게 못 나가는 이유가 누구 때문일 것 같냐? 판단력 제로에 배짱마저 없는 바로 네 아버지 때문이잖아. 딱 공장장 수준밖에 안 되는 영감탱이가 사장이랍시고 회사를 좌지우지하니 〈태성〉이 만날 요 모양 요 꼴인 것 아니냐고!"

정현은 신경질적으로 고래고래 고함을 쳐 대며 분을 삭였다. 아무리 생각해도 〈태성〉에게 필요한 인재는 자신이었다. 어려서부터 1등을 놓치지 않았던 수재. 수능 석차 전국 상위 1프로. 서울대 공과대학을 수석으로 입학하고 졸업한 재원. IT업계 최고의 기업에서 특채하려 했으나 용의 꼬리보다는 뱀의 머리가 되겠다는 일념으로 〈태성〉에 입사, 승승장구 승진하여 젊은 나이에 기획실장 자리에까지 오른 능력자!

자신이 아니면 누가 〈태성〉을 세계적 기업으로 키우겠나.

정현은 들끓는 울화를 간신히 잠재우고 다시금 휴대폰을 집었다. 태영의 전화번호를 누르며 불안한 목소리로 중얼거렸다.

"난 너를 구해주려는 거야, 류태영."

이신후에게서 너를 구하고 〈태성〉을 차지할 거야. 꼭.

그러니 제발 전화를 받아. 제발.

어서!

그날 밤, 신후에게서는 전화가 오지 않았다.

다음날도. 또 그다음 날도.

신후가 전화해서 '잘 자'라든지 '벌써 보고 싶어'와 같은 달달한 말을 해줄 것이라고 기대했던 태영은 실망감을 감추지 못했다. 그러면서도 사정이 있겠지, 엄청 바쁜 걸 거야, 주말 시간을 빼려고 정신없이 일하는 중이겠지, 등등 혼자 스스로를 위로하며 묵묵히 주말까지 기다렸다. 고새를 못 참고 쪼르르 먼저 연락하는 건 여자로서 자존심 상하는 일이었으니까.

하지만 주말이 닥쳤는데도 아무 연락이 없자 슬슬 걱정이 되기 시작했다. 어디 아픈 걸까? 회사에 무슨 일이 생겼나? 머릿속에 온갖 안 좋은 상상의 나래가 펼쳐지자 태영은 결국 직접 전화를 걸어보기로 결심했다.

[여보세요.]

신호가 간 지 한참 만에 통화가 연결되었다. 당황스럽게도 전화를 받은 이는 신후가 아니었다.

"백 실장님?"

[그렇습니다. 무슨 용건이시죠?]

"아아."

말문이 막혔다. 이신후의 가신이랄 수 있는 비서실장에게서 이런 요구를 받을 거라고는 예상하지 못했으니까. 전화는 주인인 이신후가 받을 거라고 생각했다. 신후와는 언제라도 연락할 수 있는 각별한 사이라고 생각했다. 용건 없이도 그냥, 예의 차릴 필요 없이 아무 때나 전화하고 받을 수 있는 관계. 그만큼 가까운 사이.

아니었나?

"신후 씨가 연락해 주기로 했거든요."

당황스러운 마음을 겨우 추스르고 태영은 차분히 입을 열었다.

"주말쯤 만나자고 했었는데 감감무소식이어서요. 혹시 무슨 일이 생긴 건가 걱정되어……."

[그러셨군요.]

"무슨 일 있어요? 어디 아파요? 회사에 문제라도 생겼나요?"

[아닙니다.]

"그럼 왜 전화를 직접 안 받아요? 지금 자리에 안 계셔요?"

[그렇습니다.]

"출장 갔어요? 혹시 저번에 미룬 출장인가요? 너무 갑자기 떠나서 연락할 틈도 없었던 거예요?"

[대표님께서는 당분간은 출장 일정이 없으십니다.]

"그럼 도대체 왜……?"

이해가 되지 않았다. 급한 일이 생긴 것도, 아픈 것도, 출장을 떠난 것도 아닌데 왜 전화를 받지 않은 건지. 백 실장이 전화를 대신 받은 게 아무래도 꺼림칙하다. 항상 친절했던 그가 이렇듯 무뚝뚝하게 답하는 것도 낯설다. 애초에 약속을 칼같이 지키는 이신후가 전화 약속을 지키지 않은 것부터가 이상했다.

설마, 일부러 피하는 것일까?

[대표님께서는 현재 업무 중이시라 전화를 받으실 수 없습니다.]

"그 업무가 언제쯤 끝나는데요? 아무리 일벌레라도 쉬지 않고 일하지는 않을 거 아니에요."

[……기다리시지 않는 게 좋을 것 같습니다. 대표님께서는 이제 류태영 씨께 연락하지 않으실 겁니다.]

한동안 씁쓸한 침묵을 지키던 백 실장이 마지막으로 건넨 말.

기다리지 말라고?

태영은 일순 할 말을 잃어버렸다. 아무리 바보라도 백 실장의 말이 그리 단순하지만은 않다는 걸 알 것이다. 연락하지 않겠다는 건 관계를 끊겠다는 뜻이었다. 헤어지자는 말, 일방적인 이별 통보인 셈이었다.

뭔가 뭔지 하나도 모르겠다고 생각했다. 어디서부터 뭐가 잘못되었는지, 자신이 무슨 잘못을 했기에 이런 일을 벌어지는지 모르겠다고. 태영은 아무리 생각해도 이유를 알 수가 없었다. 그저 표백되어 버린 듯 새하얘진 머릿속에 '왜?'라는 말만 둥실둥실 떠다

녔다.

이틀 전, 수업 도중 강의실 안까지 쳐들어와 진상을 부리던 정현의 목소리가 생생히 떠올랐다.

"이 멍청아! 내가 이러는 게 왜일 것 같니? 너를 아끼니까, 네가 잘 못될까 봐 이러는 거야! 이신후를 믿지 마. 그놈은 나쁜 놈이라고."

설마…….
아닐 것이다. 신후가 했던 말과 행동들이 모두 거짓일 리 없다.
그는 그녀를 첫눈에 반했다고 했다. 그녀를 미치도록 원한다고 했다. 도망치지 못하게 영원히 가두고 싶다고 말했다. 그거 사랑 아닌가? 한 남자가 한 여자를 첫눈에 반해 미치도록 원한다는데, 영원히 갖고 싶다는데. 그게 사랑이 아니고 뭐란 말인가?

"넌 그 말을 믿니? 이신후는 거짓말쟁이야! 위선자라고. 입만 열면 거짓을 말하는 사기꾼 새끼란 말이야!"

정현의 목소리인지, 자기 자신의 내면의 목소리인지 모를 꾸짖음이 또다시 들려왔다. 태영은 양쪽 귀를 세차게 틀어막았다. 스멀스멀 올라오는 눈물을 가까스로 참으며 입술을 깨물었다.
이신후는 거짓말쟁이가 아니라고, 그는 나를 사랑한다고, 미친 듯이 부인하고 우겼다. 하지만 아무리 몸부림쳐도 너무도 생생히 떠오르는 정현과의 대화를 막을 수는 없었다.

"내가 지금 나 좋자고 이러는 것 같니? 아까도 말했지만 난 네가 걱정되어서 이러는 거야."

"오빠가 날 걱정할 자격 있어? 나한테 제일 아픈 상처를 준 사람이 오빠야. 주제를 알아! 대체 왜 자꾸 찾아오는데? 무슨 할 말이 있다고."

"너 진짜 내가 보낸 문자메시지 못 받았구나?"

"당연하지! 전화번호를 차단했는데."

"다른 번호로 다시 보냈어. 하루에도 몇 통씩! 합하면 수십 통은 될 거다."

"다른 번호? 수십 통씩이나?"

정현은 대화 초반부터 이해할 수 없는 말을 지껄였다. 자신이 새 전화번호로 문자메시지를 수십 통이나 보냈는데 그녀가 답장을 주지 않았다고 했다. 태영은 메시지를 받은 사실이 없었다.

"내가 아주 놀라운 사실을 알아냈단 말이야. 그 자식이 작정하고 우리 사이를 이간질했다는 증거! 내가 이걸 네게 알리려고 얼마나 노력했는지 알아? 메시지에 답장은 없지, 네 부모님 뵐 면목이 없으니 집으로는 찾아가지도 못하고. 답답해 죽는 줄 알았다."

"이간질을 했다니 그게 무슨 말이야?"

"그날 아침, 은수와 내가 호텔에서 나오는 사진을 네게 배달한 사람. 누군지 알아?"

"누군데?"

"이신후."

"뭐라고?"

"최은수와 이신후가 짜고 친 고스톱이었다고. 이신후가 흥신소 직원을 고용해서 은수와 내 사진을 찍었단 말이야. 은수는 당연히 그 사실을 알고 있었어. 이신후의 사주를 받아 날 유혹한 거거든. 둘은 공범이야."

"무슨 헛소리야? 오빠 그게 말이 된다고 생각해? 나랑 신후 씨가 처음 만난 건 오빠랑 헤어진 직후였어. 사건의 전후가 전혀 안 맞는다고."

"모르는 사이인데도 너한테 그런 짓을 했으니 작정하고 붙었다는 거지. 정신 차려, 류태영! 이건 음모라고. 우린 이신후와 최은수가 짜놓은 덫에 걸려든 거라니까. 진상을 밝혀야 한단 말이야."

"정신 차려야 할 사람은 내가 아니라 오빠야! 진짜 내가 이런 말까지는 안 하려고 했는데. 오빠 진짜 너무한다. 왜 가만히 있는 은수까지 끌어들여? 은수가 뭣 때문에 신후 씨랑 이런 일을 벌여? 두 사람이 아무 접점도 없는데. 모르는 사람과 무슨 음모를 꾸몄다는 거야?"

"믿고 싶지 않은 네 심정은 이해해. 하지만 태영아, 은수는 이미 진실을 실토했어. 이거 다 은수가 진술한 말이라고."

"뭐어?"

"은수가 얘기했다고. 이신후가 자길 매수했다고. 그 당시 이신후는 이미 널 알고 있었대."

정현이 지껄인 말은 처음부터 끝까지 황당무계했다. 도대체가 알지도 못하는 사람들의 관계를 파투 내기 위해, 알지도 못하는 사람들끼리 공모했다는 게 말이 되나. 심지어 신후에게는 그런 짓을 벌일 동기도, 명분도 없었다. 너무 얼토당토하지 않은 말들이라 태영은 하나도 믿지 않았다. 정현이 자신의 죄를 희석시키기 위해 억지를 부리는 것이라고 결론짓고 깨끗이 잊어버렸다.

한데……

이렇게 되면 얘기는 아주 많이 달라진다. 그가 정말로 은수와 공모했는지의 여부가 궁금해졌다. 했다면 그 이유가 뭔지, 그 일로 얻으려던 게 무엇이고, 그리도 공들여 짜놓은 판을 왜 갑자기 뒤집고 관계의 종말을 선언한 것인지, 묻지 않을 수가 없었다.

소파를 박차고 침실로 향했다. 아무래도 오늘 밤은 경주에 머물러야겠다고 생각하며 태영은 빠르게 외출할 차비에 나섰다.

한밤중에서야 경주에 도착했다.

무작정 시외버스를 잡아타고 예까지 오는 동안, 이곳저곳 수소문해 은수가 머무는 곳을 알아냈다. 그녀는 면 단위의 시골, 본가가 아닌 시내의 어느 허름한 아파트에서 지내고 있었다. 초라한 외관의 작은 서민 아파트를 쳐다보며 태영은 은수가 왜 이런 곳에서 사는지 모르겠다고 생각했다.

서울에서는 평수는 작지만 강남에서 제법 비싼 오피스텔에서 살았던 은수였다. 일류 기업에 다니는 높은 연봉의 능력자답게 뭐든 최고만을 고집했고, 그래서 친구들 사이에서도 '통 큰 멋쟁이'로 불리었다. 아무리 직장을 그만두고 내려왔다지만 이런 집에서 사는 최은수는 도무지 상상이 되지 않았다.

띵동— 띵동—

벨을 누르자 문이 열렸다. 유난히 얼굴빛이 어둡고 초췌한 은수가 곧장 모습을 드러냈다. 그녀는 한밤중 낮도깨비처럼 등장한 태영이 놀랍지도 않은지 무덤덤한 얼굴로 환영의 말을 건넸다.

"어서 와."

"……."

"안 들어올 거야?"

은수는 들어오지 않고 뭐 하냐는 듯 현관문을 넓게 열어젖혔다. 문전박대까지는 아니더라도 '여긴 어떻게 알고 찾아왔어?' 혹은 '왜 왔니?' 와 같은 반응을 예상했던 태영은 당황할 수밖에 없었다. 은수를 따라 집안으로 들어서며 물었다.

"내가 여기 올 거란 거 알고 있었어?"

"대충은. 정현 오빠 찾아갔을 때부터 이렇게 될 거라는 거 알았어. 그 인간이 너한테 내 얘길 안 할 리 없잖아? 집이 좀 누추하다! 가진 돈이 많지 않아서. 여기가 시내에선 월세가 제일 싸거든."

"……."

"집이 비좁아서 소파도 못 놨어. 거기 아무 데나 앉아. 차 뭐 마실래? 녹차, 커피, 감귤차 있는데."

"아무거나."

중얼거리고서 거실 한복판에 깔린 매트에 조심스럽게 엉덩이를 붙이고 앉았다.

아파트의 내부는 지저분한 외관과는 달리 꽤 산뜻했다. 핑크와 옐로우 계열의 커튼, 희고 그로시한 가구들이 밝고 화사한 분위기를 연출하고 있었다. 티브이 화면에서는 은수가 평소 즐겨보던 연애물 미드가 재생되고 있었고, 작은 거실장 위에는 그녀가 수집하는 '테디 베어' 곰 인형들이 줄지어 놓여 있었다.

태영은 저도 모르게 빙그레 미소를 지었다. 돈이 없어도 은수는 은수구나, 역시 은수답다 싶었다. 은수가 은수답다는 게 왠지 마음이 놓였다. 이건 또 무슨 심리인지, 자신의 마음이지만 태영도 정확히 알 수가 없었다.

믿었던 친구의 배신이었기에 너무 힘들었고, 그만큼 죽도록 미워했던 친구였기에 도저히 용서할 수가 없는데. 그 마음과는 별도로 은수가 불행해지는 건 달갑지 않았다. 은수가 어디서든 당당하게, 은수답게 잘살았으면 좋겠다.

"콜록콜록!"

은수가 주방에서 걸걸한 기침을 해대었다.

'목감기인가.'

실내에 가습기가 돌아가고 있었다. 은수의 낯빛이 어두웠던 게 생각났다. 피부도 전보다 까칠해진 것 같았다. 어처구니없게도 그녀가 걱정되었다.

"끼니는…… 제대로 챙겨 먹고 있니?"

"나? 걱정 마. 영양제까지 잘 챙겨 먹고 있으니까. 나보다는 네가 더 핼쑥해 보이는데?"

은수다운 조금은 뻔뻔스러운 대답에 태영은 괜한 걱정을 했구나, 생각했다. 오지랖도 넓지. 약혼자랑 바람피운 친구가 뭐가 예쁘다고 걱정해 주는 건가. 이렇게 맹탕으로 사니 사람들이 만만하게 보고 뒤통수치지. 한숨을 거하게 내쉬며 하릴없이 방 안을 쭈욱 둘러보았다.

뜻밖의 물건을 발견한 건 바로 그때였다.

자그마한 스탠드 책장 위에 아기 신발이 놓여 있었다. 투명 비닐 포장을 뜯지 않은 딸랑이도.

"……!"

"봤구나."

쇼크 먹은 얼굴로 아기 신발을 쳐다보고 있을 때, 쟁반을 손에
든 은수가 다가와 맞은편에 앉았다. 그녀가 애지중지했던 브리티
시 찻잔에 샛노란 음료가 찰랑거리고 있었다. 감귤 내음이 좁은
공간을 휘돌아 찼다.

태영은 기막힌 얼굴로 은수를 돌아보았다.

시선이 저절로 아래로 떨어졌다. 아직은 홀쭉한 아랫배. 하지만
전에는 기겁하며 싫어했던 일자형 박시 원피스를 차려입고 있었
다. 얼어붙었던 머리가 빠르게 돌아가기 시작했다.

은수의 갑작스런 퇴직과 귀향, 연락 두절, 은둔.

설마 그 모든 게……?

"걱정 마. 영양제까지 잘 챙겨 먹고 있으니까."

임산부가 꼭 챙겨 먹어야 하는 엽산제나 철분제였던 거야. 태영
은 턱턱 막히는 숨을 어떻게든 쉬어보려고 노력하며 가까스로 물
었다.

"정현 오빠 아이야?"

"응."

"오빠도 알고 있어?"

"그거 말하러 찾아갔던 거야. 끝까지 말하지 않으려고 했는데.
점점 아기 낳을 날이 다가오니 마음이 약해지더라고. 결혼이나 양

육비는 바라지 않고, 그냥 아빠라는 걸 인정해 주기만 해달라고 부탁했어."

"끝까지 비밀로 할 생각이었다고? 너 제정신이니? 아무리 정현 오빠가 나쁜 놈이라지만 아이 아빠로서의 권리를 박탈해서는 안 되지. 게다가 뭐? 양육비는 바라지 않아? 미쳤니? 왜 임신에 대한 책임을 너 혼자 지려고 하는데? 두 사람 사이에서 생긴 아이야. 공동의 책임이라고."

"그 공동 책임자 한정현이 지우라고 하더라. 이 아이."

"뭐?"

너무도 뜻밖의 말에 태영은 두 눈을 부릅떴다. 기가 막혔다. 아무리 저질 쓰레기라도 어떻게 그런 잔인한 말을 할 수가? 어떻게 이미 잉태된 아이를 지우라고 하나. 원치 않은 아이, 실수의 결과물이라고 해도 결국은 자신의 실수, 자신의 핏줄 아닌가?

실수를 저질렀으면 책임을 져야지. 그게 사람의 도리지.

도저히 용서할 수 없는 발언이었다.

"넌 놀랍겠지만 나로서는 예상했던 반응이야."

태영과는 달리 은수는 침착했다. 정현이 책임질 거라는 기대는 전혀 하지 않았던 듯.

"처음부터 그럴 거라고 생각했었어. 그래서 끝까지 비밀로 할 생각이었던 거야. 미혼모 되지 않으려고 남자 발목 잡는 여자, 딱 질색이거든. 그런 여자가 될 생각은 추호도 없어. 어떻게든 내가 오롯이 감당할 생각이었어. 여기까지 혼자 내려왔을 때 그만한 각오도 없었을까."

"그래도……."

"나, 이곳에서 아이 낳고 정착할 거야. 내 스펙과 경력이면 중소기업쯤은 충분히 들어가. 벌써 내년부터 일하기로 얘기된 곳도 있어. 혼자서 육아와 일을 병행하는 거, 좀 힘들지는 모르겠지만 이겨낼 거야. 자신 있어. 아빠의 빈자리가 느껴지지 않을 만큼 듬뿍 사랑해 줄 거야."

"회사를 그만둔 것도 임신 때문이었니?"

"내가 왜 그 잘난 회사를 그만뒀겠니? 미혼으로서 임신한 게 알려지면 곤란해지니까 그랬지. 사람들 눈을 언제까지나 속일 수는 없잖아. 감당할 수 없을 때까지 기다렸다가 그만두는 것보다 일찍 관두는 게 모양 빠지지 않을 것 같더라."

"하지만 은수야."

"겨우 그딴 걸로 힘들게 들어간 회사를 그만뒀냐, 그러고도 네가 여성주의자냐, 사람들의 불공정한 시선과 싸워보지도 않고 어떻게 그리 쉽게 포기하냐, 비난해도 할 말 없어. 나도 남의 얘기였을 땐 똑같이 말했을 테니까."

"……"

"내 얘기가 되니까 사정이 달라지더라. 나만 생각할 수는 없었어. 우리 아기가 뱃속에서나마 추잡한 소문을 듣게 하고 싶지 않았어. 사람들이 나더러 난잡한 여자라고 손가락질하는 건 참을 수 있겠는데, 내 자식더러 그 어미의 그 자식이라고 손가락질하는 건 못 참겠더라."

"부모님은 뭐라셔?"

"우리 부모님이 사정을 아시겠니? 아셨다면 나 이렇게 못 있지. 중절당하고 머리 깎이고 집 안에 가둬졌을 거야."

"말씀 안 드렸어? 아무것도?"

"알잖아, 우리 부모님 꽉 막힌 거. 아직도 조선시대 마인드라서 여자는 조신하게 있다가 시집가는 게 최고 팔자라고 생각하시는 분들이야. 서울로 대학 간다고 했을 때, 나 머리채까지 잡혔잖아. 부모님 고집 꺾고 부득부득 상경한 딸이 몸 버리고 임신까지 해서 귀향했다고 하면, 그분들 거품 물고 쓰러지신다."

"그래도……!"

"당분간은 얘기 안 할 거야. 아직도 서울에서 회사 잘 다니는 것으로 알고 계셔. 애기 낳고 몸 추스른 후에 천천히 알리려고. 차 마셔, 향이 참 좋아."

은수는 가슴 무너지는 처절한 얘길 아무렇지도 않은 듯 말하고 차를 권했다. 슬퍼지는 마음을 단단히 추스르며 태영은 손을 뻗었다. 두 눈을 내리깔고 찻잔을 움켜쥐었다. 하지만 잔을 들어 올리지는 못했다. 손끝이 파르르 떨렸다.

"이신후 씨 때문에 왔지?"

딸각. 겨우 손톱만큼 들어 올린 찻잔이 제자리로 떨어졌다.

태영은 천천히 고개를 들었다. 임신했어도 여전히 품위 있고 균형 잡힌 모습으로 차를 마시던 은수도 눈을 들었다. 그녀는 태영의 눈에 가득 담긴 두려움을 물끄러미 바라보았다.

"어디서부터 얘기해 줄까?"

"……다."

기운이 빠진 듯 어깨를 축 늘어뜨리며 태영은 중얼거렸다.

"처음부터 끝까지 다 알고 싶어."

"이제 와서 불가능하다니, 그게 책임자가 할 소립니까? 지난달까지 아무 문제 없이 승인될 거라던 당국의 입장이 왜 갑자기 바뀌었다는 겁니까?"

신경질적으로 머리카락을 긁어 올리며 신후는 휴대전화에 대고 거의 으르렁거리듯 윽박질렀다. 직전에 전화를 걸어온 ㈜월드프라임 인터내셔널의 한국 지사장 하태욱이 프로젝트의 좌초 위기를 알렸기 때문이었다.

"환경단체의 보고서는 전에도 있었습니다. 그게 문제가 될 수 있다는 건 우리 모두가 알고 있었어요. 그런 어쭙잖은 핑계 대지 말고 어떻게든 승인을 받아낼 방법을 강구해야 하는 거 아닙니까? 그게 프로젝트의 책임자가 할 일 아니에요? 내가 세세한 방침까지 일일이 지시해야 해요?"

[하지만 대표님…….]

정신이 반쯤 나간 듯 하태욱은 더듬더듬 '승인을 받아낼 방법이 공식적으로는 없음'을 읊었다. 그는 이신후 대표의 유래 없는 분노에 잔뜩 긴장해 있었다.

"그놈의 돈!"

쾅!

신후는 주저리주저리 이어지는 하태욱의 말을 가로막으며 주먹으로 책상을 내려쳤다. 인내심이 지구 맨틀을 뚫고 빠르게 핵으로 돌진해 갔다. 일이 이렇게 되도록 아무 대처도 못한, 월급만 축내는 것들을 모조리 잘라 버리고 싶었다. 자신의 앞을 가로막는 것들은 사그리 쓸어내 치워 버리고 싶었다. 그게 사람이든 뭐든 다.

"원하는 대로 꽂아주세요! 사람의 마음도 돈으로 사는데, 그깟 사업 승인 정도야. 수일 내로 환경단체 수뇌부와 접촉하십시오. 허 장관은 내가 만나보도록 하죠. 저쪽에서 제시하는 금액이 너무 터무니없지만 않으면 받아들이세요. 저들이 원하는 만큼 충분히 먹여놓으면, 그땐 우리 뜻대로 하게 해주겠죠."

[하지만 그건 그동안 대표님께서 고수했던 합법성과는 거리가 먼……]

"합법성은 제기랄!"

눈치 없이 지껄이는 하태욱을 향해 거침없이 일갈할 때였다. 언제 들어왔는지, 책상 위에 에스프레소 잔을 내려놓던 서산댁이 흠칫 놀라며 숨을 들이켰다. 그녀가 이런 모습 생전 처음이라는 듯 휘둥그레진 눈으로 그를 바라보았다. 신후는 주먹을 힘껏 틀어쥐며 이를 악물었다.

"이젠 그렇게 일 안 합니다."

끓어오르는 화를 참으며 꽉 다물린 잇새로 쇳소리를 중얼거렸다.

"세상에 정의란 게 있습니까?"

충동적으로 덧붙이고 신후는 전화를 뚝 끊었다. 묵직한 휴대폰을 책상 위에 아무렇게나 던지듯 내려놓았다.

후욱, 거친 숨을 몰아쉬며 상체를 숙였다. 양손으로 머리카락을 쥐고 고개를 책상에 박았다. 눈을 감은 채 지긋지긋한 두통이 사라지기를 가만히 기다리는데, 욱신거리는 두개골에 주저하는 듯

한 서산댁의 목소리가 떨어졌다.

"저기요, 사장님."

아직 있었나? 멍하게 생각하며 고개를 들었다. 눈앞에 서산댁이 쟁반을 가슴에 품은 채 멀뚱하니 서 있었다. 무언가가 못마땅한 표정이었다. 방금 전의 그런 일을 겪고도 그녀는 그가 무섭지 않은 모양이었다.

난 내가 무서운데…….

"무슨 할 말이라도?"

"이런 말, 해도 되는지 모르겠는데. 여자한테는 그냥 좀 져 줘요. 그래도 돼요."

"……네?"

"남자들은 안 그러겠지만 여자들은 사소한 것에 예민하거든요. 좋아하는 사람끼리 싸우면 뭐 해? 별거 아닌 것에는 그냥 양보하는 게 낫지. 뭐, 요즘 젊은 아가씨들은 '우리 여자들도 논리적인 대화와 소통이 가능하니 무작정 져 주는 건 여자를 무시하는 거다' 라고 하지만. 오래 살고 겪어본 나 같은 아줌마 생각에는, 남자는 그냥 무조건적으로다가 여자 말을 듣는 게 좋아."

"……"

"오죽하면 한국 속담에 여자의 말을 들으면 자다가도 떡이 나온다, 하는 말이 있을까. 가만. 속담은 아닌가? 암튼 지는 게 속 편한 거예요. 지금도 봐! 며칠째 잠도 못 자고 힘들잖아요."

"아주머니."

"어렵지도 않아. 그냥 전화해서 무조건 미안하다고 해요. 아니면 직접 꽃다발 같은 것을 들고 찾아가든지. 여자들, 말로는 절대 용서 안 해준다하지만 그거 다 허풍이야. 지금 그 아가씨도 눈이 빠져라 연락 기다리고 있을걸. 남녀 사이에서는 먼저 미안하다고 하는 게 이기는 거예요."

"그만 나가주시겠습니까?"

그가 무척이나 정중하게 부탁의 말을 건넸다. 말투는 예의 발랐지만 명백한 불쾌감의 표시였다. 아무리 곱게 포장해도 그 속뜻이 '고용인이면 고용인답게 주인의 사생활에 관여하지 말라' 임을 부정할 수는 없었다.

서산댁은 곧장 얼굴을 붉혔다. 민망한 듯 산만하게 '바쁘신데 괜히 시간을 뺏었다' 는 둥, '나 같은 사람이 한 말은 그냥 흘려들어라' 는 둥 주저리주저리 잔소리를 늘어놓으며 서재를 나섰다.

그는 서산댁 말대로 류태영에 관한 모든 말들을 귓등으로 흘리기 위해 집중했다. 하지만 서산댁이 문을 닫기 직전까지 꿍얼거리자 도저히 참을 수가 없게 되었다.

"어디 가서 그만한 아가씨도 못 찾겠구만 왜 저런대. 자존심이 뭐기에."

"……."

신후는 어금니를 굳게 사리물었다. 손에 쥔 에스프레소 잔을 아무 데나 내동댕이치고 싶은 충동이 핏속을 쾌속 질주했다. 책상 위에 놓인 물건, 노트북, 만년필, 중요한 서류들과 책들을 죄다 쓸어버리고 싶었다. 다 찢고 불태우고 싶었다. 유리를 깨고 책장을 뒤엎고, 문짝을 뜯어내고 벽을 깨부수고 싶은 폭력에의 욕구가 들썩거렸다.

자신이 왜 이러는지 모르겠다고 생각했다. 아니. 왜 이러는지는 알았지만, 그걸 도무지 납득할 수가 없었다. 자신이 아직도 류태영을 원한다는 사실이 죽을 만큼 싫었다. 고작 며칠 그녀의 목소리를 못 들었을 뿐인데 이토록 심각한 금단현상을 느끼는 자신이 죽이고 싶을 정도로 못마땅했다.

그는 류태영을 끊어내야만 했다. 누군가에게 감정을 품는 건 어리석은 짓이니까. 한 여자를 사랑하고 그 여자에게 자기 자신을 바치는 건 미친 짓이니까.

애초에 그가 류태영에게 접근한 건 사랑의 존재를 부인하기 위해서였다. 한정현을 사랑하는 태영이 마음에 들지 않았다. 신후의 일생에서는 눈을 씻고 찾아봐도 찾을 수 없었던 사랑을, 자격도 없는 놈이 받고 있는 게 싫었다. 인정하기 싫지만 한정현을 질투했다. 류태영도 질투했다. 제 영혼에 사랑이란 감정이 남아 있는, 그래서 누군가를 사랑할 줄 아는 모든 사람들을 질투했다.

그런 의미에서, 태영을 제 여자로 만든 건 다분히 파괴적인 행위였다. 그는 그녀의 마음속에서 사랑이란 감정을 사그리 죽이고자 했다. 그럴 계획으로 그녀에게 접근했고, 무난히 성공할 수 있으리라 예상했다. 그녀에게 되치기를 당하게 될 줄은 꿈에도 몰랐었다.

그는 누구도 사랑하고 싶지 않았다. 사랑은 그나마 남은 그의 영혼의 마지막 조각마저 파괴할 것이기에.

'그녀를 버려. 잔인하게. 그것만이 네가 살 길이야.'

신후는 뇌리를 스치는 류태영의 미소, 류태영의 한숨, 류태영의 체취, 류태영의 느낌을 미친 듯이 억누르며 주먹을 꽉 쥐었다.

에스프레소 잔은 정말로 한참 만에 제자리에 내려앉을 수 있었다. 조용히 아무 일도 없었던 듯. 그러나 그날도 신후는 서류와 씨름하며 밤을 지새워야 했다.

제10장 진실의 무게

　"이신후 씨를 처음 본 건 작년 가을이었어. 네가 정현 오빠랑 파티에 참석한다는 걸 알고, 회사의 담당 부서 직원을 구워삶아 초대장을 받아내서 나도 참석했었지. 비록 너한테는 우연인 척 굴었지만. 거기에 그 사람도 왔더라."

　"작년 가을?"

　은수의 얘기를 듣다가 태영은 눈살을 찌푸렸다. 문득 떠오르는 게 있었다. 2주일 전, 신후와의 저녁 식사 도중 걸려왔던 정현의 전화. 그는 놀라운 사실을 알아냈다며 말했었다.

　[그 파티 너도 기억하지? 사람들이 우리더러 언제 결혼하느냐고 물으면서 짓궂게 굴었잖아. 그 파티에 세상에! 이신후도 참석했더라고.]

그때는 정현이 별 시답잖은 것으로 호들갑을 떤다고 생각했었다. 그 비즈니스 파티는 IT업계에서 내로라하는 사람들이 대부분 참석했던 꽤 규모 있는 파티였고, 그랬던 만큼 인지도와 영향력 면에서 전혀 밀리지 않는 이신후가 참석하는 건 너무도 당연한 것이라고 생각했으니까.

한데 이신후와 은수가 거기서 만났었어?

그때부터 알고 있었다고?

"알다시피 이신후 씨는 존재감이 강한 사람이잖아. 잘난 외향부터 눈에 보이지 않는 영향력과 남다른 카리스마까지, 첫눈에 대단한 사람이라는 걸 알겠더라. 눈길이 갔어. 정현 오빠에게 빠져 있을 때였는데도, 나도 모르게 그 사람을 관찰하게 되더라. 그러다가 알게 됐지. 그 사람이 널 지켜본다는 걸."

"신후 씨가 날 지켜봤다고?"

"겉으론 다른 사람들과 얘기도 나누고 술도 마시면서 파티 분위기를 즐기는 것 같았지만. 맞아, 그 사람은 너한테서 눈을 떼지 못했어. 네 옆에 엄연히 약혼자가 있는데도."

"……."

"꽤 인상적이었어. 시간이 흐른 후에 그 사람이 날 찾아왔을 때 단박에 알아볼 만큼. 날 만나자마자 다짜고짜 말하더라? 내가 원하는 걸 갖게 해주겠다고."

"네가 원하는 거? 그게 뭔데?"

"나도 그렇게 물었어. 내가 원하는 걸 알지도 못하면서 어떻게 갖게 해주겠냐고. 단도직입적인 사람답게 돌려 말하지 않더라. 나한테 자기 계획을 설명하고 함께하길 제안했어."

"정말 신후 씨가 네게 정현 오빠 유혹하라고 했다고? 그런 짓을 계획한 게 정말로 그 사람이란 말이야?"

믿을 수 없는 진실을 확인하고 태영은 눈을 감았다. 머리가 띵해졌다. 심장이 벌떡거렸다. 행복하다고 믿었던 현실이 지옥으로 변해 버린 그날, 그 아침의 일이 생생히 떠올랐다.

퀵으로 배달된 선명한 사진들, 그것이 가리키는 진실……

약혼자와 친구의 배신을 알게 된 그 순간부터 태영의 삶은 엉망진창이 되었다. 한데 그 추악한 사건이 이신후의 기획하에 벌어진 일이라니! 진창 속에서 처참하게 구르는 그녀를 구원해 준 그가, 그녀가 처한 험한 상황들을 하나씩 해결하고 짓뭉개질 대로 짓뭉개진 그녀의 여성적 자아를 회복시킨 그가, 사실은 원인제공자였다니!

태영은 도저히 믿을 수가 없었다.

"이신후 씨가 시켜서 억지로 한 일이라고는 말하지 않을게. 아무리 이기적이고 못된 계집애라도 내 잘못을 다른 사람에게 미루는 무책임한 짓은 안 해. 내가 정말 착한 애였다면, 너한테 어울리는 바른 친구였다면, 그런 제안을 받고도 흔들리지 않았겠지. 하지만 난 그렇게 못했어. 이제는 퇴색된 핑계지만, 나로선 그럴 수밖에 없었어. 난 정현 오빠를 너무 갖고 싶었거든."

"나는? 내 생각은 요만큼도 안 했니? 그런 짓을 저지르기 전에, 내가 얼마나 힘들어할지 한 번도 생각해 보지 않았어?"

"왜 안 했겠니. 해봤지. 너한테 못할 짓이라고 생각했어. 죄책감도 들더라. 상당 시일 고통받을 거라 생각하니 마음이 적지 않게 아팠어."

"그런데?"

"그 고통의 결과가 이신후라면 괜찮지 않을까 싶었어."

"뭐?"

"그 사람이 어떤 사람인지 파티에 참석한 사람들한테 들었어. 세계적으로 성공한 기업의 오너이자 로비스트라더라. 그런 대단한 사람이 널 마음에 두었다고 생각하니 놀라웠어. 부럽기도 하고. 정현 오빠를 빼앗는 게 궁극적으론 널 위하는 길이란 생각마저 들었어."

"난 그때 정현 오빠의 약혼녀였어! 아무리 정현 오빠보다 더 대단한 남자가 날 좋아한대도 그렇지. 어떻게 친구의 약혼자를 빼앗는 게 날 위하는 일이라고 생각할 수 있어?"

"……"

"네가 내 입장이라면 좋았겠니? 무능한 약혼자를 떼어줘서 고맙다고? 넌 그렇게 쉽게 마음이 변해? 조건 좋은 사람이 나타나면 언제라도 갈아타? 너한텐 그게 사랑이야?"

너무 절망스러운 나머지 태영은 울먹이며 마구 몰아붙였다. 은수가 야속했다. 마치 '정현을 잃었지만 더 잘난 신후를 얻었으니 된 거 아니니?' 라는 듯 구는 은수가 너무 미웠다. 어떻게 자신에게 그런 짓을 해놓고 이렇듯 뻔뻔하게 굴 수 있을까? 속상해서 눈물이 났다.

"하지만 넌 사랑 아니었잖아. 아버지께서 만나라니까 그냥 만난 사이 아니야?"

눈물 한 방울 주르르 흘리는 태영을 응시하며 은수가 중얼거렸다. 태영은 황망히 되물었다.

"뭐라고?"

"나쁘지 않으니까 거부하지 않았던 것뿐, 넌 정현 오빠를 사랑하지 않았어. 정현 오빠도 마찬가지였고. 서로 사랑하지도 않은, 이익과 정략에 매인 불쌍한 위선자들을 갈라놓은 게 그렇게 잘못한 거니?"

"최은수!"

"알아. 이런 변명, 씨알도 안 먹힌다는 거. 평생 용서받을 수 없는 짓을 저질렀다는 거. 아무리 갖고 싶더라도 남의 남자 넘보면 안 된다는 거. 하지만……."

죄책감이라곤 터럭만큼도 느끼지 않는 듯 시종일관 냉정하던 은수가 문득 말끝을 흐렸다. 흐트러짐 하나 없이 꼿꼿했던 그녀의 자세가 눈에 띄게 흔들렸다. 직진하던 그녀의 시선도, 고요하던 호흡도 불안해졌다. 한참 동안 그렇게 말문을 잇지 못한 채 그녀는 감정을 컨트롤하고 있었다.

"정말 죽을 만큼 갖고 싶었어."

은수는 고해성사하듯 속마음을 털어놓으며 기어이 굵은 눈물방울을 떨어뜨렸다.

"정현 오빠 가질 수만 있다면 다른 건 어떻게 되어도 상관없었어. 세상이 뒤집혀도 괜찮겠더라. 내 현실적, 정신적 기반이 와해되어도 오빠만 곁에 있어준다면 견딜 수 있을 것 같았어. 그땐 그럴 것 같았어, 태영아. 어리석게도."

"바보 같은 계집애."

"내가 오빨 유혹해도, 그래서 내 남자로 만들어도, 너한테는 더 멋진 남자가 있으니까 괜찮을 거라고 생각했어. 이신후가 한정현

보다 훨씬 부자고 잘나가니까, 결과적으로 내 행동은 네게 더 나은 기회를 주는 것이라고 멋대로 자기변명 했지."

"······."

"그래야만 했어. 내 정신 건강을 위해서라도 저질스럽고 부당한 내 행동에 당위성을 부여해야만 했거든. 예쁘고 정당한 행위로 포장해야만 살 것 같았어."

"그래서?"

태영은 목구멍까지 차오르는 회한을 누르며 물었다.

마음이 너무 복잡했다. 아무리 지독한 최루성 드라마를 봐도 유치하다며 눈물 한 방울 흘리지 않던 은수가 소리도 없이 뚝뚝, 참회의 눈물을 흘리는 것을 보니 가슴이 미어졌다. 아직도 이렇게 서운하고 미운데. 정말로 미워서 죽겠는데. 한편으론 허락되지 않은 남자를 사랑할 수밖에 없었던 은수가, 떨리는 목소리에서 전해지는 그녀의 숱한 고뇌가 너무 안쓰러웠다.

"그래서 넌 지금 뭐 하는데? 한정현을 가질 수만 있다면 세상이 뒤집혀도 괜찮다면서. 그래서 친구를 배신하는 짓까지 저질렀으면서. 근데 여기서 뭐 하니? 너 왜 이렇게 사는데?"

"······."

"임신하면 평소보다 더 잘 먹고 잘 자야 하잖아. 남편 사랑받으면서 좋은 것만 먹고, 좋은 것만 봐야 하잖아. 한데 부모님을 코앞에 두고도 뵐질 못하고. 친구들과는 죄다 연락 끊겨서 감기가 걸렸는데도 누구 하나 걱정해 주는 사람도 없고. 대체 왜 이렇게 사는데? 날 그렇게 힘들게 해놓고서 대체 여기서 혼자 뭐 하는 건데!"

터지는 울음을 참지 못하고 태영은 펑펑 눈물을 흘리며 외쳤다. 차라리 최은수답게 깃발 날리며 살고 있었더라면 좋았을걸. 뻔뻔스럽게 차지한 남자랑 알콩달콩하게 살고 있었더라면 이렇게까지 속상하지는 않았을 것이다.

정말 너무나 마음이 아프다. 어떻게 인생을 통째로 걸었던 남자가 고작 한정현이니? 화려했던 최은수가 고작 그깟 남자 때문에 어떻게 이렇게 추락할 수 있어?

"벌 받은 거지."

닭똥 같은 눈물을 뚝뚝 흘리는 태영을 향해 은수는 슬픈 미소를 지었다.

"미안하다, 태영아. 이런 못난 친구라서. 정말 미안해."

"……미친 계집애……."

태영이 비난의 말을 중얼거리자 은수의 미소가 더욱 깊어졌다. 애잔한 그 미소가 금세 흐릿해졌다. 아무리 떨궈도 계속해서 차오르는 눈물을 손으로 닦아내며 태영은 아예 엉엉 목을 놓아버렸다.

스러져 가는 그녀를 먼저 끌어안은 이는 은수였다. 힘든 일이 있을 때 늘 그랬듯 든든한 맏언니처럼 은수가 태영을 안아주었다.

그 순간이었던 것 같다. 싸울 의지를 잃어버린 건. 은수를 미워했던 증오의 동력이 눈 녹듯 사라져 버렸다.

다음날 서울은 아침부터 밤까지 비가 내렸다. 하늘에 구멍이 뚫린 듯 빗줄기가 굵고 거셌다. 해가 저물면서 잦아지나 싶었지만 어둠이 내리깔리고부터는 천둥과 번개를 동반한 폭우가 또다시 시작되었다. 하루 종일 비가 내려서인지 〈월드프라임 인터내셔널 그룹〉 한국지사 사무실도 온종일 어수선했다.

신후는 좀체 일에 집중하지 못하는 직원들을 일찍 퇴근시키고 아무도 없는 사무실에서 조용히 빗소리를 들었다.

어둠, 그 숨 막히게 고요한 외로움과 그것을 두드리는 날카로운 빗방울을 응시하고 있자니 피곤이 밀물처럼 밀려들었다. 최근 수일 동안 침대에 누워 제대로 취침한 적이 없었으니 당연한 피로감이었다.

'대표님은 밤을 새도 피곤함을 모르는 워킹 머신'이라는 직원들의 쑤군거림과는 달리 그도 피곤함을 알았다. 미치도록 피곤했고, 그래서 휴식에 대한 마음이 간절했다. 당장이라도 퇴근하고 싶었다. 다만 몇 시간이라도 눈 붙일 수 있었다면 진즉에 귀가했을 것이다.

하지만 불행히도 그는, 집에서는 아무것도 할 수 없었다. 원래부터 집이란 그저 잠자는 곳일 뿐 그에게는 의미 없는 장소였지만, 이제는 잠조차도 제대로 청할 수 없는 곳이 되어버렸다. 곳곳에 류태영의 흔적이 가득했기 때문에.

"빌어먹을 여자 같으니라고."

힘없이 중얼거리며 신후는 눈을 감았다. 회전의자의 등받이에 머리를 뉘었다. 단 한순간이라도 좋으니까 류태영을 생각하지 말라고 스스로를 채근하며 잠을 청했다. 가까스로 수면 상태에 접어들기 시작한 순간, 노크 소리를 들었다.

똑똑.

눈을 번쩍 떴다. 이 시간에 여길 찾아올 사람은 아무도 없었기에.

끼이익.

도둑고양이처럼 누군가가 천천히 출입문을 열었다. 빠끔히 열린 문틈 사이로 조심스럽게 고개를 들이밀었다. 신후는 방문객을 알아보고 미간을 찡그렸다.

빗줄기가 세차게 떨어지는 을씨년스러운 한밤중, 느닷없이 사무실에 들어와 자신의 앞에 우뚝 선 불청객은 다름 아닌 그녀. 그를 밤마다 불면증으로 몰아넣는 장본인 류태영이었다.

"네가 여긴……."

순간적으로 숨이 턱 막혔다. 거의 일주일 만에 보는 류태영은 충격적일 만큼 사랑스러웠다. 찬바람에 발그레해진 두 볼, 놀란 토끼마냥 커다랗게 뜬 맑은 눈, 당장이라도 특유의 미소를 지어 올릴 듯한 도톰한 입술…….

그녀는 머리부터 발목까지 뒤집어쓰듯 커다란 우비를 차려입고 있었다. 샛노란 색의 우비는 성인 남자가 입어도 될 만큼 넉넉해 보였고, 그 때문에 안 그래도 작은 태영이 더욱 작고 귀여워 보였다.

"여긴 어쩐 일이지?"

신후는 가능한 한 냉정하게 물었다. 남아 있는 자제력을 총동원해 스스로에게 무표정과 무감정과 무감각을 주문했다. 나름대로는 성공적이었다. 이곳에 온 게 후회되는 듯 류태영이 자신 없는 표정으로 살그머니 아랫입술을 깨무는 것을 보면.

신후는 주문을 걸 듯 맘속으로 되뇌었다.

가.

제발.

내가 자제력을 잃기 전에.

"당신을 만나려고요. 할 말이 있는데, 내 전화도 안 받고 메시지도 확인하지 않는 것 같아서 직접 찾아오는 수밖에 없었어요. 아파트에 연락했는데 아무도 없는 것 같더라고요. 아직 회사에 있겠다 싶어서 무작정 찾아온 거예요."

"……."

"미안해요. 약속도 없이 불쑥 찾아와서."

기특하게도 그녀는 도망치고 싶은 충동을 이겨내고 또박또박 용건을 말하였다. 여전히 우비를 머리까지 뒤집어쓴 채였으므로, 사무실 바닥에는 벌써부터 빗물이 흥건히 고이고 있었다. 그의 육체에도 어두운 욕망이 차곡차곡 쌓이고 있었다.

"우리 관계에 대한 거라면 내 의사는 이미 전달한 것 같은데."

"알아요. 백 실장님한테 전해 들었어요. 물어볼 말이 있어요. 따로 부탁하고 싶은 것도 있고."

"뭔데?"

"……."

"빨리 얘기하고 가줬으면 좋겠어. 내가 좀 피곤해서."

"알았…… 어요……."

태영은 조금은 발끈한 듯 처음에는 목소리에 힘이 들어갔으나 서서히 시들해졌다. 반항적으로 쳐들었던 고개마저 떨구고 소리 없이 한숨을 내쉬었다. 오물오물 작은 치아로 입술을 물어뜯으며 말 꺼내기를 망설이는가 싶더니, 무슨 결심을 했는지 번쩍 고개를 들었다.

그녀의 눈빛은 비장했다. 지켜보는 그의 가슴이 뭉클해질 정도로.

"한순간이라도 날 사랑했어요?"

"……."

"사실대로 얘기해 주세요. 거짓말이나 립서비스는 원하지 않으니까. 날 단 1초라도 사랑한 적 있나요?"

일말의 기대에 찬 류태영의 눈빛은 한순간 신후를 마음 약하게 했다. 그는 당장이라도 그렇다고 말하고 싶었다. 사랑하게 되었다고, 사랑하게 되었기 때문에 끊어내기로 마음먹은 거라고. 그리하여 그녀의 눈동자에 서린 '자신 없음'을 깨끗이 지워주고 싶었다. 하지만 그럴 수는 없었다. 그것을 인정하는 건 또 다른 심각한 문제를 야기할 것이기에.

"질문의 답은 이미 알고 있지 않나? 난 아무도 사랑하지 않아. 그럴 수가 없는 사람이야. 사랑이란 것, 존재 자체를 믿지 않으니까."

"그럼 나한테 유혹적이라고 했던 건 뭐였어요? 날 갖고 싶다고 한 건, 내가 떠나지 않았으면 좋겠다고 한 것은요?"

"말 그대로. 널 사랑하지는 않지만 네 몸은 유혹적이었어. 침대에서 너만큼 만족스러웠던 여잔 없었거든. 하지만 화학적인 어울림이 곧 사랑인 건 아니잖아?"

"그러니까…… 당신은 내가 더 이상 유혹적이지 않아서 헤어지자고 한 거네요? 일종의 권태 같은 거. 맞죠?"

"비슷해."

"듣고 보니 좀 억울하네요. 난 한 번도 당신을 유혹해 본 적 없으니까. 유혹하지도 않았는데 유혹적이지 않은 건 당연하잖아요. 당연히 유혹적이지 않은데, 유혹적이지 않다는 이유로 헤어지자는 건 너무나 불공평한 일이에요. 안 그래요?"

이게 무슨 우스꽝스러운 논리인가. 말도 안 되는 소릴 주절거리는 그녀를 향해 신후는 인상을 찌푸렸다. 그리고 지금까지 던졌던 독설보다 몇 배는 더한 독설을 내뱉으려는 찰나, 우뚝 서 있던 태영이 갑자기 걸음을 내딛기 시작했다.

"제대로 된 기회를 주셔야겠어요."

내내 시선을 어디에 둘지 모르겠다는 듯 허공 여기저기로 내돌리던 류태영의 시선이 그에게 콕 박혔다. 차돌처럼 새까맣고 반짝거리는 눈동자가 천천히 다가오고 있었다.

"그래야 차여도 억울하지 않을 것 같아요."

"기회?"

"당신을 유혹할 기회요."

"그게 도대체 무슨……?"

그가 돌아가는 상황을 채 파악하기도 전에 태영이 움직였다. 비옷의 넓은 소매가 부스럭거리며 움직이더니 그녀의 전신을 감싸고 있던 우비가 순식간에 바닥으로 떨어졌다.

그녀는 노란 비옷 안에 아무것도 걸치지 않고 있었다.

태영은 오늘 하루 종일 많은 생각을 했다. 은수가 차려준 아침을 먹으면서, 서울로 돌아오는 버스 안에서, 집으로 돌아온 이후에도, 생각하고 또 생각해 보았다. 왜? 어떻게? 수많은 의문을 던지고 스스로 해답을 찾는 과정이었다.

그녀가 파악한 상황은 명료했다.

이신후는 생각보다 더 예전부터 태영에게 관심이 있었다. 태영을 너무 원했던 나머지 그녀가 약혼자와 헤어지게 만들었다. 태영이 힘겨워하는 틈을 노려 자연스럽게 접근해 연인 사이가 되었고 지금에 이르렀다. 하지만 자신이 저지른 일에 대한 죄책감 때문에 자꾸만 뒷걸음질하게 되었을 것이다. 자신의 죄를 언제 들킬지 모른다는 생각에 언제나 전전긍긍, 불안에 떨어야 했을 것이고. 그 긴장감을 견디다 못해 결국 이별을 선택한 것이 틀림없었다.

그는 이렇게 모든 진실이 묻혔다고 생각하겠지.

그녀 스스로 모든 것을 알아냈으리라곤 꿈에도 예상치 못했으리라.

사실을 알고 신후에게 많이 실망했다. 어떻게 그런 짓을 해놓고서 아무것도 모르는 척, 선량하고 너그러운 척할 수 있었는지, 그 파렴치함에 화가 났다. 그런 줄도 모르고 그를 고마워했던 자기 자신이 한없이 부끄러웠다.

하지만 그럼에도 불구하고, 그와 헤어지고 싶은 마음은 들지 않았다.

그러면 안 된다는 걸 알면서도 자꾸만 마음 한구석의 치기 어린 자아가 상황을 멋대로 해석했다. 이신후에게 죄가 있다면 그녀를 사랑한 것뿐이라고. 너무나 사랑한 나머지, 그녀의 불충실한 약혼자를 떼어내고 자신이 그 자리를 차지하려고 했던 것이라고. 그러니까 용서해야 된다고. 내가 사랑하는 사람이 나를 사랑했을 뿐인데, 이대로 헤어지는 건 말이 안 된다고……

그렇다.

류태영은 이신후를 사랑한다.

이신후를 생각하면 가슴 한쪽이 아파온다. 자꾸만 감싸주고 싶은 마음이 들었다. 처음에는 동정일지도 모른다고 생각했지만, 예까지 온 이상 이런 감정을 동정이라 치부하는 건 바보짓이었다. 세상 어떤 여자도 그깟 동정 때문에 이미 망가진 관계를 회복시키려 하진 않는다.

어쩌면 이 이상의 감정 구분은 무의미한지도 모르겠다. 사랑하기에 그가 안쓰럽고 세상 모든 악의로부터 지켜주고 싶은 생각이 드는 건지도.

그래서 결국 태영은 사랑을 되찾기로 결심했다. 비가 내리는 한밤중 이신후의 사무실을 급습한 건, 떠나려는 그를 붙잡기 위함이었다.

"옷 입어."

그녀의 알몸을 본 신후가 첫마디를 뱉었다.

딱딱하고 거친 명령이었다. 그는 격분한 듯 험악했지만 태영은 이에 굴하지 않았다. 악마의 그것처럼 검고 아득한 그의 눈동자에서 욕망의 흔적을 발견했기에. 새싹만 했던 용기가 부쩍 자랐다. 태영은 뿌듯한 마음으로 한 걸음 더 다가갔다.

"안 입을 거예요. 제대로 유혹해 볼 때까지는."

"류태영."

"난 원래부터 노력파에 발전지향적인 인간형이에요. 경험이 다소 부족해서 아직은 즐기는 법을 터득하지 못했을 뿐. 노력하면 얼마든지 나아질 수 있다고요."

"잔말 말고 그거 다시 입어."

"잘할 수 있어요. 변할 거예요. 공부할게요. 배우고 노력하면 당신이 만족할 만한 수준까지 금방 따라잡을 거예요. 딱 한 번만 기회를 주세요."

"옷 입으라고, 당장!"

태영이 코앞까지 다가오자 신후는 두 눈을 질끈 감고 외쳤다. 말초신경을 자극하는 원색적인 광경을 차단하기 위한 극단적 조치. 하지만 때는 이미 늦어버렸다. 도화지처럼 새하얀 피부와 굴곡, 봉긋 고개를 쳐올린 분홍빛 열매, 거웃 속의 붉은 속살이 눈 감은 시야에 또렷이 잔상으로 새겨졌다. 신후의 짐승은 머리부터 뿌리까지 단번에 뻣뻣해졌다.

"한 번이면 돼요. 더 이상은 바라지도 않을게요. 한 번만, 정말 딱 한 번만 당신을 유혹할 기회를 주세요. 네?"

"……."

축축한 손길이 무릎에 닿았다. 차갑고 상쾌하고 조금은 비릿하지만, 그래서 묘하게 자극되는 비의 냄새가 코끝을 스쳤다. 류태영 특유의 향취와 함께.

주먹 쥔 손이 떨리기 시작했다. 눈을 감았음에도 시야를 습격하는 온갖 붉은 잔상들이 그를 숨 가쁘게 했다. 기억을 모조리 헤집고 끄집어내었다. 손바닥으로 느껴지는 그녀의 감촉이 얼마나 좋았는지, 청각을 유린하던 그녀의 신음 소리가 얼마나 흥분됐었는지, 촉촉한 우물 속에 몸을 담갔을 때 얼마나 짜릿했었는지가 생생히 떠올라 그를 광적인 흥분 상태로 몰아넣었다.

당장 그녀를 밀어내야 했다.

최대한 빨리 옷을 입혀 이곳에서 가장 먼 곳으로 쫓아내야 마땅했다. 그걸 알면서도 그는 그녀를 떼어내지 못했다. 떼어낼 수 없었다. 떼어내기 싫었다. 그녀가 바라는 대로 그녀에게 유혹당하고 싶었다. 그동안 굶주린 몫까지 흠뻑 그녀를 취하고 싶었다.

그게 그리 나쁜 짓인가? 스스로를 내놓는 여자를 먹어치우는 게 그토록 악마 같은 짓이야? 이렇게 주저할 만큼?

"웃!"

번뇌와 갈등으로 미쳐 갈 때쯤, 번개처럼 강렬한 전류가 아랫도리를 꿰뚫었다. 몸을 부르르 떨며 눈을 번쩍 뜨자 충격적인 장면이 한눈에 들어왔다. 류태영이 그의 다리 사이에 무릎을 꿇고 앉아 최대치로 부푼 살덩이를 속옷 밖으로 꺼내고 있었다.

"너 뭐 하는 거야?"

신후는 다그치듯 거칠게 물었다. 목과 얼굴이 당장이라도 불을 뿜을 듯 벌겠고, 표정은 살인이라도 저지를 듯 험악해져 있었다.

"유혹이요."

태영이 말간 눈망울을 반짝이며 수줍게 중얼거렸다. 그러곤 그의 기분을 어떻게든 풀어보려는 듯 방긋 눈웃음을 지어 보였다. 순간 그는 턱 하고 숨이 막혔다. 그녀의 눈웃음 어디에서도 퇴폐적이고도 음란한 느낌을 찾아볼 수 없었으므로.

이렇게 순진한 얼굴로 대체 뭘 하겠다는 거지?

"이걸 남자들이 좋아한다고 들었어요."

"이게……."

다시 입을 열자 그에게서 거의 쉰 목소리가 흘러나왔다. 신후는 이를 악다물며 심호흡을 했다. 용광로처럼 펄펄 끓는 혈류와 미친 듯이 펌프질하는 심장, 그 모든 속도를 제어하기 위해 숨을 깊게 들이마셨다가 깊게 내쉬었다. 태영이 그런 자신을 흘끔거리며 웃는 것도 모르는 채. 그녀는 벌써 거대하게 발육한 그의 돌출부를 두 손에 쥐고 있었다.

"네가 하려는 게 무슨 짓인지 알기나 해?"

"모를 것 같아서 걱정돼요?"

"안다고 하지 마. 거짓말인 거 아니까. 넌 이걸 해본 적 한 번도 없어."

어금니를 사리문 채 그는 말을 씹어뱉듯 중얼거렸다. 혐오와 경멸이 짙게 배인 그의 말투에 태영의 표정은 금세 어두워졌다. 자신을 향한 경멸이라 오해한 듯. 하나 그건 신후의 자기혐오였다. 멈추라고 말하면서도, 속으로는 그녀가 계속해 주길 바라는 더러운 자기 자신을 향한 경멸.

불행인지 다행인지 태영은 곧 활기를 되찾았다. 이런 반응쯤 이미 각오했다는 듯 고개를 끄떡이며 또다시 눈웃음을 싱긋 지었다.

"맞아요. 처음이에요. 태어나서 지금껏 내 상대는 오로지 당신 뿐이고, 당신과는 이런 걸 한 번도 해본 적 없으니까요. 인정할게요. 나 무지 서툴러요. 당신이 부족하다고 느껴도 할 말 없어요."

"내가 언제 부족하다고 했지?"

"더 이상 유혹적이지 않아서 헤어지자고 말한 거라면서요. 처음엔 끌렸지만 지금은 아니라는 거. 싫증나고 지루하고 재미없고 물린다는 거. 그게 다 내가 부족하다는 뜻 아닌가요?"

"그런 뜻이 아니었어."

"미안해요, 진즉에 노력했어야 했는데 그러지 못해서."

"내 말 안 들려? 그런 뜻이 아니었다고."

"난 당신에 비해 걸음이 느린가 봐요. 아직 우리가 시작하는 단계라고 생각했어요. 당신 혼자서 성큼성큼 멀리 가 있는 줄은 꿈에도 몰랐어요. 너무 걱정하지 말아요. 처음 해보는 거지만 터무니없이 못하진 않을 거예요. 나름대로 예습해 왔거든요? 비디오도 보고, 책도 읽으면서."

"뭘 봤다고?"

"그래도 실전은 처음이니까 크게 기대하지는 말아요. 앞으로 발전할 가능성이 보인다 정도로만 봐줘요. 그럼 이제부터 해볼게요. 아 참! 혹시 선호하는 동작이나 부위가 있으세요? 얘기해 주세요. 반영해 볼게요."

선호하는 동작? 이 여자가 대체 무슨 말을 하는 거지?

신후는 꼬물꼬물 움직이는 태영의 입술에서 눈을 떼지 못한 채 눈살을 찌푸렸다. 긴장한 게 그의 눈에도 훤히 보이는데, 태영은 애써 아닌 척 씩씩하게, 상황과는 도통 어울리지 않는 해맑음으로 쉴 새 없이 종알거리고 있었다.

"음, 없으면 그냥 갑니다."

그가 말없이 태영을 노려보는 사이, 그녀는 말랑말랑 보드랍고 탐스런 입술에 스튜어디스의 그것처럼 친절하고 상냥한 미소를 수놓았다. 그러더니만 곧장 입술을 벌리고 혓바닥을 내밀었다.

정신이 번쩍 들었다.

"으윽!"

태영의 최종 목적지가 어딘지 깨닫자마자 신후의 전신은 전기 쇼크를 먹은 듯 뻣뻣해졌다. 온몸에 힘이 들어갔다. 고개를 뒤로 젖히고 두 손으로는 의자 손잡이를 움켜쥐었다. 본능을 자제키 위해 거의 반사적으로 한 행동이었으나, 그것만으로는 무장해제 된 남자의 욕구를 잠재울 순 없었다.

그럴 수 있었다면 여기까지 오지도 않았을 것이다.

"그만둬."

신후는 천장을 향해 고개를 쳐든 채로 짐승처럼 그르렁거렸다. 살기 가득한 협박이었음에도 태영은 멈출 기세가 아니었다. 오히려 계획한 바를 실행에 옮기는 데 더욱 주력했다.

두꺼운 살집을 양손으로 움켜잡고 발그레하게 흥분한 젤리꽃을 혀끝으로 할짝할짝 맛보았다. 뭉뚝하고 긴 몸체를 길게 연달아 핥아 올렸다. 두 손으로 부드럽게 쥐고 쓸어내리다가 한 손 가득 움켜잡고 흔들기도 하였다. 처음엔 서투르고 부자연스럽기만 하던 동작이었지만 횟수가 더해지니 점점 손에 익어갔다. 빠르고 격렬해질 수밖에 없었다.

"으으으……."

신후는 의자 손잡이의 가죽을 움켜쥐고 신음했다. 지옥에 떨어진 게 분명하다고 생각했다. 미치도록 황홀하고 짜릿한데 당장이라도 숨넘어갈 것 같은 기분, 목숨이 위태로울 만큼의 흥분 상태, 그게 지옥이 아니면 뭘까.

"이제 다음 단계로 넘어갈게요."

태영이 중얼거리며 뭔가를 예고했지만 신후는 그게 뭔지 감히 예상할 수도 없었다. 그의 머릿속은 온통 붉은 생각들로 가득 차 있었다. 음란한 수위의, 차마 입 밖으로 뱉을 수 없는 상상.

그 속에서, 그는 하고 싶은 일들을 마음껏 저질렀다. 당당한 자태로 서서 무릎을 꿇은 태영의 머리채를 쥐고 마구 앞뒤로 움직였다. 더 이상 팽대해지는 것이 불가능할 정도로 거대한 야수를 그녀의 입속에 쉴 새 없이 밀어 넣었다. 감각의 꼭대기, 더 이상 오르지 못할 궁극의 절정을 맞이할 때까지, 그리하여 강철 같은 자제력이 풀릴 때까지. 상상은 그가 태영의 입안에 욕망의 찌꺼기를 주유하는 것으로 끝을 맺었다. 그녀는 입가에 우윳물이 번진 채로 아기처럼 환히 웃었다.

"으읏!"

상상이 채 끝나기도 전에, 실제로 그의 몸이 그녀의 따뜻한 곳으로 입성하기 시작했다. 신후는 괴로움에 신음하며 벌떡 고개를 뒤로 젖혔다. 사지가 갈가리 찢기는 것과도 맞먹는 극심한 쾌통(快痛)이 그를 고문의 경지로 이끌었다.

신후는 두 눈을 더욱 질끈 감았다. 다리 사이가 녹아내리고 있음을, 그게 얼마나 살인적인 쾌감인지를 자각하지 않기 위해 모든 신체 감각을 차단했다. 자꾸만 말초신경으로 향하는 정신을 현실로부터 멀찍이 떼어놓았다. 하나 안타깝게도 가상의 장막 너머에서는 현실보다도 더 고통스러운 지옥이 펼쳐졌다.

"신후 씨! 아, 아, 아……!"

붉디붉은 신후의 머릿속에서, 그는 벌써 태영을 집무실 책상 위에 눕혀놓고 있었다. 그녀의 다리를 가혹하리만치 단호하게 벌리고 그 속을 단번에 파고들었다. 실로 맹렬한 기세로 허리를 흔들었다. 벌집 쑤시듯 그녀를 들쑤셨다. 살과 살이 쉴 새 없이 부딪치는 동안, 그녀는 정신없이 쾌명(快鳴)을 내질렀고, 그는 당장이라도 숨이 넘어갈 듯 헐떡였다.

찬란한 순간에 그들은 더 가까워질 수 없을 만큼 서로를 끌어안았다. 더 들어갈 수 없는 데까지 들어가 그녀를 가득 채웠다. 그리고 자신의 모든 것을 쏟아냈다.

현실에서조차 방사에의 욕구가 턱밑까지 차올랐다. 신후는 열에 들뜬 흐릿한 시선으로 천장을 노려보며 각종 욕설을 영어로 쏟아냈다. 힘줄이 툭툭 불거진 발열체를 혀끝으로 살살 핥던 태영이 고개를 번쩍 들었다.

"왜요? 뭐가 잘못됐어요?"

다. 모든 게 다. 잘못되어도 한참 잘못됐어.

속으로 중얼거리며 신후는 한껏 젖혀진 고개를 끌어 내렸다. 호흡이 격렬해진 덕분에 가슴이 세차게 들썩이고 있었다.

태영은 아직도 무릎을 꿇은 채였다. 여전히 벌거벗은 채였고, 야한 몸과는 어울리지 않는 순진한 눈으로 그를 보고 있었다. 이쯤 되면 아무리 강철 같은 자제력의 소유자라도 체념할 수밖에 없다. 어찌 류태영을 거스르겠나. 이렇게 먹음직스러운데.

그는 파렴치한이 아니다. 자신을 가져 달라는 여자를 외면할 만큼 무도하지 않다. 그러니 류태영을 가질 것이다.

"좋아."

신후는 살벌할 정도로 나지막하게 중얼거렸다.

"네가 원한다면 기꺼이 유혹당해 주지."

그는 발칙한 태영의 양손을 제 몸에서 휙 떼어내고는 그녀를 벌떡 일으켜 세웠다. 가느다란 그녀의 손목을 잡아 힘껏 품 안으로 끌어당겼다. 힘없이 달려와 가슴팍에 안겨든 그녀를 한 팔로 휘감고, 바닥에 널브러진 비옷을 집어 그것으로 그녀의 벗은 어깨를 덮었다.

"어, 어딜 가려고요?"

태영이 겁먹은 얼굴로 물었다. 그의 사무실에 알몸으로 쳐들어오는, 경악스러우리만치 대범한 짓을 저지른 여자치고는 참으로 순진한 질문이었다. 신후는 그녀가 어지럽혀 놓은 자신의 옷매무새를 정리하며 차갑게 답했다.

"네게 유혹당한 내가 제대로 날뛸 수 있는 곳."

제11장 산산이 부서져

띵동— 벨소리가 울렸다.

침대에 쓰러진 채 잠시 의식을 놓았던 태영은 명료하게 귓전을 파고드는 신호음에 정신을 차렸다. 누군가가 출입문을 열어주는 소리가 들렸다. 곧이어 매우 귀에 익은, 두 사람 분의 목소리가 짧은 대화를 주고받는 소리가 들린다.

'몇 시나 되었을까.'

태영은 멍하게 생각하며 땀과 타액, 다른 여타 분비물로 얼룩진 육신을 움직여 보았다. 아무렇게나 난잡하게 벌어진 다리를 모으고 위해, 또 엎드린 자세를 뒤집기 위해 젖 먹던 힘까지 끌어모았다. 하지만 움직여지는 건 손가락뿐이었다. 방전된 건전지처럼 그녀는 도무지 힘을 쓸 수가 없었다.

힘을 쓸 때마다 전신 근육이 욱신거렸다. 묵직하고 날카로운 기분 나쁜 동통이 하반신을 스쳤다. 열린 다리 사이가 녹아내릴 듯 뜨겁고 욱신거리고, 불쾌하리만치 게걸스럽게 움찔거렸다. 제발 이러지 말아달라고 사정하고 싶을 만큼 음란하고 뻔뻔스러운 반응……

불쑥 굴욕적이었던 몇 시간 전의 기억을 떠올랐다. 무섭도록 잔인하고 쾌락적이었던 순간들이……

그는 그녀를 가까운 모텔로 데려갔다. 규모는 작지만 깨끗한, 누가 봐도 불순한 의미의 '잠'을 위한 장소였다.

방의 용도를 제대로 이해한 듯 신후는 시간을 단 1초도 허투루 보내지 않았다. 룸 안에 들어서자마자 제일 먼저 그녀의 몸을 포장지처럼 감싸고 있던 비옷을 벗겼다. 순식간에 알몸이 된 그녀를 침대에 쓰러뜨리곤 곧장 바지를 벗어 던지며 달려들었다.

"흑!"

아팠다. 너무 아파서 죽을 것 같았다. 준비절차 없이 대번에 교접된 것이었으니 당연했다. 마구잡이로 밀려오는 극악무도한 짐승을 억지로 삼키며 그녀는 고통에 몸부림쳤다. 잇새로 신음을 흘리며 시트를 움켜쥐었고, 허리를 뒤틀며 허벅지를 파르르 떨었다.

그녀가 아파함에도 불구하고 그는 아랑곳하지 않고 더욱 거세게 밀어붙였다. 두 손으로 찍어 누르듯 그녀의 허벅지를 넓게 벌리고, 하반신을 완전히 거꾸러뜨려 그녀의 몸을 반으로 접었다. 적나라하게 드러난 그녀의 연약하고 소중한 부분에 몸을 박고 쑤석쑤석 빠르게 들락거리기 시작했다.

"아, 아, 아……!"

그녀는 이후로 한참 동안 정신을 차릴 수가 없었다. 감당할 수 없을 만큼 빠른 속도로 밀려들었다가 빠져나가는 그의 성난 몸짓에 온몸이 부서지는 듯했다.

놀라운 건 그의 움직임만큼이나 빠르게 통증이 사라졌다는 것이었다. 아픔이 쾌감으로 치환되고 있었다. 눈곱만큼의 배려도 없는 짐승 같은 그의 욕망에 겁이 덜컥 났는데, 이제는 다른 의미로 겁이 났다. 잔인하리만치 탐욕스러운 그의 몸짓이 너무도 버겁고 고통스러웠는데, 이제는 전혀 다른 의미의 버거움을 호소하는 지경이었다.

정말로 끔찍했다.

끔찍하게 수치스러운데, 정말로 끔찍하게 기분이 좋았다.

"날 이렇게 미쳐 날뛰게 만든 기분이 어때?"

마침내 폭풍이 지나가고 소강상태에 다다르자 신후는 그녀의 입술을 게걸스레 시식하며 중얼거렸다. 이미 작디작은 웅덩이에 온전히 뿌리박은 채이면서 그는 계속해서 더 깊은 곳으로 스스로를 밀어 넣고 있었다. 덕분에 그녀는 매트리스 스프링을 하염없이 가라앉히고 있었다.

"철저히 숨겨두었던 내 추악한 본질을 드러냈으니 이젠 만족해?"

"신후 씨……."

기진맥진인 태영은 간신히 속삭였다. 무언가 말을 할 셈이었지만 말문은 거기서 막혀 버렸다. 그가 반론할 기회를 주지 않겠다는 듯 그녀의 입을 덮어버렸기 때문에.

"믿을 수 없겠지만 이게 바로 나야. 최고의 신사인 양 굴었던 이신후는 하나부터 열까지 완벽하게 날조된 가상의 인물이었던 셈이지. 진짜 이신후는 아무도 배려하지 않아. 자비도 동정도 베풀지 않아. 오직 제 욕망만을 채우는 이기적이고도 부도덕한 인간이지. 지금 네 앞에 있는 나. 내가 바로 진짜 이신후야."

"신후 씨."

"그리고 이게 진짜 내가 욕망을 채우는 방법이지."

야만적이랄 만큼 욕심 사나운 키스로 태영의 혼을 쏙 빼놓고서 그는 중얼거렸다. 그리고서 잠시 중단했던 공격을 재개하였다.

작은 그녀의 상체를 두 팔로 꼭 감싸고 목덜미에 얼굴을 묻은 채, 그는 정신없이 아랫도리를 때려 박았다. 집중포화.

묵직한 그의 하체가 상상 초월의 빠르기로 하염없이 떨어졌다. 그가 퍽퍽 살을 칠 때마다 침대가 지진 난 듯 삐걱거렸고 그녀도 따라 흔들렸다. 얼마 후 그녀는 첫 번째보다 더 빠르고 강력한 절정을 맞이했다.

"아아, 아아, 아아아……!"

태영은 격렬히 소리치며 몸을 떨었다. 그는 그녀가 발산하는 열정을 모조리 흡수하려는 듯 단단한 가슴팍에 그녀를 끌어안고 느릿느릿, 맹렬히 수축하는 그녀의 내부를 쑤석거렸다. 감당 못할 쾌감에 몸서리치는 그녀를 배려하는 다정하고 부드러운 습격.

그녀의 흥분 지수가 하향곡선을 타기 시작하자 이번에는 그가 자세를 바꿔 그녀를 자신의 배 위에 올라앉게 했다. 그리고 지금까지 한 일을 처음부터 재차 반복했다. 높이 튕겨졌다가 엉덩방아 찧듯 내려앉으며 태영은 비명을 질렀다. 머릿속이 새하얘졌다. 온몸의 피가 정수리로 몰려들었고 폐가 터질 듯 숨 가빠왔다. 여름 밤 철썩이는 파도처럼 끊임없이 찾아드는 관능의 열기 때문에 온몸이 산화할 것만 같았다.

세 번째 절정 후, 그녀는 완전히 뻗어버렸다. 평생 쓸 근육 활동량을 하루 동안 다 쓴 듯 온몸이 욱신거렸다. 뼈가 고무로 된 것처럼 전신이 노글노글했다. 손가락 하나 까딱하기도 귀찮았지만 겨우겨우 움직여 신후에게서 떨어졌다.

다리 사이가 너무 뻐근하고 쓰라렸다. 마치 몸에 커다란 구멍이 뚫린 듯한 기분에 다리를 오므리지도, 벌리지도 못했다. 힘없이 픽 쓰러져 침대 매트리스에 납작 엎드렸다. 쓰나미처럼 덮쳐 오는 피로감을 온몸으로 감당하며 거의 감긴 눈으로 신후를 바라보았다.

그는 누운 채로 그녀를 응시하고 있었다.

땀과 열기와 열정으로 뒤범벅된 그는 심장에 무리가 올 정도로 섹시했다. 깊이를 알 수 없는 아득하고 새까만 눈동자, 그녀를 천당과 지옥을 오가게 했던 탐식의 입술, 볼 때마다 만져 보고 싶은 목울대, 슈트에 어울리는 어깨와 가슴…….

그가 재킷도 없이 와이셔츠 앞섶을 배꼽까지 열어두고 있음이 눈에 들어왔다. 시작할 땐 분명 바지만 벗었던 것 같은데 어쩌다가? 의문은 순식간에 풀렸다. 정신없이 그의 옷을 벗기던, 너무도 탐욕스러웠던 제 모습이 퍼뜩 떠올랐으니까.

얼굴이 화악 달아올랐다.

"신후 씨……."

민망함을 접어두고 천천히 그에게로 손을 뻗었다. 그에게 닿고 싶었다. 그와 조금이라도 가까워지고 싶었다. 손끝으로 그의 온기를 느끼고 그의 마음을 느끼고 싶었다. 그리하여 나는 지금 사랑받고 있다고, 마음의 위안을 얻고 싶었던 것 같다.

하나, 그에게는 닿을 수 없었다.

무슨 일이 벌어지는지 깨닫기도 전에 그녀의 두 손목은 등 뒤로 돌려져 한데 묶였다. 그녀는 놀란 토끼마냥 두 눈을 휘둥그레 뜬 채 뒤를 돌아보았다. 겁에 질린 그녀의 눈동자가 마주한 것은 언제나 다정했던 연인의 눈이 아니었다. 성욕 과다로 번들거리는, 악마의 그것처럼 사악하게 번뜩이는 눈동자였다.

"벌써 끝났다고 생각하면 내가 섭섭하지."

"……!"

"이제부터가 시작인데."

그는 비릿하게 일그러진 미소를 짓고는 아직도 당당하게 고개를 쳐든 야수의 뿔을 그녀의 몸에 세차게 뿌리박았다.

이신후는 도통 멈출 생각이 없어 보였다. 그동안 쌓인 욕구불만을 모두 풀겠다는 듯, 1분 1초가 아깝다는 듯, 줄기차게 그녀를 갖고 또 가졌다. 태영은 체력이 바닥나서 비명조차 지를 수 없는 상태였음에도 절정에 올랐다. 그가 만지면 언제나 느끼는 섹스돌처럼 본능적으로, 기계적으로, 울부짖고 경련하며 환희했다.

그쯤에서 사안의 심각성을 깨달았어야 했다. 어떻게 날 이렇게 대할 수 있느냐 화내고 욕하고 밀어냈어야 했다. 그게 정상이다. 제아무리 이신후에게 미쳤다지만 그런 취급까지 당하면서 그의 곁에 머물 수는 없는 일이었다. 그건 인간으로서 최소한의 권리마저 포기하는 짓이었다.

한데 기가 막히게도 그럴 수가 없었다.

그게 문제였다. 이신후를 뿌리칠 수 없는 자기 자신.

이대로라면 태영은 결코 이신후를 거역하지 못할 것이다. 그가 시키는 건 무엇이든 할 것이다. 그것이 옳든 그르든, 자신에게 이롭든 해롭든. 그를 갖기 위해서라면, 그의 곁에 머물 수만 있다면, 스스로를 시궁창에 처박는 짓까지도 서슴지 않을 것이었다.

상상하기도 싫었다. 그런 건.

그렇게까지 추락하고 싶지 않았다. 고작 남자 때문에, 그까짓 사랑 때문에 자존심과 긍지와 품격을 내던지고 싶지 않았다. 그런 바보 같은 여자가 되기는 싫었다. 아무리 사랑해도 스스로를 내던지면서까지 남자를 붙잡고 싶지는 않았다.

그런 하찮은 인생은 살고 싶지 않았다…….

툭.

어느 틈에 다가온 누군가가 침실 바닥에 커다란 쇼핑백을 내려놓았다.

눈으로 확인하지 않아도 태영은 그가 누구인지 알 수 있었다. 이제는 그의 존재를 인식하는 것만으로도 온몸이 마구 욱신거렸다. 몸속에 달콤한 물이 고이고 가슴 끝이 단단해졌다.

태영은 매춘부가 된 듯 더러운 기분을 느끼며 지그시 이를 악물었다.

그에게 무슨 말이든 건네야 한다는 걸 알았지만 꼼짝하지 않았다. 깨어 있다는 표시조차 하지 않았다. 지금은 그와 얼굴을 마주하는 것도, 말을 섞는 것도 힘들었다. 끔찍한 자기혐오가 그녀의 이성을 야금야금 갉아먹고 있었다.

"깼다는 거 알아."

그가 먼저 툭 말을 뱉었다. 죽은 듯이 매트리스에 얼굴을 묻은 채 그가 나가주기만을 기다리던 태영은 순간 움찔했다.

"움직이기 힘들 거야. 쉬었다 가. 계산은 미리 해놓았어."

감정 없는 로봇처럼 그가 건조하게 중얼거렸다. 그는 침대 근처 아주 가까이에 서 있었다. 그에게서 산뜻한 로션 냄새가 났다. 움직일 때마다 천이 가볍게 스치는 소리도 났다. 벌써 샤워를 말끔하게 마치고 옷까지 완벽하게 차려입은 듯했다.

왈칵 감정이 쏠렸다.

"백 실장님한테 부탁해서 네 옷가지 몇 개 샀어. 아무거나 캐주얼한 걸로 부탁했는데 마음에 들지 모르겠군."

"……."

"지난밤은 대단히 유익한 시간이었어. 넌 어땠는지 모르겠지만. 덕분에 기분 전환 제대로 됐으니 고맙다고 해야겠군."

기분 전환?

기분 전환이라고……?

"네가 이것과는 다른 결과를 기대했다는 거 알아. 우리 관계를 되돌리고 싶었겠지. 하지만 난 결정을 번복할 생각 없어. 후회하지도 않고 뒤돌아볼 마음도 없어. 가능성이 단 1퍼센트라도 남아 있었다면 그런 결정을 내리지도 않았어."

"……."

"앞으로 널 연인으로 대하는 일은 없을 거야. 영원히. 미련이 남았다면 지금 이 순간 깨끗이 버려. 날 잊어. 새로운 사람을 사랑하도록 해. 한 번 해봤으니까 이번엔 더 쉬울 거야."

무슨 말이라도 해야 하는 타이밍이었다. 그걸 알면서도 그녀는 아무 말도 하지 못했다. 입만 벙긋 해도 울음이 터질 것 같아서 숨조차 크게 쉴 수 없었다.

행여 목구멍으로 울음이 새어나갈까 봐, 그리하여 와르르 무너진 모습을 그에게 들킬까 봐, 태영은 힘없는 손으로 제 입을 틀어막았다. 목구멍에 힘을 주고 아무 소리도 내지 않기 위해 안간힘을 썼다. 그러는 동안에 신후는 침대 협탁 위에 지폐 몇 장을 내려놓고 중얼거렸다.

"택시 타고 가."

"……."

"데려다주고 싶은데 지금은 내가 좀 바빠서 곤란해. 아침 일찍 미팅이 잡혀 있어. 중요한 안건이 걸려 있어서 필히 참석해야 해."

신후의 마지막 인사는 '안녕'도 아니고 '부디 잘살아'도 아니고 '행복해야 해'도 아니었다. 마지막 순간조차 함께할 수 없다는 차갑고 아픈 핑계였다. 그녀의 가슴은 무너지고, 심장은 핏빛으로 난도질당했다.

신후가 떠나는 동안 태영은 아무것도 하지 않았다. 쥐 죽은 듯이 누워 북받치는 감정을 꾸역꾸역 눌렀다. 물끄러미 자신을 내려다보는 그의 시선, 망설이는 듯 쉽게 떼지 못하는 발길, 결국 뒤돌아서 조용히 떠나간 몸짓, 그 모든 것을 외면하기 위해 필사적으로 노력했다.

그깟 남자 때문에 울지 않으리라. 한낱 이신후 따위에 상처받지 않으리라. 이를 악물고 독하게 참아냈다.

하지만 거짓된 독기는 얼마 못 가 무너졌다. 두 번 다시 그를 보지 못할 거라고 생각하니 하늘이 무너진 듯 절망스러워졌다. 더이상 그를 사랑하면 안 된다는 사실이 한없이 서럽고 아팠다. 정말 우습게도 배신감보다 회한이 앞섰다. 왜 한 번도 사랑한다고 말하지 못했을까. 왜 좀 더 일찍 사랑을 깨닫지 못했을까. 왜 더많이 아끼고 사랑해 주지 못했나…….

그에 대한 미안함이 가슴에 방울방울 맺혔다.

"아프지 말아요."

태영은 울먹이며 힘없이 넋두리했다.

"끼니 거르지 말고 잠도 푹 자요. 이제는 옛날 일도 잊어버려요. 자기 자신을 아끼고 사랑하세요. 당신을 당신보다 더 사랑해 주는 여자 만나서 가정도 꾸려요. 당신 닮은 예쁜 아기들도 많이 낳고요. 행복해지세요. 꼭……."

어느새 눈에 가득 차오른 눈물이 볼을 타고 주르륵 흘러내린다. 흐르는 눈물을 손등으로 문질러 닦았다. 차가운 금속성 물질이 두뺨을 훑고 지나갔다. 멍하게 내려다보니 반지가 눈에 들어왔다.

그와 나눠 끼었던 은빛 커플링.

그가 반지에 입을 맞추며 환히 웃던 순간이 떠오르자, 기어이 울음보가 터지고 말았다. 태영은 엉엉 목 놓아 울었다. 살이 찢어지고 피가 솟구치는 것만큼이나 고통스럽게 울부짖었다. 그러면서 내내 생각했다. 어쩌면 자신은 영원히 이신후라는 남자에게서 헤어나지 못할지도 모르겠다고.

류태영의 고행은 이미 시작되고 있었다.

그로부터 사흘 후.

결재 서류에 휘갈기듯 사인하던 신후는 인기척이 느껴지자 불쑥 질문을 던졌다.

"뭡니까?"

상대가 누군지 확인할 필요성조차 못 느낀 듯 그는 고개조차 들지 않았다. 노크 없이 그의 사무실을 드나들 수 있는 사람은 오직 한 사람, 백기열뿐이었다.

기열은 신후를 바라보며 소리 없이 한숨을 내쉬었다. 방금 전 자신을 찾아와 짧은 대화를 마치고 돌아선 류태영의 뒷모습이 눈에 밟혔다. 며칠 사이에 눈에 띄게 여윈 태영이 많이 안쓰러웠다.

"직접 보셔야 할 서류가 있어서 가져왔습니다."

"무슨 서류죠?"

기열이 서류 봉투를 눈앞까지 들이밀자 신후는 마지못해 눈을 들었다. 한눈에도 그가 짜증스러워한다는 걸 알 수 있었다.

요즘 들어 그는 부쩍 신경질적이었다. 살인적인 업무량과 잦은 야근으로 스트레스가 많은데다가 지난 2년간 준비해 왔던 사업에 위기가 닥쳐 신경이 날카로워질 대로 날카로워진 것이었다. 특히 최근에는 극심한 불면증까지 더해져 더더욱 예민해져 있었다. 잠도 제대로 못 잔 채 하루에 20시간 가까이 업무에 시달리고 있으니 서산댁 말마따나 이게 폐인이 아니고 뭔가 싶었다.

"방금 그분께서 왔다 가셨습니다."

"……."

서류 봉투를 열던 신후의 손길이 일순 삐끗했다. 지난 사흘 동안 제대로 먹지도, 자지도 못해 까칠해진 신후의 얼굴이 불편하게 일그러졌다.

"누구라고요?"

피곤함에 핏발마저 선 신후의 눈동자가 기열을 향해 날카로운 시선을 던진다. 추궁과 비난과 알 수 없는 분노가 뒤엉킨 신후의 시선이 기열은 왠지 먹먹하게 느껴졌다.

"류태영 씨께서 그 봉투를 제게 전하고 가셨습니다. 확인해 보시면 아시겠지만 봉투 안에는 집문서를 비롯한 명의 이전 관련 서류 일체와 현금 천만 원이 든 통장이 인감과 함께 들어 있습니다. 류영수 사장이 갖고 있던 〈태성 네트워크〉 주식 일체를 넘기겠다는 각서도요. 대표님께서 원하시는 시기에 주식을 넘겨받을 수 있도록 담당 변호사에게 권한을 일임해 두었다더군요."

"집문서와 주식이오?"

"대표님께서 만나주지 않으실 것 같다면서, 대신 전달해 달라고 부탁하셨습니다. 대표님께서 선물하셨던 고가의 보석과 명품 컬렉션들은 따로 정리해서 댁으로 배달시키겠다고 하셨습니다. 봉투 안에 메시지도 남기셨다고 하니 자세한 사정은 직접 읽어보고 판단하시는 게……."

기열의 말이 채 끝나기도 전에 번개처럼 신후가 움직였다. 성마르고 거친 손길로 서류 봉투를 찢고는 안에 든 물건을 한꺼번에 쏟아냈다. 업무데스크 위에 흐트러진 물건들 속에서 단정하게 접힌 노란 쪽지를 발견하자마자 그는 주저하지 않고 덥석 그것을 집어 들었다.

메모지를 들여다보지는 않지만 기열은 그 내용을 대충 짐작했다. 태영이 자신에게 했던 말을 떠올려 보자면 가늠 못할 바 없었다.

"신후 씨한테는 참 미안해요. 그 사람한테 받은 게 많은데. 다 돌려줘야 마땅한데. 지금은 가진 게 이것밖에 없어요. 어떻게든 갚을게요. 시간이 얼마가 걸리든, 무슨 짓을 해서든 꼭이요. 그때까지 조금만 기다려 주세요, 실장님."

"대표님께선 받지 않으실 겁니다."

"받아줄 거예요. 제가 부탁하는 거니까. 제 부탁은 항상 들어주던 사람이거든요."

"하지만……."

"제 아버지는 이번 주까지 〈태성〉에 출근하실 거예요. 정든 회사를 떠나는 게 쉽지만은 않으실 테니 조금만 봐주세요. 아버지께선 이제 우리 〈태성〉은 누가 돌보냐고 걱정이 이만저만이 아니신데, 전 걱정 안 해요. 신후 씨가 알아서 잘 운영해 줄 거라고 생각해요. 회사 경영은 신후 씨가 아버지보다 한 수 위잖아요."

"류영수 사장님도 태영 씨의 결정에 동의하신 겁니까?"

"쉽진 않았지만, 네, 맞아요. 이러는 게 옳으니까요. 아버진 우리가 잘될 것이라 생각하고 신후 씨한테서 이런저런 금전적 원조를 받았던 거였어요. 그러니 아무 사이도 아닌 현시점에 받았던 돈을 되돌려 주는 건 당연하죠. 꼼꼼히 계산해 봤는데 그동안 저희가 신후 씨한테 너무 많은 도움을 받았더라고요. 다 갚으려면 회사를 넘겨줘도 부족할 만큼."

"……."

"집은 오늘 중으로 비워 드릴게요. 이사할 집이 비좁아서 웬만한 가구며 물건들은 그냥 두고 갈 생각이에요. 수고스럽겠지만 실장님께서 적당히 팔거나 버려주세요."

"굳이 그렇게까지 하실 필요가 있는지 모르겠습니다. 류태영 씨도 아시겠지만 저희 대표님은 오갈 데 없는 사람을 하루아침에 길거리로 내모는 그런 무정한 분이 아니십니다. 〈태성 네트워크〉 투자 건도 마찬가지예요. 〈태성〉이 보유한 기술을 높이 샀을 뿐, 인수나 직접 경영을 목표로 투자하신 게 아니었습니다."

"알아요, 그런 사람 아니라는 거. 하지만 저희도 언제까지나 신세 질 수는 없잖아요. 그동안 도와주셨으니까 이젠 서서히 홀로 서야죠."

"……."

"새집 주소는 나중에 알려 드릴게요. 아직 경황이 없어서 주소를 못 외웠어요. 목돈이 모아지면 이 통장에 송금할게요. 비밀번호는 통장 뒷면에 적혀 있고, 돈을 찾을 수 있는 도장도 함께 넣어두었어요. 빚 다 갚는 날, 떳떳하게 도장 찾으러 올게요."

"아무래도 이건 좋은 생각이 아닌 것 같습니다. 대표님께서도 언짢아하실 게 분명해요. 다시 생각해 보시는 게 어떻겠습니까."

"그 사람이 언짢아해도 어쩔 수 없어요. 빚을 갚아야 제 마음이 편해질 것 같아요. 실장님이 절 좀 봐주세요."

"이것 참……."

"신후 씨한테는 하시는 일 잘 마무리되길 바란다고 전해주세요. 그동안 감사했다고, 좋은 일만 생기길 바란다고요. 김 기사님이랑 서산댁 아주머니께도 안부 전해주시고요. 따로 뵙고 인사드리려고 했는데 이삿날이 너무 갑자기 정해졌어요. 곧장 출발해야 해서 도저히 시간이 나질 않을 것 같아요. 죄송하다고 꼭 좀 전해주세요."

"……."

"실장님도 부디 건강하세요."

그렇게 떠나는 태영은 모든 것을 내려놓은 듯 편안한 모습이었
다. 마음속에 어떤 원망도 미움도 없는 듯, 밝은 얼굴에서는 광채
마저 났다. 모든 것이 암담한 상황에서 어떻게 그리도 환히 웃을
수가 있는지 도무지 이해할 수가 없었지만, 어쨌든 그녀는 아주
좋아 보였다.

신후와는 달리.

"어떻게 할까요, 대표님?"

기열은 쪽지를 읽은 후에도 표정에 변화가 없는 신후에게 조심
스럽게 물었다. 신후는 건조한 시선으로 메모지를 내려다보며 중
얼거리듯 되물었다.

"뭘요?"

"이대로 그냥 두실 겁니까?"

"두지 않으면요?"

"통장에 들어 있는 천만 원이 그분의 전 재산이랍니다. 류영수
사장의 회사 지분도 대표님께 넘기고 지금 집에서도 나가십니다.
그분은…… 대표님과 헤어졌으니 그동안 받았던 금전적인 혜택을
다 내려놓아야 한다고 생각하셨습니다. 대표님께 받았던 돈을 1원
짜리 하나까지 다 갚으실 계획이신 것 같았습니다."

"……."

"가진 돈도 없으니 당장 세 식구 먹고살 길이 막막할 겁니다. 지

낼 곳도 마땅찮을 거고요. 걱정되지 않으십니까?"

"걱정해야 합니까? 이제는 남남인데."

"대표님."

"집, 회사, 현금. 그 무엇도 갚을 필요 없다고 이미 얘기했었습니다."

덤덤하게 중얼거리며 신후는 어두운 시선으로 기열을 올려다보았다. 피곤한 기색이 역력한 그의 눈에는 공허함이 교교히 흐르고 있었다.

"내 나름대로는 배려였어요. 처음부터 이 게임은 류태영이 아니라 내가 원해서 시작했었으니까. 류태영은 살아남기 위해서 어쩔 수 없이 게임에 참여했던 거니까. 일종의 위자료 차원이었죠."

"그분께서 대표님의 호의를 거절하셨다는 건가요?"

"달갑지 않았겠죠. 나 때문에 지독한 일을 겪었으니. 내버려 두세요. 아쉬운 쪽은 내가 아니잖아요. 고생이 죽도록 하고 싶으면 해보라죠. 가난이 얼마나 끔찍하고 처절한 것인지 경험하게 되면 그땐 깨닫게 될 겁니다. 자신이 얼마나 어리석은 짓을 했는지. 집 문서와 통장은 그때 돌려주세요. 받을 겁니다."

"대표님……."

미간을 찌푸리며 기열은 안타까운 마음을 담아 깊은 한숨을 내쉬었다.

"그분은 절대 되돌아오지 않으십니다. 혹시라도 그분이 돌아올 것이라 착각하고 이렇듯 여유를 부리시는 거라면 실수하시는 거예요. 그분은 눈곱만큼도 미련이 없어 보였어요. 부유했던 삶에도, 대표님에게도요. 책임과 의무에서 벗어났기 때문인지 오히려 전보다 훨씬 홀가분한 모습이셨습니다. 그런 얼굴로 떠난 사람은 절대 뒤돌아보지 않습니다."

"무슨 말씀이시죠? 내가 도대체 왜 류태영이 돌아오길 바란다는 겁니까?"

"저는 대표님께서 무슨 마음으로 그분을 떠나보냈는지는 모릅니다. 하지만 지금 그분을 걱정하고 계신다는 것은 압니다."

"내가요?"

"평생 가난이 뭔지 모르고 살아온 분께서 수중에 현금 한 푼 없이 길거리에 나앉았으니, 그 고생이 얼마나 심할까요. 그럴 것을 대표님도 이미 예상하셨겠죠. 그랬으니 빚을 갚지 말라고 당부해두셨을 것이고요. 이렇게 모든 걸 두고 떠날 줄은 대표님도 예상 못하셨을 겁니다."

"자업자득이죠. 자존심을 지키려고 돈을 내던진 게 딱 그 여자다운 발상입니다."

신후는 차갑게 중얼거리며 손에 들려 있던 쪽지를 책상 위에 아무렇게나 던지듯 놓았다. 그리고 아무 일도 없었던 듯 지금까지 검토 중이었던 서류를 들추기 시작했다. 겉으로는 멀쩡해 보이는 매끄러운 몸짓이었다. 하지만 신후를 오랫동안 곁에서 지켜봐 왔던 기열에게는 그의 초조함이 눈에 잡힐 듯 보이는 듯했다.

신후는 당황하고 있었다. 그것도 아주 몹시.

혹시라도 태영이 고생할까 봐 걱정하는 것이다. 가난이 얼마나 끔찍하고 처절한 것인지 알게 될까 봐 안절부절못하는 것이었다. 저게 애정이 아니면 대체 어디에서 나오는 반응이란 말인가.

"대표님, 그러지 마시고 지금이라도 달려가 붙드십시오. 떠나지 못하게 잡으세요. 아직 이삿짐을 싸는 중이시랍니다. 지금 출발하시면 만나실 수 있을 겁니다. 직접 만나 깊은 대화를 나누십시오. 진심으로 다가서면 의견의 일치를 보실 수 있을 겁니다."

"왜요?"

신후는 펜대를 움직이던 손길을 딱 멈추고 기열의 말을 싹둑 잘랐다. 거칠게 고개를 들어 기열을 올려다보았다.

"내가 왜 그래야 하죠? 그 여자가 뭔데? 착각하지 마세요. 류태영은 나에게 아무것도 아니에요. 처음부터 그랬고 지금도 달라지지 않았어요."

"그분에 대한 감정을 두려워하지 마십시오. 제 눈에는 그분도 대표님을 아주 많이 사랑하십니다."

"그놈의 사랑 타령은 여전하시군요. 도대체 무슨 근거로 그 여자가 날 사랑한다고 생각하죠?"

신후가 시니컬하게 중얼거리며 코웃음을 쳤다. 백기열은 소리 없는 한숨으로 조용히 참담한 심정을 가두었다.

신후가 어쩌다 이렇게까지 사람을 못 믿게 되었는지를 생각하니 마음이 아파왔다. 고통스러운 기억뿐인 어린 시절이 신후를 이토록 피폐하게 만들었으리라. 혹독한 후계자 수업, 업계에서 살아남기 위해 치러야 했던 수많은 혈투 등으로 인해 마음이 외롭고 각박한 남자가 되었으리라. 지난 16년간, 그의 스승이자 친구이자 아버지를 자처했던 기열은 책임을 통감할 수밖에 없었다.

"대표님께선 장점이 많으십니다. 남을 배려하는 마음, 따뜻하고 친절하고 상냥한 성품을 갖고 계시잖습니까. 여자라면 누구나 대표님과 사랑에 빠지고 싶어 할 겁니다."

"내가 친절하고 상냥하다고요?"

"해마다 아동학대, 가정폭력, 여성 지원센터 등에 막대한 후원금을 보내시잖습니까. 회사의 장학금 제도를 확대하시고 틈틈이 남몰래 오지로 봉사활동도 다녀오시고요. 어디 그것뿐입니까. 귀찮기도 하련만. 무작정 찾아와 떼쓰듯 투자를 부탁하는 무례한 사업가들의 얘길 전부 들어주시고, 그중에서 괜찮다고 판단되는 기업들은 실제로 도와주기까지 하십니다. 얼마 전에는 회사 빌딩 앞에서 1인 시위하는 아주머니를 불러다가 자초지종을 묻고 손수 민원을 해결해 주신 적도 있으시죠."

"그건 그 아주머니를 볼 때마다 짜증이 나서……."

"말씀은 그렇게 하시겠죠. 볼 때마다 짜증나서 도와준 것뿐이다, 걱정되고 안쓰러워서 돕는 게 절대 아니다. 하지만 사실은 뙤약볕에 쓰러지기 일보 직전인 아주머니가 안쓰러웠던 거잖습니까. 어머니 또래의 여성분이 자꾸 눈에 밟혀서 사무실로 모신 것이잖습니까. 아닙니까?"

"……."

"대표님을 지근에서 오랫동안 모셔온 저입니다. 대표님에 대해서라면 대표님 자신보다도 더 잘 안다고 자부해요. 대표님께선 단 한 번도 스스로를 괜찮은 인간이라고 생각해 보지 않으셨겠지만 생각보다 훨씬 더 많은 사람들로부터 존경과 애정을 받고 계십니다. 류태영 씨도 마찬가지입니다. 그분은 정말로 대표님을 깊이 사랑하고 계십니다."

"백 실장님."

"처음엔 도움이 절실해서 대표님의 곁에 머물렀을 겁니다. 하지만 서서히 마음을 열고 곁을 내어주었을 거예요. 대표님이 겉으로 보이는 것만큼 차가운 사람이 아니라 '끊임없이 차가운 체하는 따뜻한 사람'이라는 걸 직접 겪고 깨달았을 테니까요."

"허튼소리 그만하시죠."

신후는 서슬 퍼런 시선으로 기열을 노려보며 말을 씹어뱉었다. 당장 닥치지 않으면 가만있지 않겠다는 경고였으나 기열은 결코 기세를 꺾지 않았다.

그는 신후의 마음의 눈을 뜨게 하고 싶었다. 세상 사람들이 닫힌 게 아니라 그의 오관이 닫혀 있고, 그의 마음이 죽었노라고. 그래서 가장 소중한 사람을 놓치고 있는 거라고 똑똑히 알려주고 싶었다.

"부디 겁먹지 말고 앞으로 나아가시길 바랍니다. 과거의 악몽에서 벗어나세요. 그분이라면 대표님을 절대 아프게 하지 않을 겁니다. 사랑이라는 미명하에 대표님의 심장을 난도질하지도 않을 것입니다. 힘겹기만 했던 대표님의 삶에 오직 평안이 되어주실 거예요. 그분만이 돌처럼 굳어버린 대표님 마음에 한 송이 꽃을 피워주실 수 있습니다."

"백 실장님!"

신후가 끓는 감정을 제어하지 못하고 버럭 고함을 질렀다. 내면의 가장 밑바닥에서부터 끓어오르는 처절한 외침이었다. 류태영 때문에 머리가 얼마나 복잡한지를 드러내기에 조금도 부족함이 없는 격렬한 반응이었다.

심장이 터질 것 같았다. 차가운 가면 밑에서 암약하던 거칠고 불안한 감정들이 일제히 폭주하기 시작했다. 살인적인 적개심을 담아 이 모든 혼란의 원인 제공자인 기열을 노려보았으나, 그것만으로는 가슴속의 참혹한 아우성을 잠재울 수가 없었다.

'날 사랑하면 안 되지. 아무것도 해준 게 없는데, 그렇게 가혹하게 버렸는데, 나 같은 나쁜 놈을 사랑하면 안 되지.'

기열의 말을 믿고 싶지 않았다. 태영은 그를 사랑하면 안 된다. 그 같은 괴물의 여자가 되기에는 너무나 순진하고 착한 여자였다. 그의 어머니처럼 그녀 역시 사랑을 위해서라면 자신의 목숨까지도 바칠 것이다.

그리고 그는 류태영에게 불행만을 안겨주겠지.

그녀를 지배하고 억압할 것이다. 그녀가 고통받으며 괴로워해도 아랑곳하지 않을 것이다. 달아나려 하면 다리를 부러뜨려서라도 곁에 두려 할 것이다. 약혼자와 갈라놓고, 돈을 미끼로 부친을 유혹하고, 나약해진 심리 상태를 이용해 그녀를 취했던 것처럼 수단과 방법을 가리지 않고 그녀를 소유할 것이다. 제 손에서 말라죽어 간다 해도 절대로 놓아주지 않을 것이다.

신후는 너무나도 예측 가능한 불행한 미래를 떠올리며 두 주먹을 불끈 틀어쥐었다. 격렬하게 숨을 헐떡이며 기열을 노려보았다. 그가 무슨 말이든 해주기를, 그래서 풍랑을 맞은 돛단배처럼 사정없이 흔들리는 자신을 붙잡아주기를 간절히 기도했다.

"이젠 대표님도 과거의 기억을 딛고 행복해지셔야죠."

기열은 늘 그랬듯 차분하기 그지없는 모습으로 가만히 입을 열었다. 그리고 수많은 사업적 기로에서 언제나 가장 탁월한 결정을 내려왔던 이신후의 멘토답게, 주군이자 제자를 향해 평생을 두고 풀어야 할 인생의 숙제를 내주었다.

"어머니께서도 그러길 바라실 것입니다."

제12장 홀로 된다는 것

6개월 후.

"태영아? 류태영?"

"응?"

버스 안 좌석에 앉아 휴대폰을 들여다보던 태영은 고교 선배인 박지훈이 어깨를 건들자 깜짝 놀라 고개를 들었다. 준수한 외모의 지훈이 특유의 상냥한 미소를 지으며 버스 창밖으로 손가락질을 했다. 이제 곧 내릴 차례라는 뜻. 태영은 멋쩍게 웃으며 고맙다는 눈인사를 보내곤 버스에서 하차할 차비를 했다. 마음속으론 또다시 이신후 때문에 넋을 놓은 스스로를 향해 한숨을 터트렸다.

'이제 너랑 상관없는 사람이야. 제발 좀 잊어라.'

집값이 저렴한 지방으로 이사한 지 벌써 6개월이 지났다.

그동안 많은 일들이 있었다. 하루아침에 알거지가 되었으니 당장 생활비를 벌기 위해 일을 해야 했다. 학교에 휴학계를 내고 취직 자리를 알아보았다. 공부를 중단하고 싶지는 않았지만 현실적으로 대학 생활과 직장 생활을 병행할 수는 없었다.

다행히 어렵지 않게 직장을 구할 수 있었다. 규모는 작지만 재정이 탄탄한 무역회사에 말단사원으로 입사했다. 오래지 않아 아버지도 친구가 운영하는 공장에서 일하게 되었고, 지금은 어머니도 일일 아르바이트를 다니시며 씩씩하게 살아가신다.

온가족이 일해도 수중에 들어오는 돈은 겨우 목구멍에 풀칠할 정도였다. 예전에 비하면 턱없이 적은 수입. 그래도 언제나 기분만은 최고다. 마음이 홀가분하고 편안했다. 얼마 전에는 아버지가 '능력껏 벌고 쓰는 게 이렇게 맘 편할 줄 알았다면 진즉에 모든 것을 내려놓았을 것' 이라 말하기도 했다. 손에 움켜쥔 것을 놓지 않으려고 아등바등, 딸을 돈 많은 남자에게 시집보낼 생각까지 했던 자신이 너무도 어리석었다면서 못난 아비를 용서해 달라고도 했다.

그때 태영은 웃으며 이렇게 대답했었다.

"용서는 무슨. 아빠가 나한테 무슨 죄를 졌다고. 난 그 일로 아빠 원망 안 해. 후회스러운 것도 없어. 그러니까 아빠도 나한테 죄지었다고 생각지 마요."

사실이었다. 아버지 마음 편하게 해드리려고 거짓말한 게 아니라, 정말로 태영은 아버지를 요만큼도 원망하지 않았다. 좋은 인연은 되지 못했지만 이신후를 사랑했던 사실만큼은 후회하지 않으니까. 아버지가 이신후를 소개해 주지 않았다면 그를 사랑하는 행운도 누릴 수 없었을 테니까.

어쨌든 고단한 일상 속에서도 태영은 나름대로의 안정과 평화를 누리고 있었다. 방금 전, 인터넷 검색창에서 '이신후'라는 실시간 검색어를 발견하기 전까지는 오늘 하루도 꽤 즐거웠는데…….

"뭘 그렇게 집중해 보고 있었어? 버스 지나치는 줄도 모르고. 나 없었으면 어쩔 뻔했냐?"

버스에서 내리자마자 박지훈이 넉살 좋게 말을 걸어왔다.

한 살 위인 지훈은 고교 졸업 후부터 일찌감치 공무원 시험을 준비하여 지금은 주민센터에서 민원 업무를 보는 어엿한 행정공무원이었다. 태영이 갑자기 이사를 결정하고 어찌해야 할 바를 모를 때, 일자리를 구할 때, 함께 의논해 주고 조언해 주었던 고맙고 든든한 선배로, 지금은 같은 동네에서 사는 이웃사촌이었다.

"그러게."

씁쓸하게 웃으며 태영은 생각했다. 요즈음 유난히 지훈과 자주 마주친다고. 자가용 운전자인데도 지훈은 종종 버스를 이용한다고 했다. 오늘 아침에도 버스 정류장에서 마주쳤었다.

지난 주말에는 마트에 갔다가 그와 마주쳐 함께 장을 보았다. 어제는 그가 공짜 영화표가 생겼다며 함께 보러 가지 않겠냐는 제안도 했었다. 과외 아르바이트와 시간이 겹치는 바람에 영화를 보진 못했지만, 그로 인해 아주 잠깐 지훈을 의심했었다. 그가 자신에게 이성으로서 호감을 품은 게 아닌가 하고.

물론 그건 아닐 것이다. 지훈은 지난달까지 사귀던 여자친구가 있었고, 헤어진 직후에는 태영과 소주를 나눠 마시며 당분간은 솔로로 지내겠다고 맹세까지 했었다. 여자라면 신물이 난다나, 어쩐다나.

"인터넷 기사를 보고 있었던 것 같던데. 뭐 흥미로운 소식이라도 떴어?"

"별거 아니야. 경기도 산업단지 조성 기사."

"아아! 그거? 나도 아까 봤어. 세계적인 대기업이 우리나라에 투자한다고 난리 법석이던데? 그 회사 CEO가 한국 사람이라며? 이민 2세인데 한국말을 굉장히 유창하게 잘한다더라."

"응, 들었어."

"해외 나가면 애국자 된다는 말이 맞나 봐. 외국에서도 한국말을 원어민 수준으로 습득하고, 그것도 모자라 모국에 막대한 자금을 쏟아 투자하기까지. 진짜 우리나라 사람들 대단하지 않냐? 아니, 그 사람이 대단한 건가? 이름이 뭐였더라? 이신……?"

"이신후."

"그래! 이신후. 그 사람 스펙 장난 아니던데. 아버지한테 물려받은 재산을 수십 배로 불리고, 손댄 사업은 무조건 성공시키는 천재래. 로비스트로 활동한 전력이 있을 정도로 미국 정가(政街)에서도 유력한 사람이라더라. 게다가 자선사업에도 굉장히 열정적인가 봐. 2년 전엔가? 아프리카에 수도정화 시설을 무려 2조 원을 들여 설치했다나 봐. 멋지지 않냐?"

"맞아. 멋진 사람이야."

태영은 저도 모르게 중얼거리며 뿌듯한 미소를 빙긋 지었다. 하지만 마음은 여전히 혼란했다. 버스 안에서 넋 놓고 보던 기사가 머릿속에서 떠나질 않았다.

〈월드와이드 그룹 '월드프라임 인터내셔널 그룹' 한국 상륙!〉

떠들썩한 헤드라인이 붙은 기사의 주 내용은 세계적인 기업 〈월드프라임 인터내셔널 그룹〉이 경기도 일대 112만 1,000㎡에 문화콘텐츠와 첨단기술이 융합된 대규모 산업도시를 조성하는 사업 '월드프라임 시티'를 본격적으로 추진한다는 것이었다. 꾸준히 재기되던 절차상의 문제가 깨끗이 해결되고, 오늘 오전 사업 시행을 위한 특수목적법인인 ㈜월드프라임시티개발이 시공사와 책임 준공 약정서를 체결함으로써 드디어 사업이 구체화 단계에 들어섰다는 것이다.

축하할 일이었다. 이신후가 2년 동안이나 준비했고 작년부터는 한국에 체류하면서까지 집중했던 일이니만큼 마지막까지 성공적으로 잘 마무리되길 바랐다.

태영이 이토록 마음이 쓰이는 것은 기사에 첨부된 사진 때문이었다.

계약을 체결하러 나온 사람이 이신후가 아니었다. 월드프라임의 부대표라는 웬 외국인과 한국지사장, 그리고 담당 고문변호사뿐이었다. 사진을 본 순간 가슴이 철렁 내려앉았다. 그토록 중요한 계약에 왜 그가 직접 나서지 않았는지 심히 의구심이 일었다. 공식 석상에 나올 수 없을 정도로 어디가 아픈 것인가, 아니면 벌써 미국으로 돌아갔나, 별의별 생각들로 마음이 심란해졌다. 게다가 자세히 보니 고문변호사도 고연주가 아니었다.

그는 약속대로 고연주를 해고한 것이다.

가슴이 울렁거렸다. 지난 달, 백 실장님으로부터 한정현 소식을 들었을 때보다도 더. 신후는 〈태성 네트워크〉의 최대 주주로서 대표직에 오른 이후 곧바로 프로젝트 실패에 대한 자체 감사를 진행, 책임자였던 한정현이 거액을 횡령했다는 정황을 포착했다고 했다. 조만간 경찰에 정식으로 의뢰하여 법적인 처벌을 받게 할 것이라고.

"먼저 들어가, 선배."

이대로는 안 되겠다는 마음으로 태영은 골목 어귀 갈림길에서 걸음을 멈추고 지훈에게 작별 인사를 건넸다. 이렇게 계속 심란해하기보다는 사실 관계를 확인하는 것이 정신 건강에 도움이 될 듯싶었다.

"급하게 전화 통화해야 할 일이 있었는데 깜빡했네. 이제야 생각났어."

"그래? 그럼 통화하고 있어. 난 편의점에서 뭐 좀 먹고 있을게. 요즘 왜 이렇게 출출하냐. 넌 뭐 먹고 싶은 거 없어?"

코앞에 있는 24시간 편의점을 가리키며 지훈이 장난스럽게 물었다. 딱히 먹고 싶은 것도 없고 입맛도 없었으므로 태영은 빙긋 미소하며 천천히 고개를 가로저었다. 그러자 지훈이 손윗사람다운 엄한 얼굴로 중얼거렸다.

"너 그렇게 안 먹다가는 큰일 난다. 누구 좋으라고 곡기를 끊냐? 그 새끼는 잊으라니까. 간식거리 몽땅 사올 테니까 기다려."

그러고는 그녀의 대답도 듣지 않고 쌩하니 가게 안으로 들어갔다. 한숨을 푹 내쉬며 태영은 휴대폰을 들여다보았다. 주소록에서 백 실장을 찾는데, 문득 궁금해졌다. 자신이 입에 침이 마르도록 감탄해 마지않았던 그 이신후가 '그 새끼'라는 걸 알면 지훈은 어떤 반응을 보일까? 하고.

뜬금없이 웃음이 터졌다.

"별걱정을 다한다. 그 사람과는 만날 일도 이젠 없는데."

태영은 멍하게 현실을 중얼거리며 한숨을 푹 내쉬었다. 갑자기 눈시울이 달아올랐다. 뜨거운 감정이 가슴 한가운데를 뚫고 솟구쳤다. 이를 악물며 손끝으로 눈가를 문질렀다. 왈칵 끓어오르는, 반갑지 않은 절절함을 누르기 위해 안간힘을 썼다.

해 저무는 저녁녘, 어스름한 골목길에서 태영은 꽤 오랫동안 우두커니 서 있어야만 했다.

"그분이십니다."

한참 뒤, 골목길에 정차된 자동차 안에서 기열은 당황했다. 멀찌감치 떨어져 류태영을 지켜본 지 20여 분째인데, 갑자기 그녀가 자신에게 전화를 걸어온 것이었다.

6개월 만에 처음이었다. 지난 6개월 동안 태영은 단 한 번도 기열에게 전화한 적이 없었다. 용건이 있을 때면 간단히 문자메시지만을 보내왔을 뿐이었다. 설마 지켜보고 있는 것을 눈치챈 건 아니겠지?

기열은 걱정스러운 마음으로 뒷좌석에 앉은 신후를 돌아보았다. 어떻게 해야 할지 지시를 내려달라는 무언의 요청이었다. 신후는 휴대폰과 태영을 번갈아 보더니 한숨 쉬듯 무겁게 중얼거렸다.

"받아보세요."

지시가 떨어지자마자 기열은 통화를 수락했다. 스피커모드였다. 신후는 편의점 근처에서 서성이는 태영의 실루엣에 시선을 고정시킨 채 그녀의 전화 목소리에 귀를 기울였다. 언제 들어도 편안한, 깔끔하고 담백한 그녀의 독특한 어투가 휴대폰 스피커를 타고 흘렀다.

[백 실장님, 저예요. 류태영.]

"알고 있습니다. 오랜만이에요. 그동안 잘 지내셨습니까?"

[그럼요! 잘 지내고 있죠. 실장님도 건강하시죠?]

"물론입니다."

[갑자기 연락드려서 죄송해요. 바쁘세요?]

"아니요, 괜찮습니다. 무슨 일이십니까?"

[뭐 좀 여쭤볼 게 있어서요. 이런 질문 할 자격도 없다는 거 알지만. 그래도 너무 궁금해서……]

류태영답지 않게 목소리가 점점 작고 희미해지자 신후는 미간을 좁혔다. 생각 탓인지 그녀의 등도 한껏 움츠러든 것처럼 보였다. 무언가에 크게 낙담한 양 고개를 떨어뜨리고 어깨도 늘어져 있었다. 자세히 보니 살도 빠진 것 같다. 몸매가 전에 비해 많이 홀쭉하다.

'일이 힘든 건가.'

어디선가 날아드는 한줄기 바람이 그녀의 가느다란 목덜미를 핥고 지나갔다. 6개월 동안 한 번도 정리하지 않아 제법 길어버린 생머리가 하나로 묶인 채 허공에서 찰랑거렸다.

그는 그동안 정기적으로 그녀에 대한 정황을 보고받았지만 실제로 찾아 나선 건 이번이 처음이었다. 지난 며칠 동안 그녀가 출근하는 모습, 회사 식당에서 식사하는 모습, 퇴근하는 모습 등을 멀리서 지켜보았다.

보고받았던 대로 류태영은 잘 지내고 있었다. 그녀의 애정과 관심을 그리워하며 하루하루를 고통스럽게 살아낸 신후와는 정반대로. 회사 동료, 동네 주민 등 주변 사람들과 곧잘 어울리며 새로운 생활에 완벽히 적응한 모습이었다. 여전히 밝고 긍정적으로 생기가 넘쳐, 그녀의 주위에는 남자든 여자든 사람이 끊이질 않았다.

[저어, 혹시 신후 씨한테 무슨 일 생겼어요?]

스피커폰에서 태영의 주저하는 듯한 목소리가 흘러나왔다. 잠시 딴생각에 빠져 있던 신후는 천천히 눈을 들어 다시금 태영의 뒷모습을 좇기 시작했다. 태영은 아주 살짝 고개를 기울인 채 두 손을 곱게 모아 휴대폰을 쥐고 있었다. 작은 뒷모습이 몹시도 가냘팠다.

당장이라도 달려가 안아주고 싶을 만큼.

"무슨 말씀이신지?"

[뉴스를 봤거든요. 〈월드프라임 시티〉가 드디어 시공된다는 소식이요. 그거 신후 씨가 준비하던 프로젝트 맞죠?]

"그렇습니다."

[기자회견에 다른 사람이 대표로 나왔더라고요. 좀 이상했어요. 실장님도 아시다시피 신후 씨는 그 프로젝트를 늘 직접 챙겼잖아요. 계약 체결과 기자회견 현장에 다른 사람을 내보내는 건 신후 씨다운 일이 아니란 생각이 들었어요. 당연히 별일 없겠지만 혹시

나…….]

"걱정되셨군요."

[그 사람, 벌써 미국으로 돌아갔나요?]

"아직은 한국에 계십니다. 조만간엔 미국으로 돌아가셔야겠지만요."

[아아. 곧 가긴 가는군요.]

"원래 미국 분이잖습니까. 집도, 사업체도, 사회적 근간도 모두 그곳에 있으니 더 이상 한국에 체류하시는 건 시간낭비죠."

[이번에 미국 들어가면 더는 한국에 나올 일 없겠죠?]

"특별한 사정이 생기지 않는 한은, 아마도요."

[네에…….]

"대표님께선 잘 지내고 계십니다. 여전히 일을 너무 많이 하시지만, 건강에는 큰 탈 없는 수준이세요. 불면증도 거의 나으셨고 식사도 잘하십니다. 걱정하지 마십시오."

[다행이네요. 건강하다니.]

"류태영 씨는 어떠십니까? 빚 갚는다고 너무 무리하시는 건 아닙니까? 전에도 말씀드렸다시피 대표님께서는 빚을 상환받으실 생각이 전혀 없으신데……."

[어? 실장님! 저 끊어야겠어요. 버스가 와서요.]

빚 얘기가 나오자 태영이 갑자기 목소리를 키우며 백 실장의 말문을 가로막았다.

[미국으로 돌아가시기 전에 한번 연락주세요. 빚 문제도 다시 상의해야 하고, 여러모로 감사해서 실장님께 식사 한 끼 대접하고 싶어요. 아! 그리고 제가 전화했다는 건 신후 씨한테 얘기하지 말

아주실래요? 괜히 신경 쓰이게 하고 싶지 않아요.]

"그러겠습니다."

[그럼 연락 기다릴게요! 들어가세요!]

그녀는 여느 때보다 훨씬 밝은 목소리로 통화를 끝냈다. 듣는 것만으로도 6개월분의 피로가 싹 가실 만큼 상큼하고 시원한 목소리. 그러나 통화가 끝난 후 멍하니 핸드폰을 내려다보는 모습은 너무나도 허망해 보였다.

"죄송합니다, 대표님. 거짓을 고해서."

"……"

"차마 사실대로 말할 수가 없었습니다. 대표님께서 식사도 거의 않고 잠도 잘 못 주무신다고 하면, 저분께서 얼마나 걱정하시겠습니까."

"날 걱정하긴 할까요?"

덤덤하게 대꾸하면서도 신후는 태영에게서 눈을 떼지 못했다. 그녀는 기운이 하나도 없는 듯 온몸을 축 늘어뜨린 채로 비칠비칠 걸음을 옮겼다. 아슬아슬한 그녀의 발걸음이 너무도 걱정스러웠다. 당장 그녀에게 달려가고 싶은 성마른 충동을 억누르며 신후는 주먹을 세차게 틀어쥐었다.

"받아주지 않을까 봐 겁나십니까?"

"6개월은 긴 시간이니까요. 벌써 다른 사람이 있는 것 같기도 하고."

중얼거리며 신후는 편의점 안에서 뛰쳐나와 태영을 부축하는 남자를 지켜보았다.

키가 크고 마른 체형의 남자는 태영과 비슷한 또래처럼 보였다.

넥타이가 없는 바지 정장 차림에 검은 브리프케이스를 든 모습은 어딜 봐도 평범하고 성실한 샐러리맨. 그는 걸음을 비틀거리는 태영을 붙들고 '괜찮냐, 어디가 안 좋은 거냐, 병원에 가자, 내가 이럴 줄 알았다' 며 걱정스런 잔소리를 퍼붓더니 급기야는 큰소리로 마구 윽박지르기까지 하였다.

"그러게 내가 뭐랬어? 더 먹어야 한다니까! 살 좀 찌워라. 이렇게 약해서야 어디 시집갈 수 있겠냐?"

티격태격하면서 골목 안으로 사라지는 두 사람을 신후는 그저 가만히 지켜보고만 있었다.

기열의 시름은 더욱 깊어졌다.

[아니! 임신이 무슨 벼슬이냐고요. 세상천지에 임신한 사람이 자기 마누라뿐이야? 어떻게 마누라가 요만큼 움직이는 것도 아까워서 죽어?]

"요즘 세상엔 임신이 벼슬이긴 하지, 뭐."

저녁 8시경, 식탁 한가득 밥상을 차려놓고 혜진과의 통화 삼매경에 빠져 있던 태영은 피시식 웃음을 흘리고 말았다.

오빠의 초닭살 만행에 분노한 나머지 며칠째 전화로 하소연 중인 혜진에게는 미안하지만, 얘기를 들으면 들을수록 공분하기는커녕 피식피식 웃음이 터지고 '좋을 때다' 라는 말이 절로 나왔다. 신혼에 허니문 베이비까지 가졌으니 부부가 얼마나 행복하고 깨가 쏟아질까. 혜준은 임신한 아내를 업고 다니고 싶을 것이다. 물론 깨소금 냄새 풍기는 신혼부부 사이에 끼어 살아야 하는 깍두기 인생, 혜진의 입장도 충분히 공감되었다.

"우리나라의 인구 감소 추세가 심각한 수준이라잖아. 오죽하면 애 낳는 걸 애국이라고 하겠니."

[마누라가 그리도 아까우면 자기가 몸 바쳐 봉사하든지. 왜 날 부려먹느냐고. 밥하기, 설거지, 청소, 빨래, 하다못해 쓰레기까지! 다 나한테 떠넘기고. 자긴 꼴에 의사랍시고 바빠서 집에 와보지도 않아요. 만날 전화해서 '혜진아! 새언니 좀 보살펴다오'. 눈물 난다, 눈물 나.]

혜진은 아무리 생각해도 혜준이 괘씸한 듯 따따부따 종알거렸다. 보통 서운한 게 아닌 모양. 그동안 혜준이 워낙 자신에게 잘했기에 배신감 비슷한 감정을 느끼는 듯했다. 두 남매의 남다른 애착관계를 생각하면 혜진의 마음도 이해되었다.

"그만큼 널 믿으니까 그렇지. 혜준 오빠 지금 얼마나 답답하겠니? 아내가 임신했는데 바빠서 챙겨주지도 못하고. 네가 '김 첨지' 기질이 있어서 그렇지 속정은 깊잖니. 말로는 툭툭거려도 해줄 건 다 해주잖아. 올케언니 힘들세라 밥하고 빨래하고 청소하고. 그래서 오빠도 널 믿고 부탁하는 거지."

[그건 그 인간이 날 시시때때로 쪼니까! 그리고 우리 올케가 겉보기와 달리 은근히 행동이 둔하고 어수룩해요. 설거지도 불안해서 못 맡기겠다니까. 내가 진짜 빨리 취직해서 분가를 해야지. 이러다가 조만간 올케 보모로 '취집' 하겠어.]

"참! 너 LK전자 2차 면접 본 건 어떻게 됐어? 결과 나왔어?"

[다음 주 발표. 근데 보나마나 똑 떨어질 거야. 면접을 더럽게

못 봤거든.]

"아니, 왜? 어쩌다가?"

[이사라는 인간이 날 보자마자 태클 걸잖아. 사진과 실물이 왜 이렇게 다르냐며. 그러더니만 갈수록 가관으로 영문과 출신답지 않게 생겼다는 둥, 체대생처럼 보인다는 둥, 자꾸 헛소리를 지껄이는 거야. 참을 수가 있어야지. 머리에 피도 안 마르게 생겨가지고 말이야.]

"이사라는 사람이 그런 소릴 해?"

[웃기지? 어이없지? 그래서 내가 거하게 한소리 쏴주고 사이다 드링킹했어. LK전자 정도면 대한민국을 선도하는 일류 기업인데 어떻게 이사라는 인간이 성차별적인 발언을 그렇게 아무렇지도 않게, 그것도 면접장에서 하실 수가 있느냐고. 이런 임원이 군림하는 회사에선 도저히 애사심과 긍지를 가질 수 없을 것 같다고. 그리곤 면접장을 박차고 나와 버렸지.]

"뭐? 야, 그래도 그건 좀 너무……."

이번에도 푸훗, 웃음이 터졌다. 아무리 면접관이 분노를 유발했다지만 입사지원자가 면전에서 바른말 하기가 어디 쉬운가. 그런 간 큰 짓을 했다간 합격은 물 건너가는 것인데, 어느 누가 섣불리 나설 수가 있겠나. 정혜진이나 되니까 그런 통쾌한 한 방을 날릴 수 있는 것. 역시 자랑스러운 내 친구답다 싶으니 웃으면 안 되는데도 자꾸 웃음이 나왔다.

[근데 있지.]

태영이 연신 킥킥거리는데 혜진이 한층 조심스럽고 진지한 목소리로 말문을 열었다.

[나 이번 주말에 경주에 내려갈까 하는데.]

"응? 또? 왜? 은수한테 무슨 일 생겼어?"

[일은 무슨 일. 아기가 자꾸 눈에 밟히니까 그렇지.]

화들짝 놀라는 태영에게 혜진은 조금은 싱겁게 중얼거렸다. '아기'라 함은 지난주에 해산한 은수의 딸, 최은총을 말하는 것이었다. 이제 막 세상에 나온 빨갛고 작고 꼬물꼬물한 갓난애. 어찌나 예쁘고 사랑스러운지 태영과 혜진은 보자마자 홀딱 반하고 말았다.

사실 지난 6개월간, 태영의 설득에도 불구하고 혜진은 은수를 용서하지 않았었다. 은수가 불쌍하게 된 건 스스로가 자초한 일이라며 무슨 장한 일을 했다고 용서씩이나 해주냐고 끝끝내 외면했었다. 출산일이 임박했을 때 은수의 곁에 있어주자는 태영의 제안에는 '넌 별도 없니? 갤 왜 도와줘?'라며 신경질을 부리기도 했었다. 그랬던 혜진을 부랴부랴 경주로 쫓아 내려오게 만든 게 바로 고 작고 사랑스러운 꼬맹이, 은총이었다. 엄마를 위독하게 만듦으로써.

은총이 태어난 날 밤, 태영과 혜진은 친구 때문에 천당과 지옥 사이를 오가느라 십 년은 더 늙어버렸으나 대신 값진 선물을 받았다.

숭고한 새 생명과 아름다운 우정.

은총은 흩어졌던 세 친구의 마음을 다시 하나로 묶어놓았다.

[은수가 어쩌고 있는지 걱정되기도 해. 몸 푼 지 일주일도 안 됐잖아. 갓난앨 산모 혼자 챙기는데 몸조리나 제대로 하겠어? 혼자 사는 꼬라지를 생눈으로 봐서 그런지 맘이 불안해. 요즘은 잠도

제대로 안 와.]

"걱정이 이만저만이 아니구나?"

[요즘 임신한 우리 올케를 옆에서 지켜보잖아. 뱃속에 하나의 생명을 품는 게 보통 힘든 게 아니더라고. 너 그거 알아? 배가 부르면 제대로 눕지도 못한다. 화장실 가는 것도 힘들어해. 우리 올케 옆에는 남편도 있고 나도 있잖아.]

"은수는 열 달을 혼자 버텼겠지."

[어떻게 그 긴 시간을 오롯이 혼자 감당했을까 싶어. 그동안 속좁게 삐쳐서 모른 체했던 내가 한심스럽고 많이 미안해. 이번에 내려가면 무슨 일이 있더라도 은수 어머님 만나뵐 거야.]

"사실을 얘기하려고?"

[딸내미가 애를 낳았는데 알고는 계셔야지! 난 솔직히 지금도 믿을 수가 없어. 어떻게 부모님한테 임신을 숨길 수가 있니? 애 젖 물리면서 엄마 보고 싶다고 눈물 펑펑 흘리지나 말든가. 하여간 독한 계집애야.]

"나도 가서 돕고 싶은데 사정이 여의치가 않네."

제 처지를 생각하며 태영은 한숨을 푹 내쉬었다. 은수의 출산 예정일에 맞춰 휴가를 일주일 정도 미리 당겨썼던 탓에 당분간은 시간 내기가 어려웠다. 마음 같아서는 두세 달 휴직하고 은수와 은총을 돌보고 싶었지만 하루하루 빚 갚으며 아등바등 사는 처지라 그럴 여유가 없었다.

"미안해. 친구가 돼서 어려울 때 나서주지도 못하고."

[무슨 소리야? 빚 갚느라 피골이 상접한 애가. 네가 가겠다고 해도 내가 말릴 참이야. 넌 지금 누굴 도울 처지가 아니라 도움을

받아야 할 처지라고. 은수보다 네가 더 걱정이란 말이야.]

"나? 내가 왜?"

[너만 보면 마음이 아프다, 이 계집애야. 내가 백수 주제라 도울 방법도 없고. 갈수록 살이 빠지니 보는 사람이 얼마나 속상한지 알아? 돈 버는 것도 좋지만 건강은 챙겨가면서 일해. 그까짓 빚이 무에 대수라고.]

"건강 챙겨가면서 일해가지고 언제 빚을 갚니? 걱정 마. 보기보다는 튼튼하니까. 처음엔 힘들었는데 지금은 괜찮아. 이젠 적응되어서 살 만해. 무엇보다 엄마가 특유의 쾌활함을 되찾아서 마음이 놓여."

[너희 어머니도 은근히 생활력이 강하신가 봐. 보기엔 되게 여리여리하셔서 아무것도 못하실 것 같은데. 그 왜. 손에 물 한 방울 안 묻히고 사시는 사모님 느낌 있잖아. 내 눈엔 네 엄마가 그러셨거든.]

"사실 나도 예전엔 그런 줄 알았어. 근데 아니더라고. 우리 엄마, 요즘 물 만난 물고기 같아. 돈 버는 재미 쏠쏠하다고 얼마나 열심히 일하시는지 몰라."

태영은 날마다 일당 받아 저축하는 재미에 푹 빠져 있는 어머니를 떠올리며 배시시 웃었다.

솔직히 빈털터리로 세상에 나왔을 때만 해도 제일 우려되었던 게 어머니 박서경 여사였다. 그녀의 눈에 박 여사는 평생을 떠받들려 곱게만 살아온 안방마님이었다. 험난한 셋방살이에 적응은 고사하고, 행여 사태를 비관한 나머지 우울증에라도 빠지면 어쩌나 걱정되지 않을 수가 없었다.

실제로 처음 몇 주간은 정말로 우울해 보이기도 했다. 그러나 시간이 갈수록 박 여사는 활달함을 되찾아갔다. 참으로 불가사의한 일이라고 생각했었다. 아무리 낙천적이라도 어떻게 이렇게 빠르게 극복해 가는지.

나중에야 알았다. 박 여사가 태영의 생각만큼 곱게만 살진 않았다는 것을. 그녀에겐 결혼 전후, 방직 공장에서 여공으로 일하며 남편의 사업을 뒷바라지했던 비밀스러운 사연이 있었다.

"평생 할 고생을 그때 한꺼번에 다 했어. 지금도 난 실과 바늘만 보면 징글징글해."

"평소에 바느질을 안 했던 게 그래서였어? 못해서가 아니라 질려서였던 거야?"

"바느질이라면 학을 뗐으니까. 그리고 네 아버지가 사업에 성공하자마자 선언했었거든. 이제부터 난 집안일에서 손 뗄 테니 당신이 하든지 사람을 부르든지 마음대로 하라고. 결혼 전에 했던 고생시키지 않겠다던 약속, 이제라도 지키라고. 네 아버지가 약속 하나는 잘 지키잖니. 순순히 그러마고 하더니 지금껏 진짜로 고생시키지 않았어."

"나 때문에 다시 고생하게 된 거네? 내가 밉겠다."

"아닌데. 난 우리 딸 고맙고 예쁜데. 다시 일하는 재미를 느끼게 해줘서."

"일하는 재미는 무슨. 빚 때문에 고생이지."

"진짜 아니야. 이젠 고생이라고 생각하지 않아. 즐겁게 일하고 있어. 생각해 보면 예쁜 옷, 비싼 백, 수입 가구, 그딴 거 모으는 재미보다 일하면서 아줌마들이랑 수다 떨고, 남편 자랑, 딸 자랑, 보너스 받으면 뭐

할까 고민하는 재미가 훨씬 꿀이야. 이런 게 사람 사는 맛이지. 돈지랄 하는 여편네들이랑 티타임 갖는 것보다 월급날 너랑 네 아빠랑 모여서 치맥 한잔 때리는 게 나한테는 훨씬 큰 행복이라니까. 정말이야!"

"엄마……."

"그나저나 나 이러다가 재벌 되는 거 아니니? 3개월 만에 벌써 400만 원이나 모았어!"

박 여사는 감동해서 눈빛이 흐려지는 태영의 눈앞에 통장을 흔들어 보이며 경쾌하게 브라보를 외쳤다. 그러곤 태영을 꼭 안으며 '딸, 난 네가 너무 자랑스러워' 하고는 앞으로는 더욱 씩씩하게 잘 살아보자고 다정한 말을 건네주었다. 그게 얼마나 큰 힘이 되었는지 모른다.

겉으론 의연한 척했지만 그동안 마음이 참 복잡했었다.

생각이 많았다. 자신의 쓸데없는 허영심 때문에 나이 든 부모님께 못할 짓을 한 것은 아닌가. 딱 한 번만 자존심을 굽히면 지금까지 그랬던 것처럼 앞으로도 편히 살 수 있는데. 그랬다면 아버지는 평생에 걸쳐 키운 회사를 남에게 넘겨주지 않아도 되고, 어머니 역시 또다시 힘겨운 생활 전선에 나서지 않아도 되었을 것을, 자신이 너무 이기적이었던 것은 아닌가. 별별 생각으로 마음이 많이도 무거웠었다.

이제는 한결 가볍다. 아무 생각 하지 않고 열심히 빚만 갚아나갈 생각이었다. 그러다 보면 언젠가는 잊을 날이 오겠지. 그를 떠올려도 가슴 아프지 않을 날이, 밤마다 눈물짓지 않아도 될 날이 올 것이다.

그게 인생살이 아니겠는가.

[근데 그…… 남자 말이야. 연락 없어?]

"응?"

혜진답지 않은 무척 조심스러운 질문이 날아들자 태영은 멍하니 대꾸했다. 무심결에 벽에 붙은 시계를 돌아보았다.

8시 10분.

조만간 부모님이 도착할 시간이었다. 요즈음 두 분은 서로의 퇴근 시간에 맞춰 밖에서 만났다가 함께 귀갓길에 오르신다. 아주 가끔은 근처 공원을 산책하며 둘만의 시간을 보내시는데, 태영은 그 모습이 그렇게 보기 좋을 수가 없었다. 오늘도 데이트하고 오시려나?

[그 남자. 원수 같은 이신후.]

"이신후?"

김치찌개를 데우려 가스레인지에 손을 뻗다 말고 태영은 일순 얼음이 되었다. 정말 기막히게도 뇌가 이신후의 이름을 인지하자마자 온몸이 굳어버렸다. 단축키 하나로 포맷된 컴퓨터처럼 단번에 머릿속이 새하얘지고 눈시울이 빠르게 붉어졌다. 파블로프의 개처럼 조건반사적인 신체 반응이었다.

[뉴스 보니까 아주 떼돈을 벌더구만? 조 단위 사업이 어쩌고, 천부적인 경영 능력이 어쩌고, 언론 플레이도 장난 아니던데? 애국자네, 노블리스 오블리제 실천주의자네, 아주 신났더라. 그렇게 돈이 많은 사람이 너한테는 왜 그렇게 가혹하다니?]

"그건 내가……."

[사업 마무리되었으니 조만간 한국 뜰 텐데 진짜 연락 없어? 빚

도 빚이지만 둘이 한 번은 만나야지. 어쩌면 이대로 죽을 때까지 못 만날지도 모르는데. 마지막으로 만나서 헤어질 때 못다 한 얘기라든가 가슴에 맺힌 말 같은 거, 해야 하지 않겠어? 그래야 제대로 마음 정리 되지 않을까?]

"맺힌 말은 무슨. 우리 그런 거 없어. 다 끝난 사이야."

[정말로 다 끝난 거 맞아? 미련도 아쉬움도 전혀 없어? 진짜?]

"응."

치솟는 눈물을 참느라 태영은 겨우 한마디만 대답했다.

목구멍이 아팠다. 가슴이 미어지고 코끝이 찡해졌다. 그의 모습이 눈앞에 생생히 그려졌다. 다정했던 그의 시선이, 따스했던 손길이, 친절했던 키스가, 그립고도 그리운 그의 모든 것이 너무나도 또렷이 상기되었다.

[근데 난 왜 이렇게 안 믿기냐? 거짓말 같아. 네가 시간이 갈수록 야위는 것 하며, 남자 소개시켜 준다고 할 때마다 질색하는 것 하며, 그 사람 욕할 때마다 편드는 것 하며. 넌 아직도 그 사람을 못 잊는 것 같아. 뭐, 헤어진 지 고작 반년이니 그럴 수도 있겠지.]

"……."

[내 말은, 네가 아직이면 그쪽도 아직일 수 있다는 거야. 그 사람도 아직 너를 못 잊었을 수 있다고. 만약 둘 다 지금도 서로를 사랑한다면 굳이 이렇게 헤어져서 아파할 필요 없잖아. 이번 기회에 만나서 다시 잘해볼 수도…….]

"사랑 아니야."

[뭐?]

태영의 말이 도통 무슨 소리인지 모르겠다는 듯 혜진이 뾰족하게 반응했다. 둘이 깊이 사랑한다는 걸 제 눈으로 직접 확인했었는데 대체 무슨 말인가 싶은 모양이었다. 태영은 소리 없이 흐르는 눈물을 닦으며 피식 웃음을 흘렸다.

"신후 씨는…… 사랑 아니었어, 혜진아. 얘기했잖아. 그 사람이 나한테 어떻게 했는지. 어떤 식으로 날 버렸는지. 조금이라도 사랑했다면 날 그렇게 비참하게 만들면서까지 헤어지지는 않았을 거야."

[도무지 이해를 못하겠네. 이신후는 은수한테 접근해서 너랑 한정현을 갈라놨잖아. 그건 누가 봐도 널 짝사랑한 거 아니니? 널 너무 사랑한 나머지 약혼자와의 사이를 훼방 놓은 거잖아. 한데 사랑이 아니었다니. 사랑이 아니면 뭔데? 널 사랑하지도 않았으면서 왜 그런 짓을 해?]

"그건 나도 몰라. 물어보지 않았어. 그땐 별로 중요하지 않다고 생각했거든. 그 사람이 날 사랑한다고 철석같이 믿었으니까."

[그럼 넌? 넌 어땠는데? 이신후를 사랑했어?]

혜진의 집요한 질문이 심장 한가운데를 푸욱 찔렀다.

그 순간이었다. 자제력의 고삐가 속절없이 풀려 버린 것은.

참았던 눈물이 콸콸 솟구치기 시작했다. 정말 말도 안 되게 뜬금없이 주르륵주르륵 쏟아졌다. 혹시라도 오열하게 될까 봐 태영은 차마 입도 벙긋하지 못했다.

[사랑했구나. 그렇지?]

태영의 침묵이 긍정이라고 해석한 듯 혜진은 무섭게 다그쳤다. 태영은 떨리는 아랫입술을 지그시 깨물고 정신없이 고개를 끄덕였다. 어떻게 알아들었는지 혜진이 또다시 매섭게 채근했다.

[그 사람도 알아? 네가 예전에 얼마나 사랑했는지, 지금도 얼마나 사랑하고 있는지. 아직도 잊지 못해 하루하루를 그리움 속에서 고통스럽게 살아가고 있다는 거, 이신후도 알고 있어?]

"……"

[모르는구나. 말 안 했어. 그렇지?]

"……못했어. 사랑한다는 고백조차도."

[아니, 왜! 사귀고 있었잖아. 사귀는 사이에 사랑 고백도 안 했어? 왜 그랬어? 다른 건 몰라도 사랑한다는 말은 했어야지! 그랬으면 그렇게 허무하게 헤어지지 않았을 거 아니야. 뭐가 달라졌어도 달라졌을 것 아니냐고.]

글쎄…….

이신후는 사랑의 존재 자체를 믿지 않는 남자다. 그녀에게 너무도 당당하게 '사랑이 아니라 육체적 욕망일 뿐'이라고 말했던 사람이었다. 그녀를 사랑하지 않은 게 너무도 분명했던 남자인데, 그런 신후에게 사랑한다고 고백했다 한들 뭐가 달라졌을까?

[지금이라도 만나. 만나서 얘기해. 그럼 둘 사이의 오해가 풀릴지도 몰라.]

뭐가 그렇게도 안타까운지 혜진은 푹푹 한숨을 내쉬며 고백을 권했다. 괴이한 타이밍에 또다시 웃음이 터졌다. 눈물은 여전히 펑펑 쏟아지는데 입에서는 실없는 웃음이 흘렀다. 드디어 미쳤나 보다고 생각했다. 가슴이 찢어지다 못해, 이신후가 보고 싶어서 눈이 짓무르다 못해, 드디어 정신이 나갔구나 싶었다.

손등으로 오른쪽과 왼쪽, 차례로 눈꺼풀을 문질러 닦고서 태영은 천천히 고개를 가로저었다. 부질없는 짓이라고, 그래 봤자 달라지는 것은 없다고 말없이 씁쓸한 미소를 지어 올렸다.

그때였다.

띵동—

현관 벨이 울렸다.

제13장 다시 사랑할 수 있을까

한참 만에 문이 열렸다.

끼이익. 서서히 문틈이 벌어지며 태영의 갸름한 얼굴이 빼꼼 드러났다.

만 6개월 만에 코앞에서 태영을 마주한 신후는 첫눈에 그녀가 울었음을 알아보았다. 눈이 빨갰다. 눈두덩도 불그스름하니 부어 있었다. 벨을 눌렀는데도 한참 동안 인기척이 없었던 것은 어쩌면 눈물을 닦느라 정신이 없었던 건지도 모르겠다.

문득 백 실장으로부터 보고받았던 내용이 뇌리를 스쳐 갔다.

"박지훈. 스물여섯. 7급 행정직 공무원입니다. 그분과는 고등학교 선후배 사이더군요. 그분께서 이곳에 정착하기까지 박지훈 씨의 도움이 컸던 것으로 파악됩니다. 현재는 건물 하나 사이로 이웃해 사는데,

가족끼리도 왕래하는 가까운 사이입니다. 박지훈 씨에 대한 주변 사람들의 평가는 자못 훌륭합니다. 성실하고 부지런하다고 칭찬이 자자하더군요."

박지훈이라는 남자 때문에 울었던 것일까?

그랬을지도 모른다고 생각하니 가슴에 낯선 감정이 피었다. 그럴 자격도 없으면서. 그녀에게 그 무엇도 요구할 권리 없으면서. 여기까지 찾아온 것만으로도 스스로 최악임을 인정한 것이면서. 그럼에도 불구하고 시기심이 그의 가슴을 사악하게 물들였다.

그녀를 빼앗기고 싶지 않았다.

그 누구에게도.

"여기서 뭐 해요?"

태영은 퉁퉁 부은 눈을 휘둥그레 치뜨고는 다소 맹한 말투로 물었다. 그가 자기 집 현관문 앞에 서 있는 현실이 믿어지지 않는 듯 끔뻑끔뻑 눈꺼풀을 닫았다가 열기를 반복하고 있었다.

손을 뻗고 싶은 충동이 일었다. 반쯤 열린 입을 닫아주고, 아직 물기가 남아 있는 눈을 부드럽게 어루만져 주고 싶었다. 부드럽게 키스하며 그녀의 인생에 성큼 발을 들여놓고 싶었다. 그러나 신후는 아직은 죄를 용서받지 못했기에, 소원하는 일을 하는 대신 물끄러미 그녀를 내려다보기만 했다.

"잘 지냈어?"

"어쩐 일이에요?"

태영이 인상을 찌푸린다. 헤어진 전 애인이 난데없이 나타나 어제까지도 잘 만나왔던 듯 일상의 인사말을 건네니 어처구니가 없는 모양이었다. 딱히 적당한 핑계가 떠오르지 않았음에 신후는 말 없이 서 있었다.

그녀를 가만히 훑어보았다. 말갛고 말간 순진한 눈망울과 피노키오처럼 오똑한 콧방울을. 살짝 상기된 듯한 복숭앗빛 두 볼과 탐스러운 붉은 입술을. 볼 때마다 구미가 당겼던 가느다란 목선과 쇄골을. 그리고 그 아래 불룩한 가슴과 작은 가슴골 아래로 사라지는 은빛 목걸이도…….

또다시 손이 근질거렸다.

옷자락 안으로 숨어들어 간 펜던트를 꺼내어 보고 싶었다. 얇은 셔츠 자락에 가려진 희고 고운 피부를 쓸어내려 보고 싶었다. 탱탱한 원을 움켜쥐고 부드럽게 주물러 보고 싶었다. 전에 했던 것처럼.

"혹시……?"

들불처럼 퍼지는 몸의 불길을 잠재운 것은 태영의 겁먹은 눈망울이었다. 그녀는 뭐가 그리 불안한지 눈동자를 이리저리 굴리며 머뭇머뭇 입을 열었다.

"……백 실장님한테서 무슨 얘기 들었어요?"

"……."

"아니면 미국에 들어가기 전에 작별 인사하려고 온 거예요?"

"……."

"그것도 아니면 왜……?"

입에 자물쇠를 채운 양 침묵을 지키는 그의 태도에 태영은 안절부절못하였다. 신후는 태영의 입장을 배려하여 조금은 부드럽게, 조금은 덜 저돌적으로 굴어야 한다는 걸 알았다. 하지만 그녀에게서 시선을 거두는 건 쉬운 일이 아니었다. 사악하리만치 검고 짙은, 뚫어질 듯한 시선을 온전히 태영에게만 쏟을 수밖에 없었다.

쉬이익—

팽팽한 긴장감에 금이 간 건, 집 안에서 흐르는 소음 한 자락 탓이었다. 태영은 흠칫 놀라 뒤를 돌아보았다. 전기밥솥에서 뜨거운 김이 빠지고 있었다. 더욱더 당황한 듯 태영은 지그시 입술을 깨물었다. 얼굴의 홍조가 어느덧 목 아래까지 흘러내리고 있었다.

"저기, 용건이 없으면 이만……."

"들어가도 돼?"

태영이 이대로 자신을 문전박대할 거라는 예감이 들자 신후는 주저하지 않고 입을 뗐다. 태영은 예상치 못한 질문을 받은 양 또다시 커다란 눈을 치켜떴다.

"네?"

"아니면 여기 계속 서 있어야 하나? 기껏 찾아왔는데."

"아, 아니에요. 들어오세요……."

그가 '손님을 밖에 세워두는 건 예의가 아님'을 에둘러 지적하자 태영은 화들짝 놀라 현관문을 열어주었다.

어색한 동작으로 그가 들어갈 수 있도록 공간을 내어주는 태영을 지켜보는 그의 얼굴에 차가운 미소가 감돌았다. 그녀가 아무리 아닌 척해도 그는 감지할 수 있었다. 그녀가 자신의 방문을 달가워하지 않는다는 사실을. 거절 못해 안으로 들이는 것일 뿐 속마음은 그가 꺼져 주길 바란다는 것을.

그녀의 바람대로 꺼져 줘야 한다는 걸 알면서도 신후는 성큼성큼 그녀의 집 안으로 들어섰다. 내면의 시니컬한 자아가 속살거렸다.

'이기적인 자식.'

코끝을 스치는 신후의 체취를 들이켜며 태영은 주먹을 꽉 움켜쥐었다.

심장이 벌컥거렸다. 손발이 후들거리고 입술이 타들어갔다. 긴장한 나머지 바보처럼 말을 더듬고 발음도 씹혔다. 벨이 울리고 현관 모니터로 그의 모습을 확인한 순간부터 시작된 반응이었다. 부끄럽게도, 그를 보자마자 소리를 지를 뻔했다. 기뻐서.

그의 방문 목적은 너무나도 뻔했다.

아마도 둘 중 하나일 것이다. 빚 문제를 상의하려거나 혜진의 말처럼 마지막으로 작별 인사를 하려거나. 두 가지 모두 소망과는 동떨어진 것임에도 그녀는 설렘을 억제하기가 힘들었다.

'오랜만이라서 그래. 6개월 만이잖아. 6년보다도 더 길었던 반년.'

짧지 않은 시간이 흘러 다시 만난 이신후는 예전의 완벽한 모습 그대로였다. 눈빛이 더 서늘해지고, 턱선이 더 날카로워지고, 머리카락의 길이가 더 길어진 것을 제외하면 모든 면에서 예전과 똑같았다. 그때나 지금이나 눈을 어디다 둬야 할지 모를 정도로 잘생겼다.

태영은 조용히 현관문을 닫았다. 신후는 거실에 자리한 널찍한 나무 탁자 앞에 서 있었다. 탁자에는 부모님이 도착하시면 곧장 식사하실 수 있게 2인분의 밥상이 차려져 있었다.

좁은 아파트 한가운데에 그가 서 있으니 집이 성냥갑처럼 작게 느껴졌다. 원래 이렇게 덩치가 컸던 사람이었나. 마른 편이라 보통 체격이라고 생각했었는데 착각이었나 보다. 그는 정말이지 태산처럼 커 보였다.

긴장된 숨을 길게 밭으며 태영은 천천히 안으로 들어섰다. 무의식중에 옷매무새를 다듬다가 자신의 추레한 옷차림을 깨달았다. 집에서만 입는 허름한 트레이닝 반바지와 반팔 셔츠 차림이었다. 전신 거울에 비친 매력 없는 머리 모양도 눈에 들어왔다.

갑자기 울고 싶어졌다. 이신후에게만큼은 초라한 모습 보이지 않으려고 했는데…….

"소식은 들었어요."

간신히 마음을 추스르고 태영은 그에게 먼저 말을 걸었다. 그는 아직도 밥상 앞에 우두커니 서 있었다. 무슨 생각을 하는지, 미동도 없는 그의 뒷모습만으론 알아낼 수 없었다.

"추진 중이던 프로젝트가 마무리 단계라면서요. 축하해요."

"손님이 올 예정인가? 아니면 가족?"

신후는 그녀가 건넨 말을 싹 무시하고 제멋대로 난데없는 질문을 던졌다. 태영은 물론 가족을 기다리는 것이기에 고개를 끄덕였다.

"네."

"……."

"사실은 아까 백 실장님이랑 통화했어요. 당신이 더 이상 한국에 남아 있을 이유가 없다고 하더군요. 조만간 미국으로 돌아갈 계획이라고요. 남은 빚을 어떻게 처리할 것인지는 실장님과 만나서 재논의할 생각이에요."

"원앙이네."

"……?"

"숟가락 말이야. 원앙이라고."

그가 멀뚱하니 밥상을 내려다보며 혼잣말 같은 중얼거림을 읊조렸다. 태영은 그의 뒤통수에 고정했던 시선을 뚝 떨어뜨려 문제의 숟가락을 확인했다. 정말로 원앙이었다. 숟가락과 젓가락 손잡이 끝에 파랗고 빨간 원앙 한 쌍이 그려져 있었다.

"한국 사람들은 이걸 부부의 상징으로 쓰지 않나?"

"맞아요."

태영은 불퉁하게 중얼거리며 눈살을 찌푸렸다.

갑자기 웬 원앙 얘기일까?

부모님이 쓰시는 숟가락이다. 그녀가 부모님의 도혼식 기념으로 선물한 금수저. 20년 동안 행복하게 사셨으니까 앞으로도 한 쌍의 원앙처럼 다정하게 백년해로하시라는 의미에서였다.

"돈은 이제 미국으로 직접 송금할게요. 그게 좋을 것 같아요. 그쪽 계좌번호를 알려주면 매달 정해진 날짜에 한꺼번에 입금할게요."

"……."

"여러모로 불편을 끼쳐서 미안해요. 어떻게든 빨리 갚아보려고 했는데 생각보다 돈이 잘 안 모이네요. 기다리는 김에 조금만 더 기다려 줄래요? 다음 달부터는 과외를 하나 더 늘릴 수 있어요. 어쩌면 단체 수업도 가능할 것 같아요. 학부모께서 만족도가 높으신지 학생들을 더 모집해 주시겠다고 했거든요. 과외 수업을 늘려나가면 갚아나가는 속도는 지금보다 훨씬 빨라질 거예요."

"그놈의 빚."

그가 들릴 듯 말 듯 한마디 중얼거린 것은 바로 그때였다. 무슨 의미인지 생각해 볼 새도 없이 곧장 그에게 손목이 붙들렸다. 그녀의 몸이 순식간에 그의 코앞까지 끌려갔다.

"내가 고작 빚 때문에 여기까지 온 줄 알아?"

신후는 그녀의 눈동자를 뚫어져라 들여다보며 차갑게 말을 뱉었다.

"몇 번을 말해야 알아들어? 그깟 빚, 안 갚아도 된다고."

"신후 씨."

태영은 숨이 턱 막혔다. 두 눈을 휘둥그레 떴다. 그의 강렬하고도 남성적인 체취를 들이마시지 않기 위해 폐 기능을 최대한 억눌렀다. 하지만 어둡고 음침하고 그윽한, 심히도 관능적인 그의 시선 앞에서는 무릎이 꺾이지 않을 수가 없었다.

"상환을 요구할 생각 없다고 했잖아. 처음부터 게임을 시작한 건 나였고, 너에겐 선택의 여지조차 없었으니 됐다고, 안 받는다고. 그동안 받은 고통값이라고 생각하랬잖아."

"……."

"누가 멀쩡한 집 놔두고 이런 데서 살랬지? 누가 학교까지 관두고 취직하래? 내가 그러랬어? 내가 너더러 돈 벌어오랬어? 내가 고리대금업자야? 네가 이렇게 몸이 말라비틀어질 때까지 일해서 빚 갚으면, 내가 얼씨구나 좋다 할 줄 알았어?"

"당신이 갚으래서 갚는 거 아니에요."

왜였을까. 냉혹한 그의 비난에 태영은 울컥했다.

억울했다. 화도 났다. 자신이 왜 이신후에게서 이런 말을 들어야 하는지 이해할 수 없었다. 빚을 졌으니 빚을 갚겠다는 것인데. 빚을 졌으면 갚는 것은 당연한 것인데. 왜 화를 내지?

"그럼 뭐야? 왜 이러는데? 그냥 주는 거 얌전히 받지. 그런다고 비난할 사람 아무도 없는데. 처음부터 그랬잖아. 내가 주는 건 뭐든지 군말 없이 받았잖아. 한데 왜 갑자기 어리석게 굴어? 왜 사람을 걱정하게 만드느냐고, 대체 왜!"

신후는 생각하면 할수록, 얘기를 거듭하면 할수록 화가 치미는 듯 거세게 고함을 질렀다. 두 눈을 부릅뜨고 이를 드러내며 잡아먹을 듯 포효하는 이신후는 마치 야생동물 같았다. 그런데도 그녀는 하나도 두렵지 않았다. 그저 미울 뿐이었다. 뭐가 그리 꼴 뵈기 싫은지 미워 죽을 것 같았다.

너무 서러워서 눈물이 핑 돌았다.

"내가 왜 이러는지 몰라요? 정말 몰라서 이래요?"

울먹이지 않으려고 갖은 애를 쓰며 질문을 되돌렸다. 입술이 파르르 떨려왔다. 눈동자가 뜨겁게 달아오르고, 가슴 깊은 곳에서부터 습한 기운이 스멀스멀 스며 올랐다.

"나 때문이에요. 내가 당당하고 싶어서. 당신 앞에서 떳떳하고 싶어서요."

"……."

"그래요. 나 당신이 주는 돈 받았어요. 부모님 때문에 어쩔 수 없었다지만, 그거 다 핑계였다는 거 나도 알아요. 당신을 사랑하지 않으면서도 어떻게든 사랑하려고 애썼어요. 부자니까. 우리 집안을 먹여 살리는 사람이니까."

"……."

"그땐 그게 당신이 원하는 일이라고 생각했어요. 당신이 날 아주 많이 사랑해서 내 사랑을 원하는 줄 알았어요. 당신이 간절히 바라는 게 내 사랑이라면, 까짓것, 그 소원 들어주고 싶었어요. 그렇게라도 고마운 마음을 표현하고 싶었죠. 그래서 그렇게 당신을 사랑하기 위해 애썼던 건데…… 한데 그게 나중엔 우스워지더라고요."

"그게 무슨 소리지?"

"당신을 진짜 사랑하게 되었는데, 사실을 알릴 방법이 전혀 없었어요."

"뭐?"

신후가 강렬하게 미간을 찡그렸다. 맹수의 그것처럼 서슬 퍼렇던 눈빛이 심히 흔들리기 시작했다. 태영은 두 눈을 꼭 감았다. 깊게 숨을 들이마셨다가 내쉬었다.

올 것이 와서인가. 이상하게 마음이 편안해졌다.

이제 와서 고백해 봤자 달라지는 것은 없겠으나 여기까지 왔으니 털어놓는 게 맞지 싶었다. 그를 위해서가 아니라 자신을 위해서라도 사실을 고백하는 게 옳았다. 혹시 아나. 고백을 계기로 이신후를 깨끗이 털어낼지.

태영은 용기 있게 눈을 떴다.

흐릿해진 신후의 눈과 정면으로 마주쳤다. 그는 여전히 저격총 조준경처럼, 세상에 오로지 태영만이 존재하는 것처럼, 그녀를 뚫어져라 주시하고 있었다. 조금씩 입술을 꿈틀거려 보았다. 히쭉 웃음으로써 애써 가볍게 분위기를 희석시켰다. 어깨를 으쓱하고는 날씨 얘기나 하려는 듯 대수롭잖게 말을 꺼냈다.

"아무리 노력해도 난, 당신을 부자라서 사랑하는 여자밖에는 될 수 없었어요."

"네가 날 사랑했다고?"

신후가 넋 나간 사람처럼 망연하게 묻는다. 태영은 긍정의 의미로 어깨를 다시 한 번 으쓱했다. 되게 웃기는 얘기라는 듯 입술을 찌익 늘려 웃기까지. 신후가 호탕하게 웃으며 넘어가 주길 바라는 마음으로 한 행동이었지만 불행히도 그는 그럴 생각이 전혀 없는 듯했다.

이신후는 득달같이 달려들어 다그쳤다.

"네가 날? 사랑했어?"

"미안해요."

"뭐가."

"사랑해서요."

"왜!"

"당신은 내 사랑을 바라지 않잖아요."

"뭐?"

"당신이 감정의 대가로 돈을 주겠다고 했을 때 눈치챘어야 했는데. 미안해요. 그러지 못해서. 내 사랑을 바라지도 않았던 당신을 내 마음대로 사랑해 버려서, 그것도 미안해요."

"류태영."

"내가 이런 말해서 황당하다는 거 알아요. 다 이긴 게임이었는데 내가 판을 뒤집었다고 생각하겠죠. 그것도 미안해요, 정말 정말 미안해요. 하지만 세상에 사랑은 있어요. 내가 바로 그 증거예요, 신후 씨."

"너……."

"언젠가는 당신도 깨닫게 될 거예요. 나는 못했지만 다른 누군가는 당신을 깨우쳐 주겠죠. 당신에게 사랑을 알게 하고, 믿음을 알게 하고, 이 세상을 행복하게 살아가는 방법을 알려줄 누군가가 반드시 나타날 거예요. 부디 그날이 빨리 오길 바라요."

"도대체, 너, 이게……?"

무던히도 놀랐나 보다. 신후는 좀체 온전한 문장을 이어가지 못했다. 말수는 적으나 달변가였던 그가 더듬더듬 말을 잇지 못하는 것이니만큼 우스꽝스러워 보이는 게 정상이거늘, 콩깍지가 단단히 씐 태영의 눈에는 그 모습마저도 몹시 사랑스러워 보였다.

"잘 가요."

태영은 단정하게 마지막 인사말을 건넸다.

"미국 돌아가서도 아프지 말고 건강하세요."

얼굴에 빙긋 예쁜 미소까지 띠고 이제 그만 그의 품에서 벗어나려는데, 갑자기 그가 영어로 걸쭉하게 욕설을 내뱉더니 커다란 두 손으로 그녀의 얼굴을 감싸 쥐었다.

그는 실로 압도적인 힘의 우위를 이용해 태영을 꼼짝 못하게 붙들었다. 핏발마저 서린 강렬한 시선으로 찍어 누르듯 그녀를 내려다보았다. 얼떨떨한 듯 멍하게 서 있는 태영을 향해 야비하고도 살벌한 협박을 쏟아냈다.

"나한테 이런 짓을 하고도 네가 무사할 줄 알아?"

"훗……!"

겁박의 말은 겁박의 키스로 이어졌다. 태영은 저항했다. 헤어지는 마당에 키스는 온당치 않다고 생각했으니까.

교활한 혓바닥을 입속에 밀어 넣고서 입안 구석구석을 차례대로 물어 올려도, 물어뜯듯 세차게 빨아들여도 어금니를 사리문 채 버티었다. 고개를 내저으며 뒷걸음질하여 공격을 피하려고도 했다. 하나 이신후는 고집스럽고도 끈질겼다. 그녀가 한 발 도망치면 두 발 다가섰고, 두 발 도망치면 서너 발 다가섰다. 거침없는 그의 공격을 피할 곳은 그다지 많지 않았다.

쿵!

방문에 등을 부딪쳤을 때에야 더 이상 도망칠 곳이 없음을 깨달았다.

승리를 예감한 듯 신후는 더욱 집요하게 파고들었다. 따스한 혓바닥으로 그녀의 입술을 핥아 올렸다. 입술로 물어뜯듯 쭉쭉 빨아먹었다. 꽉 다물린 치아가 열릴 때까지, 메마른 입술이 부어오를 때까지 아프도록 빨아 올렸다.

"으읏."

그가 힘센 손아귀로 턱을 조였다. 통증을 피해 그녀가 입을 벌리자 탐욕스러운 그의 혀가 기회를 놓치지 않고 들어왔다.

"으음……."

예민한 신체 부위로 달콤한 통증이 스쳐 갔다. 태영은 본능적으로 거부반응을 보였다. 고개를 틀고 허리를 뒤틀었다. 엉덩이를 뒤로 빼며 그에게서 떨어지기 위해 안간힘을 썼다. 안쓰러울 정도로 기를 쓴 발버둥이었으나 신후는 거대한 성벽처럼 꼼짝하지 않았다. 오히려 그녀를 가슴팍에 납작 붙여 더욱 옴짝달싹못하게 만들 뿐이었다.

"달아나기만 해. 도로 이렇게 붙잡아올 테니까."

“신후 씨······.”

“내가 놔주지 않는 한, 넌 어디로도 못 가.”

“제발 이러지 말고 얘기를······.”

설득의 말을 건넬 틈도 없이 또다시 덮쳐졌다. 이신후의 강한 두 팔이 태영을 넝쿨처럼 얽어 품 안으로 붙당겼다. 또다시 냉큼 내빼려 했지만 그는 이번에도 그녀를 손쉽게 저지했다. 들썩이는 그녀의 둔부를 한 손으로 움켜쥐고서 그 말랑말랑하고 탱탱한 살집을 자신의 앞섶에 세차게 밀어붙였다.

“으훗!”

충돌은 통증을 야기했다. 몸의 중앙 부위에 야릇한 감각이 아지랑이 피어올랐다. 아랫배 근처에서 스멀거리는 이물감이 느껴졌다.

머리를 들이밀며 꿈틀거리는 그것은 이미 쇠처럼 단단했다. 태영은 빠르게 아득해졌다. 숨을 제대로 쉴 수가 없었다. 심장이 두방망이질을 시작했고 다리는 벌써 심각하게 후물거렸다.

어떻게 이럴 수가 있는지 모르겠지만, 그녀의 육체는 이신후를 정확히 기억하고 있었다. 반년이 지났는데도 전혀 잊지 않았다. 그가 어떻게 자신을 길들였는지, 자신이 얼마나 쉽고 완벽하게 그의 여자가 되었는지, 그리고 그 순간들이 얼마나 황홀했었는지 다 기억났다.

신후는 더없이 격렬하고 뜨거운 키스를 퍼부으며 부드럽게 허리를 움직였다. 자연스럽게 리듬을 탔다. 그녀의 호흡을 한 모금 들이마실 때마다 성난 짐승에게 그녀의 보드라움을 선물했다. 바짝 달궈져 곤두선 무기를 따스하게 말랑거리는 살집에 꽂고 또 꽂았다.

셔츠 아래의 젖무덤을 괴롭혔다. 분홍빛 열매를 가볍게 비틀었다가 꼬집듯 튕기고, 손가락 사이에 끼워 비비다가 원을 그리듯 문질렀다. 몽글몽글한 가슴살을 굴리며 부드럽게 출렁이는 무게감을 즐기다가 손바닥으로 에워싸 왈칵 이지러뜨렸다. 그러다가 또다시 작은 머리를 희롱해 그녀를 쾌감의 도가니 속에 풍덩 빠뜨렸다.

몸이 점점 뜨거워졌다. 바라지 않는데도 불구하고 내부에 욕망이 차곡차곡 쌓였다. 형언할 수 없는 열기와 촉촉함이 흥건히 올라왔다. 아무것도 느끼지 않으리라, 모든 감각을 차단하리라, 아무리 마음먹어도 그가 퍼붓는 달콤한 자극과 그로 인한 욱신거림을 외면할 수가 없었다.

"아아."

급기야 신후가 입술을 떼자 그녀의 입에서는 아쉬움의 신음이 흘러나왔다. 태영은 멀어져 가는 입술을 따라 고개를 내밀었다. 훤히 드러나는 그녀의 목줄기에 그의 입술이 내려앉았다. 민감한 피부 위로 간지러운 혓바닥의 감촉이 느껴졌다. 식도를 타고 추르르 핥아 올라간다.

한 번, 두 번, 세 번…….

"으응……."

할짝할짝 핥다가 입술을 모아 부드럽게 피부를 빨아들이자 태영은 파르르 몸을 떨었다. 힘껏 그의 옷자락을 비틀고 필사적으로 그를 붙들었다.

밀어내야 하는데. 그에게서 떨어지고 싶은데.

그게 옳은데.

한데도 절망적일 만큼 태영은 그를 원했다.

그녀의 바람에 부응하듯 신후는 더욱 대담하게 움직였다. 가슴을 괴롭히던 손길을 미끄러뜨려 헐렁한 트레이닝 바지 속으로 밀어 넣었다. 얌전한 면 팬티 가장자리를 부드럽게 어루만졌다. 예민한 서혜부를 천천히 크게 문지르다가 치구를 가만히 덮었다.

"흐응."

얇은 셔츠를 가운데에 두고 두 체온은 뜨거운 열기를 만들었다. 살갗이 타들어가는 듯했다. 찌르는 듯한 날카로운 감각이 예민한 몸의 가운데 부위를 훑고 지나갔다. 지나친 자리에 고통스러우리만치 달콤한 감각이 맴을 돌았고, 그 위를 또다시 찌릿한 전기가 덮쳤다. 몇 번이 반복되자 태영은 도저히 참을 수가 없어졌다.

삼킬 무언가가 필요했다.

안에 넣고 게걸스럽게 빨아먹을 그 무엇이 너무나도 간절했다.

"아홋……!"

단단한 이물질이 드디어 부끄러울 정도로 물오른 꽃밭에 꽂히자 태영은 발작적으로 고개를 젖혔다. 터지는 신음을 삼키며 입술을 깨물었다. 이를 악물고 그의 옷자락을 세차게 비틀며 어떻게든 버텼다. 그러나 굵직한 손가락 두 개가 동시에 몸속으로 밀려들어오자 신음은 날카로운 비명이 되어 허공을 찌를 듯이 가를 수밖에 없었다.

"아아, 아아, 아아……."

숨을 헐떡이며 그에게 매달렸다. 그의 목을 두 팔로, 그의 허리를 허벅지로 휘감았다. 자신이 정확히 뭘 원하는지도 모른 채 무작정 그에게 몸을 내맡기었다.

신후는 폭발하는 그녀의 감각을 완벽하게 조율했다. 손으로는 음란한 소리를 자아내며 그녀를 쑤셨고, 입으로는 그녀의 피부를 때론 부드럽게 때론 격렬하게 시식했다. 쾌감이 봇물 터지듯 터져 그녀의 혈관을 내달렸다. 그녀는 스스로 깨닫기도 전에 이미 저 높은 곳으로 훌쩍 날아오르고 있었다.

완벽한 비상.

우주가 부서진다.

단단한 이성의 껍질이 깨지고 선연한 본능의 알맹이가 몸을 드러냈다.

"아아앗……!"

태영은 물결치듯 쉴 새 없이 찾아드는 쾌(快)의 파도를 맞으며 소리쳤다. 그의 가슴에 얼굴을 묻고, 그의 목덜미를 미친 듯이 끌어안으며 눈물을 터트렸다. 절정의 순간에서 그녀는 마음속으로 간절하게 되뇌었다.

짓이겨져도 상관없다고. 사랑받지 못해도 좋다고.

욕망뿐이라도 상관없다고.

곁에 있을 수만 있다면, 사랑하는 사람을 마음껏 사랑할 수만 있다면, 심장이 갈기갈기 찢겨도 좋았다. 순수가 범해지고 진심이 짓밟혀도 상관없었다. 그런 것까지 챙기기엔 순간순간이 너무나 간절했다. 이신후를 너무 사랑했다…….

"이젠 놔주지 않아."

머리맡으로 그의 나지막한 중얼거림이 떨어졌다.

"어디에도 못 가. 넌 내 거야."

"……!"

일순 번개를 맞은 듯 정신이 번쩍 들었다. 잠시 실종됐었던 현실감이 빠르게 되살아났다. 자신이 얼마나 미친 짓을 저질렀는지 금세 깨달았다.

부모님이 언제 들이닥칠지 모르는 판국에 거실 한가운데에서 차마 입에 올릴 수도 없는 짓을 저질렀다. 그것도 모자라서 하마터면 그에게 관계를 구걸할 뻔했다. 사랑해 주지 않아도 좋으니 제발 곁에 머물게 해달라고 애원할 뻔했다. 미쳤나 보다. 정말 머리가 어떻게 되었나 보다. 아무리 그를 사랑해도 어떻게 그런 미친 생각을?

"아, 아니요."

수치심에 못 이겨 태영은 그를 밀어냈다. 이번에는 신후도 쉬이 포옹을 풀었다. 마지못해 두어 발 물러선 후 그녀를 가만히 응시했다. 태영은 흥분으로 벌게진 얼굴을 손등으로 한 번 훔치고 다부지게 선언했다.

"이 이상은 아니에요. 다 그만둘 거예요. 이젠 당신을 사랑하지 않아요."

스스로에게 하는 다짐이자 맹세였다. 남자 때문에 여성으로서의 자존감마저 내팽개치려한 헛똑똑이, 등신쪼다 같은 자신을 향한 채찍질이었다. 하나 그가 너무도 가볍게 응수하며 진지한 태영의 발언을 한순간에 코미디로 만들었다.

"하게 될 거야. 다시."

그가 어둡고 신랄한 눈빛으로 태영을 훑었다. 아직도 몽롱한 눈빛과 발그레한 두 볼, 정신없이 들썩거리는 가슴으로 차례차례 차가운 시선을 옮겼다. 알 수 없는 초조함을 느끼며 태영은 애써 전투적으로 대거리했다.

"그럴 일 없어요. 안 해요. 싫어요. 나 다른 사람 만날 거예요. 좋은 남자요."

"……."

"여자의 마음이 부서지든 말든 상관하지 않는, 당신 같은 잔인한 남자 말고. 나한테는 비밀도 없고 기쁜 일도, 슬픈 일도 함께하고 보석보다는 감정을 공유하는 그런 사람을 만날 거예요. 그런 남자를 사랑할 거예요."

"그러든지. 네 마음대로 해. 어차피 다시 빼앗으면 되니까."

"뭐라고요?"

태영이 험악하게 인상을 썼다. 쓰레기 같은 소리를 들은 듯.

신후는 신경 쓰지 않았다. 쓰레기든 개차반이든 미친놈이든, 류태영이 자신을 어떻게 생각해도 상관없었다. 그녀를 손에 넣을 수만 있다면. 어차피 그는 욕먹어도 싼 남자다. 그녀를 기만하고 잔인하게 버린 대가를 어떤 식으로든 치러야 할 것이다.

치를 것이다.

류태영을 떠나보내는 것이 아니면 무엇으로든.

"네가 다른 놈을 사랑한다 해도 상관하지 않는다고. 결국엔 제자리로 돌아오게 되어 있으니까. 넌 날 못 떠나. 무슨 수를 써서든 내가 다시 빼앗아올 거야."

"그걸 지금 말이라고 해요?"

"약혼자가 있는 너도 빼앗았어. 비밀을 만들고, 마음에 담을 쌓고, 기념일조차 보석 따위로 대충 때우면서도 네가 날 사랑하게 만들었지. 네가 다른 남자를 만나도, 그 남자를 죽도록 사랑해도, 난 별로 걱정하지 않아. 언제든지 마음만 먹으면 널 다시 내 것으로 만들 수 있을 테니까."

"미쳤어요? 어떻게 그런 말을 해요? 당신이 무슨 짓을 해도 못 떠날 만큼, 내가 그리 멍청해 보여요?"

"넌 날 사랑해. 아직도 아주 많이."

"웃기지 마요! 내가 언제? 아니거든요!"

"넌 방금 내 품에서 무너졌어. 감격한 나머지 울어버렸지. 사랑하지도 않는데 어떻게 그럴 수 있지?"

"그거야······!"

"넌 감정과 욕구를 분리할 수 없는 여자야. 사랑하지도 않는 남자에게 방종하게 반응할 타입은 절대 아니지. 반항하지 말고 순순히 인정해. 쓸데없이 생각해 봤자 머리만 아프니까. 이신후를 사랑한다, 이신후에게서 벗어날 수 없다, 이신후에게로 돌아간다. 그렇게 마음 정하면 훨씬 스트레스가 적을 거야."

"지금 날 걱정해 주는 거예요?"

"맞아. 네가 걱정돼. 그러니까 빨리 제자리로 돌아와. 집, 학교, 태성, 내 침대로."

"당신 진짜!"

태영은 너무 화가 나고 어이가 없어서 울컥하고야 말았다. 당장 쏘아붙여 주고 싶었다. 개수작 떨지 말라고. 어디서 뻔뻔스럽게 그딴 소리를 할 수 있냐고. 당신 같은 사람에겐 단 1그램의 애정도 주지 않을 거라고, 얼마든지 당신 없이도 잘살 수 있다고, 야무지게 통쾌하게 한 방 먹여주고 싶었다.

한데 참으로 기막히게 그럴 수가 없었다. 부인할 수가 없었다. 이신후가 작정하고 덤비면 자신은 너무도 쉽게 넘어갈 게 뻔하니까. 방금 전처럼. 정말이지 울고 싶은 심정이었다.

"도대체 나한테 왜 이래요? 왜 이러는 건데요?"

"……."

"한동안 끙끙 앓다가 이제야 겨우 잊어가고 있는데. 이제야 감정 정리하고 마음 비워가고 있는데. 왜 갑자기 나타나서 이래요? 왜 날 내버려 두지 않는 거예요? 내가 그리 만만해요?"

기어이 눈물을 떨구었다. 초라한 모습 보이기 싫어 무던히도 애썼는데. 구질구질 미련 떠는 모습 보이지 않으려고 죽자 사자 참았는데. 결국에는 초라하게 구질구질하게 눈물을 보이고 말았다. 그렇게 당하고도 남잘 잊지 못해 질질 짜기나 하는, 배알도 없는 여자, 속도 없는 여자, 바보 같은 여자임을 만천하에 드러내고야만 것이다.

정말 죽고 싶었다.

수치스러워서 차마 고개조차 들 수 없었다.

"당신은 떠날 사람이잖아요……."

고개를 숙인 채로 그녀는 울먹였다. 두 볼을 타고 떨어지는 눈물을 손등으로 닦아내었다. 천하의 머저리로 보일 테지만 이제는 어쩔 수가 없었다. 말없이 떠나주는 자비를 베풀어달라고 하소연하는 수밖에.

"날 사랑하지 않잖아요. 사랑할 생각도 없잖아요. 그러면서 이러는 거 너무 잔인하다고 생각하지 않아요? 다른 사람 만나서 행복해질 기회조차 원천 차단하려는 거 너무 이기적이라고 생각하지 않아요?"

"……"

"그냥 날 놔주면 안 돼요? 당신은 내가 없어도 잘살 거잖아요. 나 아니어도 여잔 얼마든지 있잖아요. 난 이대로가 좋아요. 혼자 괴로워하다가 스스로 극복할 거예요. 그러니까 지금은 날 괴롭히지 말아줘요. 날 좀 내버려 두라고요. 네?"

"안 돼."

한없이 냉정한 말이 후려치듯 머리맡으로 떨어졌다.

그 짧은 말 한마디가 어찌나 서운하고 서러운지 눈물이 분수처럼 샘솟기 시작했다. 콧물까지 나왔다. 끅끅 울면서 하염없이 손등으로 콧물을 훔쳤다. 이 얼마나 처량 맞고 구저분한 모습인지!

훌쩍거리면서도 긍정적으로 생각해 보았다. 이토록 추저분한 여잘 보고도 꽁지 빠지게 달아나지 않을 남잔 세상에 없을 거라고. 이제 이신후는 뒤도 돌아보지 않고 떠날 거라고.

'다시는 볼 수 없겠지. 어쩌면 영원히 만나지 못할지도 몰라.'

그렇다고 생각하니 눈물이 더욱 퐁퐁 쏟아졌다.

"울지 마."

차가운 손이 숙인 얼굴에 와닿았다. 시원한 손끝이 두 뺨을 감싸고 떨어지는 눈물방울을 부드럽게 닦아냈다.

"울어봤자 달라지는 거 없어. 난 너 못 놔줘. 내버려 두지도 못해."

엉엉 더 크게 울었다. 무뚝뚝한 그의 말을 들으니 더욱 서글퍼졌다. '못 먹는 감'이 되어 찔려지는 기분이었다. 안 놔주면 어쩌자는 건지 모르겠다고 생각했다. 나더러 뭘 어쩌라는 건지, 내가 죽기라도 해야 놓아줄 건지, 도대체 알 수가 없다고 생각했다.

"나도 널 사랑하게 돼버렸으니까."

잠깐.

뭐라고?

울음이 뚝 그쳤다. 고개를 숙인 채로 온몸을 굳혔다. 방금 자신이 들은 게 맞는지, 귓바퀴를 핥고 지나간 그의 그윽한 말소리가 환청은 아닌지 의심스러웠다. 혹시 너무 울어서 귀가 어떻게 된 건가?

하지만 분명 들었다. 그가 하는 말을.

'나도 널 사랑하게 돼버렸으니까.'

태영은 고개를 번쩍 들었다. 두 눈을 홉뜨고 신후를 바라보았다. 그는 한결같이 무덤덤한 시선으로 그녀를 내려다보고 있었다. 여전히 무표정했지만, 어째 기분 탓인지 아까보다는 표정이 조금 유한 것도 같았다.

때마침 휘둥그런 그녀의 눈망울 아래로 또르르, 한 줄기 눈물이 볼을 타고 흘렀다. 그러자 신후는 가슴이 녹아내릴 만큼 다정한 손길로 눈물의 흔적을 가만히 지워냈다.

"이제 어떡하지? 나도 사랑이란 걸 알아버렸는데."

"날 사랑한다고요? 다, 당신이?"

그가 가만하게 속삭이자 태영은 말을 더듬었다. 그 모습이 우스웠나. 신후가 피식 웃음을 흘렸다. 차갑기 그지없던 그의 얼굴에 온기가 떠올랐다. 얼음처럼 굳었던 그녀의 심장에도 따스함이 스며들었다.

"이제부터는 네가 날 책임져야 해."

그녀의 볼을 두 손으로 가만히 쓰다듬으며 신후가 그윽하게 속삭였다. 그때였다. 태영이 자신의 뺨에 닿았던 차가운 물질의 정체를 알아챈 것은. 신후는 손가락에 반지를 끼고 있었다.

제14장 고해

"이, 이건……?"

태영은 물기 가득한 얼굴로 멍하게 중얼거렸다. 그녀는 신후의 손가락을 견고하게 에워싼 은반지를 도저히 믿을 수 없다는 듯 뚫어져라 바라보고 있었다.

신파스럽게도 그 순간 수많은 기억들이 그녀의 눈앞을 스쳐 갔다. 바닷가 근처 가판대에서 산 싸구려 반지를 시크하게 끼던 이신후. 값비싼 보석만 상대하는 사람들 앞에서 당당히 약혼반지라고 말하던 이신후. 절정을 맞이할 때면 늘 이 손으로 깍지를 껴주던 이신후…….

"너랑 헤어진 후에도 반지를 버리지 못했어."

혼란스러워하는 그녀에게 그는 자근자근 속삭이듯 중얼거렸다. 그녀를 내려다보는 그의 시선이 너무나 따사롭고 감미로웠다. 천하의 이신후도 이런 눈빛일 수 있구나 싶게.

"네가 날 죽을 만큼 증오할 거라는 것도 알았고, 그래서 우리 사이는 이제 가망이 없다는 것도 알았는데. 차마 이것만은 없애 버릴 수가 없었어. 너의 분신이었으니까. 이걸 버리는 건 널 내 마음속에서 완전히 지워 버리는 것이었으니까."

"그래서 계속 끼고 있었던 거예요? 날 잊을 수 없어서?"

태영은 커다란 눈을 커다랗게 뜨고 물었다. 주책없게 또다시 눈시울이 붉어지자 가볍게 입술을 깨물었다. 그의 따스한 시선이 촉촉하고 붉어진 그녀의 입술 위에 사뿐히 내려앉았다. 그는 그녀의 눈매만큼이나 흠뻑 젖은 목소리로 속삭였다.

"널 잊는 건 애초에 불가능한 일이었어. 처음 보았을 때부터 직감했지. 너한테 한번 빠져들면 헤어날 수 없을 거라는 걸. 그런데도 너한테서 눈을 뗄 수가 없었어. 넌 내가 평생 마음속 깊은 곳에서부터 간절히 희구해 왔던 그 모든 것의 결정체였거든."

"그래서 내게 접근할 계획을 세웠어요? 날 차지하고 싶어서?"

"널 내 손에 넣으면 부질없는 희구를 멈출 수 있을 줄 알았어. 사랑 같은 건 없다, 어떤 사람도 진정으로 사랑을 하지는 않는다, 사랑이란 감정은 그저 쓰레기 같은 것, 상대를 속박하고 괴롭히는 위험한 감정일 뿐이다. 그렇게 내가 원하는 결론을 내릴 수 있을 줄 알았지."

"……."

"네가 사랑을 믿는 건 지금껏 조금의 부족함도 없이 순탄하게만 살아왔기 때문이라고 생각했어. 믿음에 배신당해 본 적도 없고, 상처받아 처절하게 찢긴 적도 없으니 그런 거라고. 현실의 비정함을 한 번이라도 겪어보면 사랑이 얼마나 어리석고 부질없는 놀음인지 깨달을 줄 알았지. 너도 나처럼 사랑할 줄 모르는 인간이 될 거라고 생각했어. 환상에서 깨어나면 나 같은 인간의 곁에도 남아줄 거라고 말이야."

"하지만 난 당신을 사랑해 버렸어요."

"그래. 넌 나마저 사랑해 버렸지. 나하고는 절대 어울릴 수 없는 여자가 되어버렸어. 아이러니컬하게도 난 그래서 더욱 너에게 집착하게 되었어. 너한테는 내가 어울리지 않는데, 나 같은 남자가 아니라 착하고 따스한 남자가 어울리는데, 그걸 알면서도 널 원하지 않을 수가 없었지."

"그런 말 말아요. 전에 말했듯이 당신은 좋은 사람이에요. 더 괜찮은 사람이 될 필요도 없을 만큼 지금도 충분히 괜찮은 사람이라고요."

"난 네 사랑을 간절히 원했어. 너에게서 평생 가져 보지 못한 마음의 안식을 얻으려 애썼지. 그러다가 깨달았어. 내가 너무 깊이 발을 들여놓았다는 걸. 겁이 났어. 널 망가뜨릴까 봐. 고결한 너의 영혼에 흠집을 낼까 봐. 그래서 마지막 한 조각 남은 내 인간성마저 처절히 소멸될까 봐."

"신후 씨……."

"널 지켜주고 싶었어. 나로 인해 상처받지 않도록. 널 원하는 내 이기심을 죽이는 게 유일한 방법이었지."

"그런 게 어디 있어요? 비겁하게."

눈물이 처량 맞게 붉어진 그녀의 두 볼을 타고 또르르 흘러내렸다. 가라앉았던 설움이 다시 북받쳐 올라왔다. 그가 자신을 사랑해서 버렸었다니, 다른 이유가 아닌 오직 그녀를 위해서 헤어지자 했던 거라니, 너무나 가슴이 아팠다. 그동안 그가 얼마나 괴로웠을지 생각하니 자신이 겪었던 고통 따윈 한낱 껍처럼 느껴졌다.

"사랑한다면, 사랑한다고 말했어야죠. 끝까지 날 사랑했어야죠. 내 사랑을 그토록 간절히 원했으면서 바보처럼 왜 밀어내요? 내 영혼에 흠집이 날까 봐 두려웠다면서 왜 그렇게 비참하게 버렸어요? 붙잡았어야죠. 내게 구걸해서라도 사랑을 가졌어야죠."

"류태영."

"내가 얼마나 힘들었는지 알아요? 당신을 도저히 미워할 수가 없어서 내 자신이 싫어질 정도였다고요. 어떤 날은 너무 그리워서 눈이 짓무르도록 울었어요. 당신 얼굴 한번 보려고 회사 앞에서 다섯 시간이나 기다린 적도 있다고요. 신문에 당신 기사라도 날라치면 블로그에 스크랩해서 보고 또 보고. 그런 내가 비참해서 또 울고. 그렇게 몇 달을 부대꼈어야 했어요. 당신을 잊을 수가 없어서 잊기를 포기하고 가슴에 묻었어야 했단 말이에요."

"나도 사는 게 사는 게 아니었어. 하루도 네 생각을 하지 않은 적이 없었지. 날마다 조금씩 죽어가는 기분이었어."

"왜요? 우리가 왜 그랬어야 했는데요? 서로를 이렇게나 사랑하는데, 왜 헤어져서 그렇듯 고통받아야만 했는데요?"

태영은 세상 억울한 표정으로 항의하듯 말하며 맑디맑은 사랑스러운 눈동자에 신후의 모습을 담았다. 그는 평소와 다름없이 차분하고 조용했지만, 새까만 눈에 떠오른 열기와 애정만큼은 그 어떤 격정에 견주어도 부족함이 없었다. 신후는 토할 듯 거칠게 숨을 내뱉으며 뜨겁게 속삭였다.

"다 내 잘못이야. 미안해."

신후의 두 손이 태영의 두 뺨을 가만히 보듬었다. 그들만의 소중한 반지가 그녀의 피부를 부드럽게 애무했다.

"널 사랑해. 내 목숨보다도 더. 처음 봤을 때부터 지금껏 한순간도 빠짐없이 줄기차게 널 사랑했어."

"나도요. 언제부터인지 모르겠지만 당신을 믿고 사랑하게 되어 버렸어요. 당신이 아무리 나쁜 짓을 저질렀다 해도 피치 못할 사정이 있겠거니 생각하게 되었어요. 당신의 편에 서서 당신을 비난하는 사람과 맞서게 되었어요."

"더 이상은 미련한 짓 하지 않을게. 널 거부하지도, 마음에 떠오르는 감정을 부인하지도 않을게. 너에 대한 거라면 무엇이든 순순히 받아들일 거야. 나를 죽임으로써 널 살린다는 어리석은 생각도 안 해. 철저히 이기적이 될게. 너만 사랑하고 너만 바라보는, 너에 관해서는 언제나 이기적인 남자가 될 거야. 내가 너한테 부족한 인간인 건 여전하지만 이제는 달라질 거야."

신후는 태영의 자그마한 어깨를 천천히 끌어당겼다.

"널 위해 달라질게. 달라질 수 있어. 지금은 사랑을 믿으니까. 사랑은 불가능한 것도 가능하게 만든다는 걸 아니까."

태영은 그의 가슴에 쏙 안겨들었다. 순종적인 몸짓으로 사뿐히, 견딜 수 없을 만큼 사랑스럽게. 오랫동안 떼어놓았던 심장이 제자리를 찾자 그의 가슴이 쿵쾅쿵쾅 열광적으로 뛰어대기 시작했다. 공허했던 마음에 기쁨과 희망이 차올랐다. 류태영을 영원히 놔줄 수 없다는 절박함도.

"사랑해요."

태영이 두 팔 가득 그를 껴안고 자그맣게 속삭이며 6개월간 죽어 있던 그의 인간성에 숨결을 불어넣었다. 당황스럽게 울컥하고 감정이 쏠려오자 신후는 태영을 더욱 꼭 껴안았다.

그녀의 귀여운 정수리에 입술을 묻었다. 그리고 무릎을 꿇어 영원한 사랑을 약속하는 기사의 심정으로 맹세의 말을 속삭였다.

"널 행복하게 해줄게. 내 남은 인생을 다 바쳐서."

그날 밤, 그들은 전망 좋은 호텔 스위트룸에서 밤을 지새웠다.

지치도록 특별한 방식으로 굶주린 배를 채우고 나른한 포만감에 휩싸인 건 새벽녘. 태영은 길고 짜릿한 절정의 여운을 음미하며 반지 낀 그의 손을 만지작거렸고 신후는 보호막처럼 온몸으로 그녀를 칭칭 감고서 그녀가 목에 건 목걸이의 펜던트를 만지작거렸다. 그녀의 셔츠 속에 숨어 있던 펜던트는 역시나 그들의 사랑스러운 커플링이었다.

그녀도 내내 반지를 품에 품고 있었던 것이었다.

"그러니까 당신은 날 작년에 처음 본 이후, 아주 오랫동안 공들여 접근했던 거네요. 음흉하게 계획까지 짜서."

태영은 나른하게 중얼거리며 신후를 삐뚜름한 시선으로 흘겨보았다. 어떻게 그런 걸 속일 수가 있느냐는 나름대로의 항의였다.

"맞아. 작년 가을 비즈니스 파티였지. 여느 때처럼 별다른 기대 없이 형식적으로 참석했는데. 거기서 널 봤지. 운명적으로."

신후는 그녀의 어깨에 입술을 묻으며 자분자분 속삭였다. 깃털처럼 부드럽고 은밀한 손길이 마사지하듯 그녀의 전신을 여행했다. 은근한 황홀감을 한껏 누리며 태영은 눈을 지그시 감았다. 그리고 그날, 그때를 가만히 떠올렸다.

"난 당신을 못 봤는데. 여기저기 인사하느라 정신이 하나도 없었거든요. 그렇게 규모가 큰 파티는 처음이어서 되게 흥분했었어요."

"난 사람들이 많은 곳을 싫어해. 날 잘 모르는 불특정다수와 웃고 떠드는 것도 싫고, 그러는 와중에 느끼는 외로움도 싫어. 수많은 사람들의 주목을 받으면서도 외로워진다는 사실이 불편해. 내가 한없이 약한 존재처럼 느껴져."

"인간은 원래 나약한 존재예요. 누구든 어느 때라도 약해질 수 있어요."

"난 약해지고 싶지 않아. 누구에게도 상처받기 싫고. 어머니의 비극적인 죽음으로 인한 일종의 트라우마지. 내 탓이야. 내가 조금만 더 일찍 집에 도착했더라면, 조금만 더 빨리 그 악마를 처치했더라면. 아니, 진즉에 그 집을 도망쳐 나왔더라면 어머닌 지금쯤 살아 계셨을 거야."

"말도 안 돼! 그 일이 왜 신후 씨 탓이에요? 그런 생각하지 마요."

태영은 처음 듣는 신후의 고백에 깜짝 놀랐다.

어떻게 어머니의 죽음이 그의 탓이란 말인가. 엄연히 가해자가 존재하고, 신후 역시 가해자로부터 막대한 피해를 입었는걸. 당치도 않다. 그는 당시에 최선을 다했다. 이렇듯 오랫동안 자책하지 않아도 될 만큼 충분히 애썼다. 육체적, 정신적 폭행으로 고통받는 피해자가 또 다른 피해자에게 죄책감을 가지는 건 결코 있어서는 안 되는 일이었다.

"실제로 내 탓인지 아닌지는 중요하지 않아. 내가 그렇게 생각한다는 게 문제니까."

신후는 태영의 순진한 눈동자에 걱정과 우려, 연민이 떠오른 것을 보고는 피식 웃어버렸다. 언제나 느끼는 거지만 태영이 편들어주면 기분이 아주 좋아진다. 세상을 다 가진 것처럼 가슴이 뿌듯해진다. 천군만마보다도 더 든든해, 무슨 재앙이 닥치더라도 이겨낼 수 있을 것처럼 의욕이 솟구친다.

그는 시트 아래에서 꼼지락거리는 사랑스러운 연인을 바짝 끌어당겨 품 안에 고정을 시켰다. 보드랍게 갈라진 정원으로 그의 짐승이 미끄러지듯 숨어들어 갔다. 이미 두 번이나 포효했는데도 그것은 또다시 발끈 성나 있었다. 향기롭고 촉촉한 수풀 속에 머리를 묻자 온몸이 나른하게 긴장이 풀렸다. 기분 좋은 미소를 머금고 신후는 작은 연인의 어깨에 기대듯 살포시 턱을 올렸다.

그녀의 장미 향이 코끝으로 스며들었다.

"나는 늘 인간의 나약함은 감정에서 시작된다고 생각했어. 감정이라는 건 인간이 경계해야 할 가장 극도의 위험 물질이라고 생각했지. 비효율, 비생산적인데다가 사람을 망가뜨리기까지 하니까. 감정적인 인간은 수시로 위험 상황에 직면하고, 난 그게 혐오스러울 정도로 싫었어. 그래서 의도적으로 타인과의 감정 교류를 지양했지."

"사랑도 못해봤겠네. 솔직히 말해요. 내가 첫사랑이죠?"

"그럴걸. 여자와 교제한 적은 많았지만 감정을 나누는 사이로

까지 발전한 경우는 한 번도 없었으니까."

"정말이에요? 정말로 내가 당신 첫사랑이라고요?"

태영이 또다시 꼼지락거리며 고개를 그에게로 쑤욱 뽑아 올린다. 맑디맑은 눈을 놀란 토끼처럼 치뜨고. 자신이 누군가의 첫사랑이 되었다는 사실이 자못 신기한 모양이었다. 상대가 그녀보다 모든 면의 경험치가 월등히 높은 이신후라는 점에서 확실히 놀랄 만했다.

신후는 봉긋 열린 태영의 입술에 쪽 입을 맞추며 고개를 끄덕였다.

"처음 널 보자마자 해머로 머리를 맞는 기분이었어. 너한테서 빛이 났거든. 천사들이 달고 다니는 후광 같은 거. 네 옆자리를 차지한 남자를 때려눕히고 싶은 극렬한 충동에 사로잡혔지. 한 번이라도 네 눈길을 받은 남자들도 마찬가지이고."

"질투였네. 맞죠? 나한테 첫눈에 뿅 반해서 남자들을 질투했던 거죠?"

아기 천사 같은 태영이 깜찍하게 뻐기듯 말하곤 깔깔거렸다.

신후는 순순히 인정했다. 사실이니까.

뻔히 있는 사실을 부정하는 게 얼마나 어리석은 짓인지 그는 지난 6개월간 뼈저리게 절감했다. 미치도록 발버둥 치며 부인해 보았어도 돌아오는 것은 그녀를 얼마나 사랑하는지에 대한 통렬한 깨달음뿐이었다. 다시는 그런 허튼짓으로 세월을 버리지 않을 것이다.

"처음엔 감정을 무시했어. 천하의 교활한 짓까지 저질러 가며 네게 접근한 건 그저 게임을 위한 거라고 우겼지. 아무리 너라도 날 사랑하지는 못할 거라고 자학하면서. 그러면서도 늘 네가 한정현에게 돌아갈까 봐 전전긍긍했어."

"내가요?"

"지금은 나도 그럴 리 없다고 생각하지만 그때는 장담할 수 없었어. 내 눈에 넌 '이래 가지고서야 어떻게 이 험한 세상에서 살아남을 수 있겠나' 싶을 정도로 착하고 마음 약한 여자였거든. 넌 한정현을 아주 많이 사랑했잖아. 사랑했던 사람이 잘못을 빌면서 받아달라고 하면 네 성격에 거절 못할 것도 같았어."

"내가 전에도 말했잖아요. 나 안 착하다고. 얼마나 이기적인데. 믿어지지 않겠지만 잘잘못이나 인간관계에 있어서도 의외로 칼 같아요. 한 번 아니다 싶으면 다시는 뒤돌아보지 않아요."

물론 은수와의 경우처럼 예외도 있다. 하지만 그건 은수가 처절히 잘못을 인정하고 용서를 구했기 때문에 생긴 변수이다.

처음엔 태영도 은수를 용서할 생각이 눈곱만큼도 없었다. 하나 그녀가 너무 많은 사람들로부터, 너무 많은 벌을 받고 있음을 알게 된 순간, 이건 아니라는 생각이 들었다. 무언가 잘못되어 가고 있다고 생각했다. 배신당한 쪽은 자신인데, 자신은 이미 그녀를 절교로써 단죄했는데, 왜 다른 사람들까지 그녀를 벌하려 하는지 이해할 수가 없었다.

게다가 똑같이 잘못한 한정현은 당시 아무렇지도 않게 잘살아가고 있었다. 지금은 비록 죗값을 치르기 위해 교도소에 수감되어 있다지만, 그것은 엄연히 횡령죄에 대한 벌이었다. 태영을 배신하고, 은수를 버리고, 제 자식까지 외면한 비열함에는 그 어떠한 형벌도 없었다. 은수는 목숨처럼 소중히 여기던 커리어를 포기하고,

미혼모에 대한 사회의 비뚤어진 시선을 오롯이 감내하며 가족과
도 격리된 외로운 삶을 살아가는데!

"음, 그리고요. 이 기회에 확실히 못 박아둘 말이 있는데."

은수의 일을 생각하다 보니 그녀를 용서할 수밖에 없었던 또 하
나의 계기가 퍼뜩 떠올랐다. 태영은 꿈틀꿈틀 허리를 움직여 반대
편으로 몸을 돌렸다. 신후의 가슴팍에 찰싹 붙고서 두 손으로 그
의 얼굴을 사뿐히 감쌌다.

"난 한순간도 한정현을 사랑하지 않았어요. 거짓말 아니에요.
맹세해요."

태영은 한 손을 선서하듯 허공에 내보이며 엄숙하게 선언했다.
그러고는 반짝반짝한 눈으로 신후를 빤히 바라보며 그의 반응을
긴밀히 살폈다.

그는 아까부터 똑같은 표정이었다. 그녀가 무슨 짓, 무슨 말을
해도 다 예뻐 보인다는 듯이 한없이 자애롭고 따스한 얼굴. 표정
의 변화가 잡히지 않자 태영은 좀 더 확실하게 부연하기로 했다.

"한정현이 내 가장 친한 친구와 바람을 폈다는 사실을 알았을
때는 정말 죽여 버리고 싶었어요. 어떻게 나한테 이럴 수가 있나,
너무 가슴 아프고 슬펐죠. 그때까지만 해도 난 내가 한정현을 너
무나도 사랑했기에 그 배신감이 이루 말할 수 없는 거라고 생각했
어요. 한데 아니더라고요."

"아니었어?"

"어쩌다가 한정현을 다시 만났는데, 헤어진 지 불과 3개월밖에
안 됐는데도 아무런 감정도 남아 있지 않더라고요. 내가 정말 이
남자를 사랑했던 걸까, 하는 의구심이 들었죠. 당신과 헤어지고

나서야 깨닫게 됐어요. 사랑하는 사람과의 이별과 사랑하지 않는 사람과의 이별이 어떻게 다른지. 당신과 헤어졌을 땐 정말 죽고 싶었어요."

"미안해."

신후는 이젠 입버릇이 된 사죄의 말을 또다시 뱉었다.

무조건적인 잘못의 빎.

그는 변명할 생각 없었다. 힘들어했을 태영을 생각하면 그 어떤 변명도 비겁한 핑계였다. 그는 그저 죽을죄를 지었습니다, 평생을 통해 갚겠습니다, 죄인의 마음으로 살아야 할 것이다.

"정말로 미안해, 류태영."

"귀에 딱지 앉겠어요. 그렇게 수십 번 잘못했다, 미안하다, 말할 거면 좀 더 다양한 레퍼토리로 해봐요. 그래야 덜 심심하지. 용서해 줄 마음도 생기고."

"이미 용서한 거 아니었어?"

"아니거든요! 아직 용서 안 했거든요. 내가 당신을 너무 사랑하니까 일단은 받아준 거지만, 이전에 했던 잘못을 잊지는 않았다고요. 벌을 내릴 거예요. 아주 아주 지독한 벌. 용서는 그다음에 생각해 볼게요."

"말만 그렇지, 벌써 용서했다는 거 알아."

"당신 나 무시해요? 나 되게 무서운 사람인데. 내가 절대 용서해 주지 않을 거라는 생각은 한 번도 안 해봤어요?"

뻔뻔스러운 그의 말에 어이가 없는 듯 태영은 입을 떡 벌리며 눈을 휘둥그레 떴다. 험상궂게 인상까지 썼지만 표정이 귀여워서 전혀 험상궂게 뵈지 않았다. 그저 사랑스러울 뿐.

하긴. 신후의 눈에 그녀의 무언들 사랑스럽지 않을까. 지금 심정으로는 그녀가 당장 호호할머니가 되어도, 견딜 수 없이 아름답고 사랑스러울 것 같았다. 이것도 병이려나?

"안 해봤는데. 왜 그런지는 나도 모르겠어. 그냥 너라면 내가 무슨 짓을 해도 이해해 줄 것 같아. 내가 실수하면 바로잡아 주고, 잘못을 저지르면 따끔하게 혼내주고. 정말로 돌이킬 수 없는 못된 짓을 저지르면 냉정히 돌아서겠지만, 그 마음 한구석에는 여전히 나에 대한 애정이 있을 거라고 믿어."

"으음, 그건 좀 맞는 말 같네요."

"넌 너그러워서 나 같은 사람도 용서해 주겠지. 기회를 주고 새 삶을 살도록 용기를 줄 거야. 하지만 난 그렇게 못해. 어리석고 아둔했던 나를 도저히 용서할 수가 없어. 네게 씻을 수 없는 상처를 준 것, 눈물 흘리게 한 것, 너무 오랫동안 슬픔 속에 혼자 둔 것, 모두."

"신후 씨……."

태영은 가슴이 뭉클해지는 것을 느끼며 그를 측은히 바라보았다. 코끝이 찡해졌다. 사람에 대한 경계심이 남다른 그가 그녀에게만큼은 강한 신뢰감을 보여주는 듯해서. 그만큼 그에게 소중한 사람이 된 것 같아서.

드디어 그녀가 비집고 들어갈 마음 한 켠을 내어준 이신후가 고마웠다. 자신과의 치열한 전투에서 끝까지 포기하지 않고 살아남아 준 그가, 그래서 늦게나마 그녀를 찾아온 온 그가 너무 자랑스러웠다. 태영은 그의 목을 두 팔로 휘감고서 가만가만히 속삭였다.

"이제부터는 날 마음껏 사랑해도 돼요. 내가 얼마든지 감당할게요. 당신을 책임질 거예요. 평생 끝까지."

"아까는 거부하더니만."

그녀의 등을 아프도록 와락 끌어안으며 신후는 가볍게 웃음을 터트렸다. 그의 가슴팍에 코를 박은 그녀가 뭐라고 종알종알 소리쳤다. 정확하게 무엇이라 말하는지는 알아들을 수 없었지만 상관없었다. 그녀가 뭐라 하든 신후의 반응은 하나일 테니까.

"사랑해, 류태영."

태영의 귓가에 진심을 속삭였다. 태영은 작은 새처럼 그의 품 안에서 몸을 떨었다. 뜨겁게 감격의 숨도 뱉었다. 소심하고도 연약한 움직임이었으나 그의 몸은 즉각 반응했다. 이미 그녀의 노예가 되어버린 듯 숨소리 한 번만으로도 벌떡 기립하여 꿈틀거렸다.

"이젠 멈출 수가 없어. 그러니 너도 날 아주 많이 사랑해야 할 거야."

신후는 돌처럼 단단한 허벅지로 태영의 다리를 저돌적으로 가르며 선전포고했다. 순식간에 장대해진 불기둥이 빠르게 제집을 찾아갔다. 목마름을 해갈시켜 줄 달콤한 물이 흐르는 오아시스로.

신후는 품 안의 태영을 새하얀 시트 위에 내려놓고서 그녀의 작은 얼굴을 양손으로 감싸 쥐었다. 그리고 영원을 맹세하는 숭고하고도 성스러운 결합을 이어가기 직전, 부드럽게 간청하였다.

"나 같은 악마도 부디 사랑해 줄래?"

1년 뒤.

오후 늦게 결혼식을 마친 신혼부부는 밤이 되어서야 신혼 여행지인 해남 땅끝, 이름 모를 작은 섬에 도착할 수 있었다.

섬에는 최근 신랑이 결혼 기념으로 지은 아담한 별장이 있는데, 일 때문에 각자 눈코 뜰 새 없이 바쁜 새신랑과 새색시는 꿀 같은 일주일간의 신혼여행 일정을 이곳에서 보낼 예정이었다. 사실 더 근사한 여행지도 많았지만 부부에게는 무척 뜻 깊고 추억이 가득한 장소였기에 단 1초의 고민도 없이 이곳을 신혼 여행지로 낙점했었다.

별장에 도착하자마자 씻고, 새색시가 제일 먼저 한 일은 가족과 친구들에게 잘 도착했노라고 안부 전화를 돌리는 것이었다.

[어머! 딸! 어떻게 전화했어? 무인도라면서 통화가 돼?]

"무인도까진 아니고. 할머니, 할아버지 몇 분은 사셔. 최근 들어서 젊은 사람들이 뭍으로 이주해서 그렇지, 예전에는 주민들이 꽤 많았대. 우리가 처음 여기 왔을 때는 무슨 속셈이냐고 엄청 경계하는 분위기였는데, 지금은 아주 좋아하셔. 아까 마주친 할머니께선 귀한 갓김치까지 내주셨어."

[맛있겠다! 너 혼자 다 먹지 말고 집에 좀 가져와. 너희 아버지 갓김치 킬러잖니.]

"그러려고. 엄마 아빠도 언제 한 번쯤 놀러 와요. 멀어서 불편하긴 해도 일단 와보면 기가 막혀. 공기도 너무 맑고, 바다 내음도 신선하고. 외딴 곳이어서 그런지 진짜 무인도에 온 것 같아. 적막한데 평화로워. 일상의 스트레스가 확 풀린다니까."

[아구구! 끔찍한 소리 마, 애! 여행이란 건 모름지기 동행자가

누구냐에 따라 기분이 달라지는 법이야. 남편이랑 가는 게 뭐가 즐겁겠니? 이 서방처럼 신상이면 또 몰라. 너희 아빠처럼 몇십 년 묵은 아재랑 무슨 재미로 여행을 가?]

"에이! 괜히 또 튕기신다. 아빠가 가자면 좋아라 하실 분이."

[그나저나 오늘 결혼식 너무 멋지더라. 그림 굿! 완벽 그 자체. 선남선녀가 따로 없다고, 주변에서 어찌나 입이 마르게 칭찬을 하던지. 내 어깨가 다 으쓱해졌잖아. 역시 내 사위지. 잘생긴 줄은 알았지만 턱시도 입고 제단 위에 서 있는데 정말 늙은 나도 반하겠더라. 어쩜 그렇게 조각이니? 엄마 친구들 죄다 이 서방 보고 반했잖아. 언제 한번 모임에 데리고 나오라고 난리들이야.]

"딸 얘긴 없었수?"

[말 마라, 얘! 우리 딸 예쁜 거야, 난리가 아니라 전쟁 수준이었지! 딱 내 결혼식 생각나더라. 네가 날 닮아서 키가 조금만 컸더라면 훨씬 근사했을 텐데. 하필 아빠를 닮아서 난쟁이똥자루만 해서는…….]

박 여사는 소녀처럼 호들갑을 떨며 사위 사랑은 장모임을 확인시키고는 곧바로 처녀 시절 추억하기, 딸과 남편을 난쟁이똥자루에 비교하기 등의 전매특허 장기를 펼치기 시작하였다. 어서 빨리 자신의 차례가 돌아와 딸과 통화할 수 있기만을 학수고대하던 아버지는 옆에서 듣다가 버럭 화를 냈다.

[내가 작긴 뭐가 작아? 요즘 애들이 커서 그렇지. 내가 젊었을 땐 나름대로는 큰 편이었어. 생각을 해봐! 내가 난쟁이똥자루만 했으면 당신처럼 눈 높은 여자가 그렇게 들이댔겠어?]

[어머, 어머, 이이 좀 봐. 내가 언제? 자기가 나한테 들이댔지

내가 언제 들이댔어? 웃긴다, 정말.]

[거참! 이제는 좀 솔직해집시다. 군대도 미필인데다가 취직은커녕 학교 졸업도 못했던 처지인 내가 그 젊은 나이에 결혼하고 싶었겠나? 당연히 싫었지. 근데도 당신이 자꾸 꼬리를 치니까 내가 어쩔 수 없이 넘어간 거 아니야.]

[어머나 세상에! 태영아, 네 아버지 거짓말하는 것 좀 봐라. 내가 늘 말했지? 네 아버진 날 너무너무 사랑한 나머지 작정하고 임신시킨 거라고. 내가 남자들한테 하도 인기가 많으니까 미리 찜해두려는 속셈으로 군대 가기 전날 날 자빠뜨린 거라니까! 세월 지났다고 어쩜 이렇게 아니라고 우기니? 그때 그 시절 증인들이 얼마나 수두룩 빡빡한데.]

박 여사는 남편의 '네가 들이댔다' 발언에 길길이 소리쳤다. 그동안 남편의 지극정성 사랑을 훈장처럼 여기며 친구들에게도, 자식에게도, 자랑 아닌 자랑을 해왔던 그녀였기에 더더욱 서운한 모양이었다. 태영은 수화기 너머에서 티격태격, 주거니 받거니 말다툼하는 부모님의 대화를 들으며 웃음을 터트리고 말았다.

자식이 시집을 갔는데, 어쩌면 두 분은 아직도 이렇게 청춘이실까.

지천명을 넘겼어도 여전히 신혼 같은, 때론 유치하고 때론 낭만적이고 때론 풋풋한 두 분의 사랑이 참 보기 좋았다. 할 수만 있다면 자신도 부모님처럼 남편과 오랫동안 빛바래지 않는 관계를 유지하고 싶었다.

"고마워요. 지금까지 키워주셔서."

[결혼식 치르고 나니 갑자기 어른이 됐나. 고맙긴 뭐가 고마워.

저 혼자 커놓고서. 넌 정말 착한 딸이었어. 어려서도 웬만해선 울지 않아서 순둥이라고 동네에 소문이 자자했었잖아. 지금까지 살면서 엄마 아빠한테 걱정 한 번 끼친 적 없는, 복덩이 같은 딸이너야. 지금 생각하면 엄마가 너한테 위로받았던 적이 훨씬 더 많았던 것 같아…….]

"엄마."

회선 너머로 박 여사의 울먹이는 목소리가 들려오자 태영도 뭉클해졌다.

[외려 엄마가 너한테 많이 고마워. 내 딸로 태어나 줘서, 이렇게 예쁘게 커줘서. 잘살아야 해. 이 서방, 그럴 사람 아니라는 거 잘 알지만, 혹시라도 속 썩이면 엄마한테 말해. 내가 가만두지 않을 테니까. 네 뒤에 엄마랑 아빠가 있다는 거 절대로 잊지 마. 비록 돈은 없어도 엄마랑 아빠는 무조건 네 편이야. 그거 알지?]

"네."

눈물 한 방울 찔끔 짜며 태영은 부모님과의 통화를 갈무리했다. 자신과 신후에게 절대적 지지를 보내주는 부모님이 너무 고마웠다. 생각해 보면 처음부터 그랬던 것 같다. 한정현과 헤어지자마자 기다렸다는 듯 이신후를 소개했을 때부터, 그들은 한결같이 두 사람이 잘되길 바랐다.

그 시절 태영은 부모님이 끔찍하게 싫었다. 부자라면 아무한 테나 딸을 시집보내려는 속물처럼 느껴져서. 유독 신후 앞에서는 살갑고 다정하게 구는 부모님을 보면서 좌절한 적도 많았다. '신후 씨를 좀 평범하게 대해주면 안 돼? 왜 마치 부자 사윗감한테 잘 보이려고 굽실거리는 것처럼 행동하는데? 왜 자꾸 날 이렇게 비참하게 만드는 거냐고!' 하고 소리치고 싶었던 게 한두 번이 아니었다.

그랬었는데…….

돌이켜 생각해 보니 어쩌면 그건 자신의 자격지심이었는지도 모르겠다는 생각이 든다. 이신후를 이신후 자체로가 아닌 집안의 구세주, 나의 신분을 고속 상승시켜 줄 엘리베이터쯤으로 대했던 것은 부모님이 아니라 자신이 아니었을까.

아무튼 부모님은 그때나 지금이나 이신후에게 지극정성으로 잘한다. 물론 이신후가 장인 장모께 잘하는 것에 비하면 새 발의 피이지만.

최근에 신후는 장인어른을 회사로 불러들여 최고경영자의 자리에 앉혔다. 아버지는 이미 떠난 자리에 미련 없다며 한사코 거절했지만, 날이면 날마다 찾아와 간청하는 신후의 집요함에는 당해낼 재간이 없었다. 대신 이미 신후에게 넘긴 회사 지분은 그대로 유지키로 하였다. 경영에만 관여할 뿐, 회사의 주인은 여전히 신후라는 사실을 서로 재차 확인하고 나서야 아버지는 사장 재취임을 수락하였다.

아버지가 모처럼 기운 내서 〈태성〉을 제2의 도약기로 이끌기 위해 노력하는 동안에도, 어머니는 여전히 돈 버는 재미에서 헤어나지 못하셨다. 마음만 먹으면 얼마든지 전처럼 사치스러운 생활을 할 수 있는데도, 전단지 알바부터 마트 판촉사원까지 할 수 있는 일이라면 뭐든 닥치는 대로 하셨다. 얼마 전에는 쇼핑 채널 모델 제안을 받아서 잔뜩 뽐내고 갔다가, 당일 판매 상품이었던 풍기인견 실내복으로 갈아입어야 했다는 웃지 못할 해프닝도 겪었다.

목표로 했던 천만 원 모으기가 달성되면, 어머닌 그 돈으로 유럽 여행을 가시겠다고 한다. 말로는 혼자 훌쩍 다녀오겠다고 하지만 글쎄. 남편 사랑 지극한 그녀가 정말로 혼자서 여행할 수 있을지는 두고 볼 일이었다.

"와아! 이게 다 뭐야? 설마 여기까지 음식이 배달된 건 아니죠?"

친척들과 친구들한테까지 두루두루 잘 도착했다는 안부 전화를 넣고 막 이층 계단을 내려오는데, 근사한 냄새와 함께 식탁을 가득 채운 요리들이 태영의 눈에 쏙 들어왔다. 섬으로 들어오기 직전 시장에 들러 샀던 재료들로 신후가 생선구이, 스테이크, 파스타 등 멋진 디너 상을 차린 것이었다. 입에서는 군침이 사르르, 배에서는 허기짐이 꼬르륵하였다.

"정말 이거 다 당신이 한 거예요?"

"맛있어 보여?"

하얀 셔츠와 물 빠진 청바지 차림의 신후는 그 어느 때보다도 젊고 훤칠해 보였다. 평소의 말쑥한 슈트 차림이 아닌 맨발에 아무렇게나 걸친 평상복 차림인데도 어쩌면 이렇게 근사한지. 볼 때마다 심장이 발작 수준으로 벌떡거려서 정말 곤란하다니까.

이신후는 건강에 무지 안 좋은 남자다.

"나보다 요리도 잘하는 거 아니에요? 세상 불공평하게. 당신은 왜 못하는 게 없어요?"

음식보다 당신이 훨씬 더 맛있어 보여요, 라고 말하려는 입술의 충동을 가까스로 누르고 태영은 투정을 부리듯 심통스럽게 대꾸했다. 가까이에서 보니 더욱더 먹음직스러워 보였다. 음식도, 이 신후도.

"나도 별거 없는데. 그냥 아주머니가 적어주신 레시피대로 하는 거야."

"난 왜 레시피를 보고 만드는데도 맛이 없죠? 요리에도 젬병인가."

"젬병이면 어때. 네가 못하면 내가 하면 되지. 난 다른 걸 먹으면 되니까 아무래도 괜찮아."

어느새 다가온 신후가 눈동자를 음흉하게 빛내며 그녀의 입술에 쪽, 하고 입을 맞추었다. 가벼운 키스에 불과했지만 그를 바라보는 것만으로도 몸이 달아오르기 시작한 태영에게는 그 어떤 키스보다도 더 관능적인 접촉이었다. 그가 언급한 '다른 것'의 의미를 한시라도 빨리 확인해 보고 싶어졌다.

"난 네가 요리해 주는 것보다 내가 요리한 음식을 맛있게 먹어 주는 게 더 좋아."

"먹는 건 아무나 하잖아요. 나도 요리를 하고 싶다고요. 남자를 사로잡는 방법 중에 최고가 요리래요. 남자의 입맛을 사로잡으면 그의 마음도 사로잡을 수 있다. 당신이 좋아하는 음식을 언제든지 뚝딱뚝딱 만들어서 당신의 입맛과 마음을 단번에 사로잡고 싶다, 이거죠."

"이거 왜 이러실까. 지금보다 더 내 마음을 사로잡으면 큰일 날 텐데. 난 지금도 중증환자야. 어떨 땐 너한테 영혼을 저당 잡힌 게 아닐까, 싶을 정도인걸. 그리고 너만큼 맛있게 먹는 건 아무나 못해. 오죽하면 서산댁 아주머니가 너만 보면 음식 해먹이려고 안달하실까."

"아주머니가 날 좀 예뻐하긴 하죠. 나처럼 복스럽게 먹는 스타일이 좋으시대요."

"먹는 것만 예뻐할까. 그분은 거의 네 광팬 수준이야. 전에 잠깐 헤어졌을 때도 아주머니한테 내가 얼마나 혼났는데. 너한테 먼저 전화하지 않는다고. 무조건 잘못했다고 싹싹 빌라시던데. 여자의 말을 들으면 자다가도 떡이 생긴다면서. 결국 그 충고대로 했지."

"아주머니가 당신을 혼냈어요? 정말? 난 왜 못 들었지?"

"어디 그것뿐인가. 어떨 때 보면, 내가 주는 월급으로 너를 모시는 것 같다니까."

"그건 좀 오버다. 아주머닌 당신을 제일 좋아해요. 당신이 날 좋아하니까, 나도 좋아해 주는 거라고요. 난 그게 눈에 훤히 보이는데 당신은 모르겠어요?"

"글쎄. 잘 모르겠는데. 내 눈엔 너만 보여서."

"으으! 닭살!"

간지러운 말도 이제는 곧잘 하시는 이신후 씨.

손발이 오그라들고 소름이 끼친다는 듯 태영은 두 주먹을 살포시 쥐고 부르르 몸을 떨었다. 그러면서도 미소를 멈추지 못했다. 이신후가 뱉는 닭살 멘트는 보통 멘트가 아니라는 것을 아니까. 여자한테 잘 보이려고 대충 만들어서 주절거리는 작업용 대사가 아니라 사랑의 맹세와 진심이 듬뿍 담긴, 순도 100퍼센트 순정이니까.

"자자, 일단 앉으시고요."

신후는 태영이 의자에 앉을 수 있도록 배려해 주고는 근사한 향기의 주인공, 스튜부터 준비하기 시작했다. 홍합이 입을 쩍쩍 벌리기 시작한 토마토홍합 스튜를 그릇에 담아내는 그의 모습을 보고 있자니 샤르르 군침이 돌았다. 배가 무진장 고파졌다. 식욕이 아닌 다른 쪽 욕구도 같이.

팔뚝을 둘둘 말아 올린 새하얀 셔츠도 섹시하고, 몸에 찰싹 달라붙은 청바지도 완벽했다. 좁은 허리와 바짝 올라붙은 둔부, 튼실한 허벅지까지 먹음직스럽지 않은 곳이 없는 그였다.

태영은 노골적으로 욕구하는 자신의 육신을 애써 외면했다. 진지하게 요리를 선보이는 신랑 앞에서 음탕하게 헉헉댈 수는 없는 일이니까. 마음속으로 '나는 품위 있다, 품위 있는 신부이다, 품위 있는 신부는 절대로 먼저 신랑에게 요구하지 않는다'를 열심히 되뇌었다. 그러고서는 자신이 생각해 낼 수 있는 한, 가장 섹시함과 거리가 먼 소재를 찾아 재빨리 입을 열었다.

"음, 저기, 은총이가 당신한테 안부 전해달래요."

"은총이가?"

겨우 돌쟁이 꼬맹이가 그런 고급 언어를 구사했다는 사실이 믿어지지 않는 듯 그가 어깨 너머로 그녀를 돌아보며 묻는다.

아아, 섹시해. 정말 내 신랑이지만 어쩌면 이렇게 잘났을까. 살짝 벌어진 입술하며, 비스듬히 치켜뜬 눈썹하며, 정말 매력적이지 않은 구석이 없다. 당장이라도 달려들어 그 입술에 키스하고, 그 눈썹을 핥아먹고 싶었다. 물론 지금이 아니라 나중에.

어색하게 입술 언저리를 씩, 끌어 올리며 태영은 음란한 제 머릿속과는 정반대의 산뜻하고도 깜찍한 말투로 응수하였다.

"실제로는 어버버 했지만 은총이 전용 판독기인 은수가 말하기를 '태영이 이모, 이모부, 결혼 많이 많이 축하하고 신혼여행 즐겁게 잘 다녀오세요. 갔다 와서 파티에서 꼭 봬요.' 라는 뜻이었대요."

"아하."

"은수랑 혜진이가 우리 결혼 축하 파티를 준비하고 있어요. 다음 달 초쯤? 아무리 바빠도 꼭 참석해 줘야 한다면서 벌써부터 예약 걸고 난리 법석이에요. 참석할 거죠?"

"우리 결혼을 축하하는 자리인데 당연히 참석해야지."

"나도 그럴 거라고 얘기했는데 얘들은 걱정되나 봐요. 요즘 당신 정신없잖아요. 건설 현장도 챙길라, 이민자 센터도 추진할라. 미국 본사에서는 하루가 멀다 하고 와달라고 아우성이고."

"인수합병 문제가 걸려 있어서 그러는 거야. 핵심 기술을 보유한 중소기업을 우리 〈월드프라임〉이 사들이기로 결정했는데, 저쪽 회사에서 계약 항목들을 세부적으로 조율하고 싶어 해. 내가 최종 결정을 내려야 하는 사항들이 많아서 어쩔 수 없이 SOS를 보내는 거지. 평소에는 전에도 말했다시피 나 없이도 잘 굴러가. 그래서 지난 1년 동안에도 네 곁에 꼭 붙어 있을 수 있었던 거야."

일견 맞는 말이다. 태영이 다시 학교로 돌아가서 공부에 몰두한 채 지금껏 달려오는 동안, 신후는 항상 그녀의 옆에 있었다. 그녀가 보이는 곳에서, 그녀가 손을 내밀면 언제든 그 손을 맞잡을 기세로.

그는 그녀가 필요로 하면 어김없이 나타난다. 회사 일에 치여 살면서도 그녀가 부르기만 하면, 대낮이든 한밤중이든 상관없이 무조건 달려왔다. 함께 있어달라고 하면 함께 있어주었다. 어디론가 훌쩍 떠나고 싶다고 하면, 정말로 어디론가 훌쩍 데려가 주었다. 어깨를 빌려달라고 하면 어깨를 빌려주고, 실컷 울고 싶다고 하면 온갖 청승맞고 구슬픈 영화를 함께 봐주었다. 방학 때는 날이면 날마다 즐거운 곳, 재미난 일, 아름다운 풍경 등을 찾아 여행하고, 시험 기간이 되면 귀신같이 알아차리고 연락을 뚝 끊었다.

1년간의 열애를 통해 태영이 내린 결론은, 이신후는 배려심 하나는 세계 짱인 연인이라는 거였다. 그의 시간은 류태영을 중심으로 돌아가는 게 틀림없었다.

"아무리 바빠도 아내의 친구들이 준비해 준 결혼 축하 파티는 절대로 빠지지 않아. 꼭 참석할 테니까 걱정하지 마. 자! 아, 해 봐."

그가 달래듯 달달한 말투로 중얼거리더니 활짝 웃으며 토마토 한 점과 홍합 살점을 얹은, 바삭한 바게트 빵을 내밀었다. 고소한 냄새가 기분 좋게 코끝을 찔렀다.

태영은 그가 시키는 대로 걱정은 저 멀리에 접어두고 두 눈을 살포시 감으며 입을 벌렸다. 그리고 딱딱한 빵 조각이 새콤달콤한 토마토 알맹이와 함께 입안에 들어오기를 가만히 기다렸다.

"……"

신후는 언제 봐도 흥분되는 아름다운 광경을 잠시 넋을 잃고 바라보았다.

아기 새가 먹이를 받아먹는 듯한 귀엽고 순진한 포즈를, 태영은 어쩌면 이토록 섹시하게 소화할 수 있을까. 빵 조각 대신 다른 것을 넣고 싶은, 부적절한 충동으로 그는 전신이 불기둥처럼 달아올랐다.

물론 지금은 그럴 수 없다. 오늘만큼은 욕구의 발산을 최대한 억제해야 한다. 태영은 새벽부터 지금 이 시간까지 제대로 잠도 자지 못한 채, 복잡하고 혼란스러운 결혼식 일정을 모두 소화했다. 그녀의 약한 몸을 고려하면 오늘만큼은 휴식할 수 있게 배려해야 하는 것이다.

신후는 먹음직스러운 태영의 입술을 눈으로 훑으며 천천히 빵 조각을 그녀의 입안으로 넣었다.

그때였다.

태영이 갑자기 반짝 눈을 떴다.

"신후 씨."

"음?"

"나 아무래도 배는 나중에 채워야겠어요."

"왜? 어디 불편한 곳 있어?"

놀란 듯 신후가 두 눈을 부릅떴다. 혹시라도 태영이 어디 아픈지, 불편한 곳은 없는지, 오만 걱정거리를 가득 안은 얼굴로 그녀의 이모저모를 요리조리 살폈다.

"피곤해? 그냥 잘까? 잠자리 봐줘?"

"……."

태영은 차마 무엇이 문제인지 말하지 못하고는 훌쩍 마른코를 먹었다. 뭐라고 말해야 할지 정말 난감했다. 신혼 첫날인데 어쩌면 이렇게 눈치가 없는지. 초야를 앞둔 신부가 정말로 홍합 스튜나 스테이크 따위가 먹고 싶겠나? 아니면 세상에서 제일 잘난, 귀엽고도 섹시한 신랑이 먹고 싶겠나?

이런 바보, 둔치.

곤혹스러운 듯 콧잔등을 찡그리며 태영은 아주, 아주 불량한 말투로 중얼거렸다.

"당신이 먹고 싶어졌어요. 그것도 지금 당장."

"……."

순간, 새신랑은 할 말을 잃고 벙쪘다. 순진하기만 한 줄 알았던 자신의 색시가 이렇게 저돌적인 말을 할 수 있다는 사실에 놀람을 금치 못한 듯.

물론 지금까지 수많은 역경을 헤치고 살아남은 천하의 이신후답게 금세 침착함을 되찾았다. 멍하게 벌렸던 입을 딱 닫고서 손에 든 스푼과 빵 조각을 차례차례 내려놓았다. 식탁을 빙 돌아나가 태영의 코앞에 스스로를 대령했다. 그리고 언제나 그러했듯 그녀의 소원을 들어주었다. 깊고 깊은 키스를 퍼부어줌으로써.

"날 원하는 대로 처리해, 류태영. 처음 본 그 순간부터 난 네 거였으니까."

신후의 속삭임이 태영의 입술을 간지럽힌다. 태영은 기분 좋게 웃으며 생각했다. 오늘 밤은 길고도 아득할 것 같다고. 이 남자와 함께하는 한 자신의 인생은 언제나 뜨거운 열망과 설레는 희망이 공존할 것이라고.

흐드러지게 반짝이는 별들과 싱그러움을 수놓는 꽃들과 폐를 시원함으로 채워주는 바다, 그리고 공기 중을 떠도는 사랑의 호르몬. 그 모든 것이 만개하여 행복이 톡톡, 입을 벌리는 한여름 밤.

작은 섬 한가운데에 신혼의 첫 밤을 즐기는 행복한 신혼부부가 있었다.

에필로그

"교수님은 원래 경영학을 전공하셨잖아요. 성적도 상위권이었고 교수 추천으로 미국 연수도 다녀올 만큼 촉망받는 학생이었다고, 저희들은 알고 있거든요. 연수를 다녀온 이후 갑자기 진로를 변경하셨다고 들었어요. 당시 3학년에 재학 중이셔서 진로 전환이 쉽지 않으셨을 텐데 어떠한 계기로……?"

"철학도가 되기로 결심했냐고요?"

모교 학보사 기자의 조심스러우면서도 당돌한 질문을 받고서 류태영 교수는 자신도 모르게 빙긋 미소를 지었다.

까마득한 옛일을 떠올리니 마음에 파릇파릇 새싹이 틔는 기분이었다. 그때만 해도 참 열정이 넘쳤었다는 생각이 들었다. 남들처럼 평범하게 졸업해서, 평범하게 직장 잡아, 높진 않지만 낮지도 않은 연봉 받으며 그럭저럭 사는 인생은 생각만 해도 끔찍했던 시절이었다.

"난…… 고교 시절에 성적이 꽤 높은 편이었어요. 특별히 뛰어난 과목 없이 평균적으로 좋았죠. 딱히 좋아하는 과목은 없었어요. 그럭저럭 성적에 맞춰서, 또 부모님 의중에 맞춰서 대학에 진학했죠. 처음에는 고등학교에서처럼 열심히 공부하기만 했어요. 그러다가 문득 생각했죠. 내가 경영학을 공부해야만 하는 이유가 뭘까?"

"……"

"딱히 없더라고요. 성적으로 대학에 진학한 케이스라서 자신의 인생에 대한 철학도 비전도 없었던 거예요. 연수도 다녀오고 더 열심히 공부해 보기도 하고, 별의별 수단을 다 써보았지만 딱히 도움은 되지 않았어요. 오히려 이건 내 길이 아니라는 확신만 들었죠. 내가 뭘 하고 싶은지 찾아다니는 것에만 거의 1년을 소비했던 것 같아요. 그러다가 길을 찾게 됐어요."

"아아."

꽤나 똘똘해 보이는 여학생은 초롱초롱 빛나는 눈망울로 태영을 바라보며 연신 고개를 끄덕끄덕하였다.

반짝이는 은테 안경, 화장기 없는 민낯, 세련된 단발, 단정한 바지 정장에 은은한 미소까지 띤 류태영 교수는 아무리 후하게 쳐줘도 서른 살이 넘어 보이지는 않았다. 프로필에 적힌 서른다섯이라는 나이가 도무지 믿기지 않을 만큼 어려 보였다.

여학생의 눈에는 그 이유가 '열정'으로 보였다. 교수의 낯빛은 그 어떤 젊은이보다도 더 밝고 찬란했다. 자신과 자신의 일을 사랑하고, 가족과 친구들을 아끼며, 주어진 모든 것에 감사하는 사람의 것이었다.

인터뷰 직전까지도 류 교수에 대해 비판적인 입장(부자 남편에 부러울 것 없이 행복한 그녀가 누군가에게 긍정적으로 사고하라고 충고할 자격이 되는가)이었던 여학생도 교수의 온몸에서 유전 터지듯 콸콸 터져 나오는 긍정적 에너지만큼은 인정할 수밖에 없었다. 이렇게 열정적인 그녀가 아니면 누가 좌절한 사람에게 긍정의 철학을 강의할 수 있겠는가?

여학생은 머릿속으로 학보지에 실을 '이달의 피플스토리' 란의 기사 헤드라인을 떠올려 보았다.

〈긍정적인 사고가 세상을 바꾼다〉란 책으로 베스트셀러에 등극하면서 대한민국에 인문학 열풍을 가져온 자랑스러운 Y대인!

Y대 여학우가 뽑은 '멘토로 삼고 싶은 선망의 대상' 1위에 오른 선배!

너무 긴가?

"사실 지금도 그렇지만, 그때도 철학으로의 전과는 굉장히 위험한 발상이었어요."

류태영 교수는 포커페이스와는 거리가 아주 먼, 아직은 순진무구한 여대생을 바라보며 어깨를 으쓱했다.

"한국에서 인문학을 공부한다는 건 길고 고된 역경의 대장정에 오르는 것과 같은 의미거든요. 밥벌이도 제대로 안 될 힘든 학문을 연구하기 위해 고된 수련 과정을 거쳐야 하고, 간신히 강사로 임용된다고 해도 정규직 또는 정년 보장을 받기 위해 논문 작성 기계의 삶을 걸어야 하는 게 냉엄한 현실이죠. 철학자가 단순히 교수직 심사를 위해 일 년에 적게는 서너 편, 많게는 열 편에 가까운 논문을 등재지에 실어야 한다는 게 얼마나 비참한지 보통 사람들은 잘 모를 거예요."

"그걸 알고도 철학을 전공하시기로 하셨던 거네요?"

"처음에는 학생다운 꽤 낭만적인 생각으로 접근했던 것 같아요. 학자의 삶이란 게 마냥 풍족할 수만은 없지. 가난하더라도 원하는 공부하면서 사는 게 행복하지 않겠나. 우리 사회가 직면한 문제들을 인문학적으로 해명하는 데 기여할 수만 있다면 그 어떤 부유한 삶보다 보람되지 않을까."

"아아, 네에."

"나중에야 알았어요. 현실과 이상 사이에는 엄청난 갭이 존재한다는 것을요. 많이 흔들렸죠. 중도에 포기하고 싶은 마음까지 들더라고요. 우연히 나와 비슷한 고민을 안고 있는 학생들에게 인문학 강의를 하게 되었는데, 그때를 계기 삼아 정신적으로 재무장할 수 있었던 것 같아요. 강의를 준비하면서, 또 순수한 학구열에 불탄 학생들과 수업하면서, 학창 시절 때 꿈꿨던 학문 연구의 열정을 돌이켜 생각하게 되었죠."

"교수님께서는 인문학이 우리의 삶에 미치는 영향은 지대하다고 말씀하시곤 하시는데요. 이러한 학문이 이 시대의 학생들로부터 외면받는 이유는 무엇이라고 생각하시나요?"

"여러 가지가 있겠지만 근본적인 이유는 진리에 대한 불확실성 아닐까요? 예전에는 유명한 사람의 책을 한 권 읽고 나면 세상 이치를 다 이해한 것만 같은 정신적 풍요를 느낄 수 있었지만. 지금은 칸트의 책을 읽어도 인간의 사상이 아닌 그저 칸트의 사상을 이해할 뿐이죠. 디지털 테크놀로지 시대의 시시각각 빠르게 변하는 인간의 삶에, 철학과 사상이 효율적인 이론적 패러다임을 제시하지 못하고 있는 방증인 거죠. 이러한 진리에 대한 불만족감, 불확실성이야말로 사람들로 하여금 철학을 구시대 유물로 여기게끔 만든다고 생각해요."

"그렇다면 교수님이 생각하시는 인문학의 매력은 뭐라고 생각하시나요?"

"어떤 학문보다도 더 폭 넓고 깊은 관점을 가질 수 있다는 점이죠. 문학, 음악, 미술, 건축, 스포츠, 과학 등 모든 카테고리가 인문학과 맞닿아 있어요. 우리는 모두 인문학적 환경에서 살고 있다는 뜻이죠. 사실 한국 사회는 오래전부터 신자유주의적 체제로 재편되어 있어요. 지금은 모든 분야에서 무한히 경쟁해야 하는 시대죠. 학문을 연구하는 것마저 효율성을 따져야 하는 비극의 시대에 인문학이야말로 스스로 중심을 잡게 하고 인간의 본성을 성찰하게 한다고 생각합니다."

"음, 이건 조금 실례되는 질문일지도 모르는데. 개인적으로 궁금한 점, 한 가지만 더 여쭐게요."

"그래요."

내주기로 약속했던 시간이 훌쩍 지났음에도 태영은 흔쾌히 고개를 끄덕였다. 남편이 교수실 밖에서 인터뷰가 끝나기만을 학수고대한다는 걸 알았지만 상관하지 않았다. 일부러 더욱 여유를 부렸다. 남편은 벌을 좀 받아야 할 필요가 있었다.

보름짜리 출장이 상의도 없이 한 달간으로 바뀌고, 다른 여자와 나란히 파티에 참석한 것도 모자라, 그 사진이 유명 타블로이드에 대문짝만 하게 실리기까지 했으니 그에 대한 죗값을 치르는 것은 너무나도 당연하였다. 사실 마음 같아서는 남편을 저 멀리 내쫓고 싶은 심정이었다.

"교수님은 대단히 저명한 재산가 남편의 아내로도 널리 알려져 있잖아요. 학계를 제외한 분야에서는 교수님보다도 훨씬 더 유력하신 분인데요. 배우자의 유명세가 교수님의 사회활동에 미치는 파장이나 영향은 어떠한지, 혹시 불이익이나 특별한 혜택을 받은 적은 없으신지, 불이익을 받으신 적이 있다면 어떤 식으로 해결하셨는지 알고 싶습니다."

"불이익이라, 글쎄요……."

여학생 기자가 예의상 에둘러 표현했지만 태영도 알았다. '세계적인 대부호 이신후의 아내'라는 수식어가 꼬리표처럼 자신을 따라다닌다는 사실을. 그런 사실이 어떤 사람들에게는 정서적 불편함을 유발하기도 한다는 것을.

태영은 지난 5~6년 간 책으로써, 강의로써, 때론 예능 프로그램의 양념 패널로서 대중들에게 인문학의 중요성을 역설하고 설파해 왔다. 그러나 정작 그녀가 매스컴과 대중으로부터 주목을 받은 계기는 모 잡지사의 파파라치 기사였다.

〈'월드프라임 그룹' 이신후와 '긍정의 인문학' 류태영의 관계는?〉

자극적인 제목이 붙은 가십 기사에는 태영과 신후가 놀이공원에서 즐거운 한때를 보내는 사진이 첨부돼 있었다. 본문 내용은 크게 세 꼭지로, 이신후의 가정사를 꽤 자세히 다루고 있었다. 그가 9년 전 지금의 아내와 가정을 꾸렸다는 것, 이신후라는 막강

실력자를 세계무대에서 한국으로 끌어온 여인이 바로 대중이 아는 '류태영 교수'라는 것, 이렇게 놀랍고 흥미진진한 얘깃거리가 어떻게 지금까지 알려지지 않았나에 대한 의문 등이었다.

기사가 나간 후, 주위에서는 어떻게 그렇게 대단한 남편을 감쪽같이 숨겨둘 수 있었느냐고 놀라워했다. 하지만 태영은 사람들이 놀라워하는 사실에 대해 놀랐다. 그녀는 한 번도 이신후의 아내라는 사실을 숨긴 적이 없었으니까. 그를 만나고, 사랑하고, 연애하고, 결혼해서 사는 동안 한 번도 그를 부끄러워해 본 적이 없었다. 그저 매스컴에 대고 떠들어대지 않았을 뿐.

그날 이후로, 그녀는 대부호 이신후와의 러브스토리로 더 많은 화제를 뿌리며 그해에 불어닥친 인문학 열풍의 핵으로 떠올랐다.

"남편이 나보다 유명해서 따라오는 불이익이라면, 달갑잖은 매스컴의 관심 정도?"

태영이 농담처럼 가볍게 말하고서 씨익 웃자 여학생도 멋쩍게 웃는다. 솔직히 까마득한 모교 후배가 던진 질문치고는 너무 노골적이긴 했다. 여학생도 실례라는 걸 알면서 궁금한 나머지 총대를 메고 물은 것이리라. 용기 있는 청춘에 박수를 보내며 태영은 자신이 남편과 가족에게서 얼마나 많은 애정과 관심, 격려와 위안을 얻는지 설명했다.

인터뷰는 그로부터 30분간 더 진행되었다.

여학생은 언젠가는 진짜 기자가 되어 취재하러 오겠다는 씨익

한 다짐과 함께 진심 어린 존경과 감사를 전하며 돌아섰다. 기다렸다는 듯 문제의 낭군님께서 교수실을 노크한 것은 그다음이었다.

"태영아."

이신후는 아내의 출입 허가가 떨어지기도 전에 성큼 문을 열고 들어섰다. 무려 30일 만에 아내를 직접 대면하는 이 상황이 도무지 믿어지지 않는다는 듯 신후는 놀라움과 반가움, 짜릿한 감정 등을 가득 담은 얼굴로 다가와 와락 그녀를 부둥켜안았다.

도무지 거부할 수 없는 이신후 특유의 공격적이면서도 애절한 키스가 쏟아졌다. 짓이겨 버릴 듯 그녀를 끌어안고, 굶주린 노예가 음식을 탐하듯 그녀의 입술을 게걸스럽게 맛보았다. 그를 벌주리라 마음 단단히 먹었던 태영의 마음속의 뾰족함이 눈 녹듯 깨끗이 사라질 정도.

그는 태영의 입술이 부르트도록 물고 빨다가 한참 만에야 겨우 놓아주었다.

"잘 지냈어? 내가 보고 싶어서 눈물 흘리지는 않았고?"

보고 싶었죠. 아주 많이. 날이면 날마다 영상 통화하며 서로의 일과와 감정을 공유했는데도 전화를 끊고 나면 강하게 밀려드는 허전함, 공허감 때문에 왈칵 울고 싶어질 때가 한두 번이 아니었죠. 하지만 당신은 돌아오지 않았어요. 출장 기간을 두 배로 늘리기까지 하면서.

태영은 속으로 꿍얼거리고선 앵돌아진 표정으로 새침하게 대꾸했다.

"나야 눈이 짓무르도록 보고 싶었지요. 가슴이 타들어가는 줄 알았는걸요. 밤마다 허벅지를 찌르며 보고 싶은 마음을 억눌렀답니다. 타국에서 열심히 일하시는 낭군님을 위해 참아야 하느니라, 하면서."

"으음?"

아내의 말투에서 심상찮음을 감지한 듯 신후가 한쪽 눈썹을 휙 치뜬다. 결혼 10년 차 아내가 이렇게 진지하게 존칭하는 경우는 무언가에 마음이 상했을 때뿐이니까. 신후는 어쩌다가 법 없이도 살 세상 착한 아내의 마음이 이렇듯 뾰족해진 것인지 몹시 궁금해졌다.

"저는 밤마다 애타는 마음 달래느라 속이 문드러졌는데 낭군님은 안 그러셨던 것 같네요."

"저기, 내가 뭔가 큰 실수를 한 것 같은데, 그게 뭔지 그냥 알려주면 안 될까? 지금은 내가 네 고문을 버틸 상태가 못 돼. 널 만난다는 생각에 공항에서부터 줄곧 곤두서 있단 말이야. 당장 갖지 못하면 터질지도 몰라. 폭탄처럼 빵."

"저기요, 낭군님. 여긴 신성한 학자의 사무실이거든요. 저만의 학문 탐구의 공간이라고요. 낭군님이 원하시는, 그렇고 그런 짓은 결단코 허용할 수 없어요. 수고스럽겠지만 집에 도착할 때까지 기다리셔야겠네요."

태영은 얄밉다는 듯 곱게 눈을 흘기며 깜빡깜빡 긴 속눈썹을 펄럭였다. 그와 동시에 남편에게 붙들려 바싹 맞댄 허리를 요망하고 방종하게 굴리기 시작했다. 마른 종이에 불이 붙듯 아랫도리가 화르륵 격하게 타오르는 것을 느끼며 신후는 신음하듯 중얼거렸다.

"장사치의 사무실도 학자의 것만큼이나 신성해. 직업엔 귀천이 없다고. 내 사무실에서는 종종 그런 짓을 했는데 왜 네 사무실에서는 안 되지?"

"그거야……!"

이신후에겐 사무실에서의 난잡한 섹스가 아무렇지도 않고, 류태영에겐 아무렇지 않은 게 아니니까. 그의 사무실은 방음장치가 완벽하게 작동하고 여긴 그렇지 못하니까. 그의 사무실에선 누구의 방해도 받지 않지만 여기서는 그게 불가능하니까.

이유를 대자면 한도 끝도 없다. 하나 지금은 어떠한 반박도 할 수가 없다. 갑자기 6주 전 그의 사무실에서 충동적으로 가졌던, 대단히 감각적이고도 감동적이었던 관계가 불쑥 떠올랐기 때문에. 그리고 그 관계가 낳은 의외롭고도 따뜻한 결과 때문에. 어쩌면 이렇듯 전에 없이 마음이 뾰족해지는 것도 그 때문인지도 모른다.

임신 초기에는 임산부의 감정 기복이 심해지는 법이니까.

"나도 미국 사이트 검색할 줄 안다고."

태영은 불만 가득한 얼굴로 한숨을 거하게 내쉬고는 쭈뼛쭈뼛 입을 열었다.

"당신이 쭉쭉빵빵 예쁜 여자들이랑 몇 월 며칠, 어느 파티에 참석했는지 SNS며 인터넷 기사에 쫙 떴어. 내가 가만히 있어도 내 트친, 페친들이 기사를 막 보내준단 말이야."

"혹시 지난주에 개최했던 〈앨리스 후원회의 밤〉?"

'앨리스'는 그의 생모, 한유선의 영어 이름. 신후는 최근 가정폭력, 성폭력, 인종차별 등으로 고통받는 제3세계 이민자 여성들을 위한 인권보호재단을 설립하고, 재단의 이름을 '앨리스'라고 명명하였다. 정치적, 사회적으로 강한 영향력을 가진 이신후의 재단이었으므로 설립 즉시 수많은 후원 문의가 쏟아졌다. 지난주에 개최되었던 후원회의 밤도 성황리에 막을 내렸다.

"알아! 안다고. 당신이 주최자이니만큼 후원회가 성공리에 끝날 수 있도록 최선을 다해야 했겠지. 쭉쭉빵빵 모델들 역시 후원회를 빛내주는 내빈이니 당신에겐 잘해줘야 할 의무가 있었겠고. 당신을 쭉쭉빵빵 여자들과 엮지 못해 안달인 기사들이야 뭐, 기자들 헛소리 한두 번 들었던 것도 아니니 흘려들으면 되는 거고. 게다가 당신이 어디 날 두고 한눈팔 사람이야?"

"그런데?"

"알지만! 신경이 쓰이는 걸 어째?"

"신경 쓰여?"

"누군가의 눈에 당신과 다른 여자가 커플로 보이는 게 싫어. 당신은 내 남편이잖아. 내가 평생 책임지겠다고 공언한 남자. 누구도 당신한테 눈독 들이면 안 되지. 세상 사람들 모두가 다 알았으면 좋겠어. 당신의 주인은 나라는 거."

"까먹었을까 봐 알려주는데, 내가 결혼했다는 사실은 그룹 차원의 정식 보도 자료를 통해 언론에 이미 배포되었어. 9년 전에."

"당신이 유부남이라는 사실이 중요한 게 아니야. 당신이 아내를 무척 사랑해서 다른 여자는 거들떠보지 않는다는 사실이 중요한 거라고. 사람들한테 좀 알리고 다녀! 여자들이 언감생심 내 남자한테 욕심내지 못하도록!"

"내가 안 그런다고 생각해?"

쓸데없는 걱정으로 삐져 있는 아내가 어처구니없을 정도로 귀여운 나머지 신후는 웃음을 터트리고 말았다. 어쩌면 이렇게 깜찍할 수가 있는지 모르겠다. 십 년 가까이 하루도 빠짐없이 마르고 닳도록 봐온 여자인데 어떻게 이렇게 한결같이 풋풋하고 생기 있고 귀여울 수가 있을까.

이러니 열의 아홉은 권태기에 접어든다는 마의 '결혼 10년 차'에도 여전히 아내에게 푹 빠져 살 수밖에 없지!

최근 사업 파트너인 이탈리안 친구 라파엘 바지오가 '어떻게 너처럼 차갑고 냉철한 인간이 아내에게는 그리 허당이냐'라며 어처구니없어했고, 그를 잠시 흠모했다던 모 영국인 칼럼리스트는 유명 경제전문지에 '천사의 심장도 씹어 먹을 악마 같은 남자가 아내 앞에서는 순한 강아지가 된다'라고 언급했다는 사실을 아내에게 자세히 얘기해 줘야겠다고 신후는 생각했다.

"나야 모르지. 당신이 안 보이는 데서 무슨 짓을 하는지 내가 알게 뭐야."

태영은 여전히 기분이 별로인 듯 새침하게 입술을 삐쭉거렸다. 자신이 남편에게 어떤 영향을 끼치는지는 전혀 눈치채지 못하고 있었다. 신후는 삼켜 버리고 싶을 만큼 사랑스러운 아내의 입술에 쪽 키스를 하고는 그녀의 허리를 부드럽게 붙당겨 안았다.

단단한 하반신이 낭창낭창하고 보들보들한 아내의 아랫배에 꾸욱 눌린다. 바지 속에서 그의 짐승이 발작적으로 몸을 뒤틀며 아우성을 쳐댔다. 타오르는 갈증을 억누르며 그는 아내의 귀여운 뱃살에 스스로를 묻었다.

"난 말이야."

부드럽게 허리를 움직이며 신후는 그녀의 귓가에 따스한 숨결을 불어넣었다.

"가끔은 두려워. 나에 대한 네 영향력이 너무 세서. 세월이 이렇게 많이 흘렀는데도 면역되기는커녕 오히려 더 대책 없이 네게 매달리고 있어서. 어떨 때는 내가 너무 한심스러워져. 지혁이와 은성이한테도 질투가 나."

"지혁이랑 은성이?"

여기서 잠깐! 지혁과 은성으로 말할 것 같으면?

지혁은 혜진의 아들이다. 지난해 혜진이 박지훈 선배와 사고 치고 낳은 결과물로써 올해 겨우 돌잔치를 치른 아기에 불과했다. 은성은 은수가 직장 상사와 결혼해서 낳은 은총의 동생인데, 아빠를 닮아 '투머치토커(Too Much Talker)'이지만 성격이 쾌활하고 똘똘해서 꽤나 매력적인 다섯 살배기 꼬마 아이였다. 둘 다 너무너무 사랑스러운데다가 자신을 친이모처럼 따르기에 태영이 무척이나 예뻐하는 아이들이었다.

한데 내 남편이 그 꼬맹이들한테 질투를 한다고? 태영은 우스꽝스럽게 인상을 짜부라뜨리며 괴성을 질렀다.

"무슨 소리야? 걔넨 아직 애들이잖아!"

"그래서 내가 한심스럽게 느껴진다는 거지. 네 주위에 얼쩡거리는 수컷이란 수컷은 죄다 멸종시켜 버리고 싶어. 아무리 어려도 사내 녀석들은 네 근처에 얼씬도 못하게 하고 싶다고. 아직도 너에 대한 집착이 이렇게 하늘을 찌른다니까! 이런 내 눈에 어떤 여자가 들어오겠어?"

"치잇! 오버하기는."

"오버 아니야. 진짜 심각한 수준이라고."

"좋아. 아부하는 성의를 봐서 쭉쭉빵빵 아가씨와 사진 찍힌 것까지는 봐줄게. 후원회의 호스트이니 찾아오는 게스트 하나하나 챙길 수밖에 없었겠지. 기자가 포즈를 취해달라고 부탁하면 더더욱 거절 못했을 거야. 거기까지는 이해해. 하지만."

"하지만?"

"출장 기간을 늘린 건 도저히 못 봐줘. 내가 얼마나 보고 싶었는지 알아?"

그건 그럴 만한 사정이 있었다. 다음 달 아내의 휴가에 맞춰 한 달간 아프리카로 봉사활동을 떠날 계획을 짜두었는데, 갑자기 예상에도 없던 주요 업무가 연달아 생겨 버린 탓이었다. 아프리카로 떠나기 전에 몽땅 업무를 처리해 놓든지 아니면 봉사활동 자체를 취소해야 할 상황. 후자는 절대로 안 될 말이었다.

그동안 신후는 아프리카 봉사활동을 혼자서만 잠깐씩 다녀오곤 했다. 아프리카에 입국하는 과정이 워낙 복잡한데다가 고온의 기후 때문에 웬만한 체력이 아니고선 배겨나기 힘들기에, 따라나서는 아내를 늘 만류했었다.

태영은 그런 그의 나 홀로 봉사활동을 항시 못마땅하게 생각했다. 그가 공익사업이나 봉사활동을 삶의 중요한 부분, 일종의 '의식의 정화작업'이라고 여기는 만큼 자신도 꼭 참여해야 한다고 주장했다. 아내에게 위험을 무릅쓰게 할 수 없다는 그의 고집에도 전혀 아랑곳하지 않았다. 결국 그는 아내와 약속할 수밖에 없었다. 다음부터는 꼭 함께 가기로.

그녀와의 보람된 휴가를 위해 최소 3개월분의 일을 한꺼번에 처리하느라 밤잠 설쳐 가며 애썼는데, 태영은 그게 못내 서운했던 모양이다. 일 때문에 자신을 소홀히 대했다고 생각한 것이겠다. 신후는 차근차근 설명해서 오해를 풀어주리라 마음먹고 나직이 속삭였다.

"내가 잘못했어. 먼저 상황을 설명하고 이해를 구했어야 했는데. 한시라도 빨리 일을 끝내고 돌아오고 싶어서 그만……"

"자기한테 할 얘기가 있었단 말이야. 얼굴 마주 보고 해야 할, 너무너무 중요한 얘기였다고."

갑자기 태영이 울먹이기 시작했다. 아내의 가슴 찢어지게 애절한 목소리를 듣는 순간, 신후의 머릿속은 새하얘졌다. 사정을 잘 설명하면 서운함 따위는 금세 해소될 것이란 그의 단순한 생각 역시 흔적도 없이 사라졌다.

"무슨 일이야? 너 왜 이래?"

놀란 마음에 신후는 태영의 뺨을 두 손으로 감싸고서 그녀와 눈을 맞추었다. 벌써 눈가에 촉촉이 고이는 물기는 그저 바라보는 것만으로도 가슴이 아팠다. 심장이 갈기갈기 찢기는 기분이었다.

항상 밝고 씩씩해서 그가 '캔디'라는 별명도 지어줬었는데. 한없이 어른스럽기만 하던 아내에게 대체 무슨 일이 생긴 걸까?

"내가 얼른 돌아오라고 했잖아. 보고 싶어서 죽겠다고. 꼭 해야 할 말이 있다고. 한데도 자긴 일정을 보름이나 미뤘어. 내가 얼마나 허탈했는지 알아? 얼마나 서러웠는지 알아? 기뻐해야 할 순간에 전혀 기뻐할 수가 없었던 내 심정을 자기가 아느냐고."

"태영아……"

"자기한테는 다른 그 무엇보다도 내가 더 중요하다고 했잖아. 내가 부르면 언제든지 달려오겠다면서. 내가 원하는 건 뭐든 들어주겠다면서. 내가 지금껏 당신한테 뭐 해달라고 떼쓴 적 있어? 없었잖아. 이번이 처음이었잖아."

"그랬지."

"내가 왜 그랬을 것 같아? 어째서 그토록 자길 애타게 기다렸을 것 같아?"

"미안. 내가 정말 잘못했어."

신후는 아프리카 봉사활동이고 뭐고, 그저 발등을 찧고 싶었다. 아내가 울먹일 때부터 그의 모든 이유는 무용지물이 되었다. 아무리 아내를 위해서 조정했던 일정이라도, 그 과정에서 아내를 슬프게 했다면 그게 무슨 의미가 있겠는가. 변명의 여지 없이 백 프로 자신의 잘못이었다.

세상 모든 아내들의 눈물은, 세상 모든 남편들의 어리석음에서 나오는 것.

그것은 진리였다.

"다 내 탓이야. 네가 어떤 기분인지 내가 헤아리지 못했어."

신후는 부서질세라 어그러질세라, 아깝디아깝고 귀하디귀한 아내를 가슴에 안고는 동글동글한 정수리를 가만히 쓸었다. 감정이 격해진 아내를 달래기 위해 어깨를 토닥토닥, 부드럽고 그윽한 목소리로 가만가만 속삭였다.

"네가 이렇게까지 날 기다리는 줄 몰랐어. 나도 네가 보고 싶어서 얼마나 힘들었는지 몰라. 날마다 영상 통화해도 널 만질 수가 없잖아. 널 느낄 수도, 즐길 수도 없잖아. 매일 밤 정말 죽을 것 같았어. 몸은 미국에 있었어도 마음은 이미 한 달 전에 네게 달려왔었다고. 나도 참느라 미치는 줄 알았다니까."

"……."

"미안해. 한 번만 용서해 줄래? 다시는 기다리게 안 할게."

"나 임신했어."

눈물겹도록 진심 어린 남편의 사죄를 가만히 듣던 태영은 폭탄을 터트리듯 불쑥 선언했다. 임신했다고.

이신후의 첫 반응은 온몸을 굳히는 거였다.

태영은 슬슬 걱정이 되기 시작했다. 그는 평소 딱히 후사를 바라는 것 같지 않았으니까. 미국인답게 자식 없이 단둘이서만 자유롭게 살고 싶어 했다. 그 때문에 그들은 9년 동안이나 출산 계획을 세우지 않았었다. 그의 사무실에서 충동적으로 관계를 맺지 않았다면 뱃속 아이는 생기지 않았을 것이다.

병원에서 임신임을 확인받고 너무나 감격스러웠지만, 동시에 불안하기도 하였다. 혹시라도 남편이 싫어할까 봐. 물론 그는 성격상 태아를 지우라는 무자비한 말은 결코 하지 않을 것이다. 아무리 자기 마음에 들지 않아도 그녀에게는 눈곱만큼의 싫은 소리도 하지 않는다. 하지만 혹시라도 시큰둥하거나 '아뿔싸' 하는 듯한 실망스러운 반응을 보인다면…….

그녀는 정말 상처받을 것이다.

"정말…… 이야……?"

"병원에 가서 확인해 봤어. 나 혼자. 서운해하지 마. 자기가 너무 늦게 와서 어쩔 수 없이 혼자 간 거니까. 원래의 일정대로 왔으면 나도 자기랑 같이 가려고 했을 거야."

"아기라고? 우, 우리…… 아기?"

그의 다음 반응은 말 더듬기.

이신후가 말을 더듬어? 말도 안 돼. 하지만 정말로 말을 더듬었다. 태영이 귀로 똑똑히 들었다. 이걸 그린라이트라고 생각해도 되려나……?

"아기라고?!"

갑자기 그가 버럭 소리를 질렀다. 품 안의 태영을 훅 멀찌감치 떼어내더니 도저히 믿을 수 없다는 듯 놀라운 눈으로 그녀를 내려다보았다. 그의 입가에는, 맹세컨대 태영이 생전 처음 보는 웃음기가 떠올라 있었다.

이신후가 이렇게 활짝 웃는 모습은 세상 그 누구도 본 적 없을 것이라고 생각하면서도 태영은 일단 '임신을 물릴 수 없음'의 단호한 의지를 담아 고집스럽게 말했다.

"벌써 태명도 지었어. 엔젤이라고."

"맙소사!"

그의 마지막 반응은 격렬한 영어 감탄사와 그보다 더 격렬한 키스였다. 커다란 손으로 그녀의 얼굴을 감싸더니만 쪽, 쪽, 쪽, 쪽, 쪽…… 정말로 쉴 새 없이 뽀뽀를 퍼부었다.

"사랑해, 태영아. 사랑해, 사랑해, 사랑해, 사랑해……."

뽀뽀 한 번에 '사랑해' 한 번이 현기증 날 때까지 계속되었다.

신후는 진심으로 행복한 것 같았다.

그날 밤.

오랜만에 둘만의 다정한 시간을 보내고 깜빡 선잠이 들었던 태영은 희미한 스탠드 불빛을 느끼곤 부스스하게 눈을 떴다. 신후가 상체를 일으켜 앉은 자세로 무언가를 열심히 들여다보고 있었다.

얼굴 가득 미소를 띤 채. 무얼 보고 있는지는 물어보나 마나. 불과 서너 시간 전 환호하던 그의 모습을 기억하는 사람이라면 누구나 알아맞힐 수 있을 것이다.

그는 자신이 약 8개월 후에 아버지가 된다는 사실에 뛸 듯이 기뻐했다. 도대체 지난 9년간을 아기 없이 어떻게 살았는지 의심스러울 만큼. 평소에 입버릇처럼 해왔던 발언들을 생각해 보면 더더욱 의아스러웠다.

"임신 같은 것으로 네 커리어를 망치고 싶지 않아. 너도 나처럼 자기 분야에서 최고가 될 권리가 있어. 지금은 더 공부하고 연구해서 실적을 쌓는 게 중요하다고 생각해."

"서두를 필요 없잖아. 아기가 없어도 우린 행복한데. 내 걱정은 마. 난 너만 있으면 되니까. 뭐가 문제야? 지금으로도 완벽한데! 솔직히 아기한테 네 관심을 빼앗기는 것보다는 지금이 훨씬 더 좋아. 넌 일하는 시간 빼곤 오로지 나만 바라봐 주잖아."

그렇게 온갖 관대한 척은 다해놓고서 임신 소식에 그토록 기뻐 날뛰다니. 처음에는 당황스러웠다. '임신? 축하해! 잘됐구나!' 와 같은 쏘쿨한 반응을 예상했었으니까. 하나 시간이 갈수록 점점 스스로를 되돌아보며 반성하게 되었다.

그는 어린 아내의 커리어와 프라이버시를 위해 임신을 종용하지 않으려 애썼던 것뿐 내심은 아기를 원했던 것이다. 그것도 모르고 그가 아기를 원치 않는다는 생각에, 9년간 꼬박꼬박 피임해 왔던 자신이 너무 바보처럼 느껴졌다.

"자다가 뭐 해?"

"응? 아, 깼구나. 미안. 스탠드 끌 테니 더 자."

야행성답게 한밤중에도 두 눈을 반짝반짝 빛내며 임신 초음파 사진을 들여다보던 신후는 서둘러 사진을 정리하고는 스탠드 불빛을 껐다. 태영은 본능적으로 따뜻한 그의 품에 파고들며 눈을 감았다. 응석 부리듯 아직 덜 깬 목소리로 웅얼거렸다.

"그렇게 좋아?"

"물론이지. 억만금을 줘도 못 바꾸는 천하제일의 보물을 하나 더 얻는 건데."

"진작 말하지. 난 자기가 아기를 바라지 않는다고 오해했었어."

"네게 부담 주기 싫어서 그랬지. 가뜩이나 나이 많은 남자랑 결혼해서 인생 저당 잡혔다는 소리 듣는 넌데."

"누가 그런 소릴 해? 우리 부모님이나 내 친구들은 자기 엄청 좋아한다고. 오히려 당신이 나한테 발목 잡혔다고 생각하는걸, 뭐."

"말도 안 되는 소리. 내가 아니라 네가 잡힌 거지. 기억 안 나? 내가 너한테 어떻게 접근했었는지. 감언이설로 널 꾀어냈잖아. 날 사랑해 주면 원하는 모든 것을 주겠다고."

"내가 원하는 건 그때나 지금이나 한 가지뿐이야. 이신후가 무한 리필해 주는 사랑……."

신후는 점점 작아지는 아내의 목소리를 들으며 가만히 끌어안았다. 아기처럼 몸을 말며 밀착해 오는 아내를 포근히 감쌌다.

바디로션 향기가 코끝을 스쳤다. 따스한 그녀의 살갗을 부드럽게 애무했다. 잠에 곯아떨어진 아내는 그의 몸을 바짝 곤두세울 정도로 관능적이었다. 동시에 가슴 한복판을 우지끈 무너뜨릴 만큼 감동적이기도 하다. 그에게 아내의 존재란 바로 그런 것이었다.

음습한 삶에 기적처럼 찾아든, 단 하나의 따스함.

사방이 어두운 낯선 곳에서 우연히 발견한 손전등 같은 존재.

신후는 쌕쌕거리며 단잠을 즐기는 아내의 귓가에 다정하게 속삭였다.

"내 심장 같은 건 얼마든지 내어줄 수 있어. 어차피 너 때문에 뛰게 됐으니까."

THE END

작가 후기

　왜 갑자기 '메피스토펠레스'라는 단어에 꽂혔는지 모르겠습니다. 저는 전부터 '인간을 유혹하는 악마'가 매력적인 소재라고 생각하긴 했지만, 딱히 작품에 차용할 마음은 없었거든요. 개인적으로 극단적인 소재를 좋아하지 않고 그러한 캐릭터를 구현하는 데에도 흥미를 느끼지 못해요.(악마 같은 남자주인공이라니, 참으로 극단적인 캐릭터 아니겠습니까?)

　그러던 중에 우연히 읽게 된 '메피스토펠레스는 악마 중에서도 가장 인간적인 악마'라는 표현에 흥미를 갖게 되었습니다. 사실 작가에게는 '뭐든 흥미 돋는 것=소재'가 되지요. 꼭 메피스토펠레스를 소재로 글을 써보고 싶다는 생각이 들었습니다. 그리고 그로부터 거의 2년, 드디어 완성작으로 메피스토펠레스의 사랑 이야기를 선보일 수 있게 되었네요.

작품 구상 단계에서 괴테의 고전 '파우스트'를 참조했어요. 파우스트를 지옥으로부터 구원한, 강력하고도 숭고한 여성성의 상징 '그레첸'의 색채를 여자주인공인 태영에게 살짝 덧입혀 보았습니다. 파우스트가 그레첸의 사랑으로 구원받은 것처럼 신후의 영혼 역시 태영으로부터 구원받기를 희망하였습니다.

어린 시절의 악몽을 딛고 세계 최고의 자리에 우뚝 선 남자주인공 이신후는 불행하고도 무미건조한 인생을 살아가는 와중에 자신과는 정반대의 여자 류태영을 만납니다. 칙칙하고 어두운 자신의 정신세계와는 달리 밝고 맑고 사랑으로 가득 찬 그녀에게서 강렬한 소유욕을 느끼지요. 그녀의 빛, 따사로움, 한없이 넓은 마음을 손에 넣고 싶은 충동. 그리하여 그는 의도적으로 접근, 사랑과 영혼을 건 계약을 제안하죠.

'나를 사랑하라. 그리하면 네가 원하는 모든 것을 주리라.'

낭떠러지 끝에 서 있던 태영은 어쩔 수 없이 제안을 받아들입니다. 그리고 그를 정말로 사랑하게 되지요. 그의 과거와 현재를 알게 된 후에도 사랑할 수밖에 없었습니다. 하지만 사랑은 곧 파멸이라 여기며 살아온 신후에게는 그 모든 것이 두렵기만 했습니다. 태영에게 마구 흔들리는 자신, 그래서 방향키를 잃은 듯 한없이 방황하는 자신에게서 공포를 느끼죠.

'사랑하기를 두려워하는 상처 입은' 남자와 '가슴속에 한없는 애정을 품은' 여자의 사랑을 그려보고 싶었습니다. 미력한 필력으로 두 사람의 사랑이 마음먹은 만큼 잘 표현되지 못했다고 생각합니다. 다만 독자 여러분이 마지막 장을 넘길 때 주인공들이 조금이라도 행복해 보였다면 그것으로써 저는 만족하려 합니다.

항상 날카로운 조언으로 저를 바짝 긴장하게 만드시는 우리 유경화 팀장님, 고생 많으신 예원북스 로맨스 편집부께 진심 어린 감사의 말씀을 올립니다.

[메피스토의 여자]를 시놉시스 단계에서부터 격려하고 독려해 주신 동료 작가님들께도 감사드리고, 힘겹고 지난했던 지난겨울과 봄을 무사히 건너올 수 있도록 정신적 버팀목이 되어준 가족께도 특별한 고마움과 애정을 보냅니다. '인간은 노력하는 한 방황한다'는 괴테의 말처럼 끊임없이 방황하며 노력하겠습니다.

읽어주셔서 감사합니다.

매미의 오케스트라와 함께하는 8월의 주말,
홍윤정 드림